Die größere Hoffnung
더 큰 희망

<지식을만드는지식 소설선집>은
인류의 유산으로 남을 만한 작품만을 선정합니다.
오랜 시간 그 작품을 연구한 전문가가
정확한 번역, 전문적인 해설, 풍부한 작가 소개, 친절한 주석을
제공하는 고급 소설 선집입니다.

지식을만드는지식 소설선집

Die größere Hoffnung
더 큰 희망

일제 아이힝거(Ilse Aichinger) 지음

김충남 옮김

대한민국, 서울, 지식을만드는지식, 2016

편집자 일러두기

• 이 책은 ≪Die größere Hoffnung≫(Ilse Aichinger, Fischer Taschenbuch Verlag. Frankfurt am Main, 1991)을 원전으로 하여 번역했습니다.
• 주석은 모두 옮긴이가 단 것입니다.
• 원문의 이탤릭체는 볼드체로 표시했습니다.
• 외래어 표기는 현행 한글어문규정의 외래어표기법을 따랐습니다.

차 례

큰 희망 · · · · · · · · · · · · · · · 3
부두 · · · · · · · · · · · · · · · · 37
성스러운 땅 · · · · · · · · · · · · 64
낯선 권력을 위한 봉사 · · · · · · 105
불안에 대한 불안 · · · · · · · · 133
위대한 연극 · · · · · · · · · · · 167
할머니의 죽음 · · · · · · · · · · 215
날개의 꿈 · · · · · · · · · · · · · 255
놀라지 마라 · · · · · · · · · · · 300
더 큰 희망 · · · · · · · · · · · · 341

해설 · · · · · · · · · · · · · · · 383
지은이에 대해 · · · · · · · · · · 397
옮긴이에 대해 · · · · · · · · · · 401

더 큰 희망

큰 희망

희망봉 주위의 바다는 어두워졌다. 선박 항로들이 다시 한 번 반짝하고 빛나더니 꺼져 버렸다. 비행기 항로는 거드름을 부리듯 아래로 떨어졌다. 여러 섬이 불안하게 모여들었다. 바다는 모든 경도와 위도 위로 넘쳐흘렀다. 바다는 세상의 지식을 비웃었고, 무거운 비단처럼 밝은 육지 쪽으로 바싹 달라붙었으며 아프리카의 남쪽 끝을 어스름 속에서 단지 어렴풋이 느낄 수 있게 했다. 바다는 해안선을 휩쓸어 원래의 찢긴 모습을 부드럽게 해 주었다.

어둠이 밀려오더니 서서히 북쪽을 향해 움직였다. 그리고 거대한 대상(隊商)처럼 넓게 퍼지며 쉼 없이 사막 위로 지나갔다. 엘렌은 얼굴에서 마도로스 모자를 밀어 올려 이마를 드러냈다. 갑자기 그녀는 손을 지중해에 올려놓았다, 뜨겁고 작은 손을. 그러나 그건 아무런 도움이 되지 못했다. 어둠은 유럽의 항구로 밀려들었다.

무거운 그림자들이 하얀 창틀을 통해 들어와 가라앉았다. 뜰에선 분수가 흐르는 소리가 났다. 어디선가 들리던 웃음소리가 점차 약해졌다. 파리 한 마리가 도버[1]에서 칼레[2]로 기어갔다.

엘렌은 추웠다. 그녀는 지도를 벽에서 떼어 바닥에 펼쳤다. 그러고는 승차권을 접어 가운데 큰 돛이 있는 하얀 종이배를 만들었다.

배는 함부르크에서 바다로 나갔다. 배에는 아이들이 타고 있었다. 어딘가 정상적이지 않은 아이들. 배는 짐으로 가득했다. 배는 서해안을 따라가면서 계속 아이들을 실었다. 긴 외투를 입고 작은 배낭을 멘 아이들, 피난을 떠나야만 했던 아이들. 그들 중 누구도 체류 허가나 여행 허가를 받지 않았다.

잘못된 조부모가 있는 아이들,[3] 여권과 비자가 없는 아이들, 아무도 더 이상 보증해 줄 수 없었던 아이들. 때문에 그들은 밤에 떠났다. 아무도 그 사실을 몰랐다. 그들은 등대를 피했고 원양 항해기선을 피했다. 그들은 어선을 만나면 빵을 부탁했다. 어느 누구에게도 동정은 구하지 않았다.

대양 한가운데서 그들은 고개를 배 가장자리로 빼고는 노래를 부르기 시작했다. "윙윙, 윙윙, 윙윙, 벌들이 사방에서 윙윙…", "티퍼레리로 가는 머나먼 길…",[4] "구덩이 속의

---

1) 도버: 영불해협에 있는 영국의 항구 도시.

2) 칼레: 프랑스의 항구 도시.

3) '조부모가 유대인인 아이들'을 가리킨다.

작은 토끼들" 그리고 다른 많은 노래를. 달이 바다 위에 은빛 크리스마스트리들을 만들어 놓았다. 달은 아이들이 탄 배에 항해사가 없다는 걸 알고 있었다. 바람이 불어 돛단배에 도움을 주었다. 바람은 그들과 같은 느낌이었다. 바람 역시 아무도 보증해 줄 수 없었던 그들 중 하나였다. 상어 한 마리가 그들 옆에서 헤엄쳐 갔다. 그는 이들을 인간들로부터 보호해 줄 권리를 간청해서 얻은 터였다. 그가 배고파하면 그들은 그에게 자신들의 빵을 나누어 주었다. 그리고 그는 상당히 자주 배가 고팠다. 그 역시 아무도 보증해 줄 수 없었다.

상어는 아이들에게 자신에 대한 사냥이 있었다고 얘기해 주었고, 아이들은 그에게 자신들에 대한 사냥이 있었고, 그래서 몰래 떠나는 것이며 아주 흥분된다고 얘기해 주었다. 그들은 여권도 비자도 없지만, 어떻게 해서든 건너가려 한다고 했다.

상어는 자기 나름대로 아이들을 위로했다. 그는 그들 곁에 머물렀다.

그들 앞에 잠수함이 나타났다. 아이들은 깜짝 놀랐지만,

---

4) 일차세계대전 당시 아일랜드의 티퍼레리에서 출정한 병사들의 행군가다.

선원들은 많은 아이들이 마도로스 모자를 쓰고 있는 것을 보고는 오렌지를 던져 주었고 아무런 해도 가하지 않았다.

상어가 아이들에게 슬픈 생각에서 벗어나도록 재미있는 얘기를 막 들려주려 했을 때, 무서운 폭풍이 일어났다. 가엾은 상어는 엄청난 파도에 의해 멀리 내동댕이쳐졌다. 달은 깜짝 놀라서 크리스마스트리들을 거두어 올려 버렸다. 새까만 물이 작은 배 위로 튀어 올랐다. 아이들은 살려 달라고 큰 소리로 외쳤다. 아무도 그들을 보증해 주지 않았다. 구명대를 지니고 있는 아이는 아무도 없었다.

공포 속에서 크고 밝고, 도달할 수 없는 자유의 여신상이 떠올랐다. 처음이자 마지막으로.

엘렌은 자면서 비명을 질렀다. 그녀는 지도를 가로질러 누워 있었고 유럽과 미국 사이에서 불안하게 이리저리 뒹굴고 있었다. 내뻗은 팔은 시베리아와 하와이에 닿아 있었다. 주먹엔 작은 종이배를 단단히 붙들고 있었다.

빨간 쿠션이 있는 하얀 의자들이 깜짝 놀라 빙글빙글 돌고 있었다. 높고 빛나는 문들은 가볍게 떨고 있었다. 화려한 포스터들이 이러한 아픔 때문에 검게 되었다.

엘렌은 울었다. 그녀의 눈물은 태평양을 적셨다. 마도로스 모자가 머리에서 떨어져 남쪽 얼음바다의 일부를 덮었다. 이 세상에 가로놓인 아주 딱딱한 얼음바다였다. 작은 종이배가 없었더라면!

영사는 하던 일을 멈추고 고개를 들었다. 그리고 일어나서 책상 주위를 돌더니 다시 앉았다. 그의 시계는 멈췄고, 그는 몇 시인지 전혀 알지 못했다. 틀림없이 자정 무렵이었을 것이다. 더 이상 오늘이 아니고 아직은 내일이 아닌 그런 시간임이 틀림없었다. 그는 빨리 외투를 입고는 불을 껐다. 모자를 쓰려고 했을 때, 바로 그때 그 소리를 들었다. 그는 모자를 손에 쥐고 있었다. 그건 고양이 울음 같은 소리였다. 어찌할 바를 모르는 지속적인 소리. 그는 화가 났다.

아마도 그 소리는 사람들이 낮에 거절당하기를 기다리는 바로 그 방에서 나는 것 같았다. 하얗고 기대에 찬 얼굴을 한, 그 많고도 많은 사람들은 모두가 불안했고 여전히 세상은 둥글다고 생각했기 때문에 다른 나라로 이주하고자 했다. 그들에게 그 규정은 예외이고 그 예외는 규정이 아니라고 설명하는 것은 불가능했다. 그들에게 하느님과 영사관 직원의 차이를 설명하는 것은 불가능했다. 그들은 손에 저울질할 수 없는 것을 들고 저울질할 수 있다는, 그리고 계산할 수 없는 것을 계산할 수 있다는 희망을 버리지 않았다. 정말이지 그들은 포기하지 않았다.

영사는 다시 한번 창밖으로 고개를 숙이고서는 아래를

보았다. 거기엔 아무도 없었다. 그는 문을 잠그고 열쇠를 주머니에 찔러 넣었다. 큰 걸음걸이로 앞방을 가로질러 갔다. 전체적으로 보면 사무실 공간보다는 대기실 공간이 더 넓었다. 이룰 수 있는 것보다 더 많은 희망, 너무나도 많은 희망. 정말, 너무 많은 걸까?

그런데 고요함은 아픔을 주었다. 밤은 불길하고 음울한 것. 상복(喪服)처럼 따뜻하고 촘촘하게 엮어져 있다. 희망을 가져요, 여러분, 희망을! 그 사이에 밝은 실을 짜 넣어요! 다른 쪽에서 보면 상복이 아닌 새로운 옷이 되어야 한다.

영사는 보다 빨리 걸었다. 그는 앞을 똑바로 바라보며 하품을 했다. 그러나 손을 입에 갖다 대기 전에 온몸이 휘청했다. 그는 장애물에 걸려 비틀거리며 넘어졌다.

영사는 펄쩍 뛰어 일어났다. 그는 전기 스위치를 바로 찾지 못했다. 그가 불을 켰을 때, 엘렌은 아직 잠들어 있었다. 그녀의 입은 벌어져 있었다. 그녀는 등을 대고 누워 주먹을 쥐고 있었다. 머리는 조랑말의 갈기처럼 잘려 있었고, 모자의 가장자리에는 작은 금빛 철자로 '실습선 넬슨'이라고 쓰여 있었다. 그녀는 희망봉과 자유의 여신상 사이에 누워 있었는데 다른 곳으로 옮길 수도 없었다. 그것이 오는 도중 왼쪽 눈에 혹이 난 상태에서 확인할 수 있는 전부였다. 영사는 큰 소리로 불쾌감을 표하려 했지만, 손으로 입을 눌렀다. 그는 바닥에서 모자를 집어 들고 모든 것을 가지런히 정돈했다. 그러고는 아주 천천히 엘렌에게로 다가갔다. 그녀는 숨을 쉴 때마다 뭔가 아주 중요한 것을 놓치기라도 하는 것처럼 깊고 빠르게 숨을 쉬었다.

영사는 지도 주위를 살금살금 걸어갔다. 그는 몸을 굽혀 엘렌을 딱딱한 세계에서 부드럽게 들어 올려 우단 쿠션 위에 눕혔다. 그녀는 두 눈을 감은 채 한숨을 쉬고는 영사의 담회색 외투에 머리를, 둥글고 아주 딱딱한 머리를 묻었다. 두 발이 저려 왔을 때 영사는 엘렌을 팔에 안고 모든 문을 다시 열어젖히고는 조심스럽게 자기 방으로 데려갔다.

시계가 1시를 쳤다. 1시는 이 세상의 모든 시계가 아무 말 없이 그냥 머물러 있는 시간이다. 1시는 12시 이후의 시간으로 이미 너무 늦었거나 아니면 아직 너무 이른 시간이다. 개가 짖었다. 8월. 지붕 위의 테라스에서는 아직 춤들을 추고 있었다. 어디선가 부엉이가 울었다.

영사는 참을성 있게 기다렸다. 그는 엘렌을 안락의자에 눕혔다. 손가락 사이에 시가를 끼우고 두 다리를 쭉 뻗은 채, 그는 그녀 맞은편에 앉았다. 그는 끈기 있게 기다리기로 단단히 마음먹었다. 평생 이렇게 아무 거리낌이 없는 손님을 맞은 적이 없었다.

엘렌의 머리는 팔걸이에 기대어 있었다. 그녀의 얼굴엔

무한한 신뢰감이 어려 있었다. 탁상 스탠드가 그걸 밝혀 주고 있었다. 영사는 또 한 개비 시가에 불을 붙였다. 그는 장에서 커다란 초콜릿을 꺼내 엘렌 앞 흡연용 탁자 위에 놓았다. 그밖에 빨간 색연필도 준비했다. 그가 또 발견한 것은 산더미 같은 관광안내서였다. 그러나 그 모든 것도 엘렌을 일어나게 할 수는 없었다. 그녀는 딱 한 번 고개를 다른 쪽으로 돌렸다. 영사가 놀라 일어섰다. 그러나 그녀는 다시 잠들었다.

2시를 쳤다. 여전히 분수는 소리를 내고 있었다. 영사는 지칠 대로 지쳤다. 놀랍게도 작고한 대통령의 사진이 그를 내려다보며 미소 짓고 있었다. 영사는 그 눈길에 답하려고 했다. 그러나 그건 더 이상 가능하지가 않았다.

깨어나자마자 엘렌은 지도가 없음을 알아차렸다. 초콜릿도 잠자고 있는 영사도 위로가 될 수 없었음은 말할 필요도 없다. 그녀는 이마를 찌푸리고는 무릎을 끌어당겼다. 그리고 나서 팔걸이를 넘어 내려와서는 영사의 어깨를 흔들었다.

"지도 어디다 치웠어요?"

"지도라고?" 영사가 당황해하며 말했다. 그러고는 넥타이를 바로 하고 손으로 눈 위를 쓰다듬었다.

"넌 누구니?"

"지도는 어디 있어요?" 엘렌이 위협적으로 다시 물었다.

"난 모르는데." 영사가 화가 나서 말했다. "넌 내가 지도를 숨겼다고 생각하니?"

"아마도." 엘렌이 중얼거렸다.

"어떻게 넌 내가 그랬다고 생각하니?" 영사가 말하고서는 몸을 쭉 뻗었다. "어떤 사람이 온 세상을 숨기려고 했겠니?"

"그렇다면 위대한 인물들을 잘 모르시는군요!" 엘렌이 참을성 있게 대답했다. "영사이신가요?"

"그래, 영사야."

"그렇다면…." 엘렌이 말했다. "그렇다면…." 그녀의 입술이 떨렸다.

"그렇다면 뭐냐?"

"그렇다면 영사님이 지도를 숨겼어요."

"무슨 그런 터무니없는 소릴?" 영사가 화가 나서 말했다.

"영사님은 잘못을 바로잡을 수 있어요." 엘렌은 책가방을 뒤졌다. "난 스케치북과 펜도 가져왔어요. 사무실에 들어갈 수 없다면 이걸 써도 돼요."

"그걸로 뭘 하란 말이냐?"

"비자요." 엘렌이 불안한 미소를 지었다. "나에게 비자를 써 주세요! 할머니께서 비자는 영사님에게 달렸다고 했어요. 서명만 해 주시면 돼요. 우리 할머니는 영리한 분이세요. 내 말을 믿으셔도 돼요!"

"그래, 네 말을 믿으마." 그가 말했다.

"아유 고마워라!" 엘렌이 미소 지었다. "그런데 왜 나에게 비자 주는 걸 거절하셨나요? 우리 엄마는 혼자서 바다를 건너갈 수가 없어요. 머리를 빗겨 줄 사람도, 양말을 빨아 줄 사람도 없잖아요? 엄마 혼자 있으면, 저녁에 누구에게 동화를 들려주겠어요? 내가 함께 가지 않으면, 누구에게 사과를 깎아 주겠어요? 그리고 엄마가 갑자기 화가 나면 누구 따귀를 때리겠어요? 난 엄마를 혼자 떠나게 할 수 없어요. 영사님! 그런데 엄마는 비자가 나왔어요."

"그건 그렇게 간단한 문제가 아니야." 영사는 시간을 벌기 위해 말했다.

"모든 건 아무도 나를 보증해 주지 않기 때문이에요." 엘렌이 말했다. "엄마를 보증해 주는 사람이 나는 보증해 주지 않아요. '그건 돈 문제야, 웃기는 일이야 하고 할머니께서 말씀하셔요. '아이는 참새와 다를 것 없는데, 아이는 가만히 있지 않고 날아오르거나 도망쳐 버리는데, 영사가 이 모든 문제에 책임이 있어!'라고 할머니가 말씀하셔요."

"할머니가 그런 말을?"

"그래요. 아무도 나를 보증해 줄 수 없어요! 냉장고도 보증해 주는 사람이 있는데, 난 아무도 없어요. 할머니는 말씀하셔요. '맞아, 아무도 나를 보증해 줄 수 없어, 살아 있는 사람을 보증해 줄 수 없다니.' 상어와 바람도 보증해 주는 사람이 없어요. 그러나 상어와 바람은 비자가 필요 없잖아요!"

"우리 이제 좀 이성적으로 얘기해 볼까?" 영사가 초조하게 말했다.

"그래요!" 엘렌이 기꺼이 응했다. 그녀는 영사에게 상어 이야기를 들려주기 시작했다. 그리고 비자가 없는 아이들과 폭풍에 관한 얘기도 해 주었다. 그 사이사이에 노래도 들려주었다. 그리고 얘기를 계속했다. 그녀의 음성이 크고 불안하게 커다란 팔걸이의자에서 들려왔다. 그녀는 의자 구석에 깊숙이 앉아 있었다. 그녀의 기운 신발 바닥이 간청하듯 영사의 얼굴을 응시했다.

그녀가 얘기를 끝냈을 때, 영사는 초콜릿을 권했다.

"그 모든 얘기는 네가 꿈꾼 것이 아니었을까?" 그가 조심스럽게 물었다.

"꿈을 꾸었다고요?" 엘렌이 소리쳤다. "전혀 그렇지 않아요! 그렇다면 아이들이 마당에서 나와 함께 놀지 않으려 하는 꿈도 꾸었을 거예요. 그랬다면 엄마는 비자가 나오고 나만 남아야 하는 꿈도 꾸었을 거예요. 그랬다면 아무도 나를 보증해 주지 않는 꿈도, 영사님이 지도를 숨긴 꿈도, 내 비자가 거부당한 꿈도 꾸었을 거예요!"

"모든 아이들이 잠을 자는데, 너만 자지 않는구나." 영사가 천천히 말했다.

"밤에는 영사관에 사람도 많지 않고, 밤에는 번호표도 필요 없고, 밤은 근무 시간도 아니기 때문에 모든 게 훨씬 빨리 진행되지요!" 엘렌이 설명했다.

"좋은 생각이구나!"

"그래요!" 엘렌이 웃었다. "우리 집에 함께 사는 구두장이 아저씨가 체코 사람인데요, 이렇게 말했어요. '영사에게 가봐, 영사는 좋은 사람이야, 영사는 바람과 상어도 보증해 줘, 영사는 너도 보증해 줄 거야!'"

"넌 어떻게 여기 들어왔니?" 영사가 좀 더 엄하게 물었다.

"수위에게 사과를 한 알 주었지요."

"하지만 그건 꿈속에서 그랬을 거야. 넌 이제 집으로 가야 해."

"집으로 가라고요." 엘렌이 고집스레 말했다. "집은 언제나 우리 엄마가 있는 곳이지요. 그런데 엄마는 내일 바다 건너 떠나셔요. 엄마는 모레면 벌써 모든 것이 푸르고, 바람도 잠들고, 돌고래가 자유의 여신상 주위에서 뛰어오르는 그곳에 있을 거예요!"

"자유의 여신상 주위엔 돌고래들이 뛰어오르지 않아."

영사가 그녀의 말을 끊었다.

"그건 상관없어요." 엘렌은 머리를 두 팔에 묻었다. "난 피곤해요, 잠을 좀 자야 해요. 내일이면 바다 건너 가야 하니까요."

그녀의 확신은 확고부동했다. 황야에서 불어오는 것처럼 바람이 서늘한 방에 휘몰아쳤다.

"비자요!"

"너 열이 있구나." 영사가 말했다.

"제발 비자요!"

소녀는 스케치북을 영사의 얼굴 아래로 바싹 들이밀었다. 하얀 종이 한 장이 끼워져 있었다. 거기엔 크고 서툰 철자로 '비자'라고 쓰여 있었다. 글자 주위엔 알록달록한 꽃들이 그려져 있었다. 꽃과 새들이 그려진 그 아래에 서명을 위한 신이 그이져 있었다.

"난 모든 걸 가져왔어요, 영사님은 서명만 하시면 돼요. 제발, 영사님, 부탁이에요!"

"그건 그렇게 간단한 일이 아니야." 그는 일어나서 창문을 닫았다. "그건 학교에서 벌로 주는 과제처럼 그렇게 간단한 게 아니야. 이리 와." 그가 말했다. "어서 와! 골목길을 걸으면서 모든 걸 설명해 줄게."

"아니에요!" 엘렌이 소리치고는 팔걸이의자에서 몸을 웅크렸다. 그녀의 뺨이 화끈거렸다. "제발, 구두장이 아저씨가 말했어요, 그 아저씨가 말했단 말이에요. 바람과 상어들의 보증을 서는 사람은 나의 보증도 서 준다고요!!"

"그래." 영사가 말했다. "그래, 바람과 상어들을 보증해 주는 사람은 너의 보증도 해 주지. 그러나 난 그런 사람이 아니야."

"난 영사님 말을 믿지 않아요." 엘렌이 속삭였다. "그리고 지금 서명을 해 주지 않는다면…." 그녀는 몸을 떨었다. 구두장이가 거짓말을 했어. 구두장이가 영사라고 말했는데, 그러나 영사는 다시 다른 사람에게 떠넘겼어. 그리고 그녀의 어머니는 걱정이 되어 집에 앉아서 짐을 꾸릴 수가 없었다. 그게 마지막 밤이었다.

"지금 서명을 해 주지 않는다면…." 엘렌은 좀 더 심한 위협의 말을 찾았다. 그녀의 이가 맞부딪쳤다. "그러면 난 돌고래가 될 거예요. 기선 옆에서 헤엄쳐 가 자유의 여신상 주위에서 뛰어오를 거예요, 영사님이 원하든 원하지 않든!"

그녀는 말을 멈추었다. 초콜릿은 둥근 흡연 탁자 위에 손도 대지 않은 채 놓여 있었다. 알록달록한 관광안내 책자도 그대로 놓여 있었다. "추워!" 엘렌이 중얼거렸다. 그녀의 입이 벌어져 있었다. 그녀는 꼼짝하지 않았다. 영사가 다가오자 그녀는 두 발로 그를 찼다. 그는 그녀를 붙들려 했으나,

저희 출판사 책을 구매해 주신 독자님께 깊은 감사를 드립니다.
저희 출판사는 요즘 종전의 표지를 교체하고 있습니다.

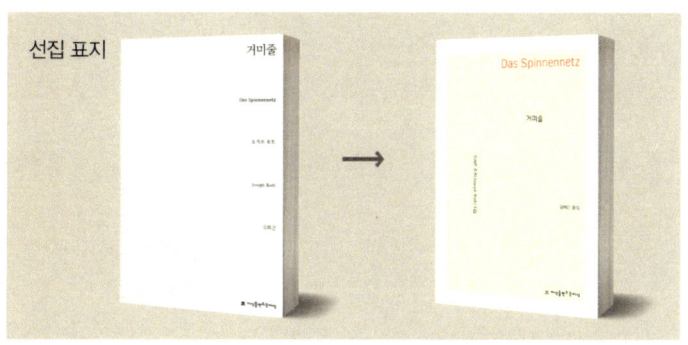

이 과정에서 서점에서 보고 주문한 표지가 아니라
교체된 표지의 책이 배달될 수 있습니다.
널리 양해를 부탁드립니다.
혹시 주문하신 표지를 원하신다면 출판사로 연락 주시기 바랍니다.
기존 표지로 교체해 드리겠습니다.

지식을만드는지식에 변함없는 성원을 부탁드립니다.

지식을만드는지식은 지금

세계고전을 출간하는 "지식을만드는지식"

세계희곡과 연극 서적을 출간하는 "지만지드라마"

한국 고전문학과 현대문학을 출간하는 "지만지한국문학"으로

전문화해 열일 중!

그녀는 번개처럼 빨리 팔걸이 위로 뛰어올랐다. 그는 그녀의 뒤에서 내달렸다. 그녀는 책상 아래로 빠져나가더니 의자 두 개를 넘어뜨리고는 두 팔로 난로를 움켜쥐었다. 그사이 그녀는 돌고래로 변신하겠다고 위협했다. 눈물이 그녀의 얼굴 위로 줄줄 흘러내렸다.

그가 드디어 그녀를 붙들었을 때, 그녀의 몸은 이글이글 타오르는 것 같았다. 뜨겁고 무거운 몸으로 그녀는 그의 팔에 매달려 있었다. 그는 그녀를 이불로 싸서 다시 팔걸이의자에 눕혔다.

"지도를 줘요, 지도를!"

그는 앞방으로 가서 바닥에서 지도를 집어 가지런히 펴서는 갖고 들어왔다. 그리고 지도를 탁자 위에 펼쳤다.

"그게 빙글빙글 돌고 있네요!" 엘렌이 말했다.

"그래." 그기 불안한 웃음을 지었다. "세계가 돌고 있어. 학교에서 배우지 않았니? 세계는 둥글다고."

"그래요." 엘렌이 힘없이 대답했다. "세계는 둥글어요." 그녀는 지도를 만졌다.

"이젠 내가 아무것도 숨기지 않았음을 믿겠지?"

"제발." 엘렌이 마지막으로 말했다. "제발 비자에 서명해 주세요!" 그녀는 고개를 들었고 몸을 팔꿈치로 지탱했다. "저기 색연필이 있어요. 그거면 돼요. 서명해 주시면 앞으로 절대 사과를 훔치지 않겠어요. 영사님을 위한 일이라면 무엇이든 하겠어요! 국경에서 오렌지와 대통령의 사진을 얻는다는 게 사실이에요, 그게 정말 사실이에요? 그리고 커다란 기선에는 구명보트가 몇 개나 있어요?"

"각자가 자기 자신의 구명보트이지." 영사가 말했다. "지금 좋은 생각이 났어!" 그는 스케치북을 무릎에 올렸다.

"네가 직접 네게 비자를 내주면 돼. 직접 서명도 하고!"

"내가 어떻게요?" 엘렌이 믿지 못하겠다는 듯 물었다.

"넌 할 수 있어. 모든 사람은 근본적으로 자기 자신의 영사인 거야. 먼 세계가 정말 멀리 있는지는 각자의 생각에 달렸지."

엘렌은 놀란 눈으로 그를 뚫어지게 바라보았다.

"얘야, 많은 사람들 전부, 내가 비자를 내준 이 사람들이 모두 실망을 했을 거야. 어디서도 바람은 자지 않는단다."

"어디서도요?" 그녀는 믿기지 않는다는 듯 되물었다.

"직접 자신에게 비자를 내주지 못하는 사람은," 영사가 말했다. "온 세상 주변을 떠돌 수 있지만, 정작 저 건너로는 결코 가지 못해. 자신에게 직접 비자를 내주지 못하는 사람은 언제나 붙들려 있게 마련이지. 직접 자신에게 비자를 내주는 자만이 자유로워진단다."

"난 나한테 비자를 내주겠어요." 엘렌은 몸을 일으키려 했다. "그런데 어떻게 해야 하나요?"

"서명을 해야 해." 그가 말했다. "이 서명은 네가 너에게 하는 약속이란다. 엄마와 헤어지더라도 울지 않겠다는, 아니 정반대로 할머니를 위로해 주겠다는 약속 말이야. 할머니는 위로가 필요해. 넌 앞으로는 결코 사과도 훔치지 않을 거야. 그리고 무슨 일이 있어도, 항상 어딘가에선 모든 게 푸른 희망으로 가득하리란 걸 믿게 될 거야. 무슨 일이 있어도."

매우 들떠 엘렌은 자신의 비자에 서명을 했다.

아침이 밝아 왔다. 아침은 숙련된 침입자처럼 부드럽게 창문 앞으로 다가왔다. 새 한 마리가 노래하기 시작했다.

"얘야, 저 새도 아무런 제약이 없단다." 영사가 말했다.

엘렌은 더 이상 그를 이해하지 못했다.

바깥 골목길에선 우유 배달차가 굴러가고 있었다. 다시 모든 것이 서로 뚜렷해지기 시작했다. 그리고 커다란 공원에선 알록달록한 첫 가을 꽃들이 서서히 안개 사이로 모습을 드러냈다.

영사는 전화기로 다가갔다. 그는 두 손을 관자놀이로 가져가더니 머리를 쓸어 올렸다. 머리를 흔들었고 발끝을 세 번 움직였다. 그리고 눈을 감았다가 다시 떴다. 그는 수화기를 들어 엉터리 번호를 돌렸다가 다시 내려놓았다. 마당으로 걸어오는 발자국 소리가 크게 들려왔다. 분수는 여전히 졸졸 소리를 내고 있었다. 영사는 뭔가 메모를 하려 했으나 메모장을 찾지 못했다. 그는 엘렌에게로 가서 그녀의 외투 주머니에서 학생증을 꺼냈다. 그러고 나선 자동차를 오게 했고, 넘어진 의자를 바로 세우고 양탄자를 가지런히 했다.

희망봉 주위의 바다가 밝아 왔다. 영사는 지도를 접어 초콜릿을 쌌고, 엘렌의 가방을 열었다. 그는 다시 한번 스케치북을 눈앞으로 바싹 가져갔다. 별, 새, 알록달록한 꽃, 그 아래 엘렌의 크고 근사한 서명. 재직 기간 중 처음 본 진짜 비자.

그는 한숨을 쉬고 엘렌의 외투 단추를 채워 준 다음 조심스럽게 그녀의 머리에 모자를 씌워 주었다. 그녀의 얼굴은 거칠고 어두웠지만, 모자 위에는 이제 다시 황금빛으로 아주 뚜렷하게 '실습선 넬슨호'라고 쓰여 있었다. 영사는 다시 한번 아주 가볍게 비자 위에 입김을 불었다. 마치 그걸 완성하여 생명을 불어넣기라도 하려는 것처럼. 그러고 나서 비자를 가방에 집어넣어 닫은 다음 가방을 엘렌에게 걸어 주었다. 그는 그녀를 팔에 안고서 계단을 내려가 차의 뒷좌석에 눕히고는 운전사에게 주소를 주었다. 자동차가 모퉁이를 돌아 꺾어졌다. 갑자기 영사는 손을 눈 위에 얹고서는 큰 걸음걸이로 다시 계단을 달음질쳐 올라갔다.

달은 창백해졌다.

엘렌은 어머니의 얼굴을 향해 팔을 뻗었다. 그녀는 두 팔로 까만 모자 아래 뜨겁고 눈물로 불타오른 얼굴을 붙잡으려 했다. 세상을 참되게 하고 따뜻하게 했던 이 얼굴, 태초부터의 이 얼굴, 이 하나의 얼굴을. 다시 한번 엘렌은 간청하듯 이 태초의 얼굴, 비밀들의 보고(寶庫)를 향해 팔을 뻗었다. 그러나 어머니의 얼굴은 다다를 수 없었고, 뒤로 물러나서는 동이 터 오는 아침의 달처럼 창백해졌다.

엘렌은 비명을 질렀다. 그녀는 이불을 걷어차고 몸을 일으키려 했으며 허공을 향해 손을 뻗었다. 그리고 있는 힘을 다해 침대의 격자난간을 아래로 굴렸다. 그녀는 침대에서 떨어졌다. 저 아래로 깊숙이.

아무도 그녀를 붙들 시도를 하지 않았다. 어디에도 그녀가 매달릴 별 하나 없었다. 엘렌은 그녀의 모든 인형과 장난감 곰들의 팔을 지나 떨어졌다. 공이 굴렁쇠를 통과해 떨어지듯 그녀는 자기를 놀이에 끼워 주지 않았던 마당의 아이들 사이로 떨어졌다. 엘렌은 엄마의 팔을 통과해 떨어졌다.

반달이 그녀를 붙들었으나, 아이들 요람처럼 비열하게 기울어지더니 다시 내동댕이쳤다. 구름이 새털이불이고 하늘이 파란 천장이란 흔적은 전혀 없었다. 하늘은 열려 있었다. 치명적으로 열려 있었다. 엘렌은 떨어지면서 위와 아래의 구분이 없다는 것을 분명히 깨달았다. 그들은 아직도 그 같은 사실을 모르고 있었던가? 아래로 떨어지는 것을 뛰는 것이라고, 그리고 위로 떨어지는 것을 나는 것이라고 했던 이 불쌍한 어른들. 언제 그들은 깨닫게 될 것인가? 엘렌은 떨어지면서 ≪요술쟁이의 그물≫이란 커다란 그림책의 그림들을 꿰뚫었다.

엘렌의 할머니가 그녀를 들어 올려 침대에 뉘었다. 열병 환자의 체온 곡선처럼 태양과 달이, 낮과 밤이, 끊임없이, 뜨겁고 높이 솟았다가 다시 스르르 가라앉았다.

눈을 떴을 때, 엘렌이 팔꿈치에 몸을 지탱하고 말했다.

"엄마!"

그녀는 큰 소리로 다정하게 말했다. 그러고는 기다렸다.

난로 연통이 폭음을 내더니 암녹색 타일 뒤에 깊숙이 몸을 숨겼다. 그밖에는 모든 것이 조용했다. 쓸쓸함이 더욱 짙어졌다.

엘렌은 가볍게 머리를 흔들었는데, 어지러워져 다시 베개 위로 쓰러졌다. 그녀는 창의 윗부분을 통해 철새들이 마치 그림을 그린 것처럼 정연하게 큰 편대를 이루며 지나가는 것을 보았다. 그리고 다시 지워지듯 철새들이 사라져 버렸다. 엘렌은 살짝 웃었다.

정말 그림을 그린 것 같았다.

그런데 당신은 너무 많이 지워 버려요! 할머니 선생님은 하느님께 경고했을 것이다. 결국 구멍이 나고 말걸요!

하지만 이보세요, 그때 하느님이 말했을 것이다, 그게 바로 내가 바랐던 거예요. 구멍을 통해 내다봐요, 어서!

죄송해요, 이제 모든 걸 이해하겠어요!

엘렌은 눈을 감았다가 깜짝 놀라 다시 떴다. 창문을 오랫동안 닦지 않았던 것이다. 잘 내다볼 수가 없었다. 긴 회색 선들이 말라 버린 눈물처럼 창 아래로 그어져 있었다. 엘렌은 두 발을 이불 아래로 끌어당겼다. 발은 얼음처럼 차가웠으며 몸에 붙어 있지 않은 것 같았다. 그녀는 몸을 뻗었다. 그녀는 성장해야만 했다. 그녀는 주로 밤에 자랐다. 그러나 이 봄날 아침에 뭔가가 잘못되어 있는 것 같았다. 아마, 어쩌면 가을이었는지도 몰랐다. 어쩌면 저녁 무렵이었는지도 몰랐다.

그러면 더 잘된 일이지. 엘렌은 아주 흡족했다. 어쨌거나 엄마는 장을 보러 갔다. 모퉁이에 있는 채소 가게 아줌마에게. 보세요, 난 급해요! 엘렌이 혼자 집에 있어요, 무슨 일이 있을지 몰라요. 사과 몇 개만 주세요! 우린 사과를 구우려고 해요, 엘렌이 가장 좋아하니까요. 그리고 그 아이에게 불을 좀 피워 주겠다고 약속했어요. 날이 추워지니까요. 얼마예요? 뭐라고요? 얼마라고요? 아니, 그건 너무 비싸요. 너무!

엘렌은 완전히 일어나 앉았다.

그건 마치 비명 소리 같았다. 자기 귀로 직접 들은 것 같았다, '너무 비싸요!' 하는 이 숨 막힐 듯한 외침을. 채소 가게 아줌마의 얼굴이 어스름 속에서 빨갛게 일그러지려 했다.

"당신!" 엘렌이 말하고서는 두 다리를 위협적으로 침대 가장자리 너머로 내려뜨렸다. "당신 너무 많이 요구하면, 혼내 줄 거요!" 채소 가게 아줌마는 대답을 하지 않았다. 날은 더욱 추워졌다.

"엄마," 엘렌이 소리쳤다. "엄마, 양말 주세요!"

아무런 반응이 없었다.

아, 모두들 숨어 버렸구나. 모두들 또 그녀와 서툰 장난을 하고 있었다.

"엄마, 나 일어날래!"

그 소리는 간절하게 들렸다.

"그러면 맨발로 갈 거야. 양말을 주지 않으면, 맨발로 다닐 거야!"

그러나 이 위협도 소용없었다.

엘렌은 침대에서 내려왔다. 섬뜩한 기분이 들었다. 비틀거리며 문 쪽으로 내달렸다. 옆방에도 아무도 없었다. 피아노가 열린 채로 있었다. 소냐 이모가 지금 막 연습을 했음이 틀림없었다. 아마 영화관에 갔을 테지. 영화관 출입을 금지

당한 후, 그녀는 영화관에 훨씬 더 자주 갔다. 엘렌은 매끄럽고 차가운 창에 뺨을 갖다 댔다. 저쪽 연결철도 건너편, 오래된 집에서 노파가 아이를 창문 앞으로 데려왔다. 엘렌이 손짓을 했다. 아이도 손짓을 했다. 노파가 아이의 손을 이끌었다. 거기까지는 모든 것이 괜찮았다. 이제 시간을 내어 아주 차분히 생각을 해야 했다.

엘렌은 집 안을 가로질러 갔다가 다시 돌아섰다. 속옷 바람에 맨발로 다니는 그런 모습을 엄마가 본다면, 혼날 거야! 벽들이 적의에 차 노려보고 있었다. 엘렌은 피아노의 한 음계를 쳤다. 소리가 울려 퍼졌다. 그녀는 두 번째 음을, 세 번째 음을 쳤다. 어떤 음도 그대로 남아 있지 않았다. 또 다른 음으로 넘어가지도 않았다. 어떤 음도 그녀를 위로하지 못했다. 음들이 마지못해 울리는 것 같았고, 멈추고 싶어 하는 것 같았다. 그리고 그녀에게 뭔가를 숨기는 것 같았다.

엄마가 이 사실을 안다면, 몸속의 심장이 찢어질 거야! 옛 동화책에 그렇게 쓰여 있었어.

"기다려, 엄마에게 말할 거야!"

엘렌은 정적(靜寂)을 향해 위협했다. 그러나 정적은 가만히 있었다.

엘렌은 발을 쾅쾅 굴렀다. 열기가 관자놀이로 올라왔다. 아래쪽 골목에서는 개가 짖었고, 아이들이 떠들고 있었다.

저 아래쪽에서. 그녀는 두 손을 뺨에 얹었다. 그건 개도 아니었고 아이들도 아니었다. 뭔가 다른 것이었다. 그리고 소란스러웠다. 엘렌은 두 주먹으로 건반을 때렸다. 흰 건반과 검은 건반을 마치 북을 치듯 두드렸다. 그녀는 소파에서 쿠션을 내던졌고, 식탁보를 찢었고, 휴지통을 마치 다윗이 골리앗을 향해 돌을 던지듯 거울을 향해 내동댕이쳤다. 다윗이 골리앗과 싸우듯 그녀는 쓸쓸함의 무서움과 싸웠다. 추한 물의 정령처럼 꿈의 물결에서 고개를 쳐든 새로운, 무서운 의식에 대항해 싸웠다.

어떻게 그녀를 그렇게 오랫동안 혼자 내버려 둘 수 있단 말인가? 어떻게 엄마가 그렇게 오랫동안 오지 않을 수 있단 말인가? 추웠다, 불을 피워야 했다, 추웠다, 정말 추웠다!

엘렌은 방방이 뛰어 돌아다녔다. 옷장을 열어젖혔고, 옷을 뒤졌고, 바닥에 엎드려 침대 밑을 보았다. 그러나 엄마는 어디에도 없었다.

그녀는 사실을 뒤집어 정반대를 증명해 보여야 했으며, 크게 벌려진 현실의 아가리를 막아야만 했다. 엄마를 찾아야만 했다. 어디에도 없다니, 그건 있을 수 없는 일이었다! 어디에도 없다니?

엘렌은 빙글빙글 내달렸다. 그녀는 문을 모두 열어젖힌 다음 엄마의 뒤를 쫓아 달렸다. 그들은 술래잡기를 했다, 바로 그거였다! 엄마는 아주 빨리 달렸다. 엘렌보다 더 빨리 달렸다. 엄마는 너무나 빨리 달려서, 쳇바퀴 돌듯 맴돌다 보니, 다시 바싹 그녀 뒤에 붙어 서게 되었다. 곧 엄마는 엘렌을 따라잡았고 그녀를 높이 들어 올려 빙글빙글 돌렸다.

엘렌은 갑자기 멈춰 서서 재빨리 몸을 돌리더니 두 팔을 벌렸다. "이건 안 돼요, 엄마, 안 돼요!"

테이블 위에 비자가 놓여 있었다. 새들과 별들과 그녀의 서명이 그려진.

"석간이오!" 신문팔이 소년이 사거리를 지나며 외쳤다. 그는 춥기도 하고 아주 감격스럽기도 해서 목이 터져라 외쳤다. 그는 전차의 승강대로 뛰어올라 왼손으로 돈을 받았고, 숨을 헐떡거렸는데, 전차를 계속 뒤따르지는 않았다. 그긴 생업이었다, 오, 그건 세상에서 가장 경이로운 생업이었다. "석간이오!"

그들은 신문에서 정보를 충분히 얻을 수 없었다. 그랬더라면 그들은 훨씬 더 많이 지불했을 것이다. 그들은 소년이 전쟁 보고나 영화 프로그램이 아닌 생생한 인생을 팔기라도 하는 것처럼 신문을 갈망했다.

"석간이오!" 신문팔이 소년이 외쳤다.

"석간이오!" 하고 바로 그 뒤에서 누군가가 속삭였다. 다시 또.

그의 가판대는 커다란 교차로 한가운데 돌로 된 섬 위에 있었다. 가판대 옆에는 한 맹인이 기대서 있었다. 그는 머리에 모자를 쓰고 있었고 아무것도 받지 않고 서 있었다. 그냥 거기에 서 있었다. 아무도 그걸 막을 수 없었다.

이따금 그가 말했다. "석간이오" 하고. 그러나 팔 신문을 갖고 있는 것은 아니었다. 그는 낮은 소리로 말했고 돈을 요구하지도 않았다. 마치 숲에서 나는 소리처럼 그는 신문팔이 소년의 모든 외침에 반응했다. 그는 이 모든 걸 생업으로 간주하지 않는 것 같았다.

소년은 맹금처럼 가판대 주위를 맴돌았다. 그는 맹인 쪽을 불신에 차 바라보았다. 맹인은 자신이 커다란 교차로 한가운데서 유일한 맹인이 아닌 것처럼 그 자리에 서 있었다.

소년은 어떻게 하면 그를 떨쳐 버릴 수 있을지 생각했다. 맹인은 그를 조롱했고, 소년의 모든 외침을 도움을 청하는 낮은 소리로 만들어 버렸다. 맹인은 그럴 권리가 없었다.

"석간이오!"

"석간이오!"

자동차들이 쏜살같이 지나갔고 헤드라이트 앞에 파란 유리를 씌우고 있었다. 많은 차들이 멈춰 서서는 차창을 열어 신문을 넘겨받았다. 바로 그때, 소년이 맹인을 데리고 저편으로 건너가는 데 시간이 얼마나 걸릴까 생각하고 있었을 때, 엘렌이 보행 신호가 아닌데도 교차로 위로 걸어오고 있었다. 그녀는 비틀거리며 걸었고 똑바로 바라보고 있었다. 팔에는 스케치북을 끼고 있었고, 모자는 깊숙이 눌러썼다.

자동차들이 멈춰 섰고, 전차들이 급제동을 걸었다. 교차로 한가운데서 순경이 화가 나서 팔을 흔들었다.

그사이 엘렌은 돌로 된 섬에 다다랐다. 화난 운전자들의 고함 소리가 바닷물처럼 그녀의 앞을 흘러갔다. "이봐요, 당신!" 신문팔이 소년이 맹인에게 말했다. "당신을 저 건너로 잘 데려다줄 사람이 왔어요!" 맹인은 몸을 일으켜 어둠 속으로 손을 뻗었다. 엘렌은 어깨에 그의 손을 느꼈다. 순경이 섬 위의 신문팔이 소년에게 이르렀을 때, 그녀는 맹인과 함께 혼잡 속에서 사라져, 불안하고 어두운 도시 속으로 모습을 감추어 버렸다.

"어디로 데려다 드릴까요?"

"교차로 건너 저편으로 데려다줘."

"교차로는 이미 지났는데요."

"그럴 리가?" 맹인이 말했다. "커다란 교차로가 아닌가?"

"혹시 다른 교차로 말인가요." 엘렌이 조심스럽게 말했다.

"다른 교차로?" 맹인이 되풀이해 말했다. "그건 아닌 것 같아. 혹시 아가씨가 다른 교차로를?"

"아니에요." 엘렌이 화가 나서 소리쳤다. 그녀는 멈춰 서서, 그의 손을 내려놓고는 불안한 눈빛으로 그를 올려다보았다.

"조금만 더 가 봐!" 맹인이 말했다.

"하지만 난 영사에게 가야 해요." 엘렌은 말하고서 다시 그의 팔을 붙들었다. "그런데 영사는 다른 쪽에 살고 있어요."

"어떤 영사 말이니?"

"커다란 바다를 보증해 주는, 바람과 상어를 보증해 주는 영사예요."

"아," 맹인이 말했다. "그 영사! 그렇다면 넌 안심하고 나와 함께 계속 갈 수 있어!"

그들은 길고 캄캄한 골목길로 접어들었다. 골목길은 오르막이었다. 오른쪽에 조용한 집들이 있었는데, 대사관을 품고 있는 외국 공관이었다. 그들은 담벼락을 따라 걸어갔다. 맹인의 지팡이가 밝고 단조로운 소리를 내며 아스팔트에 부딪쳤다. 나뭇잎들이 비밀스러운 전령처럼 떨어졌다. 맹인이 더 빨리 걸어갔다. 엘렌은 짧고 빠른 걸음으로 그의 옆에서 쫓아갔다.

"영사에게 무슨 볼일이 있니?" 맹인이 물었다.

"내 비자가 무슨 의미가 있는지 묻고 싶어요."

"어떤 비자 말이냐?"

"내가 직접 서명한 거예요." 엘렌이 불안한 마음으로 설명했다. "온통 꽃이 그려져 있어요."

"아!" 맹인이 인정한다는 듯 말했다. "그렇다면 그건 진짜야."

"이제 난 그걸 확인받고 싶어요." 엘렌이 말했다.

"네가 직접 서명하지 않았니?"

"그래요."

"그런데 영사가 무슨 확인을 해야 한단 말이냐?"

"그건 모르겠어요." 엘렌이 말했다. "하지만 난 엄마에게 가고 싶어요."

"엄마가 어디 계신데?"

"저 건너에요. 큰 바다 건너에요."

"걸어서 건너갈 거니?" 맹인이 말했다.

"이보세요!" 엘렌이 분노로 몸을 떨었다. "나를 놀리는군요!"

신문팔이 소년처럼 그녀도 갑자기 이 맹인이 전혀 맹인이 아니며, 그의 퀭한 두 눈이 담장 너머 저쪽으로 번득이고 있다는 생각이 들었다. 그녀는 돌아서서, 스케치북을 팔에 낀 채 다시 골목 아래로 내달렸다.

"날 혼자 내버려 두지 마!" 맹인이 외쳤다. "날 혼자 두고 가지 마!" 그는 골목 한가운데 지팡이를 들고 서 있었다. 무겁고 쓸쓸한 그의 모습이 서늘한 하늘과 뚜렷한 대조를 이루었다.

"난 당신을 이해하지 못하겠어요." 엘렌이 다시 그의 곁에 이르렀을 때 숨을 헐떡이며 소리쳤다. "우리 엄마는 저 건너에 있고 난 엄마에게 가려고 해요. 그 무엇도 날 막지 못할 거예요!"

"지금은 전쟁이야." 맹인이 말했다. "여객선도 별로 다니지 않아."

"여객선이 별로 다니지 않는다고요." 엘렌이 절망에 빠져 더듬거리며 말했다. 그러고는 그의 팔을 보다 세게 붙들었다. "그러나 나를 위해 여객선이 하나쯤은 다닐 거예요!" 소녀는 애원하는 눈빛으로 축축하고 캄캄한 대기 속을 응시했다. "나를 위해 하나는 꼭 다닐 거예요!"

골목이 끝나는 곳에 하늘이 있었다. 두 개의 탑이 대사관들의 초병처럼 모습을 드러냈다.

"정말 고마웠어." 맹인은 정중하게 말하고서는 엘렌의 손을 흔들었다. 그러고는 교회 계단에 앉았다. 그는 아무 일도 없었던 것처럼 모자를 무릎 사이에 끼고는 상의 주머니에서 녹슨 하모니카를 꺼내 불기 시작했다. 교회 관리인은 이미 여러 해 동안 하모니카 부는 걸 허락해 주었다. 왜냐하면 맹인은 아주 낮게, 그리고 아주 서툴게 불어서, 그 소리는 그저 바람이 나뭇가지에 부딪쳐 끙끙거리는 것과 다름없었기 때문이다.

"이제 어떻게 영사관에 가죠?" 엘렌이 소리쳤다. "어떻게 하면 여기서 가장 빨리 영사에게 갈 수 있나요?"

그러나 맹인은 더 이상 그녀에게 신경 쓰지 않았다. 그는 머리를 기둥에 기댄 채 녹슨 하모니카를 부는 데 빠져 더 이상 대답을 하지 않았다. 이제 비까지 내리기 시작했다.

"이봐요!" 엘렌이 말하고서는 그의 외투를 끌어당겼다. 그녀는 그의 손에서 하모니카를 빼앗아 다시 그의 무릎에 올려놓았다. 그리고 그의 옆 차가운 계단에 앉아 큰 소리로 그에게 대들었다.

"얘기 좀 해 봐요. 어떻게 하면 내가 영사에게 갈 수 있냐고요. 말 좀 해 봐요, 예? 더 이상 여객선이 다니지 않는다면, 누가 나를 바다 건너로 데려다주지요? 대체 누가 나를 저 건너로 데려다줄 건가요?"

그녀는 화가 나서 훌쩍거렸고 주먹으로 맹인을 쳤다. 그러나 그는 꼼짝도 하지 않았다. 엘렌은 불안한 모습으로 그의 앞에 버티고 서서 그의 얼굴 한가운데를 응시했다. 그는 위로 나 있는 계단처럼 아주 태연한 모습이었다.

엘렌은 마지막 순간까지 그냥 돌아가는 것이 낫지 않을까 생각하면서, 주저하다가 사람이 없는 교회에 들어섰다. 그녀는 자존심이 상했고 교회의 정적을 깨뜨리는 자기 발자국 소리마저 싫었다. 그녀는 머리에서 모자를 잡아챘다가는 다시 썼다. 스케치북은 이전보다 더 단단히 쥐고 있었다. 혼란스러운 기분으로 그녀는 작은 제단의 성상(聖像)을 살펴보았다. 이들 중 누구에게 맹인에 대한 불평을 토로할 수 있단 말인가?

들어 올린 깡마른 손에는 십자가를 들고, 구원을 간청하는 누런 얼굴들이 몰려든 이글거리는 산 정상에서, 어두운 눈길로 프란츠 크사버[5]가 기다리고 있었다. 엘렌은 멈춰 서서 고개를 들었다. 그러나 그녀는 성인(聖人)이 자기를 지나 멀리 바라보고 있음을 알아차렸다. 그의 시선을 자기 쪽으로 끌어 보려 했지만 허사였다. 노화가는 정확하게 그렸다.

"무엇 때문에 내가 바로 당신에게 왔는지 모르겠군요." 그녀가 말했다. 그러나 그건 내키지 않은 말이었다. 그녀는 교회에 가는 일이 즐거웠던, 그리고 그것이 큰 기쁨인 양 도

---

5) 프란츠 크사버(1506~1552): 기독교 선교사이자 로마 가톨릭교회 소속인 예수회의 공동 창설자.

취되어 말하던 그런 사람들을 결코 이해하지 못했다. 아니, 그건 기쁨이 아니었다. 오히려 슬픈 일이었다. 언제나 다른 슬픔을 끌어오는 그런 슬픈 일이었다. 그건 손 전체보다 더 많은 것을 요구하는 사람에게 손가락 한 개를 내미는 것과 같았다. 그리고 기도를 한다? 엘렌은 차라리 그만두고 싶었다. 1년 전에 그녀는 다이빙을 배웠는데, 그때도 이와 비슷했다. 물속 깊이 들어가기 위해선 높은 다이빙대로 올라가야만 했다. 그리고 항상 뛰어내릴 결심을, 프란츠 크사버가 자기를 보지 않는 것을 감수할 결심을, 또 자신을 잊을 결심을 해야만 했다.

그러나 이제는 결정을 해야 했다. 엘렌은 왜 자기가 이 성인에게 도움을 간청해야 하는지 여전히 알지 못했다. 옛 책에 그는 다른 나라를 많이 여행했지만, 가장 동경하던 나라를 목전에 두고 사망했다고 적혀 있었다.

그녀는 있는 힘을 다해 그에게 모든 것을 설명하려 했다. "우리 엄마는 저 건너에 있어요, 그러나 엄마는 나를 보증해 줄 수가 없어요, 아무도 나를 보증해 주지 않아요. 혹시 당신께서…." 엘렌은 주저했다. "내 말은 혹시 당신께서 누군가에게 나를 보증해 주도록 타일러 권할 수 있는지요? 내가 자유의 나라에 가게 되면, 당신을 실망시키지 않을 거예요!"

성인은 놀란 것 같았다. 엘렌은 자기가 생각한 것을 정확하게 말하지 않았음을 깨달았다. 그녀는 자신을 혼란스럽게 하는 것을 애써 떨쳐 버렸다.

"내 말은, 내가 설사 여기 머무를지라도, 그리고 눈물에 빠져 죽을지라도, 당신을 결코 실망시키지 않을 거란 말입니다!"

다시 성인은 놀란 것 같았고, 그녀는 계속 말해야만 했다.

"내 말은 눈물 속에 빠져 죽지 않을 거란 말입니다. 자유로워지지 못하더라도 내가 당신을 비난하지 않도록 항상 애쓸 거란 말입니다."

다시 한번 프란츠 크사버가 말없이 놀라더니 마지막 문이 길을 비켜 주었다.

"그건, 내 말은, 내가 자유롭게 되려면 무엇이 꼭 필요한지 모르겠다는 겁니다."

엘렌은 눈물이 나왔다. 그러나 그녀는 이런 대화에 눈물이 온당하지 않다는 걸 느꼈다.

"부탁합니다. 무슨 일이 있더라도 나를 도와주세요, 어딘가에는 모든 것이 푸르게 되는 곳이 있다는 것을 믿게끔요. 내가 여기 머물러야 한다 할지라도, 바다를 건너는 걸 도와주세요!"

성인과 나눈 대화는 여기서 끝이 났다. 모든 문이 열려 있었다.

부두

"나도 끼워 줘!"

"이봐, 꺼져."

"나도 끼워 줘!"

"꺼지라니까!"

"나도 같이 놀게 해 줘!"

"우린 노는 게 아니야."

"그럼 뭐 하는 건데?"

"우린 기다리는 거야."

"뭘?"

"여기 이 부근에서 아이가 물에 빠지길 기다리는 거야."

"무엇 때문에?"

"그러면 우리가 구해 줄 거야."

"그러면?"

"그러면 잘못을 바로잡은 셈이지."

"너희가 무슨 잘못을 저지른 거야?"

"조부모들이. 우리 할아버지 할머니들의 잘못이지."

"아. 그래 기다린 지 오래됐어?"

"7주를 기다렸어."

"이곳 바다에 아이들이 많이 빠지니?"

"아니."

"그러면 정말 갓난아이라도 운하 아래로 떠내려올 때까지 기다릴 참이니?"

"물론이지. 우린 물에 젖은 아이의 몸을 닦아 시장에게 갖다 줄 거야. 그러면 시장이 이렇게 말할 거야. '잘했어, 아주 잘했어! 내일부터 너희는 다시 모든 벤치에 앉을 수 있어. 할아버지 할머니는 잊어도 좋아' 하고. 감사합니다, 시장님!"

"천만에, 할아버지 할머니께 안부 전해 줘!"

"잘했어. 네가 원한다면, 오늘부터 시장 역을 맡아도 좋아."

"다시 한번 해!"

"여기 아이가 있습니다, 시장님!"

"이 아이가 어쨌다는 거야?"

"우리가 구했어요."

"어떻게 해서 구한 거야?"

"우리가 물가에 앉아 기다리고 있었는데…."

"아냐, 그렇게 말해선 안 돼!"

"그러면. 우린 물가에 앉아 있었는데, 그때 이 아이가 물에 빠졌어요!"

"그래서?"

"그래서 아주 빨리 손을 썼지요, 우린 이 일을 아주 기꺼이 했답니다. 이제 다시 모든 벤치에 앉아도 되겠지요?"

"그래, 그리고 시립공원에 놀러 가도 좋아. 이제 할아버지 할머니들은 잊어도 좋아!"

"고맙습니다, 시장님!"

"잠깐, 이 아이는 어떻게 하지?"

"시장님이 가져도 돼요."

"난 갖고 싶지 않아." 엘렌이 절망적으로 외쳤다. "이 아이는 쓸모없는 아이야. 애 엄마는 외국으로 나갔고, 아빠는 징집되었어. 그리고 애는 아빠를 만나면 엄마에 대해 얘기해선 안 돼. 잠깐… 그리고 조부모들도 뭔가 문제가 있어. 둘은 괜찮은데 둘은 잘못되었어! 2대 2야, 무승부야. 그게 가장 짜증 나는데, 난 너무 힘들어!"

"너 지금 무슨 얘기 하는 거야?"

"애는 어디에도 속하지 않아, 쓸모없는 아이야, 무엇 때문에 이 아이를 구했니? 애를 데려가! 제발 다시 데려가! 그리고 아이가 너희와 놀려고 한다면 그렇게 해 줘, 제발 그렇게 해 줘!"

"여기 머물러!"

"이리 와, 우리 곁에 앉아. 이름이 뭐니?"

"엘렌이야."

"함께 아이를 기다리자, 엘렌."

"너희들 이름은 뭐니?"

"여기 애는 비비. 잘못된 조부모 네 명이 있고, 자랑으로 여기는 밝은 색깔의 입술연지를 갖고 있어. 무용학교에 가려고 해. 우리가 아이를 구하면 시장이 허락해 줄 거라고 생각해. 저기 세 번째 아이는 쿠르트야, 쟤는 아이 기다리는 걸 아주 우습게 여겨. 그래도 기다리고 있어. 아이를 구하게 되면, 다시 축구를 하고 싶어 해. 잘못된 조부모 세 명이 있고, 골키퍼야.

레온이 가장 나이가 많아. 우리와 함께 인명구조를 위한 수영을 연습하고 있어. 감독이 되려 하는데 모든 처치법을 알고 있어. 잘못된 조부모가 네 명 있어.

그리고 저기 하나. 쟤는 나중에 아이 일곱을 가지려 해, 그리고 스웨덴 해안에 집을 지으려 하고, 남편은 목사여야 한대. 계속 이불 바느질을 하고 있어. 아니면 새집의 아이들 방에 달 커튼인지도 모르지, 그렇지, 하나? 너무 햇볕을 많이 쬐어도 해로운데. 그래도 쟤는 우리처럼 기다리며 점심 때 집에도 가지 않고, 가스탱크가 그림자를 드리우는 강 위로도 가지 않아.

루트, 쟤가 루트야! 노래를 즐겨 부르는데 주로 삶의 고통 다음에 오는 황금 소로에 관한 노래야. 부모가 9월에 해

고되었지만, 쟤는 분명 천국의 집을 바라고 있을 거야. 세상은 아름답고 큰데, 우리 모두 인정하지, 그런데! 저기 갈고리, 그렇지, 루트? 거기에 뭔가 잘못된 거야.

헤르베르트, 이리 와 꼬마야, 애가 가장 어린 아이지. 한쪽 발이 뻣뻣하고 겁이 많아. 아이를 구하기 위해 함께 수영을 못할까 봐 걱정하지. 그러나 부지런히 연습하니까 곧 해낼 수 있을 거야. 얘는 아주 사랑하는 3.5명의 잘못된 조부모를 두고 있고, 빨간 물놀이 공도 있는데 이따금 우리한테도 빌려주지, 그렇지, 꼬마야? 아주 진지한 아이야!"

"그리고 넌?"

"난 게오르크야."

"용을 죽이는?"[6]

"용들을 뛰어오르게 하는. 10월이 올 때까지 기다려! 그러면 루트가 '용처럼 너의 영혼을 뛰어오르게 하라' 또는 그 비슷한 노래를 부를 거야. 그밖에 내가 갖고 있는 건? 잘못된 조부모 네 명과 채집한 나비. 다른 모든 건 네 스스로 찾아야 할 거야!"

---

[6] 게오르크(Georg)는 초기 기독교의 순교자이자 14성인 중의 한 사람이다. 회화에서는 흔히 칼이나 창으로 용을 찌르는 백마를 탄 기사로 그려진다.

"좀 더 가까이 와 봐. 보이니, 헤르베르트는 낡은 오페라 글라스를 갖고 있어. 걔는 그걸 갖고 때때로 운하를 샅샅이 뒤지지. 헤르베르트는 우리의 등대야. 그리고 저 건너편에 도시철도가 다녀, 보이니? 저 아래엔 우리 중 한 아이를 실어 나르는 낡은 보트가 있어."

"산들이 있는 쪽으로 좀 더 멀리 가면, 넌 날아다니는 그네가 있는 회전목마 앞에 이르게 돼."

"날아다니는 그네는 멋져, 꽉 붙들었다가 또 떨어지고…."

"그리고 사방으로 멀리 날아가는 거야!"

"눈을 꼭 감고 말이야!"

"그리고 운이 좋으면 사슬이 끊어지지. 근사한 음악이 흐르는 가운데 멀리 맨해튼까지 날아가는 거야, 오락사격장 아저씨가 그렇게 말했어. 사슬이 끊어진다면! 하지만 누가 이런 행운을 얻을까?"

"매년 위원회에서 사람이 나와 회전목마를 검사하지. '소용없어,' 하고 오락장 아저씨가 말해. '사람들이 날아가는 것을 막는다고? 막을 테면 막아 보라지,' 하고 오락장 아저씨가 말해."

"그리고 또 그네도 있는데, 거꾸로 서기도 해!"

"'그네들도 거꾸로 선다는 걸 알아차리지,' 하고 오락장 아저씨가 말해."

그들은 뒤섞여 중구난방으로 얘기했다.

"너희들 벌써 많이 타 봤어?" 엘렌이 억눌린 기분으로 물었다.

"우리가?"

"우리가 탔다고 생각했어?"

"우린 아직 한 번도 타 본 적이 없어."

"한 번도 타 본 적이 없다고?"

"우린 타선 안 돼, 사슬이 끊어질 수도 있어!"

"우리 할아버지 할머니의 무게가 너무 무거워."

"그러나 이따금 아저씨가 오락장에서 나와 우리 옆에 앉아서, '너무 가벼운 것보다는 너무 무거운 게 좋아!' 하고 말해. 그리고 사람들은 우릴 두려워한다고도 말해."

"그 때문에 우린 회전목마도 탈 수 없는 거야."

"아이를 구조하면, 그때는!"

"그런데 아이가 물에 빠지지 않으면?"

"아무도 빠지지 않는다고?"

공포가 아이들을 엄습했다.

"무슨 생각 하는 거야? 여름이 끝나려면 아직 멀었어!"

"왜 그런 질문을 하는 거니? 넌 우리 편이 아니야!"

"두 명의 잘못된 조부모로는! 그건 부족해."

"넌 이해하지 못해. 넌 아이를 구조할 필요가 없어. 넌 그러지 않아도 모든 벤치에 앉을 수 있어! 그리고 회전목마도 탈 수가 있고! 무엇 때문에 우는 거야?"

"난…," 엘렌이 흐느꼈다. "그저 갑자기 생각이 났어, 겨울이 올 텐데 하고. 그런데 너희는 여전히 여기 나란히 앉아 아이를 기다릴 거야! 귀에 기다란 고드름이 매달리고, 코와 눈에도, 오페라글라스도 얼어붙은 채. 그리고 너희는 바라보고 또 바라보지만, 구하고자 하는 아이는 물에 빠지질 않아. 오락장 아저씨도 오래전에 집으로 가 버렸고, 날아다니는 사슴들도 판자로 막아 버렸고, 용들은 이미 뛰어올랐어. 루트는 노래 부르고, 말하고 싶어 하지만, 그런데 더 이상 입을 열 수가 없어.

건너편에선 따뜻하고 밝은 전철 안의 사람들이 차가운 창에 뺨을 갖다 대고 있어. 저 건너편을 좀 봐! 골목길이 아주 조용해지는 운하 뒤에, 가스탱크 오른쪽 얼음덩이 위에 조그마한 기념비가 눈 속에 파묻혀 있지 않니? 기념비? 누구를 위한 기념비일까? 그러면 난 말할 거야. 잘못된 조부모가 있는 아이들을 위한 기념비라고. 그리고 난 이렇게 말할 거야. '난 추워'라고."

"이제 조용히 해, 엘렌."

"우리 걱정은 그만해. 아이는 꼭 구조될 거야!"

한 남자가 운하를 따라 걸어가고 있었다. 흐르는 물에 비친 그의 모습이 일그러지고 주름이 잡혔다가, 다시 펴져서는 잠시 동안 원래의 모습으로 돌아왔다.

"인생은," 하고 말하고서는 남자는 아래를 보며 웃었다. "인생은 끔찍스럽지만 그걸 치유할 수 있는 힘도 있어." 그러고는 멀리 수면 위로 침을 뱉었다.

노파 둘이 물가에 서서 흥분해서 얘기를 주고받았다.

그들은 마치 시를 암송하는 것처럼 빨리 말했다.

"흐르는 물속에 비친 당신들 모습을 한번 보세요." 남자가 지나가면서 말했다. "아주 묘한 모습일 거예요." 그는 조용히 그리고 빨리 가 버렸다.

아이들을 보자 그는 손짓을 시작했고 더 빨리 걸어갔다.

"난 세상을 돌아다녔네." 루트와 하나가 2중창으로 불렀다. "세상은 넓고 아름다웠다네." 나머지 아이들은 침묵을 지켰다. "그렇지만…" 루트와 하나가 노래했다.

보트가 흔들흔들했다.

"그렇지만!" 남자가 외쳤고, 차례대로 아이들의 손을 잡고 흔들었다. "그렇지만… 그렇지만… 그렇지만?"

"얘는 엘렌이에요." 게오르크가 빨리 설명했다. "잘못된 조부모 두 명과 올바른 조부모 두 명. 2 대 2 무승부예요."

"우린 모두 무승부야." 남자는 웃으며 커다란 손으로 엘렌의 어깨를 두드렸다. "무슨 뜻인지 깨닫게 되면, 기뻐해!"

"이미 깨달았어요." 엘렌이 머뭇거리며 말했다.

"깨달았으면, 기뻐해." 남자는 되풀이해 말했다.

"오른쪽에서 한 사람이 웃고, 왼쪽에서 한 사람이 울면, 넌 누구에게로 갈 거니?"

"우는 사람요." 엘렌이 말했다.

"얘는 우리하고 놀고 싶어 해요!" 헤르베르트가 외쳤다.

"얘 엄마는 이민 갔고, 아빠는 입대했어요."

"너 어디에 사니?" 남자가 엄하게 물었다.

"잘못된 할머니 집에 살아요." 엘렌이 불안해하며 말했다. "그러나 이미 올바른 할머니나 다름없어요."

"기다려, 올바른 것이 얼마나 잘못된 것인지 알게 될 테니." 남자가 투덜거렸다.

"엘렌은 두려워해요." 게오르크가 낮은 소리로 말했다. "우리가 구하려는 아이가 물에 빠지지 않을까 봐서요."

"넌 어떻게 그런 생각을 할 수 있니?" 남자는 화가 나서 엘렌을 잡고 흔들었다. "어떻게 그런 생각을 할 수 있어? 아이는 구조되려면, 물에 빠져야 해, 알겠니?"

"예." 엘렌은 깜짝 놀라 대답을 하고는 몸을 빼내려 했다.

"넌 아무것도 몰라!" 남자는 말하고는 더욱 화가 났다. "아이에게 무슨 일이 일어날지는 아무도 몰라. 모두들 물에 빠지지 않고, 구조 받으려고 해. 하지만 물에 빠지지 않는 사람이 어떻게 구조될 수 있다는 말이냐?"

여전히 낡은 보트가 흔들거렸다. "보트는 우리 중 한 명만 나를 수 있어요!" 비비가 남자의 관심을 돌리려 했다.

"언제나 한 명만이지." 그가 보다 차분하게 말했다. "언제나 한 명만이야. 그래 그 말이 맞아."

"낡은 보트예요." 쿠르트가 경멸적으로 중얼거렸다.

"대양의 기선보다도 더 영리해." 남자가 대꾸했다. 그는 아이들에게 바싹 가까이 앉았다. 물은 흔들림이 없이 부두 방파제를 때렸다.

"아저씨는 어때요?" 엘렌이 겁먹은 소리로 말했다. "아저씨 조부모 말이에요."

"네 명은 올바르고 네 명은 잘못되었지." 남자는 대답하고는 잿빛 풀밭에 다리를 길게 뻗었다.

"아니," 엘렌이 소리치고는 웃었다. "조부모가 여덟 명이라고요!"

"네 명은 올바르고 네 명은 잘못되었어." 남자는 굽히지 않고 되풀이했다. 그리고 손가락 세 개로 담배를 말았다. "우리 모두처럼."

새들이 물 위를 낮게 가로질렀다. 헤르베르트는 오페라 글라스로 지칠 줄 모르고 물 위를 살폈다.

"그런데 난 거의 하느님 같은 존재야." 남자는 놀라 어리둥절해하는 엘렌에게 설명했다. "난 세상을 소유하려 했는데, 지금은 오락사격장을 소유하고 있어."

"유감이군요!" 엘렌이 공손하게 말했다. 그러고는 다시 침묵이 이어졌다. 아이들은 운하 위를 주의 깊게 응시했다. 늦은 태양이 그들 어깨 너머로 음흉한 미소를 보냈다. 그러나 그들은 알아차리지 못했다.

우린 낯선 아이를 기다린다. 우린 그 아이를 익사 직전에 구해서 시청으로 데려간다. '너희들 장하다!' 하고 시장이 말할 것이다. 조부모들은 잊어라. 너희는 내일부터 다시 모든 벤치에 앉을 수 있다. 내일부터 너희는 다시 회전목마를 탈 수 있다…. 내일… 내일… 내일….

"뛰어오르는 물고기들!" 헤르베르트가 웃으며 쌍안경을 눈앞에서 흔들어 보였다.

"등대는 그들을 보지만, 그들은 등대를 보지 않는다." 루트가 생각에 잠겨 말했다. "'거꾸로'라고 생각할 수도 있겠지. 그러나 이 노래 중에 이런 가사가 있어."

"그렇지만," 오락장 남자가 외치며 갑자기 펄쩍 뛰어 일어났다. "그렇지만 너희는 오늘이라도 회전목마를 타게 될 거다!"

"무슨 그런 말씀을." 하나가 믿기지 않는다는 듯 말했다.

비비는 천천히 긴 양말을 끌어 올렸다.

"무슨 그런 위험한 말씀을 하세요?"

"저기다!" 헤르베르트가 정신없이 외쳤다. "낯선 아이야, 물에 빠지고 있어!"

레온이 그의 손에서 쌍안경을 뺏었다. "어른이야." 그가 쓸쓸히 말했다. "수영을 하고 있어."

"이리들 와." 오락장 주인이 재촉했다. "농담 아니야. 동업자가 여행을 떠났어. 너희에겐 유일한 기회야. 이 시간엔 아무도 타려고 하지 않아. 너희뿐이야."

"우리뿐이에요." 게오르크가 멍한 모습으로 되풀이해 말했다.

"좋아요!" 비비가 소리쳤다. 마치 새가 소리 지르는 것 같았다.

"그런데 엘렌은요?"

"엘렌은 꼭 오늘 타지 않아도 돼." 남자가 말했다. "얘는 다른 때도 탈 수 있으니까."

"여기서 기다릴게." 엘렌이 개의치 않으며 말했다. 소녀는 이러한 유의 공평한 조치를 이의 없이 받아들였다. 그녀는 떠나는 아이들을 눈으로 배웅했다.

오락장 주인이 앞서 달렸고, 아이들이 그 뒤를 따라 산을 향해 달렸다. 더 빨리 달리자 강물이 그들을 향해 흐르는 것 같았다. 아이들은 서로 손을 꽉 붙들었다. 개들이 뒤에서 짖어 댔고, 잿빛 초원에선 쌍쌍의 남녀들이 나뒹굴었다. 납작한 돌들이 물에 부딪쳐 찰싹찰싹 소리가 났다.

회전목마는 석양을 받으며 서 있었다. 남자는 문을 열었다. 거기 가스탱크 사이에 회전목마가 분장하기 전의 어릿광대처럼 꿈꾸듯, 깊은 생각에 잠긴 듯 서 있었다. 화려한 천장에는 사슬들이 길고 엄숙하게 매달려 있었다. 작은 좌석은 에나멜 칠이 되어 있었다. 하늘과 태양도 갑자기 에나멜 칠을 한 것 같았다.

아이들은 까닭 없이 웃었다.

"음악 들을래?" 남자가 물었다.

"진짜 음악을요?" 헤르베르트가 흥분해서 외쳤다.

"요구가 많은데." 남자가 말했다.

가스탱크가 시커먼 모습으로 위협하고 있었다.

"음악은 위험해!" 게오르크가 말했다. "강 건너 멀리에서도 들을 수 있어. 어딘가에 비밀경찰이 있을 거야."

"강물이 흘러 지나가는데." 남자가 음울하게 말했다.

"그들이 우리가 회전목마를 탄다는 걸 안다면!" 루트가 무서워 몸서리를 쳤다. 오락장 주인은 아무 말 없이 좌석을 살펴보았다. 모래가 적의에 차 번쩍거렸다.

"음악이다!"

"사람들이 아저씨를 고발한다면?"

"고발이 뭔지 아세요?"

"몰라." 남자는 조용히 말하고서는 아이들을 단단히 고정했다. 그는 시운전하듯 회전목마를 가동했다. 좌석이 흔들흔들 움직였다.

"출발!" 비비가 다시 한번 외쳤다. "음악이다!"

천장이 빙글빙글 돌기 시작했다. 헤르베르트의 뻣뻣한 발이 불안한 모습으로 허공에 드리워 있었다.

"돌아와!" 확성기의 나팔이 방파제 너머로 외쳐 댔다.

"나 내릴래!" 헤르베르트가 소리쳤다. 아무도 그 소리를 듣지 못했다.

아이들은 날았다. 그들은 무거운 신발의 법칙을 거슬러 그리고 비밀경찰의 법칙에 거역하여 날았다. 그들은 중심에서 나오는 힘의 법칙에 따라 날았다.

모든 회녹색 풍경이 멀리 그들 발아래에 있었다. 색깔들이 녹아들었다. 미지의 존재를 찬양하듯 빛이 맑게 반짝반짝 빛났다.

그 모습이 정말 감각적이었다.

멀리 저 아래에 오락장 주인이 팔짱을 낀 채 서 있었다. 그는 두 눈을 감았다. 이 순간 그는 자신의 오락장을 온 세상과 바꾸었다.

아이들이 외쳤다. 아이들은 더 멀리 사방으로 날아가기 위해, 계속해서 있는 힘껏 서로를 꽉 붙들었다.

"돌아와!" 확성기가 외쳐 댔다.

아이들은 그 소리를 듣지 않았다. 까마득하게 멀리 떨어져 있는 별빛이 그들을 비췄다.

한 여자가 다리 위로 유모차를 밀고 있었다. 유모차 안의 아이는 잠들어 누운 채 미소를 짓고 있었다. 유모차 옆의 아이는 걸어가며 큰 소리로 울었다.

"배고프니?" 여자가 물었다.

"아니." 아이가 울며 말했다.

"목마르니?" 여자가 물었다.

"아니." 아이가 울며 말했다.

"어디 아프니?" 여자가 물었다.

아이는 더 큰 소리로 울며 아무 대답도 하지 않았다.

"날 좀 도와줘!" 여자가 화가 나서 말했다.

계단이 물가 쪽으로 경사져 있었다.

"더 단단히 붙들어." 그녀가 헐떡이며 말했다. "넌 모든 걸 너무 느슨하게 쥐어."

바람이 일어 그녀의 딴 머리에 물결을 일으키려 했다.

유모차 안의 아이가 울기 시작했다. 유모차 옆의 아이는 웃었다. 그들은 강물을 따라갔다.

"뭣 때문에 웃는 거니?" 여자가 물었다.

아이가 더 큰 소리로 웃었다.

"이제 자리를 찾아야지." 그녀가 말했다. "좋은 자리를!"

"바람이 있는 곳에." 아이가 웃었다. "개미가 많은 곳에!"

"바람이 없는 곳에." 여자가 대꾸했다. "그리고 개미가 없는 곳에."

"아직 아무도 눕지 않은 곳에." 아이가 웃었다. "풀이 아직 곧추 서 있는 곳에!"

"풀이 누운 곳에." 여자가 말했다. "이미 많은 사람이 누운 곳에. 그런 자리가 더 좋아."

아이는 입을 다물었다. 멀리서 확성기 소리가 들려왔다.

"여기야." 여자가 소리쳤다. "여기가 좋은 자리야! 여기에 바로 조금 전에 누군가 누웠음이 틀림없어."

"누가 여기에 누웠는데?" 아이가 물었다.

여자는 유모차에서 이불을 꺼내 풀밭에 펼쳤다. "작은 발자국이야." 그녀가 말했다. "너와 같은 아이들이었나 봐."

"정말?" 아이가 웃었다.

"이제 조용히 해!" 여자가 초조하게 말했다.

아이가 물가로 내려갔다. 아이는 몸을 굽혀 돌을 하나 집어 들어 손에 놓고 무게를 가늠했다.

"돌도 헤엄치나요, 엄마?"

"아니."

"그렇지만 헤엄치게 한번 해 볼 테야!"

"네 마음대로 해. 엄마는 피곤해."

"내 마음대로." 아이가 되풀이해 말했다. 태양은 사라졌다.

"엄마, 보트야, 낡은 보트야! 그리고 저 건너엔 도시철도가. 정말 빨리 달리는데, 창문이 번쩍번쩍 빛나고 있어! 난 뭘 타지? 엄마, 뭘 타고 계속 가지? 보트 아니면 철도? 엄마, 잠들었어?"

여자는 지친 상태로 팔베개를 하고선 고르게 숨을 쉬고 있었다. 그 옆에는 젖먹이가 두 눈을 뜬 채 누워 있었고 그 속에 하늘이 비쳤다. 아이는 다시 둑 위로 올라와서는 젖먹이를 내려다보았다. 유모차가 안개 낀 물가 쪽으로 뻣뻣하고 시커먼 모습으로 서 있었다.

"너 정말 이걸 타고 계속 갈 거니?" 아이가 물었다. "너무 느리지 않니?"

젖먹이가 말없이 웃었다.

"나중에 넌 도시철도로 갈아탈 거야. 하지만 정거장이 너무 많아!"

젖먹이가 불안해하며 입을 찡그렸다.

"아니야, 아니야, 너도 그건 타고 싶지 않겠지! 이봐! 저 아래 보트가 있어. 네가 저 안에 누워 있으면, 보트는 그 자리에 가만히 있지 않을 거야! 네가 원하는 만큼 오래 태워 줄 거야. 더 이상 갈아탈 필요도 없고, 아무도 네 기저귀를 갈아 채우지도 않을 거야. 좋아? 그럼 가자!"

여자는 깊이 숨을 내쉬더니 천천히 다른 쪽으로 몸을 돌렸다. 보트가 가볍게 흔들거렸다. 약한 밧줄 하나가 보트에 묶여 있을 뿐이었다.

아이는 젖먹이를 끌어안고는 둑 아래로 내달렸다.

"요람 같지 않니?"

젖먹이가 비명을 질렀다. 아기는 포박된 항해사처럼 보트 가장자리에 누워 있었다.

"기다려, 곧 갈 테니!"

아이는 보트를 풀었다. 아이는 두 발을 물속에 딛고 있었다.

"왜 소리 지르는 거야? 기다려, 기다려! 왜 기다리지 않니?"

젖먹이는 더 큰 소리로 울부짖었다. 크고 더러운 물방울이 아기의 작은 얼굴 위로 튀었다. 보트는 가운데를 향해 나아갔다. 보트는 빙글빙글 돌고 흔들흔들했는데 아직 망설이는 것 같았다. 원양기선보다 영리해. 더 영리해.

졸린 눈을 깜박이며 엘렌은 둑 위로 고개를 들어 올렸다. 이 순간 보트가 물결에 휩쓸렸다. 보트는 뒤집어졌다.

"돌아와!" 아래쪽 조금 떨어진 곳에서 확성기가 불협화음을 내더니 뚝 끊겼다.
"실컷 탔어?" 오락장 주인이 웃었다.
"실컷 탔어요." 아이들이 기쁘기도 하고 몽롱하기도 한 모습으로 대답했다.
남자는 아이들의 벨트를 풀어 주었다.
"난 정말 좋았어요." 헤르베르트가 말했다. "정말 좋았어요."
"정말 고마워요!"
아이들은 남자의 손을 잡고 흔들었다. 남자의 표정이 환해졌다.
"내일 또 탈래?"
"다시는 안 타요." 게오르크가 진지하게 답했다. "2킬로미터 아래에 비밀경찰이 있어요."
"조심해!" 남자가 말했다. "그런데 만약… 내 말은, 좋은 친구라 해도 조심하란 말이다. 어쨌든, 너희는 결코 회전목마를 타지 않았어!"
"우린 결코 회전목마를 타지 않았어요." 레온이 말했다.

출구에 키가 큰 한 청년이 서 있었다.

"왜 너희는 돈을 내지 않는 거야?"

"이미 냈어요!" 아이들은 외치면서 재빨리 달아났다. 빨리, 더 빨리! 아이들은 그들의 놀이터에서 몇 발자국 떨어지지 않은 곳에 이르렀다.

"저길 봐!"

그들의 팔이 힘없이 아래로 떨어졌고, 얼굴에선 핏기가 싹 가셨다. 그들은 둑 가장자리에 굳은 자세로 서 있었다. 여름 하늘을 향해 검고 경직된 아이들의 실루엣이 뚜렷하게 드러났다.

그들이 본 것은 세상의 부당함에 관한 고상한 개념을 넘어섰으며, 고통을 견딜 수 있는 능력을 넘어섰다. 물방울을 뿌리며, 아기를 팔에 안고 엘렌이 운하에서 올라왔다.

그들이 7주 동안 기다렸던 아기, 자신들의 정당성을 입증하기 위해, 다시 모든 벤치에 앉을 수 있기 위해 구출하고자 했던 아기, 그들의 아기가 아닌가!

둘째 아이의 손을 잡고서, 어머니는 강가에 서서 두려움과 기쁨으로 비명을 질렀다. 사방에서 사람들이 몰려들었다. 모두가 마치 이 유일한 기회에 그들의 동정심을 보여 주기 위해 유령처럼 강물에서 떠오른 것 같았다. 어리둥절해 하면서 엘렌은 그들 한가운데에 서 있었다. 순간 그녀는 둑

가에 있는 친구들을 알아보았다. 여자는 엘렌을 안으려 했으나 엘렌은 그녀를 뿌리쳤다. "이건 내 잘못이 아니야." 그녀는 절망한 채 소리쳤다. "이건 내 잘못이 아니야! 난 너희를 부르려 했어. 그러나 너희는 너무 멀리 떨어져 있었어. 난…." 그녀는 사람들을 옆으로 밀쳤다.

"쓸데없는 말 하지 마!" 쿠르트가 쌀쌀하게 말했다.

"내 오페라글라스는 어디 있지?" 헤르베르트가 외쳤다. 하나와 루트는 눈물을 참으려 했지만 뜻대로 되지 않았다.

"우린 달리 갚아 줄 거야." 레온이 속삭였다.

엘렌은 창백하고 절망에 빠진 모습으로 그들 앞에 서 있었다.

"이리 와." 게오르크가 침착하게 말하고는 그녀에게 자기 상의를 걸쳐 주었다. "저 위에 벤치가 있어. 이제 우리 모두 하나의 벤치에 앉는 거야. 되는대로."

장화를 신은 발걸음들이 자갈을 짓밟았다. 길 잃은 자들의 걸음이 그러한 것처럼, 별 의미 없이, 그냥 오기로. 아이들이 깜짝 놀라 펄쩍 뛰어 일어났다. 벤치가 뒤집어졌다.

"신분증!!" 그중 한 명이 요구했다. "여기 앉을 자격들이 있나요?"

이 목소리. 엘렌은 얼굴을 어둠 속으로 돌렸다.

"예." 게오르크가 두려움으로 굳은 음성으로 말했다.

하나는 외투 주머니를 뒤져 신분증을 찾아보았다. 그러나 찾지를 못했다. 서치라이트 밖에 있던 레온은 슬쩍 달아나려 했고, 헤르베르트도 뒤따르려 했다. 그의 뻣뻣한 발이 미끄러지며 바스락거리는 소리를 냈다. 둘 다 붙잡혔다.

병사들이 무감각할 정도로 침착하게 서 있었다. 그들 사이에 장교가 있는 것 같았다. 그의 견장이 은빛으로 반짝이고 있었다. 비비가 울기 시작했다가 그쳤다.

"모든 게 끝장이야." 쿠르트가 속삭였다.

잠시 동안 어느 누구도 움직이지 않았다.

가운데 장교가 초조해지기 시작했다. 그는 화가 나서 권총을 만지작거렸다.

"난 당신들이 여기에 앉을 자격이 있는지 물었소!"

헤르베르트가 큰 소리로 두 번 침을 삼켰다.

"아리아 인들이오?"

여전히 엘렌은 굳은 모습으로 어두운 곳에 서 있었다. 그녀는 앞으로 발을 내딛으려다 움찔하며 뒤로 물러났다. 장교가 날카롭게 그리고 더욱 분명하게 질문을 반복했을 때, 그녀는 재빨리 서치라이트 안으로 들어섰다. 그녀는 특이한 동작으로 짧은 머리를 쓸어 올리며 말했다.

"알잖아, 아빠!"

철모는 분명 얼굴 표정을 감추기 위해 만들어진 것 같았다. 지금도 모든 전선에서 그 효과가 입증된 바 있다.

작고 먼지투성이인 공원에 숨 막힐 듯한 긴장감과 엄청난 무서운 정적이 감돌았다. 좌우의 두 병사는 상황을 완전히 이해하지는 못했지만, 그들의 존재가 무시당하기라도 한 것처럼 메스꺼움과 현기증을 느꼈다. 아이들은 모두들 이해하고 있었고, 어둠 속에 의기양양하게 서 있었다.

여기 이 사람은 바로 엘렌에게 자기를 잊어 달라고 부탁했던 그 남자였다. 그러나 말이 그 말을 내뱉은 입을 잊을 수 있을까? 그는 한 생각을 끝까지 하는 것을 거부했었다. 이제 그는 그 생각으로 온통 그늘이 지고 압도된 느낌이었다.[7]

아이들 중 누구도 더 이상 달아날 생각을 하지 않았다. 일거에 그들은 공세를 취하는 입장이 되었다. 그들의 무력함에서 알지 못하는 힘이 흘러나왔다. 아이들의 숨결이 가볍게 떨리고 있는 가운데 바벨탑이 흔들리고 있었다. 비를 함빡 머금은 습기 찬 바람이 서쪽에서 물 위로 불어왔다. 세상을 해방시키는 숨결처럼.

---

7) 다음과 같은 의미다. "그러나 딸이 어찌 아빠를 잊을 수 있을까? 그는 이제까지 자신에게 딸이 있다는 생각을 거부했다. 그러나 지금 그는 딸을 눈앞에 둔 현실에 직면해 어찌할 바를 모르고 있었다."

엘렌은 애써 미소를 지으려 했다. "아빠!" 그리고 그를 향해 팔을 뻗었다. 남자는 조금 뒤로 물러났다. 그는 이제 일행 뒤에 서 있어서 그의 움직임은 소녀에게 보이지 않았다. 그의 두 눈은 괴로운 듯 간절하게 아이를 향하고 있었다. 그는 손이 떨려, 오른손으로 검대를 꽉 붙들고 있었다. 말없이 온갖 수단을 다 써서 그는 엘렌에게 영향을 미치려 시도했다.

그러나 그녀는 더 이상 참을 수가 없었다. 신뢰의 바람이 세차게 울부짖더니 정체를 드러낸 대지의 황량함 속에, 실망의 고통과 쓰라림의 한가운데에 그녀를 떨어트렸다. 그녀는 펄쩍 뛰어 그의 목을 안고는 키스를 했다. 그러나 그는 이미 생각을 끝내고는 어깨에 매달린 그녀의 두 손을 억지로 떼어 내면서 약간 앞으로 밀쳐 버렸다.

"어떻게 여긴 온 거니?" 그는 다소 엄하게 물었다. "그리고 애들은 누구니?"

"오, 꽤 괜찮은 아이들이에요." 엘렌이 말했다.

그녀는 돌아서서 꾸밈없는 손동작을 해 보였다.

"이제 너희들은 집으로 갈 수 있어!"

숲 속에서 바스락거리는 소리가 나지막하게 그리고 점점 크게 들려왔다. 나뭇잎이 살랑거렸고, 옷이 가시에 걸려 찢어지는 소리가 났다. 잠시 동안 레온이 속삭이는 소리, 헤르베르트의 발이 미끄러지는 소리, 빠른 발자국 소리만이 들려왔다. 그리고 조용해졌다.

병사 둘이 깜짝 놀라 뒤돌아섰으나 명령을 받지는 못했다. 엘렌이 미친 듯이 그리고 목적을 의식한 채 아버지를 붙들고 놓지 않았기 때문이다. 그녀는 아버지를 물고 늘어지며 말을 하지 못하게 만들었다. 그녀는 그의 어깨 견장에 작고 성가신 짐승처럼 매달려 있었다.

그녀는 생각했다. '헤르베르트는 한쪽 다리가 성하지 못하니까, 시간이 더 필요할 거야.' 그밖엔 더 이상 생각하지 않았다. 그녀는 울었고 그녀의 눈물은 군복을 얼룩지게 했다. 그녀의 몸은 오열로 흔들렸으나, 사이사이에 웃기도 했다. 아버지가 자신에게서 벗어나기 전에 그녀는 그의 뺨을 깨물었다.

그는 손수건을 꺼내 입과 상의의 얼룩을 닦았다.

"너 아프구나." 그가 말했다. "넌 이제 가야 해."

엘렌이 고개를 끄덕였다.

"혼자 집에 갈 수 있겠니?"

"예." 그녀가 차분히 말했다. "갈 수 있어요." 그러나 그곳은 할머니와 소냐 이모와 함께 살고 있는 더러운 집이 아니라 그녀를 둘러싼 아득히 먼 곳이었다.

"난 근무 중이야." 그는 서서히 자신을 진정시키며 설명했다. 높은 사람들에겐 이 모든 걸 고열로 인한 환각으로 설명할 수 있을 터였다.

"아빠를 더 이상 오래 붙들지 않겠어요." 엘렌이 공손히 말했다.

그는 마지막 인사를 하려 하면서 머뭇머뭇 손을 철모 가장자리로 가져갔다. 엘렌은 아직 뭔가 말을 하려 했고, 다시 한번 그의 얼굴을 보려 했으나, 그러나 몸을 움직이지는 않았다. 서치라이트는 그녀를 두고 떠났다. 그녀는 어둠 속에 남아 있었다.

그녀는 벤치 쪽을 돌아다보았다. "게오르크!" 그녀가 속삭였다.

그러나 게오르크는 여기에 없었다. 아무도 여기에 없었다. 모두들 달아난 것이었다.

이 순간 바람이 불어 구름을 옆으로 밀어냈다. 엘렌은 계단 아래로 내려가 물가에 섰다. 마치 다리가 다른 쪽 물가를 향해 그림자를 던지듯 달이 그녀의 그림자를 던졌다.

성스러운 땅

증명을 할 수 없는 자는 끝장난 것이다. 증명을 가져올 수 없는 자는 속수무책이다. 우린 어디로 가야 하나? 누가 우리에게 위대한 증명을 해 줄 것인가? 누가 우리의 길 찾기를 도와줄 것인가?

우리의 조부모들은 증명해 주지 않았다. 우리의 조부모들은 우리를 보증해 주지 않는다. 우리의 조부모들은 우리의 죄가 되었다. 죄는 우리가 존재한다는 것이고, 죄는 우리가 매일 밤 자란다는 것이다. 이러한 죄를 용서해 주세요. 빨간 뺨과 하얀 이마를 용서해 주세요, 우리 자신들을 용서해 주세요. 우리는 하나의 손에서 나온 존재들, 하나의 불꽃에서 나온 불, 하나의 악에서 나온 죄가 아닌가요? 노인들은 우리에게 죄를 짓고 있다. 더 늙은 노인들은 노인들에게, 그리고 가장 늙은 노인들은 더 늙은 노인들에게 죄를 짓고 있다. 그건 지평선으로 가는 길과 같지 않은가? 이 죄의 길은 어디서 끝나는가, 어디서 멈추는가? 당신들은 아느냐?

고인들은 어디서 깨어나는가? 어디서 그들은 무덤 밖으로 고개를 내밀어 우리를 위해 증언하는가? 어디서 그들은 육신의 흙을 털어, 우리가 우리라는 사실을 맹세하는가? 조롱은 어디서 끝나는가?

100년 전, 200년 전, 300년 전으로 돌아간다? 그걸 위대한 증명이라 하는가? 계속 세어 보라! 1000년, 2000년, 3000년. 카인이 아벨을 보증하고, 아벨이 카인을 보증하는 그곳까지, 당신들이 현기증을 일으키는 그곳까지, 당신들이 살인을 시작하는 그곳까지, 당신들도 더 이상은 모를 테니까. 당신들도 보증을 받지 못했으니까, 당신들도 솟구쳐 흐르는 피의 증인들이니까. 어디서 우리는 다시 만나는가, 어디서 생명의 탄생이 증명되는가? 우리 모두를 위한 위대한 증명이 하늘 어디에 쓰여지는가?

거기는 용해된 종들이 시작과 끝을 동시에 알리는 그곳이고, 거기는 짧은 순간들이 모습을 드러낸 그곳이며, 마침내 모든 것이 푸르게 되는 곳은 오직 그곳밖에 없다. 마지막 이별이 끝나고, 재회가 시작되는 곳. 마지막 무덤이 끝나고 들판이 시작되는 곳. 당신들이 우리가 공원에서 노는 걸 금지했다면, 우린 묘지에서 놀겠어요. 당신들이 우리가 벤치에서 쉬는 걸 금지했다면, 우린 무덤 위에서 쉬겠어요. 당신들이 우리가 앞날을 기다리는 걸 금지했다면, 우린 그래도 기다리겠어요.

하나, 둘, 셋, 기다려, 우리는 숨바꼭질을 합니다. 찾아낸 사람은 쫓김을 당하지 않습니다. 저기 하얀 돌! 저기가 숨을 곳이죠. 저기선 자유로운 새들이 더 이상 추방되지 않습니다. 하나, 둘, 셋, 기다려, 죽은 자들도 함께합니다. 듣고 있어요? 들었어요? 우리를 증명해 줘요, 일어나, 두 손을 들고, 당신들은 살아 있으며, 우리를 보증한다고 선서하세요! 우리는 모든 다른 사람들처럼 살아 있다고 선서하세요. 우리는 굶주리고 있다고 선서하세요!

"아니야, 레온, 그건 안 돼. 넌 속이고 있어, 넌 손가락 사이로 보고 있어! 우리가 어디로 가는지 보고 있어!"

"그래, 난 너희가 어디로 가는지 보고 있어." 레온이 낮은 소리로 반복했다. "난 손가락 사이로 보고 있어. 난 너희가 무덤 사이에서 사라지는 걸 보고 있어, 그래, 보고 있단 말이야. 그런데 이젠 아무것도 보이지 않아. 이제 달아나지 마!" 그는 간청하듯 외쳤다. "우리 함께 있자! 곧 캄캄해질 거야."

"계속해! 한 시간 후면 묘지는 문을 닫을 거야. 그때까지 계속하는 거야!"

"서로 다시 볼 수 있도록, 조심해." 레온이 정신없이 외쳤다. "너희들 잘못해서 묻히지 않도록 조심해, 너희들!"

"네가 그렇게 소리치면, 경비원이 우릴 내쫓을 거야, 그러면 우린 마지막 놀이터를 잃게 돼!"

"사람들이 너희를 죽은 자들과 혼동하지 않도록, 조심해!"

"너 미쳤구나, 레온!"

"너희가 지금 숨으면, 내가 너희를 찾지 못할지도 몰라. 난 무덤 사이에서 너희 이름을 부르고, 소리치고 발을 구르지만, 너희는 나오지 않아. 갑자기 놀이는 끝나 버렸어. 나뭇잎들이 바스락거리는데, 그것들이 내게 무슨 말을 하려는 건지 알 수가 없어. 거친 덤불이 내 위로 고개를 숙이고 나의 머리를 가볍게 스치지만, 그들도 위로가 안 돼. 시체안치소에서 경비원이 달려와 내 멱살을 잡는구나. 넌 누구를 찾고 있는 거니? 난 다른 아이들을 찾고 있어요! 어떤 다른 아이들 말이니? 나와 함께 놀았던 아이들 말이에요. 무슨 놀이를 했는데? 숨바꼭질요. 그 때문에 그랬구나! 경비원은 내 얼굴을 응시한다. 갑자기 그는 웃음을 터트린다. 왜 웃어요? 내 친구들은 어디 있어요? 다른 아이들은 없어. 그들은 무덤 속에 숨었이, 그리고 묻혀 버렸어. 그들은 위대한 증명서를 가져오지 못했어, 하지만 그건 오래전의 일이야.

왜 너희는 숨바꼭질 놀이를 했니? 왜 너희는 살아 있는 동안 내내 숨바꼭질 놀이를 하는 거니? 왜 너희는 하필이면 묘지에서 서로를 찾고 있는 거니? 여기서 사라져, 이제 문이 닫힐 거야! 다른 아이들은 없어. 경비원이 나를 위협한다. 그는 성난 얼굴을 하고 있다. 가! 난 가지 않는다. 그러니까 너도 그들과 한패야? 그렇다면 너도 증명을 받지 못한 거니?

그럼 너도 존재하지 않는 거야. 경비원이 갑자기 사라졌다. 하얀 길이 까맣게 된다. 좌우에 무덤이 있다, 이름 없는 무덤들이. 아이들의 무덤이. 우리는 더 이상 없다. 우리는 죽었고 아무도 우리를 증명해 주지 않았다!"

"레온의 말이 옳아!"

"숨바꼭질 놀이를 하는 거야, 아니면 이제 그만하는 거야?"

"생각해 보자, 게오르크!"

"아니, 생각할 게 뭐가 있어, 난 할 거야, 난 가장 좋은 곳을 알고 있지! 너희에게도 알려 줄까? 저 건너편, 가장 오래된 무덤들이 있는 곳이지! 돌들이 이미 삐딱하게 서 있고, 언덕이, 마치 이전에 없었던 것처럼, 내려앉은 곳! 아무도 더 이상 울지 않고, 모두들 기다리는 곳. 귀를 기울이는 사람처럼, 바람이 잦아드는 곳. 그 위에 하늘이 얼굴처럼 드리워져 있는 곳. 거기선 아무도 날 찾지 못해!"

"100년 후에 너의 흰 뼈나 찾겠지!"

"모든 게 레온 탓이야."

"넌 누가 널 찾기를 원하는 거니?"

"왜 묻는 거야?"

"그럼 왜 숨는 거야?"

"여기 있어!"

"우리 함께 있자!"

"도대체 우리가 여기 있다는 걸 누가 알아." 레온이 말했다. "죽은 사람들도 우리를 증명해 주지 않아. 우리 할아버지 할머니들은 경멸할 만해, 우리의 증조할아버지 할머니도 우릴 보증해 주지 않아."

"그들은 거절하고 있어."

"그들은 멀리서 와서 멀리 떠나 버렸어."

"그들도 우리처럼 쫓기는 처지야."

"그들은 불안해."

"그들은 사람들이 찾지만, 발견되지 않아."

"그들은 돌 아래에 가만히 누워 있는 게 아니야."

"사람들은 그들을 욕해!"

"사람들은 그들을 증오해!"

"사람들은 그들을 쫓고 있어!"

"우리의 죽은 이들은 죽지 않은 것 같아." 레온이 말했다.

아이들은 서로의 손을 붙들었다. 그들은 원을 이루며 낯선 무덤 주위를 뛰어다녔다.

"이제 알았어, 이제 알았어, 죽은 자들은 죽지 않았어!"

그들의 외침은 불꽃처럼 잿빛 하늘로 퍼져 나갔다. 그들 위에 얼굴처럼 드리워져 있었던, 낯선 이의 연민처럼, 떨어지면서 자취를 감추는 빛처럼 드리워져 있었던 이 하늘로.

무겁게, 점점 더 무겁게 너무나도 큰 날개처럼 그들 위로 가라앉고 있었던 이 하늘로.

"우리의 죽은 이들은 죽지 않았어."

"그들은 숨었을 뿐이야."

"그들은 우리와 함께 숨바꼭질을 하고 있어!"

"그들을 찾으러 가자." 레온이 말했다.

다른 아이들은 팔을 내려뜨리고 갑자기 조용히 서 있었다.

"어디로 간다는 거야?"

그들은 서로 바싹 붙어 섰다. 한 아이는 다른 아이의 어깨에 팔을 얹었다. 그들은 고개를 떨군 채 조용한 무덤 위에 앉아 있었다. 꼼짝 않는 그들의 약하고 어두운 모습들이 하얀 돌과 대조를 이루었다. 멀리서 시체안치소의 둥근 지붕이 슬픈 꿈처럼 어스름 속에 흔들거렸다. 자갈길 위로 마지막 황금 잎들이 낯선 이의 발 앞에서 춤추고 있었다.

"나는 당신의 발아래에 떨어진 하나의 나뭇잎." 루트가 불안하게 말했다. "이것도 어떤 노래의 가사야."

나뭇잎은 어디로 떠내려가는가? 밤은 어디로 굴러가는가? 철새는 어디로 날아가는가?

"우린 어디로 가야 하지?"

무덤은 끝없이 서쪽으로 이어졌다. 무덤들이 눈에 띄지

않는 곳으로 들어간 것은 전혀 고의가 아니었다.

몇 번이고 거듭 나지막하고 빨간 벽돌담으로 중단되고, 오직 종파 별로만 구분되는 나머지 묘지들이 도시 쪽의 마지막 묘지와 연결되었다.

늘어선 무덤들이, 양쪽에서 공격할 생각인 말 없는 군대처럼, 남쪽으로도 이어졌다.

길이 북쪽으로 가로놓여 있었다. 그곳에서 전차의 딸가닥거리는 소리가 들려왔다. 전차는 이 마지막 묘지 앞에서 멈추지 않고 잽싸게 지나가 버렸다. 마치 사람들이 그러는 것처럼, 두렵기라도 한 것처럼, 고개를 돌리려는 것처럼. 언덕 위에 올라 돌 앞에서 약간 몸을 끌어 올리면, 재빨리 지나가는 전차의 빨간 불빛을 볼 수 있었다. 이리저리, 이리저리 두리번거리는 눈 같은 불빛을. 그 모습을 보고 웃고 싶으면 웃을 수도 있었다.

이 마지막 묘지는 절망적인 비밀과 저주들로 깊이 파여 있었고, 그 무덤들은 황폐해졌다. 거기에는 낯선 글자들이 적힌, 그리고 벤치가 있는, 돌로 지은 작은 집들이 있었는데, 추모를 위한 집이었다. 여름에는 나비와 재스민도 있었고, 모든 무덤 위에는 수많은 비밀과 자라나는 덤불이 있었다. 여기서 노는 것은 고통스러웠으며, 빠르고 원기 발랄한 외침은 모두 곧바로 무한한 동경으로 바뀌었다. 아이들은 자갈길의 하얀 품에, 작고 둥근 놀이터가 벌린 손에 기꺼이 몸을 맡겼다.

"우린 어디로 가야 하지?"

달리기 대회의 마지막 장애물처럼 까맣고 나지막한 울타리가 묘지를 동쪽의 넓은 들판과 분리하고 있었다. 한없이 펼쳐진 광활한 들판은 지구가 둥글다는 걸 증명해 보였고, 광활함 역시 지구에 의해 증명되었다. 지구는 무한으로 존재하기 위해 둥글지 않았던가? 지구는 하나의 손안에 들어가기 위해 둥글지 않았던가?

그런데 이 길은 모든 길 가운데 어떤 길인가? 우리는 어떻게 죽은 자들을 데려올 것인가? 어떻게 그들에게 해명을 요구할 것인가? 어디서 그들은 우리를 증명해 줄 것인가?

거기는 가깝고도 먼, 멀고도 가까운 그곳이 아닌가? 모든 것이 푸르게 되는 그곳이 아닌가? 길은 들판을 따라 두려움과 결실 사이에서 점점 더 멀어지는 건 아닌가?

"우리는 어디로 가야 하지?"

아이들은 절망에 잠겨 깊이 생각했다. 그들의 눈은 고요한 어둠을 임종 시의 영성체처럼 들이마셨다.

비행기가 그들 머리 위에서 붕붕거렸다. 그들은 무덤에서 고개를 들어 비행기를 바라보았다. 까마귀들이 날아올랐다. 모두들 태연하게 어둠 속에서 사라져 버렸다. 비행기와 까마귀들이. 우리는 아니다. 우리는 증명 없이는 사라지고 싶지 않다.

 울타리 저편에서 작은 불이 타올랐다. 거기에 염소 세 마리가 풀을 뜯고 있었다.

 "너희들 이제 집으로 돌아갈 시간이다." 노인이 말했다. 그는 부드럽게 말했는데, 그건 염소들에게 한 말이었다.

 "그리고 우리도." 레온이 중얼거렸다.

 비비가 뛰어 일어나 울타리 쪽으로 내달렸다. 다른 아이들이 뒤따랐다.

 안개가 들판을 덮었다. 노인은 염소를 데리고 사라졌다. 아이들은 낙담한 채 낯선 무덤으로 되돌아왔다. 그들의 팔이 축 늘어졌다. 발들은 무거웠다. 서서히 날씨가 더 추워졌다. 멀리서 기차가 굴러가는 소리가 들렸다.

 "떠나는 거야!"

 "몰래 국경을 넘어!"

 "너무 늦기 전에, 빨리!"

 기관차의 기적 소리에 맞춰 얼마큼 달리기 위해선 짐을 얼마나 가볍게 해야 했을까. 자기 자신보다 더 가볍게. 이러한 여행은 생각보다 더 긴장되는 거였다. 그런데 어디로? 어린이 수송 열차가 낯선 나라로 떠날 때마다 입장권을 사기 위해 마지막 남은 돈마저 다 써 버리지 않았던가, 운 좋은 친구들에게 더 많은 행운과 여행을 위한 축복을 빌어 주기 위해 마지막 남은 미소마저 다 보여 주지 않았던가? 그렇게 함으로써 이미, 커다란 수건으로 환송을 하고 파랗고 흐릿한 정거장 램프의 깜박이는 빛 속에 남아 있는 연습을 하지 않았던가? 그러나 그 모든 것은 오래전의 일이었다.

그들은 오래전에, 이 세상에서 자신의 권리를 찾는 동안은 부당한 일을 당한다는 걸 알고 있었다. 그들은 얼굴을 찡그리지 않고, 가구를 팔고 발길질을 당하는 것을 배웠다. 그들은 채광창을 통해 사원이 불타는 것을 보았다. 그러나 다음 날 하늘은 다시 푸르렀다.

아니, 그들은 이 청명하고 화창한 하늘을 믿지 않았다. 떨어지는 눈송이와 부풀어 오르는 꽃봉오리도 믿지 않았다. 그러나 그들의 깨어나는 감각과 울지 않았는데도 터져 나오는, 모든 걸 쓸어 버리는 위험한 눈물의 물결이 하나의 출구를 찾고 있었다. 그리고 이제 그 물결은 자신이 누울 자리를 파고 있었다.

"떠나는 거야!"
"낯선 땅으로!"

너무 늦지 않았나? 오래전부터 어린이 수송 열차는 더 이상 운행되지 않았다. 국경도 폐쇄되었다. 때는 전시였으니까.

"우린 어디로 가야 하나?"

"세상에 어떤 나라가 아직 우리를 받아 줄까?"

남쪽도 북쪽도 아니고, 동쪽도 서쪽도 아니고, 과거도 미래도 아니다.

오직 한 나라만이 받아 줄지 모른다. 죽은 자들이 살아 움직이는 곳.

오직 한 나라만이 받아 줄지 모른다. 철새들과 찢어진 구름들이 증명되는 곳, 그런 나라만이….

"염소들이 증명서를 얻는 곳." 헤르베르트가 말했다. "하얀 염소, 나뭇잎과 밤송이, 그리고 우리도 그곳에서 증명서를 얻을 수 있어."

"조용히 해, 꼬마야! 동화 같은 얘기 하지 마!"

"걔 말이 맞아." 레온이 생각에 잠겨 말했다. "바람과 사나운 새들이 증명되는 곳, 그곳에선 우리도 증명되는 거야. 그런데 거기가 어디지?"

"바람과 상어를 보증해 주는 사람은," 엘렌이 소리쳤다. "우리도 보증해 준다고 영사가 말했어."

"그런데 그런 사람이 어디 있어?"

레온이 펄쩍 뛰어 일어났다.

"우린 예루살렘으로 가야 했어!" 그가 갑자기 말했다.

"성스러운 땅 말이니?" 엘렌이 외쳤다.

다른 아이들이 웃었다.

"난 들었어." 레온이 말하고는 하얀 돌 앞에 기대섰다. "그곳에선 오렌지를 많이 수확한다고. 손으로 말이야!"

"그런데 거긴 어떻게 가지?" 쿠르트가 조롱하듯 물었다.

"우선 다음 국경선을 넘으면, 거기서부턴 그리 힘들지 않을 거야." 레온이 말했다.

"하지만 국경선엔 어떻게 가지?"

"누가 우릴 도와줄까?"

"안개가." 레온이 말했다. "어떤 누군가, 어쩌면 염소 몰이꾼이 우릴 도와줄지도 몰라."

"염소 몰이꾼이라고!" 비비가 웃기 시작했다. 그녀는 온몸을 흔들며 웃었다.

"그런데 국경선에서 붙잡히면?"

"우리를 다시 돌려보내면?"

"그런 일은 없을 거야." 레온이 침착하게 말했다.

"입 다물어!" 쿠르트가 외쳤다. "넌 우리 모두를 바보로 취급해! 이제 이리들 와, 가는 거야."

"어디로?"

"여기 있어! 우린 함께 있는 거야."

"함께라고!" 쿠르트가 비웃었다. "함께라고? 어디로 가야 할지 방향도 모르면서? 국경을 넘어간다고? 무덤들을 넘어

가로질러 간다고? 어떻게 성스러운 땅에 간다는 거니?"

"이건 진담이야." 레온이 말했다.

다시 멀리 작은 담장 뒤에서 전철의 달그락거리는 소리가 들려왔다. 불이 났던 울타리 뒤에서 하얀 연기가 솟아올랐다. 안개 뒤의 저녁별은 끔찍스러운 모습이었다. 아직 아무도 알지 못하는, 뭔가가 오래전에 끝장난 것처럼. 짙은 어스름이 윤곽들을, 마치 착각이기라도 한 것처럼, 감추고 있었다.

"저기 한 사람이 서 있어!" 레온이 말했다.

"어디에?"

"길이 성문 쪽으로 나 있는, 저기 저 건너편에."

"너희들 그 사람 보이니?"

"우리 말을 엿듣는 자야!"

"이제 보이니?"

"그래, 보여."

"바로 경사진 돌 앞에!"

"그건 관목이야." 하나가 말했다.

"어린 관목, 아주 어린 관목이야." 쿠르트가 조롱했다.

"땅에서 솟아오른 지 10분이 지났어, 마술에 걸린 왕자!"

"그를 구해 줘!"

"이제 그가 움직인다."

"그는 모든 얘길 다 들었어!"
"우린 아무 말도 안 했는데."
"우리의 모든 계획을!"
"왜 그렇게 큰 소리로 말하니?"
"엘렌은 무슨 생각이 떠오를 때마다 저렇게 소리쳐."
"너희도 소리쳤잖아!"
"이제 다시 가만히 서 있어."
"그는 묘지 방문객이야, 유족이야!"

관목들이 바람에 흔들렸다. 마지막 잎들이 떨어지지 않으려고 안간힘을 썼다.

"그런데 그게 아무도 아니라면?"
"그가 우릴 고발한다면?"
"그는 아무것도 못 들었어."
"그는 모든 걸 다 들었어!"
"너희 계획은 끝장난 거야." 쿠르트가 비웃으며 말했다.

아이들은 갑자기 침묵했다.

아이들이 있던 묘지에서 길은 좀 더 나아가 모퉁이를 돌아 묘지 건물 쪽으로 꺾어졌다. 길은 부분적으로 관목 숲과 벤치들에 가려졌다가, 담장 근처에서 다시 나타나 그곳 크고 까만 성문 쪽으로, 흘러들었는지 발원지인지 알 수 없는 강물처럼, 이어졌다. 이 길을 따라 시체안치소 쪽에서 장례

행렬이 아이들 쪽으로 움직이고 있었다. 최근에 이 마지막 묘지에 이전보다 많은 사람들이 매장되었지만, 이건 그래도 좀 때늦은 장례였다. 묘지 문을 닫기 직전임이 틀림없었다. 처음엔 뭔가 어두운 것만 볼 수 있었는데, 그건 천천히 유충처럼 길 위를 기어가서는 마치 고치를 뚫고 나오려는 것처럼 관목 뒤에서 사라져 버렸다. 모퉁이에서 다시 나타나면서 모습이 보다 뚜렷해졌다. 뭔가 모습이 뚜렷해지거든 기뻐하라고 오락장 주인은 말했다.

진짜 장례식이었다. 관을 운반하는 인부들은 될 수 있는 대로 빠르게 움직였다. 그러나 그들의 빠른 동작도 여전히 느렸다. 관의 널빤지들이 화가 난 듯 우지끈 소리를 냈다.

주여, 우리 곁에 머물러 주소서, 곧 저녁이 되려 합니다!

인부들은 집으로 가고 싶었다. 그들은 관 속의 죽은 이처럼 무척 집으로 가고 싶었다.

아이들이 무덤에서 뛰어내리자 먼지와 나뭇잎들이 소용돌이쳤다. 일순간 모든 것이 그들을 데려가 뭔가 다른 것으로 해체할 준비가 된 구름처럼 보였다. 그러나 이 먼지도 다시 가라앉게끔 저주를 받았다. 아이들은 옆으로 물러났다. 인부들은 더 이상 그들에게 주의를 기울이지 않고, 관을 들고 급히 지나갔다. 원목으로 만들어진 밝은색의 기다란 관이었다. 관은 인부들의 동작에 따라 둥실둥실 움직였는데,

그건 동시에 관으로 하여금 자유로운 모습을 지니게 했다. 관은 이 마지막 비독립성 속에 말없이 둥실둥실 떠도는 일종의 마지막 독립성이 과일 속의 씨처럼 깃들어 있음을 증명해 보이려는 듯했다.

관 뒤를 따르는 사람은 없었다. 이 흐느껴 우는, 그들의 뜻과는 달리 약간은 우스꽝스러워 보이는 조문객 중 누구도 따르지 않았다. 이들은 따르려고 했지만 따를 수가 없었고, 검은 베일 때문에 잘 보이지도 않아 자신들의 걸음에 걸려 비틀거렸다. 관 뒤에서 따르는 사람이 아무도 없었다고?

아이들 중 누가 첫 번째였을까? 헤르베르트였을까, 엘렌 아니면 레온이었을까? 그런데 무엇이 그들을 따르게 했을까? 불안 때문이었을까, 관목이 아닌 경사진 돌 앞에 서 있는 관목에 대한 불안 때문이었을까? 아니면 타오르는 동경심, 성스러운 땅에 이르고자 하는 동경심 때문이었을까?

그들은 낯선 관의 뒤를 따라갔다. 알지 못하는 죽은 자의 뒤를, 그들이 여기서 증인으로 끌어낼 수 있고, 그들을 지금 보호해 줄 수 있는, 그리고 그들에게 동기를 부여하고 증명을 해 줄 수 있는 유일한 자의 뒤를 따라갔다. 헤르베르트는 자신의 뻣뻣한 발을 보통 때처럼 질질 끌고 갔다. 엘렌과 게오르크, 루트, 하나 사이에서. 가난한 사람들의 관을 짜는 원목의 널빤지처럼 밝은, 하나의 땋은 머리가 가을바람에 나부꼈다.

아이들의 움직임은 계속 나아갈수록 머뭇거림과 초조로 안절부절못하며 인부들의 움직임과 보조를 맞추었다. 모두들 똑같이 그 사이에서 흔들흔들하며 같은 정도로 안절부절 못했다. 그들은 조문객이 아니라 그냥 손님들이었다. 그들도 함께 운반하는 것 같았다. 이 길이 성스러운 땅으로 향하는 길이었던가? 무덤 위에선 단 한줄기 불빛도 타오르지 않았다. 일을 하고 있는 인부들은 화가 나서 헐떡거렸다. 작업은 정말 힘들었다. 늦가을 이 무렵의 작업은 장난이 아니었다.

"이봐, 너희들, 우리 뒤에서 뭘 하려는 거야?"

"우린 일행입니다."

"유족인가?"

"아니요."

"조문객인가?"

어두운 저녁이었다. 그리고 무거운 걸 들고 어둠 속에서 앞으로 나아가려 한다면 뒤돌아보기는 어려웠다. 더욱이 조문객도 아닌 손님들을 겨냥한 마땅한 욕설을 찾기는 더 힘들었다. 인부들은 보다 천천히 가다가, 다시 보다 빨리 가다가 하면서 위협도 하고 어깨 너머로 몇 마디 저주의 말을 외쳤다. 마지막으로 그들은 아이들이 깜짝 놀라도록 널빤지 위의 관을 뛰어 오르게도 했다. 그러나 아무 소용이 없었다.

아이들은 동요 없이 그들 앞에서 흔들흔들하는 관의 밝은 빛에 인도되어, 마치 노래에 이끌리듯, 관의 뒤를 따르며 신뢰에 가득 찬 눈길을 보냈다. 이 길이 진정 성스러운 땅으로 가는 길이기라도 한 것처럼. 동쪽도 남쪽도 아니고, 북쪽도 서쪽도 아니고, 과거도 미래도 아닌. 길, 그냥 길이다. 계속 똑바로 가는 거다. 어디서나 길은 똑바르다.

아이들은 그렇게 걸어가면서 인부들이 저주하는 소리에 가볍게 웃었다. 남모르게 그들의 표정에 목표가 드러났다.

그들은 길이 그렇게 먼 것에 대해 더 이상 놀라지 않았다. 또한 안개 사이를 가로질러 무덤들을 따라, 계속 몇 시간이고 그렇게 걸어갔을지라도 놀라지 않았을 것이다. 그들은 인부들이 집으로 돌아가는 세 마리 염소를 쫓아가기 위해, 관을 들고 갑자기 울타리를 넘어갔다 해도 놀라지 않았을 것이다.

그러나 인부들은 가만히 서 있었다. 그들은 가만히 서서 관을 내려놓았다. 오로지 아이들을 저지하기 위해 가만히 서 있는 것 같았다. 오로지 그럴 목적으로 무덤이 파진 것 같았다.

무덤은 오래전에 파져 있었다. 달리 어쩔 도리가 있었겠는가? 가늘고 검은 가지들이 그 위로 기울어져 그 끝이 무덤의 가장자리에 닿았다. 무덤은 마지막 묘지의 맨 바깥 끝에 놓여 있었다.

인부들은 몸을 굽혀 관대에서 떼어 내, 아래로 내려뜨리기 위해 줄로 묶었다. 관은 흔들거리더니 재빨리 어둠 속에서 모습을 감추었다.

아이들은 내던져진 흙더미 앞에 말없이 서 있었다. 아이들에겐 갑자기 무덤이, 여기서 끝나 버린, 마지막 출구처럼 보였다. 국경을 넘어가기 위한 마지막 길, 어떤 증명을 얻기 위한 마지막 길처럼. 인부들이 무덤을 삽질하여 메우기 시작했을 때, 그들은 머뭇거리며 돌아서서 걸어갔다.

시체안치소의 담벼락에 이르렀을 때, 앞선 아이들은 하얀 길 위에서 천천히 흔들흔들 그들을 향해 다가오는 낯선 남자를 보았다. 그들은 마치 쫓기는 짐승처럼 숲 속으로 뛰어들었다.

다른 아이들보다 조금 뒤에 처져 있었던 엘렌과 게오르크는 경고의 외침을 듣지 못했다. 그들은 아무도 보이지 않자 달리기 시작했는데, 바로 낯선 남자의 품 안으로 뛰어들었다.

"어디를 그렇게 빨리 가는 거야?"

머리를 깊이 숙인 채 그는 다리를 벌리고 길 한가운데 버티고 서서 그들을 막아 세웠다.

"어딜 가는 거야?"

"아저씨는 누구세요?"

"관목도 아니고 첩자도 아니야."

그는 곧 밝혀진 것처럼 장의마차의 마부였다. 그리고 그는 모든 얘기를 다 들었다.

"너희들 성스러운 땅으로 가려는 거지?"

"그건 농담이었어요." 게오르크가 말했다. 그들은 뻣뻣한 자세로 멈춰 서서는 더 이상 달아나려 하지 않았다. 그는 그들의 어깨를 잡고서는 함께 출입문 쪽으로 갔다. 그들은 그의 손이 차갑고 힘이 없음을 느꼈다.

"그런데 무엇 때문에 성스러운 땅으로 가려는 거니?"

"그냥 놀이였어요." 엘렌이 대답했다.

"하지만 그건 쓸데없는 짓이야." 마부가 화가 나서 외쳤다. "성스러운 땅은 너무 멀단 말이야, 알겠어?" 그는 아이들을 향해 고개를 더 깊이 숙였다. "아주 가까이에 국경이 있는데, 거길 넘어가는 건 아주 간단해! 그리고 그곳에서 더 이상 멀리 갈 필요가 없어. 거기엔 장난감이 엄청 많아, 너희는 모든 걸 돌려받을 거야."

"거기엔 비둘기 스테이크가 날아다니고요." 엘렌이 부드럽게 미소 지었다. "동화 이야기예요!"

마부가 화가 나서 그녀를 노려보았다.

"여기 가까이에 국경이 있단 말이야." 그는 집요하게 반복했다.

"그리고 초병도 많겠지요." 게오르크가 말했다.

"어디에나 초병이 있는 건 아니야." 마부가 대답했다. "그리고 난 장의마차만 끄는 게 아니란다."

"뭘 요구하세요?"

그는 금액을 말했다.

"돈이군요." 엘렌이 말했다.

"그럼 뭘 생각했는데?"

"언제 가세요?"

"모레. 모레면 시간이 있을 거야."

"모레까지요?" 게오르크가 말했다.

"어서, 아니면 없던 일로 하든가." 남자가 답했다.

"우리가 돈을 모으면?" 아이들은 갑자기 흥분했다.

"너희 히고 싶은 대로 해." 마부가 말했다. "너희가 여기 오면, 나도 있을 거야."

그들은 문에 다다랐다. 관리인이 열쇠를 쩔그럭거렸다. "너희 저기 달려간 아이들과 일행이니?"

"아니요." 마부가 말했다.

"예." 아이들이 외쳤다. 그러나 그때 그들은 이미 문을 빠져나왔다. 뒤에서 문이 닫혔다.

"모레 저녁 무렵 마지막 묘지에서 떠나는 거야. 담장 앞에서 기다릴게."

"모레야." 마부가 마지막으로 되풀이해 말했다.

모레. 착각이 아닌가? 모레를 위한 삶과 모레를 위한 죽음. 이건 잘못된 랑데부가 아닌가? 낯선 마부와 이룬 합의가 항상 그런 것 아닌가? 묘지 담장 앞에서의 만남 같은 것? 모레를 기다리는 기쁨과 모레 전의 불안?

모레는 지금 살고 있는 이 집의 계약이 끝나는 날이기도 했다. "개처럼 내쫓기는 거야." 할머니가 말했다.

그리고 내일, 그건 그 전날이었다.

이 마지막 날 아이들의 약간 정신 나간 상태는 한계를 넘어섰다. 그리고 할머니는 책장이 아직 팔리지 않은 것을 엘렌의 탓으로 돌렸다. 그 가치는 자라나는 아이들과 죽은 이들의 꿈의 덕이었고, 그 가격은 협박의 덕이었던 이 낡은 책장. 누구에게 이걸 설명해야 한단 말인가?

"이주를 위해선 돈이 필요해." 할머니는 떠나기 전에 설명했다. "책장은 꼭 팔아야 해."

"이주를 위해서." 엘렌이 되풀이해 말했다. "어떤 이주를 위해서?" 그녀는 혼자 남겨져 불안한 심정으로 모든 공간을 배신당한 배신자처럼 살금살금 걸어 다녔다.

마차가 마지막 묘지 앞에서 기다리고 있었다. 책장은 팔아야만 했다. 사랑하는 물건을 얼마를 받고 판단 말인가?

"너를 팔아 돈을 받고," 엘렌이 책장에게 말했다. "그리고 그 돈은 국경을 넘기 위해. 넌 나를 이해해야 해, 국경을 넘기 위해 너를!"

두 팔로 그녀는 책장을 껴안으려 했다. 첫 번째 고객은 꿈과 거래 사이의 관계에 대해 아무런 생각이 없었기 때문에 그냥 가 버렸다. 두 번째는 낡은 책장의 모서리에서 거미 한 마리를 발견했기 때문에 가 버렸다. 엘렌은 세 번째 고객과 비로소 거래를 시도할 수 있었다. 그건 그녀가 침묵으로 시작했기 때문에 나쁜 거래는 아니었다. 두 사람이 서로를 좀 알기 위해 오랫동안 충분히 침묵했을 때, 엘렌은 놀란 고객에게 맞대 놓고 동화처럼 반짝이는 논리를 펼쳤다. 그녀는 낡은 책장을 옹호하는 말을 했다.

"책장이 삐걱거려요!" 그녀가 말하고서는 손가락을 입에 갖다 댔다. 그러고는 천천히 썩은 문짝을 움직였다. "그리고 건너편에서 기차가 지나가면, 책장 유리가 쨍그랑거리기 시작해요. 기차가 지나갈 때까지 기다려 보실래요?"

고객은 팔걸이의자에 앉았는데, 의자는 앉자마자 뒤집어졌다. 그는 다시 일어섰으나 대답은 하지 않았다.

"사과 냄새가 나요" 하고 엘렌이 위협적으로, 어쩔 바를 몰라 하며 속삭였다. "맨 아래쪽엔 널빤지가 하나 없어요,

그래서 거기에 숨을 수도 있어요!"

그녀는 이해할 수 없는 것을 딱딱한 말로 표현하려 했으나 허사였다. 책장 문의 유리가 할머니의 주문대로 세공이 되었다는 얘기는 완전히 잊어버렸다. 그리고 유리 양면에 상감세공을 했다는 사실도 잊고 있었다. 그 대신 "가을에는 책장이 마치 심장이 있기라도 한 것처럼, 삐걱거려요!"라고 의기양양하게 말했다.

"심장이 있으면, 사람도 가을에 삐걱거리는가?" 고객이 물었다. 그리고 두 사람은 다시 말없이 기차를 기다렸다.

"바람이 불어요!" 마치 이런 상황이 책장의 가치를 입증하기라도 하는 것처럼 엘렌이 말했다. "얼마에 사시겠어요?"

"난 기다리고 있어." 고객이 꼼짝하지 않고 말했다. "기차를 기다리고 있어."

기차가 왔다. 책장의 유리가 쨍그랑거렸다.

"책장이 두려운가 봐요." 엘렌이 말하고는 얼굴이 창백해졌다. "책장은 당신이 두려운가 봐요."

"책장을 사겠어." 고객이 말했다. "가격을 말해 봐."

"고마워요." 엘렌이 말했다. "그런데 모르겠어요. 책장은 당신이 두려운가 봐요."

"진정이 될 거야." 고객이 말했다.

"책장 값을 지불할 수 있어요?" 엘렌이 불안해하며 물었다.

"아니." 고객이 슬픈 듯이 답했다. "아니, 난 지불할 수 없어. 책장은 삐걱거리고 사과 냄새가 나. 난 네게 빚을 졌어." 그러면서 그는 탁자에 500마르크를 놓았다.

"이러지 말아요!" 엘렌은 당황해서 그 돈을 거절했다. "할머니는 150 아래로만 받지 않으면 된다고 했는데요!"

"할머니께 말씀드려, 심오한 꿈에 비하면 아무것도 아니라고."

그리고 고객은 가 버렸고 책장을 가지러 오지도 않았다. 그는 사과 냄새를 샀고 엘렌의 창백한 얼굴을 샀다.

모레는 내일이 되고 내일은 오늘이 된다. 끊어진 목걸이의 구슬처럼 하루하루가 굴러간다. 바닥에 엎드려 찾아보아라. 더 이상 그날들을 찾지 못한 것이다. 오늘이 어제가 되고 어제가 그제가 되는 걸, 허락하지 말라! 오늘을 붙들어라! 너희들은 애써 남아 있도록 하라! 시간이 너희 창문 앞에서 나는 떠들썩한 소음처럼 너희 귀 주위에서 세차게 날갯짓을 하고 있다. 지금 그리고 우리가 사멸하는 시간에. 사멸의 시간이 지금에 포함되어 있는 것처럼 지금이 사멸의 시간에 포위되어 있지 않은가? 이날들은 살인자들이고 강도들이다! 너희의 국경을 넘어가는 밀수단. 그걸 용인하지 말고, 그날들을 붙들어라! 오늘을 붙들어라! 하지만 어떻게 붙들려고 하느냐?

너희들 공간의 모든 경계에 완전히 무장한 초병들을 세워 두지 않았느냐? 너희 시간의 경계에도 초병들을 세우도록 하고, 조부들을, 증조부들을, 죽은 자들을 무장시켜라! 그래서 오늘이 오늘임을 증명토록 하라. 너희들의 경계마다 초병을 세워 두면, 아무 일도 없을 거다.

무슨 말을 하는 거야? 아무 소용 없는 일이라고?

좀 더 낮은 소리로 말하라. 어딘가에 비밀경찰이 있다.

무슨 말을 하는 거야? 너희 초병들이 차려 자세로 서 있지 않다고? 그들이 다른 나라로 넘어갔다고, 낮들도 넘어가는 그 나라로?[8] 너희 증조부들이 탈영을 했고 너희 국경들이 열려 있다고? 오늘이 오늘임을 아무도 더 이상 증명할 수 없다고?

그건 인정하지 말라. 다들 돌아가라. 100년, 200년, 300년 전으로 돌아가라. 그리고 계속?

조상들의 여권은 이제 더 이상 유효하지 않다. 시간은 둥글지 않은가, 너희의 공간처럼 둥글지 않은가? 너희들 어떻

---

8) 낮의 의인화. 낮은 시간이 흐르면 낮의 경계선 저편에 있는 다른 나라, 밤의 나라로 넘어간다.

게 머무르려고 하는 거니?

너희의 국경은 모두 열려 있고, 너희가 탈출하는 걸 증명한다. 너희는 탈출자들이다. 너희는 유랑하고 몸을 숨기는, 계속해서, 끊임없이 유랑하고 몸을 숨기는 자들이다. 너희가 감지하는 시간은 마차가, 검은 마차가 굴러가는 것과 같다.

"타라!"

마부가 모자를 벗었다. 엘렌이 그의 손에 돈을 쥐여 주었다. 그는 마차의 문을 열고 고개를 숙였다. 그의 시곗줄에서 찰깍하고 소리가 났다. 아이들은 주저했다. 그들은 서로의 손을 보다 단단히 붙들었다.

검고 육중한 마차는 구부러지고 찌그러졌으며, 가죽은 햇볕과 건조함으로 갈라져 있었다. 말은 우울하게 눈을 깜박이고 있었는데, 흉터가 있는 검은 말들이었다. 묘지를 따라 나 있던 길은 이 시간에는 비어 있었다. 말하자면 그 비어 있음이 이 시간에 분명해져, 거리 본래의 모습이 드러난 것이다.

내일은 오늘이 되고 오늘은 어제가 된다.

"어서 타!" 아이들이 뛰어올랐다. 문이 닫혔다. 그 소리가 죽은 자들을 위한 화환이 엮어져 있는 정원에까지 들렸다. 새의 경고성 울음과도 같았다.

마차가 움직이기 시작했다.

게오르크가 엘렌의 무릎에 담요를 올려놓았다. 그들은 출발했다. 처음에는 천천히, 그리고 보다 빨리, 점점 더 빨리, 대략 전철이 가는 방향으로 국경을 향해서 갔다. 묘지의 빨간 담장, 석공들의 하얀 집, 정원사들의 회녹색 오두막, 이 모든 것이 저 멀리 뒤에 남아 있었다. 마지막 꽃들, 굴뚝의 연기와 배고픈 새들의 울음소리도 뒤로했다. 어쩌면 검은 마차도 뒤에 남고, 다른 것들이 모두 날아가 버렸는지도 몰랐다. 누가 그것을 정확히 확인할 수 있겠는가?

하늘은 파란 유리로 되어 있었고, 빨간 너도밤나무의 머리들은 핏빛으로 솟아올랐다. 빨간 너도밤나무들뿐만이 아니다. 그러나 그들이 나아갈수록, 유리가 조각 나 흩어지더니 회색 새들의 회색 속으로 돌진했고, 그 색깔이 검은 마차의 검은색 앞에서 흐릿해졌다.

"국경, 어디에 국경이 있지?"

"보이지 않니? 저기 하늘과 땅 사이에 선이 그어져 있는 곳, 그곳이 국경이야."

"우릴 놀리는 거죠!"

"내가 어떻게?"

"아저씨는 지금 다람쥐 쳇바퀴 돌듯 하고 있는데요!"

"너희는 왜 그렇게 의심이 많니?"

"우린 지쳤어요."

"그게 그 말이야."

"아저씨가 말하는 그 선은 항상 같은 거리에 멀리 떨어져 있어요!"

"멈춰요, 마부 아저씨, 멈춰요! 우린 내리겠어요!"

"곧 저 너머로 건네줄 거야!"

"우린 집으로 가겠어요. 다른 사람들에게로 갈래요!"

"난 돌아가겠어요!"

"난 할머니에게로 가겠어요!"

그러나 마부는 더 이상 대답을 하지 않았다. 차츰 그들은 소리치는 걸 멈추었다. 그들은 서로를 붙들고 머리를 맞대었다. 그들은 낯선 마부에게, 검은 마차에 그리고 언제나 똑같이 멀리 놓여 있는 국경에 몸을 맡겼다.

"엘렌, 엘렌, 네 머리가 너무 무거워! 엘렌, 우린 어디로 가는 거지? 엘렌, 날이 캄캄해져, 널 더 이상 보호해 줄 수 없어, 모든 게 빙글빙글 돌아…."

"…모든 게 빙글빙글 돌아!" 백파이프를 든 남자가 소리치더니, 뒤에서 달리는 마차 위로 뛰어올랐다. "모든 게 돌지 않는다면 얼마나 끔찍스러울까! 북극이나 남극도 더 이상 발견할 수 없을 거야." 그는 문을 여는 데 성공했다. 그리고 모자를 휙 벗더니 웃음을 터뜨리고 코를 킁킁거렸다. "시체, 시체 냄새가 나!"

마차는 강을 따라 질주했다.

"웃을 일이 뭐가 있어요?" 엘렌이 엄하게 물었다.

"아무도 그걸 몰라!" 낯선 남자가 킥킥거렸다. "페스트가 퍼졌어, 하지만 아무도 그걸 몰라. 그들은 그 사실을 모른 채 살았고, 지금 아무것도 모른 채 죽고 있어. 그들의 장화가 들것이 되어, 그들은 도시 바깥으로 옮겨지고 있어. 그들의 총이 그들을 무덤에 던지는 운반인 역할을 하고 있어. 페스트, 페스트, 사방이 페스트야!" 낯선 남자는 입을 크게 벌렸고, 흔들흔들하더니 좌석 아래로 굴렀다.

"당신은 누구요?"

"난 페스트 구덩이에 떨어졌었소."

"당신은 누구요?"

"난 노래를 불렀소."

"당신은 누구요?"

"오, 그대 사랑하는 아우구스틴,[9] 그건 설명하기 어렵소!"

여전히 마차는 강을 따라 질주했다. 전신 케이블이 저탄

---

[9] 독일 동요 및 민요의 제목이기도 하다. 여기서 아우구스틴은 마르쿠스 아우구스틴으로 장돌뱅이 가수였다. 그는 1679년 빈에서 페스트가 창궐하던 때에 외설스러운 노래를 불러 시민들의 용기를 북돋우었다.

장 위에서 번쩍이고 있었고, 갈매기들은 추락하는 비행기처럼 서리같이 하얀 물 쪽으로 내려앉았다. 그리고 다른 쪽 강가에서는 크레인이 마치 화물을 부탁하듯 차가운 하늘을 향해 팔을 뻗었다. 저녁이 되자 가을 해가 소리도 저항도 없이 비밀스럽게 사라져 갔다.

황량한 조선소 부근에서 지구의를 든 남자가 승차했다. 그는 아직 견인되지 않은 폐선의 잔해 위에서 기다리고 있었다.

"콜럼버스요!" 그는 공손히 웃으며 모자를 벗었다. "아직 발견해야 할 게 많아요! 모든 연못, 모든 고통, 모든 강가의 돌 등."

"결국 아메리카는 당신 이름으로 불리지 않았잖아요!"

"그렇소!" 콜럼버스가 격하게 외쳤다. "그러나 이름이 없는 것은 내 이름으로 불렸소. 아직 발견해야 할 모든 것도." 그는 더러운 쿠션에 편안한 자세로 주저앉아 다리를 쭉 뻗었다.

"발견하는 일은 피곤하지요?"

"굉장히 피곤해요! 밤을 새우기도 하지요."

"깨어 있으면서 꾸는 꿈도 있나요?"

"오, 꿈은 행위나 사건보다 더 깨어 있어요. 꿈은 세계를 파멸로부터 지켜 주지요, 꿈, 꿈만이!"

"페스트가 퍼졌지만, 아무도 그걸 몰라요." 사랑하는 아우구스틴은 앉은 자리에서 고개를 들어 킥킥거렸다. "그들은 자신들이 피조물이라는 것을 알지 못했고, 그리고 이미 저주받았다는 것도 모를 거예요."

그들은 이제 커다란 강을 따라 나 있는 둑 위를 마차를 타고 갔는데, 강물은 둑을 따라 흐르고 있었다. 서로 떨어지는 일은 아무도 생각하지 않았다. 조용히 형제처럼 그들은 무한 속으로 내달렸다.

마차가 한 마을을 지나갔다. 잿빛 하늘이 정원의 나지막한 담장 위에 낮게 내려앉았다. 불그레한 나무들이 어둠 속에서 흔들거렸고, 노란 집들 앞에서는 꼬마들이 놀고 있었다. 아이들은 발로 강모래에 줄을 그으며 이마를 찌푸렸다. 그들은 말없이 쑥쑥 자라, 때때로 어둠 속을 향해 날카로운 비명을 지르거나, 참새들을 향해 돌을 던지기도 했다. 그들은 닫힌 정원 문을 할퀴고, 쇠를 깨물고, 징그러운 늙은 개의 귀를 물어뜯었다.

그때 한 소년이 안쪽에서 담장을 뛰어넘었다. 그는 밝은 색의 짧은 옷을 입었고, 오른손에 투석기를 들고 있었다. 얼굴은 화가 나 이글거렸으며, 울고 있는 병든 개를 단 한 개의 돌로 죽여 버렸다. 그러고는 길 한가운데서 불을 피워 개를 불 속에 집어 던졌다. 그리고 노래를 불렀다.

"우린 너희들의 죄에 대해 하느님께 불에 구운 제물을 바치려 한다. 이리들 와서 하느님께 너희 죄를 고해 바쳐라, 다른 건 가진 게 없으니까."

그리고 그는 노래에 맞춰 수금을 연주했다. 그의 노래는 고통스럽고 낯설게, 그리고 간절하게 울려 퍼졌으며, 그의 불은 쓸쓸한 거리에 타는 냄새를 퍼지게 했다. 그는 담장 위로 올라가 설교를 시작했고, 한 문장이 끝날 때마다 돌을 던져 사람들의 창문을 깨뜨렸으며, 사람들은 원하든 원하지 않든 그 광경을 바라보지 않을 수 없었다. 사람들은 화를 내며 그리고 졸린 눈으로 뾰족뾰족한 구멍 사이로 육중한 머리를 내밀며 아이들을 집으로 불러들였다. 그러나 아이들은 오지 않고 그대로 서서 낯선 어린 설교자의 말을 들었고, 마치 그를 삼킬 듯 빨갛고 탐욕스러운 입들을 크게 벌렸다.

"돌, 여러분의 창문에 날아든 돌은 여러분이 필요로 하는 빵이고, 여러분 그릇 속의 빵은 여러분에게 무거운 짐을 지우는 돌입니다. 여러분은 자신들에게 이득이 되는 건 모두 제일로 치지요. 고통은 항상 이득을 가져오고, 고통은 최후의 이득입니다!" 그의 행동은 도가 지나쳤고, 더 이상 할 말이 떠오르지 않자 그는 환호성을 지르기 시작했다. 마을의 아이들도 환호했는데, 갑자기 한 아이가 외쳤다. "너의 머리는 까맣고 곱슬머리다, 넌 이방인이다!"

"내 머리가 까맣고 곱슬머리이기 때문에, 내가 이방인이란 말인가, 아니면 너희가 손이 차갑고 딱딱하기 때문에 이방인인가? 누가 더 이방인인가, 너희인가 아니면 나인가? 증오를 당하는 사람보다, 증오하는 사람이 더 이방인이고, 자기 집인 것처럼 가장 편안함을 느끼는 자가 가장 낯선 이방인이다!"

그러나 마을의 아이들은 더 이상 그의 말에 귀 기울이지 않았다. 그들은 담장 위로 뛰어 올라가 그를 아래로 끌어 내렸다. 그들은 환성을 지르고 울부짖었으며 성장하는 것을 멈추었다. 그리고 마찬가지로 성장하기를 멈추었던 어른들도 집에서 뛰쳐나와 낯선 소년을 향해 돌진했다. 그들은 그를 마지막으로 이글거리는 숯불 속으로 밀어 넣었다. 그들은 그를 태우고 있다고 생각했는데, 실은 그가 머리에 쓴 왕관을 더 단단히 불리고 있었다. 그리고 그들이 그를 죽이고 있다고 생각하는 동안, 그는 그들에게서 빠져나갔다. 그러나 그들은 그 사실을 알지 못했다. 그가 검은 마차 위로 뛰어 올라 커다란 콜럼버스의 품에 머리를 묻고 조금 울음을 터뜨리는 동안, 사랑하는 아우구스틴은 불에 탄 그의 발을 쓰다듬고 있었다. 나중에 그들은 수금과 백파이프로 이중주를 했다. 그들이 1마일 이상을 타고 갔을 때 비로소 낯선 소년은 자신을 소개해야겠다는 생각이 떠올랐다.

"다윗, 다윗 왕이오" 하고 그가 당황해하며 중얼거렸다. "성스러운 땅으로 가고 있소."

마차는 강 가운데의 섬을 지나갔다. 젖은 나뭇가지들이 마차의 지붕을 두드렸다.

"우리 모두 성스러운 땅으로 가는 중이오!"

"우리도 성스러운 땅으로 가는 중이오!"

"너희는 누구며 성스러운 땅에서 뭘 하려는 거냐?"

"얘는 엘렌이고 난 게오르크요, 우린 위대한 증명을 원해요. 왜 당신들은 우리를 보증해 주지 않았소? 어째서 당신들은 우리를 위험에 처하게 내버려 두었소? 당신들은 모두를 보증해 주지 않는 거요? 그들은 우리를 쫓아내고, 우리에게서 모든 걸 빼앗고, 우리를 조롱하고 있소. '너희들은 증명을 받지 못했어!' 성스러운 땅으로 가서 너희의 조상들을 찾아 이렇게 말하라. '우리가 여기 온 건 당신들 때문이오, 어서 일어나 보상하시오! 우리가 쫓겨난 걸 보상하시오, 우리가 쫓기고 있는 걸 보상하시오. 가슴속의 증오, 그걸 보상하시오! 왜냐면 우리가 존재하는 건 당신들 탓, 당신들 탓, 당신들 탓이니까요!'"

"무엇 때문에 너희는 검은 마차에 올랐느냐?"

"우린 국경을 넘으려고 해요, 우린 과거의 존재들을 찾아가는 거요."

안개와 강물이 물결치며 서로 뒤섞였다. 하늘과 땅 사이의 선이 희미해졌다.

콜럼버스가 불안하게 지구의를 갖고 놀았다. 그가 말하기 시작했을 때, 그의 음성은 이전보다 더 어두워지고 더 아득해졌다. "과거의 존재들은 없어. 존재와 비존재들만이 있어, 이루어진 것과 이루어지지 않은 것. 하늘과 지옥의 유희, 그건 너희에게 달려 있어! 존재하는 자들은 항상 존재하고, 존재하지 않는 자들은 결코 존재하지 않아. 존재하는 자들은 어디에나 존재하고, 존재하지 않는 자들은 어디에도 존재하지 않아. 여기 머물러 귀 기울이고, 사랑하고 비추어라! 너희를 경멸하게 하고, 눈물로 목욕하라, 눈물은 눈을 맑게 하느니. 안개를 뚫고 나가 세계를 발견하라! 존재한다는 것, 그것이 영원을 위한 여권이다."

"그게 그렇게 간단하다고는 믿지 마라." 다윗이 외쳤다. "존재한다고 믿는 자는 존재하지 않는다. 스스로를 의심하는 자들, 고통을 겪은 자들만이 상륙할 수 있다. 하느님의 해안은 캄캄한 대양 위에 타오르는 불꽃으로, 상륙하는 자는 불에 탄다. 그리고 하느님의 해안이 점점 더 커지는 것은 불에 타고 있는 자들이 빛을 비추기 때문이고, 하느님의 해안이 점점 더 작아지는 것은 빛이 없는 자들의 시신이 암흑에서 나오기 때문이다!"

"페스트가 퍼졌지만 아무도 그걸 모른다." 사랑하는 아우구스틴이 킥킥거렸다. "페스트의 구덩이에서 노래를 불러라, 노래를 불러라, 노래를 불러라! 우린 너희를 증명해 줄 수 없다. 너희가 부르는 노래만이 너희를 증명해 준다."

"너희 가슴속의 골리앗을 때려죽여라!"

"세상을 새로이 발견하라, 성스러운 땅을 발견하라!"

"너희를 경멸하게 하고 눈물로 목욕하라, 눈물은 눈을 맑게 하느니!"

마차가 이제 질주를 했고 돌들을 뛰어넘었다. 아이들은 비명을 질렀다. 그들은 다윗의 양털 허리띠를 꽉 붙들었고 머리는 콜럼버스의 넓은 양 소매에 감추었다.

"우린 머무르겠어요, 우린 머무르겠어요!"

"가기 위해선 머무르고, 머무르기 위해선 가라."

"폭풍이 부는 대로 맡겨 두어라, 강가의 숲처럼!"

"이렇게 너희는 검은 마차의 흔들림에 맡겨졌다. 그래서 움직였던 것은 조용해지고, 조용한 것이 움직인다."

"그렇게 너희는 달아나는 것을 붙들고, 그 정체를 밝힌다!"

"그리고 너희의 고통은 지나온 거리와 필적한다."

강물은 밤의 어두운 빛 속에서 사정을 아는 듯 잿빛으로 빛났다. 자갈은 태연하게 희미한 빛을 내고 있었다.

"국경은, 국경은 어디 있어요? 성스러운 땅은 어디 있어요?"

"목동들이 양을 지키다가 천사가 부르면 모든 것을 떠나는 곳 어디서나."

"위험 속에 내버려 두면 양들은 비명을 질러요!"

"양은 노래를 부를 수 없기 때문에 소리를 지르는 거야, 양은 하느님을 찬양하기 위해 소리를 지르는 거야."

다윗 왕은 다시 수금을 연주하기 시작했고, 사랑하는 아우구스틴은 백파이프로 장단을 맞추었다. 한편 콜럼버스는 흰 별들과 육지에 대한 동경을 담은 선원의 노래를 불렀다. 그들은 서로에 대해 신경을 쓰지 않았지만, 전체적으로는 이상하게도 조화를 이루었다. 다윗의 시편, 콜럼버스의 선원의 노래, 사랑하는 아우구스틴의 익살이.

아마도 그것은 하느님을 섬기기 위한 것이었고, 하느님을 섬기는 모든 것은 조화를 이루는 법이다.

마차는 더 빨리, 점점 더 빨리, 빠른 것보다 더 빨리 달렸지만, 이 빠름은 곧 사라지고, 강물과 길의 속도처럼 침착해지고, 지각할 수 없게 되었다. 이미 모든 것이 맞닿는 영원의 가장자리에서의 느린 속도. 하늘과 땅 사이의 선은 사라졌다. 암흑 속의 하얀 파도, 길가의 세관 건물, 강물 위의 목소리들만이 남아 있었다.

"우린 국경에 이르렀다!"

세 노인이 뛰어내려 길을 막았다. 말들이 우뚝 섰다. 검은 마차가 멈췄다.

"너희는 페스트 구덩이에서 노래를 부를 용의가 있느냐?"

"그럴 용의가 있어요."

"너희는 가슴속에 있는 골리앗을 때려죽일 용의가 있느냐?"

"그럴 용의가 있어요."

"너희는 성스러운 땅을 새로이 발견할 용의가 있느냐?"

"그럴 용의가 있어요."

"그럼 국경을 넘어가, 너희를 증명하고, 성스러운 땅으로 가라!"

"검은 마차를 떠나라, 장의마차를 떠나라, 뛰어내려라!"

"뛰어내려!" 마부가 성을 내며 외쳤고 잠자는 아이들을 흔들어 깨웠다. "뛰어내려, 뛰어내려! 사방에 초병들이 서 있고, 우린 쳇바퀴 속을 달렸다. 너희가 계속 갈 수 있는지 둘러보아라!"

아이들은 눈을 떴고 멍한 모습으로 고개를 들었다.

"일어날 시간이야!" 마부가 소리쳤다. "모든 게 허사였어. 모든 게 끝났어, 우린 더 이상 국경을 넘을 수 없어!"

"우린 이미 국경을 넘었어요." 아이들이 외쳤다. 그들은 뛰어내려 한 번 뒤돌아보지도 않은 채, 어둠 속으로 달려 돌아갔다.

낯선 권력을 위한 봉사

구름들이 말을 타고 기동훈련을 한다, 전쟁 중에 그들은 말을 타고 기동훈련을 하면서, 아주 근사하게 경쾌하게 세계의 지붕 위에서, 배신과 포고 사이의 중립지대에서, 심연 위에서 깊숙이 말을 달린다. 구름들은 노래에 나오는 푸른 용기병들[10]보다 더 빨리 달린다. 그들은 제복도 입지 않았고, 계속 변화하지만 서로를 알아본다. 구름은 밀밭과 전쟁터를 그리고 도시로 불리는 돌무더기 건축물 위를 가로질러 달린다. 구름이 말을 타고 기동훈련을 한다, 전쟁 중에 그들은 말을 타고 기동훈련을 한다, 그들의 은밀하고 거침없는 행동은 그들의 존재를 의심스럽게 한다.

낯선 봉사를 하고 있는 기병들. 모두 정지, 너희들은 내려!

골목길 한가운데 회색 포도 위에 노트가 한 권 펼쳐져 있었다. 영어 단어장이었다. 어떤 아이가 잃어버렸음이 틀림없었는데, 폭풍우가 노트를 펼쳐 놓았다. 첫 빗방울이 빨간

---

10) 푸른 용기병의 노래는 1914년에 작곡된 군가로 특히 나치 시대에 많이 불렸다.

줄 위에 떨어졌다. 노트 한가운데의 빨간 줄이 강변 너머로 나아갔다. 깜짝 놀라 단어들의 의미가 양측으로 달아나 사공을 불렀다. 나를 옮겨 주오, 나를 옮겨 주오!¹¹⁾

그러나 빨간 줄은 자꾸만 부풀어 올라 자기가 피의 색깔을 지녔다는 걸 분명히 알게 되었다. 의미는 이미 위험에 처해 있었고, 이제 곧 익사할 지경이었다. 단어들은 작고 쓸쓸한 집들처럼 빨간 강물의 양측에 가파르고 뻣뻣하고 의미없이 남아 있었다. 비가 억수로 쏟아졌고, 의미는 여전히 양측 강가에서 소리치며 헤매고 있었다. 벌써 큰 물결이 강 가운데까지 올라왔다. 나를 옮겨 주오, 나를 옮겨 주오!

노트는 누가 잃어버린 것이었다. 헤르베르트가 영어 수업에 가다가 잃어버린 것이었다. 가방에 구멍이 났던 탓이다. 제복을 입지 않은 아이 뒤에 제복을 입은 아이¹²⁾가 왔다. 그는 노트를 보았고, 그것을 집어 들어 욕심이 나서 자기 것으로 했다. 그는 멈춰 서서 노트를 펼치고는 단어를 따라 말하려 했으나, 비가 너무 심하게 내렸다. 비가 단어들 속의 마지막 빛마저 지워 버렸다. 다시 의미가 소리쳤다.

---

11) 원어 übersetzen에는 '1) 건너편 강가로 건네주다, 2) 번역하다'의 두 가지 의미가 있다. 원문에는 두 번째 의미로 쓰여 있다.

12) 제복을 입은 아이들은 히틀러 유겐트를 암시한다.

'나를 옮겨 주오, 나를 옮겨 주오!' 그러나 제복을 입은 자는 그 소리를 들으려 하지 않았다. 줄은 피의 색깔을 지녔다. 우리가 피를 배신하는 것보다 먼저 의미가 익사해야 한다! 그는 노트를 덮고 품에 지닌 채 근무를 하러 내달렸다. 그는 제복을 입지 않은 꼬마의 뒤를 따라 달렸다.

두 사람은 같은 집에 들어섰다. 제복을 입지 않은 아이는 노인이 수업을 하는 다락방에 이르기 위해 5층을 올라갔다. 제복을 입은 소년은 한 층도 올라가지 않았다. 밝은색의 나무 벤치와 복숭아색 벽에 어두운 그림이 있는 기숙사가 더 쾌적했기 때문이다.

"난 뭔가 발견했어!" 그가 외쳤다.

"뭘 발견했는데?"

"단어장이야."

푸른 용기병의 노래는 중단되었다. 침묵이 방화벽 위로 퍼져 나갔다. 이 침묵 속에 말들이 발로 땅을 구르는 소리, 군도의 쨍그랑거림과 외투가 펄럭이는 소리가 섞여 있었다. 이 침묵 속에 매달려 있는 고삐들이 던지는 그림자도 있었는데, 그림자는 아이들의 얼굴 위로 기어 올라갔고, 또 그들 버클의 광채를 어둡게 했으며, 잠시 동안 그들 허리띠에 찬 칼을 숨겼다. 푸른 용기병들의 노래가 중단되었다. 푸른 용기병들은 멈춰 섰다. 그들은 침몰한 도시로 말을 타고 들어

갔었다. 악기 연주가 그쳤다. 아니면 그들의 북과 트럼펫이 전혀 소리를 내지 않았다는 사실을 이제야 알아차렸던가?

"뭘 발견했단 말이야?" 지휘자가 날카롭게 다시 물었다.

단어장이 젖은 채 쓸쓸히 탁자 가운데에 놓여 있었다. 엄청 쓸쓸한 모습이었다. 한 쪽이 펼쳐져 있었는데, 마치 눈물에 지워진 듯 흐릿하게 적혀 있었다.

"난 서 있을 것이다. 넌 서 있을 것이다. 그는 서 있을 것이다. 난 갈 것이다. 넌 갈 것이다. 그는 갈 것이다. 난 누워 있을 것이다. 넌 누워 있을 것이다. 그는 누워 있을 것이다." 그리고 그 옆에 번역이 있었다.

아이들의 뺨이 창백하고 희미하게 빛났다.

누가 누워 있을 것인가?

아마 우리가, 우리 모두가? 뻣뻣하고 차갑고 수척해진 모습으로, 얼룩진 얼굴에 억지 미소를 지으며?

아니야, 우린 아니야. 우리들 중 어느 누구도 아니야.

그런데 싸움터에선?

갈기갈기 찢긴다고, 휴가병들은 말한다.

"우린 누워 있을 거야. 너희들은 누워 있을 거야." 누워 있다고? 아니야. 다른 사람들이 누워 있을 거야, 제복을 입지 않은 사람들이. 보다 어두운 색깔의 양말을 신은, 보다 밝은 얼굴의 사람들이. 그들이 누워 있을 거야, 뻣뻣하고 조용히 그리고 수척해진 모습으로, 얼룩진 얼굴에 억지 미소를 지으며. 그게 그들에게 더 잘 어울려.

"그 노트는 누구 거야?"

"저기 위에 있는 제복을 입을 수 없는 아이들 거야. 다른 아이들 말이야!"

"영어 단어장이야?"

"왜 그들은 영어를 배우니?"

"국경은 폐쇄되었는데!"

구름들이 말을 타고 기동훈련을 한다, 전쟁 중에 말을 타고 기동훈련을 한다. 그런데 저 위에 있는, 제복을 입지 않은 아이들은? 전쟁 중에 그들은 영어를 배운다.

그들은 아직 영어를 모르는가?

그들 중 누구도 외국으로 나가지 못할 것이다. 우리가 누워 있을 필요가 없도록, 그들이 누워 있을 것이다. 그들은 아직 영어를 모르는가? 죽어야 한다면, 왜 영어를 배우는가?

매달려 있는 고삐의 그림자가 그들의 밝은 버클에 떨어지듯, 다시 의혹이 드리워졌다. 푸른 용기병들, 그들은 말을 타고….

"왜 그들은 계속해서 노래를 부르지 않는가?"

노래 속의 용기병들도 곰곰이 생각하는 것 같았다.

"모래언덕 위로 밝게." 1절에서 그렇게 노래한다.

모래언덕들이 이동한다. 우리가 숨을 고르는 동안 모래언덕들이 이동한다. 천년처럼 빠르게, 멈추지 않고. 우리는 한숨을 돌려서는 안 된다, 그러면 바람이 우리를 산산이 흩어지게 한다. 그러면 우리는 깊이 생각해야 하고, 그러면 우리는 흩어지고, 그러면 우리는 다락방에 있는 아이들처럼 추방당한다. 우리는 한숨을 돌려서는 안 된다, 그러면 우리는 끝장이다. 마지막 절은 이렇게 끝난다. "내일, 그때 난 혼자이겠지!"

아니야, 우린 아니야.

그렇기 때문에 우리는 혼자이지 않도록 제복을 입고 있는 거야. 결코 우리 자신 앞에서 우스꽝스러운 존재가 되지 않도록, 결코 우리 자신이 보는 앞에서 어찌할 바를 모르는 존재가 되지 않도록! 우스꽝스러운, 어찌할 바를 모르는, 혼자 있는, 이것들은 다른 사람들에게 해당하는 것들이야. 맨 위층에 있는, 제복이 없는 자들에게.

우리가 잘못 알고 있다고는 생각하지 마라! 제복을 입지 않는 자는 혼자 남게 되고, 혼자 남는 자는 생각에 잠기고, 생각에 잠기는 자는 죽는다. 그런 것들은 저리 가라, 우린 그렇게 배웠다. 모두가 다른 것을 옳다고 생각한다면, 어떻게 되겠는가? 모든 것은 운(韻)이 맞아야 한다, 한 행은 다음 행과 그리고 한 사람은 다른 사람들과. 우린 그렇게 배웠다.

우린 살아야 하기 때문이다. 그런데 무엇 때문에 영어를 배우는가? 그들 중 누구도 국경을 넘어가지 못한다. 죽어야 한다면, 무엇 때문에 영어를 배우는가?

"우린 그들에게 물어보겠다!"

"그들은 대답해야 한다."

"우린 제복을 입었고, 숫자도 더 많다!"

"가만있어 봐, 가만있어 봐, 난 알았어!"

"대체 뭘?"

"어떤 의혹, 가장 큰 의혹, 가장 확실한 의혹을! 무엇 때문에 영어를 배우는가? 전쟁 중에?"

"그게 무슨 말이니?"

"아직도 그걸 모르겠니?"

구름들이 말을 타고 기동훈련을 하고 있다. 전쟁 중에 그들은 말을 타고 기동훈련을 하고 있다. 구름들에게 승리를 안겨 주지 마라!

"마지막 층에 스파이들이 있다!"

"그리고 아래층엔 우리가."

"누구도 우릴 그들과 혼동해서는 안 돼!"

제복이 없는 아이들, 이미 수상한 존재다. 도장도 없는데 도장이 찍힌, 망사르드[13]의 그림자들. 이제 사슬이 채워진다.

"단어장, 그거면 증거로 충분하지?"

"더 좋은 증거를 알고 있어, 그들의 이야기를 한번 엿들어 보자!"

"망사르드 옆에 다락이 또 하나 있어."

"다락 열쇠는?"

"수위 집에 있어."

"그의 딸이 혼자 집에 있어."

"그럼 어서 서둘러!"

"더 세게 두드려!"

"왜 넌 우릴 보고 깜짝 놀라니?"

"난 놀라지 않아. 너희 모두가 나를 지켜 주기 위해 칼을 갖고 있는데."

"다락방 열쇠를 내놔!"

"난 갖고 있지 않아."

"거짓말!"

"어떻게 내가 거짓말을 할 수 있겠니?"

"하려면, 왜 못 해!"

"내가 그럴 수 있다면."

---

13) 망사르드: 이중 경사 지붕 또는 그 다락방.

"열쇠 내놔!"

"자! 받아, 오래되고 녹슨 열쇠야. 날 좀 평화롭게 내버려 둬 줘."

"어떤 평화를 말하는 거니?"

"나 자신의 평화."

"그렇다면 넌 괜찮아, 넌 위험하지 않아!"

"자, 이제 다들 가 봐!"

"이봐, 너! 저 위층의 노인과 제복을 입지 않은 아이들에 대해 뭐 아는 것 있어?"

"그들도 그들의 평화를 원해."

"그들 자신의 평화만을?"

"어쩌면 다른 평화도."

"이봐, 우리도 그렇게 생각해!"

유리지붕에 구멍이 하나 나 있다. 구멍 위에 하늘이 있다. 그리고 하늘이, 너희가 원하든 원하지 아니하든, 너희를 계단 위로 빨아올린다. 위로 높이. 그리고 하늘은 너희의 걸음을 부드럽게 한다.

"열쇠는 맞아?"

"모두 다 온 거니?"

"어서 들어가자. 세어 봐. 빠진 사람은 없어?"

"작은 별이 몇이나 있는지 알겠니?"

"조용히 해!"

아직 푸른 용기병들처럼 너희 수를 셀 수 있다. 그러나 모래언덕은 이동한다. 그리고 마지막 절은 이렇게 끝난다. 내일, 그때면 난 혼자이겠지.

"여긴 참 어둡구나."

"조심해, 거미줄이야!"

"뇌우가 온다."

다락방 문이 삐걱거렸다. 들보를 받치고 있는 가운데 기둥이 절망적인 신음 소리를 냈다. 폭풍이 채광창을 열어젖혔다. 채광창은 검은 눈으로 복수심에 불타 말을 타고 가는 구름들의 뒷모습을 응시했다. 구름이 더 빨리 말을 몰았다.

오, 그들은 인간들의 집에서 솟아 나오는 이 암흑, 이 열어젖혀진 용들의 목구멍, 이 끝없는 끔찍스러운 질문을 두려워했다. 깊숙이 그리고 불안에 휩싸여 구름들은 이리저리 움직였다. 이 중상하는 자들로부터, 모든 상처에 손을 갖다 대는 이 광적인 자들로부터, 불신에 차 자신들의 마음의 벽에 귀를 대고 엿듣는 자들로부터 벗어나자.

열린 덧문이 강한 외풍을 맞아 화가 난 듯 춤을 추었다. 구름들을 따라가자, 좁은 공간에서 벗어나서! 고난을 법으로 끌어올리는 이들 광인들로부터, 이 의혹에 찬 자들의 의혹에서 벗어나서.

깃대 하나가 덜컹거리며 열린 천창을 향해 굴러가서는 하늘을 떠받치려 했다. 그래서 하늘은 마치 모독당한 성전 위의 찢긴 천개(天蓋)처럼 매달려 있었다. 오래전에 신성을 모독당한 파란 비단이 희미하게 빛나더니 다시 모습을 감추었다. 먼지와 무더움이 경사진 지붕 아래에 촘촘히 엮어져 있었다.

제복을 입은 아이들은 소리 없이 들어와 문을 닫고는, 구두를 벗고 머리를 숙인 채 그들이 엿듣고자 했던 벽 쪽으로 다가갔다. 말리기 위해 긴 밧줄에 걸어 놓은 축축한 양말들이 경고하듯 어머니의 손처럼 그들의 이마, 입, 눈 위를 스쳤다. 그들은 짜증을 내며 피해 갔다. 바닥이 삐걱거렸다. 그 순간 그들은 일행이 너무 많다는 걸 깨달았다. 너무 많았다. 다른 아이들보다 더 많다는 이 자부심, 이 강점이 낡은 장갑처럼 뒤집혀 약점이 되었다. 그러나 아무도 물러서려 하지 않았다. 그들 중 첫 번째 아이들이 먼저 벽을 발견했고, 이어 벽에서 다락방과 노인의 칸막이 방을 연결하는 작은 철문을 찾아냈다. 마지막 아이들이 뒤따라 밀고 나아갔다. 문이 떨었다.

나는 열리기 위해 여기 있지 않는가? 나는 생각했던 것과 이루어진 것 사이의, 우주 속의 그들과 제복을 입은 그들 사이의 커다란 모순이 아닌가? 나를 열어젖혀라, 나를 없는 것으로 생각하라, 나를 돌쩌귀에서 들어 올려라!

제복을 입은 아이들이 격분해서 문을 침묵시키려고 했다. 이 기진맥진한 덜컹거림이 그래도 그들을 배신할 힘은 있었다. 그들은 있는 힘을 다해 따뜻하고 거친 몸을 녹이 슨 검은 물체에 바싹 붙였다.

그때 그들은 헤르베르트의 목소리를 들었다. 이 목소리가 말했다. "옆에 누가 있어." 그 목소리는, 마치 그가 자기의 가장 친한 친구인 것처럼, 밝고 악의가 없었다.

"들리니?"

"고양이야." 루트가 말했다.

"새들이야."

"젖은 양말이야."

"바람이야."

"뇌우가 와."

"여기 피뢰침이 있니?"

"너 오늘 불안하구나!"

"내 단어장이 없어졌어."

"놀랄 일이 아니지, 헤르베르트, 네 가방은 구멍이 났으니까!"

"놀랄 일이 아니라고, 바로 그거야! 전쟁이 일어난 것도 놀랄 일이 아니고, 우리가 배고픈 것도 놀랄 일이 아니지.

노트가 사라진 것도 놀랄 일이 아니고. 그러나 어딘가에 틀림없이 놀랄 일이 있을 거야!"

"목소리 낮춰, 엘렌!"

"그의 노트를 찾는 걸 도와줘!"

"이리들 와 봐, 어쩌면 계단 위에 있을 거야!"

"우리 곧 다시 돌아올 거야!"

"그런 말 하지 마. 혼자 모퉁이를 돌아가지 마, 갑자기 사라져 버릴 거야."

"사라진다고?"

"책가방에 구멍이 하나 나면, 계속 구멍이 난다고 할머니가 말씀하셨어."

"그만둬, 돌아와!"

"바깥은 얼마나 캄캄할까."

"울지 마, 꼬마야!"

"이제 찾았니?"

"계단에서 찾아봤는데, 노트는 없어!"

"칼이야!"

"그들이 허리띠에 차고 다니는 짧은 칼이야."

"누가?"

"다른 사람들, 아래층의 제복을 입은 사람들."

"덫 안의 쥐, 그게 우리야!"

"국경은 폐쇄되었어."

"쥐야, 쥐야, 나와라, 그들이 우릴 데리고 장난하고 있어!"

"우리 중 누구도 떠나지 못할 거야."

"쓸데없는데, 뭣하러 영어를 배우지?"

"포기해, 우리 아버지는 체포되었어, 우리 모두는 끝장이야. 사람들이 말하길…."

"우린 독일어를 잊으려 하지 않았니?"

"하지만 그건 너무 오래 걸려!"

"사람들이 우리를 욕하는데, 그걸 이해하지 못한다면, 어깨를 으쓱하려고 하지 않았니?"

"오늘은 벌써 열두 번째 시간이야. 우린 한 단어도 잊지 않았어."

안락의자가 넘어뜨려졌고, 저 아래에서 확성기 소리가 울려 퍼졌다. 아나운서가 지금 막 보도를 끝마쳤다. 마지막으로 그가 말했다. "다른 나라의 방송을 듣는 자는 배신자다, 다른 나라의 방송을 듣는 자는 그 공로로 죽음을 얻는다." 그 소리를 마지막 층에 있는 사람들까지 다 들었으며, 분명히 알아들을 수 있었다. 곧이어 음악이 시작되었는데, 세상에 이보다 더 즐거운 일이 없을 것처럼, 빠르고 유쾌한 노래였다. 외국 방송을 듣는 자는 그 공로로 죽음을 얻는다. 죽음을 공로로 끌어올리는 이 멋진 생각, 꺼려야 끌 수 없는, 모든 외국 방송 중에서 가장 이국적인 방송. 갑자기 음악이 중단되었다. 침묵에 이어 새 음성이 뒤따랐다. 이 음성은 부드럽고 의연했다. 그 음성은 저 높은 곳에서 들려오는 것 같았다.

"누가 죽음을 공로로 얻을 수 있을까?" 노인이 말했다. "누가 삶을 공로로 얻을 수 있을까?"

제복을 입은 아이들은 머리를 더욱 단단히 철문에 대고 버텼다. 이 음성은 그들의 가슴에서 장식 끈을 뜯어 냈고 그들의 계급을 떼어 냈다. 이 음성은 제복 위로 밝고 긴 셔츠를 둘렀으며, 뜻하지 않게 그들을 진정시켰고 그들의 마음에서 불안을 제거해 버렸다.

"너희 중 누가 낯선 이가 아닌가? 유대인, 독일인, 미국인, 여기서 우리 모두는 낯설다. 우리는 '좋은 아침', 또는 '날이 밝아 온다', '안녕하세요?', '뇌우가 온다'라고 말할 수 있다. 이게 우리가 말할 수 있는 모든 것이다. 거의 모든 것이다. 우린 우리말을 서투르게 할 뿐이다. 너희는 독일어를 잊어버리려 하느냐? 난 그건 도울 수 없다. 그러나 그걸 외국인이 외국어를 배우듯 새로이 배우는 건 도와주겠다, 조심스럽게, 신중하게, 마치 어두운 집에서 불을 켜고 다시 앞으로 나아가는 것처럼."

제복을 입은 아이들은 스스로에게 화가 났다. 그들의 처지가 자신들을 경멸의 대상인 명상의 침묵으로, 옛 기사단의 복종으로 몰고 갔다.

"거칠고 깊은 강물 위를 건네주는 순간엔 강가를 보지 못한다. 그럼에도 너희 자신들을, 다른 사람들을, 세상 사람들을 건네주어라. 모든 강가에는 버림받은 의미가 헤매고 있다. '나를 옮겨 주오, 나를 옮겨 주오!' 그를 도와 저편으로 건네주어라! 사람들은 무엇 때문에 영어를 배우는가? 왜 너희는 보다 일찍 물어보지 않았느냐?"

다락방의 아이들은 칼을 쥐었다. 그들은 전진 선에서 패배한 초병 같았다.

"죽어야 한다면, 무엇 때문에 읽기를, 셈하기를, 쓰기를 배우는가? 가라, 아래 거리로 달려가 그들에게, 모두에게 물어보아라! 아무도 너희에게 답해 주지 않는다. 왜 이제야 묻는 거야?"

"노인이 보이니?"

"그가 불을 켰어."

"날 그리로 보내 줘!"

"나를!"

"조용히 해, 그들이 듣고 있어!"

"웃음을 참지 못하겠어!"

"쉿, 들키지 않도록 해! 이제 돌아가자, 아래로!"

"조용히 해!"

"알아듣지 못했느냐?"

"복도 문이 잠겼어."

"누가 열쇠를 가졌어?"

까만 머리를 땋아 내린, 수위의 딸이 계단 아래로 달려갔다. 지나가면서 그녀는 여러 집 대문의 벨을 울리고는 기둥 뒤에 몸을 숨겼다. 그사이에 그녀는 창문을 모두 열어젖혔는데, 갈고랑이로 고정하지도 않았다. 바람이 집 안에 휘몰아쳤다. 그녀는 그림자처럼 지하실 집으로 사라졌다. 손에는 커다란, 녹슨 열쇠를 지니고 있었다.

하늘이 점점 더 캄캄해졌다. 구름들이 검은 외투를 걸치고 알지 못하는 장애물들을 향해 내달렸다. 번개가 낯선 신호처럼 번쩍했다. '너희들의 머리를 올려놓아라!' 하고 천둥이 으르렁댔다. 왜냐하면 죽은 기사들이 그들의 머리를 손에 들고 다닌다는 옛 전설이 있기 때문이다. 너희는 알면서 잠자리에 들고 모르면서 일어난다. 몸을 바쳐 저항하라.

너희들 머리를 올려놓아라!

제복을 입은 아이들이 열린 천창을 향해 두려워하면서 얼굴을 들어 올렸다. 무엇이 그들로 하여금 밝은 나무 벤치가 있는 숙소를 떠나게 했던가? 누가 푸른 용기병의 노래를 1절도 끝나기 전에 중단하라고 명령했던가, 누가 푸른 용기병들에게 팡파르 트럼펫을 내던지고 하늘의 구름처럼 흩어지라고 명령했던가?

무엇이 그들을, 마치 쥐잡이의 피리 소리를 쫓듯, 의혹을 쫓아 5층 위로 올라가도록 유혹했단 말인가? 이 낯선 의혹, 이 끔찍스러운 의혹을 쫓아서. 죽어야 한다면, 무엇 때문에 영어를 배우는가?

그들은 속삭이며 말 옮기기 놀이를 했는데, 마지막으로 나온 말은 이랬다. '무엇 때문에 우는가, 무엇 때문에 웃는가, 무엇 때문에 셔츠를 입는가? 불은 다시 꺼지도록 하기 위해 피우는가? 불은 다시 피우기 위해 꺼트리는가?' 갑자기 그들은 위협받는 자의 운명에 처하게 되었다, 그들 자신의 의혹에 사로잡혀, 다락방에 갇힌 채. 다시 밖으로 나갈 수 있는 유일한 문은 다른 아이들에게로 가는 문이었다. 무엇이 자신들을, 이미 속수무책으로 내던져진 자들에게 넘기도록, 유혹했단 말인가?

그들은 그들에게 답변을 요구하고, 따귀를 때릴 권리가 있지 않았던가, 그들은 모든 의혹을 뿌리치기 위해 칼을 지니고 있지 않았던가?

밝은 줄에 걸린 양말들이 불안하게 나부꼈다. 먼지와 곰팡냄새가 따뜻하게 어둠 속으로 퍼져 나갔다. 격렬한 돌풍이 냄새를 쫓아 버렸다. 눈먼 박쥐 같은 담뱃잎들이 지붕 안쪽에서 바스락바스락 소리를 냈다.

하늘의 기동훈련은 그 정점에 이른 것 같았고, 천창의 위협은 어찌할 바를 모르는 상황으로 바뀌었다. 천창의 검은색은 하늘의 검은색에 비할 것이 못 되었다. 폭풍이 안쪽을 향해 깃대를 던졌다. 깃대는 엿듣는 자들의 머리 위로 떨어졌다.

제복을 입은 아이들은 세상의 무대 뒤로, 지금까지 앞면만 보았던 모든 것의 뒤로 내던져진 느낌이었다. 그리고 그들은 밝은 방들 위에 눈에 보이지 않는 전선줄로 놀이하는 아이들을 붙잡는, 움푹 파인 높다란 지붕들이 있다는 사실을 깨달았다. 그래서 그들은 무서웠다.

분노로 몸을 떨며 그들은 철문 앞에 누워 있었다.

"네 탓이야, 네가 먼저 말했어."

"네게 책임이 있어!"

"너희 책임이야!"

"너희 정말 우습구나."

"조용히 해, 그러지 않으면 우린 들켜!"

"웃지 마, 왜 웃는 거야?"

"우리가 그들을 체포하려 했는데, 이제 그들이 우릴 체포하는구나."

"웃지 마! 이봐, 너희, 꼼짝하지 마, 그들이 우리 얘기를 듣고 있어! 그만해! 야비해, 규칙 위반이야, 웃지 마, 모두에게 웃음을 옮기고 있어, 아우, 내 옆구리, 무엇 때문에 웃는 거니? 모든 게 너희 탓이야, 명령하는데, 그만들 웃어!"

그들은 서로 부둥켜안고, 낮은 소리로 헉헉거렸으며, 입술은 두터운 저고리 속에 파묻고, 신음 소리를 내면서 머리를 소매 속으로 집어넣었지만, 아무런 소용이 없었다.

"네 자신도 웃으면서!"

젖은 양말들이 떨었고, 기둥이 삐걱거렸고, 덧문이 무슨 영문인지 홍겨운 나머지 딸그락거렸다.

왜 사람들은 웃는 거야, 왜 우는 거야, 왜 영어를 배우는 거야? 철문이 갑자기 열렸다.

"우리도 함께 웃자!" 노인이 말했다.

헤르베르트가 무서워하며 그의 팔에 매달렸다. 다른 아이들은 꼼짝하지 않았다.

제복을 입은 아이들이 그들의 발 앞까지 바싹 굴러가더니, 서로 떨어지면서 펄쩍 뛰어 일어났다. 거칠고 진지한 표정이 고양이처럼 그들의 얼굴에 뛰어올랐다.

"웃을 일 없어요!" 지휘자가 외쳤다.

"글쎄." 노인이 말했다.

뇌우로 불빛이 깜박거렸다. 흔들의자가 멈췄고 고양이가 바닥으로 뛰어내렸다.

"가택수색이오!" 지휘자가 설명했다.

"여기서 뭘 찾으려는데?"

"혹시 이상한 방송시설이 있는지."

노인은 얼마든지 찾아보라는 듯 두 팔을 벌렸다. "자, 어서!"

그들은 잠시 멈칫하더니 다른 아이들을 살폈다. 그러고는 수색에 착수했다.

덧문이 확 열렸고, 상자들이 앞쪽으로 떨어졌으며, 찢어진 단어장들이 마루를 뒤덮었다. 접시 하나가 깨어졌다. 백과사전이 쿵하고 떨어지더니 그들의 발아래에 펼쳐졌. "내가 도와줄 일이라도?" 노인이 말했다. 그들은 그의 가슴을 쳤다. 그들의 두발을 앞으로 쓸어내려 이마를 어둡게 했던 바로 그 폭풍이 다른 아이들의 두발을 얼굴에서 치워 버림으로써 보다 밝은 모습이 드러나게 했다.

"칼은 어디서 났지?"

"발견한 거야."

"누구나 그렇게 말하지. 그게 어떤 대가를 치를지, 알고 있는가?"

유리창이 쨍그랑거리고 밝은 녹색의 양탄자가 찢긴 채

아래로 매달려 있었다.

"뭔가 내막이 있는 거야, 그래 안 그래?"

"이상한 방송시설은 어디 있지?"

제복을 입은 아이들이 지친 나머지 하던 일을 멈췄다. 그들의 지휘자가 칼을 쥐었다. 이 순간을 다른 아이들은 알고 있었다. 더 이상의 신호를 기다릴 것도 없이 그들은 앞으로 돌진했다. 세면대가 떨어지고, 머리가 갈빗대를 들이박고, 다리와 팔이 서로 얽히었다. 딱딱한 신발 바닥이 얼굴을 걷어찼다. 고양이가 그 사이로 뛰어들어 구슬프게 울더니 천장을 향해 내달렸다. 혼돈 위로 대홍수가 흘러들었다. 모든 강가에 어긋난 의미가 헤매고 있다.

"걔를 놓아줘. 헤르베르트를 놓아 달라고. 걔는 발이 뻣뻣해!"

"너희는 규범도 없니?"

창문이 부서졌다. 구름이 시커먼 모습으로 기쁨에 찬 춤을 추었고, 낯선 신호들이 바싹 가까이서 뒤따랐다.

노아[14] 자신은 상처 입은 고양이를 팔에 안고서 말없이 혼란을 응시했다.

---

14) 구약 창세기 6~9장에 나오는 노아의 방주를 만든 사람. 여기선 노인을 암시한다.

"이제 우리의 이상한 방송시설을 찾았느냐?"

지휘자의 신호에 따라 제복을 입은 아이들은 칼을 뽑았다. 노인이 그 사이로 몸을 던졌다. 아이들을 위해 노아는 방주를 떠났다. 주먹들이 그의 수염을 끌어당겼고, 팔과 다리가 그의 긴 초록색 잠옷 속에서 뒤얽혔다. 일순간 노인은 머리 위에 지휘자의 칼을 보았다, 이 잃어버린, 뒤바뀐, 오래전에 놀이에 열중했던 칼을. 다시 빨간 줄이 강변 너머로 올라왔다.

피를 보자 그들은 뒤로 물러났다. 한 걸음 한 걸음 모두 물러났다. 사면의 벽이 그들을 막아섰다. 커다란 의혹이 그들을 형제로 만들었다.

왜냐하면 이상한 방송시설이 없을 수도 있기 때문이다.

어째서 우리는 엿들으려 했고, 어째서 우리는 배우려 했던가? 이제서 우리는 웃으려 했고, 어째서 우리는 울려고 했던가? 이상한 방송시설이 없다면, 우리는 서투르고 우스꽝스러운 존재에 지나지 않는다. 이상한 방송시설이 없다면, 모든 건 허사였다.

뇌우가 천천히 물러났다. 노인은 펼쳐진 침대와 넘어진 탁자 사이에 누워 있었다. 빨간 피가 끊임없이 널빤지 틈으로 흘러들었다. 그들은 그의 소매를 위로 밀어 올렸다.

"붕대가 있니?"

"아래 기숙사에." 지휘자가 더듬거리며 말했다.

모두들 아래로 내달렸다. 가까스로 그들은 상처에 붕대를 감을 수 있었다. 그들은 침대를 문질러 매끈하게 하고는 노인을 들어 올렸다. 어디선가 화주(火酒)를 찾아냈다.

"정리 정돈하라!" 지휘자가 퉁명스럽게 말했다.

"스스로." 게오르크가 대답했다.

"스스로." 상대방이 되풀이했다. 새로운 표현 방법이었다.

그들은 탁자와 의자를 일으켜 세우고 바닥을 닦았다. 그리고 나서 책장에 서랍을 다시 밀어 넣었고 책을 차곡차곡 쌓았다. 그리고 단어장을 다시 나란히 쌓아 올리고자 했다. 진기한 물건들도 나왔다.

하늘은 담청색을 띠고 웃었다. 그러나 그들은 더 이상 속지 않았다. 이 선명하고, 솔직한 청색, 하늘의 청색, 용담의 청색, 푸른 용기병들의 청색은 태양 속에서 우주의 검은색을 반사하고 있었다. 이 끝없는, 생각해 낼 수 없는 국경선 뒤의 검은색을. 이상한 방송시설이 없다면, 우리 모두는 끝장난 것이다.

"깨어나시오, 다시 깨어나시오!"

절망에 빠진 그들은 노인을 잡아 흔들의자로 들어 올렸다. 그의 머리는 무겁게 그리고 무관심한 표정으로 옆으로 내려뜨려져 있었다. 그들은 그의 등에 베개를 밀어 넣고 그의 발을 이불로 감쌌다. 그의 입에 화주를 흘려 넣었고 그를 가볍게 흔들었다. 햇빛들이 마치 달아나는 자의 흔적처럼 그들의 놀란 얼굴에 나타났다 사라졌다 했다.

"너희가 설명할 수 없다면" 지휘자가 다시 한번 말을 시작했다. "왜 너희가 여기 있는지 설명할 수 없다면…."

"그런데 너희는? 너희는 왜 여기 있는 거야? 너희는 아무것도 설명할 수 없기에, 출정한 것이다! 너희는 자신들이 우스꽝스럽게 생각되기 때문에, 제복을 입고 있는 것이다. 너희 자신에 대한 보호색으로. 나이 들고 싶지 않고, 병들고 싶지 않고, 낯선 이의 장례식에서 실크해트를 쓰고 싶지 않기 때문에!"

"너희의 이상한 방송시설은 어디 있느냐?"

"우리에게 그런 것이 있다면" 게오르크가 절망적으로 외쳤다. "그런 것이 있다면!"

"그런 것이 있단다." 노인이 말했다. "진정해, 그런 것이 있단다." 그는 팔꿈치를 받치고 몸을 일으키려 했는데, 그때 붕대를 보고서는 뭔가 기억을 떠올리는 것 같았다.

"아직 아프세요?"

"아니, 모두 다 있는 거냐?"

"모두요." 게오르크가 말했다.

"다른 이들도?"

"예."

"그럼 내게 좀 더 가까이 와 봐!"

그들은 흔들의자 가까이로 다가갔다. 집 안 어디선가 문이 닫혔다. 한 층 아래에서 한 아이가 피아노를 연습하고 있었는데, 한눈팔지 않고 계속 연습을 되풀이했다. 3화음이 손에 손잡고 반짝반짝 빛나는 지붕 위로 날아갔다.

"우리의 인생은 뭐죠?"

"연습이야." 노인이 말했다. "연습이야, 연습!"

"이상하게 들리네요."

그가 고개를 끄덕였다. "이상하게 들리지, 연습이 인생을 변화시킬 수 있을까? 우린 소리 없는 피아노로 연습하고 있는 거야."

"여전히 비밀스러운 말이야!" 지휘자가 말했다.

"그래." 노인이 대답했다. "바로 그거야. 비밀스러운 말. 중국어와 히브리어, 포플러와 물고기들의 비밀스러운 말, 독일어와 영어, 삶과 죽음, 모든 게 비밀이야."

"이상한 방송시설은?"

"아주 조용히 하면, 너희 모두가 들을 수 있어." 노인이 말했다. "주파수를 잡아!"

이미 어두워졌다.

저 아래 사거리에서 확성기가 큰 소리로 저녁 뉴스를 도시로 내보내고 있었다. 확성기는 북해에서 침몰된 배에 관해 얘기하고 있었다. 아름다운 목소리로 미루어 분명 아나운서는 이들 배의 선원들을 후려친 바닷물이 얼마나 푸르렀는지 모르는 것 같았다. 아이들은 말없이 귀를 기울였다. 저 아래 건너편에서는 대지가 어두워지더니 조용히 미지의 세계로 사라져 버렸다. 강물이 휘어지는 곳에 섬들이 짙은 녹색의 쿠션처럼 놓여 있었다. 그리고 그 위에는 낯선 풀 베는 사람의 손에 쥐어진 낫 모양의 달이 흔들흔들하고 있었는데, 그가 달을 떨어지지 못하게 하고 있었다. 밤이 가까웠다.

지휘자는 팔에 노인을 안은 채 다시 위협하기 시작했다. "너희는 아무 소용도 없는데 왜 영어를 배우는 거야? 지금은 전쟁 중이야, 국경은 폐쇄되었고, 아무도 외국으로 나가지 못해."

"저 사람 말이 맞아." 레온이 말했다.

"무엇 때문에 나는 식탁을 준비하는가." 노인이 말했다. "난 완전히 혼자인데도?" 그는 자신을 진정시키면서 손가락을 입에 댔고, 그가 발로 약간 바닥을 치자 바닥이 흔들흔들했다.

아이들은 불안해져 보다 바싹 붙어 섰다.

그들의 얼굴은 그를 향하고 있었다.

"그건 사실이야." 노인이 침착하게 말했다. "아마 너희는 더 이상 달아날 수 없을 거야. 목적은 이미 수포로 돌아갔어. 그러나 목적은 유희를 숨기기 위한 구실일 뿐이고, 현실의 그림자일 뿐이야. 우리는 인생을 위해서가 아니라 단지 학교를 위해서 배우는 거야. 죽이기 위해서도 아니고, 달아나기 위해서도 아니야. 바로 우리 앞에 있는 것들 때문도 아니야."

그들은 손으로 턱을 괸 채 한숨을 쉬었다. 아래 거리에서 자동차가 움직이기 시작했다. 강물 위에는 아직도 비가 내리고 있었다. "왜 개똥지빠귀는 휘파람을 부는가, 왜 구름은 말을 타고 달리는가, 왜 별은 반짝이는가? 아무 소용이 없는데 왜 영어를 배우는가? 모든 게 같은 이유에서지. 너희에게 묻는데, 너희는 그 이유를 아니? 이제 그 이유를 알겠니? 너희의 혐의는 뭐냐?"

"낯선 권력을 위한 봉사요!" 지휘자가 소리쳤다.

"그 혐의는 맞아." 노인이 말했다.

불안에 대한 불안

거울은 커다랗고 검은 문장(紋章)과 같았다. 그 한가운데 별이 있었다. 엘렌은 행복한 웃음을 지었다. 그녀는 발끝을 딛고 일어서서 머리 뒤로 팔을 맞잡았다. 이 경이로운 별. 한가운데의 이 별.

별은 태양보다 어두웠고 달보다 창백했다. 별에는 커다란, 날카롭고 뾰족한 톱니가 있었다. 날이 어두워지면 그 반경(半徑)은 낯선 손바닥의 반경처럼 정의를 내릴 수가 없었다. 엘렌은 별을 바느질 상자에서 몰래 꺼내 그녀의 옷에 꽂았다.

"그런 짓은 생각도 말아라." 할머니가 말했다. "네가 그걸 달지 않아도 된다는 걸, 다른 사람들처럼 반드시 달지 않아도 된다는 걸 기뻐해라!" 그건 엘렌이 더 잘 알고 있었다. 그 말은 달아도 좋다는 말이었다. 그녀는 깊은 안도의 한숨을 내쉬었다. 그녀가 움직이면 거울 속의 별도 움직였다. 그녀가 뛰면 별도 뛰었고, 또 그때 뭔가 소망할 수도 있었다. 그녀가 뒤로 물러나면, 별도 그녀와 함께 물러났다. 그녀는 행복에 겨워 두 손을 뺨에 갖다 대고 눈을 감았다. 별은 가만히 있었다. 별은 오래전부터 비밀경찰의 가장 비밀스러운 아이디어였다. 엘렌은 손가락 사이에 치맛자락을 쥐고는 빙글빙글 돌며 춤을 추었다.

축축한 어둠이 널빤지 틈새에서 솟아올랐다. 할머니는 떠났다. 흔들흔들하는 배처럼 할머니는 모퉁이를 돌아 꺾어졌다. 그때 볼 수 있었던 것은, 할머니의 우산이 검은 돛처럼 비바람을 막고 있는 모습이었다. 불확실한 소문들이 간담을 서늘하게 하면서 섬 골목을 통해 퍼져 나갔다. 할머니는 보다 상세한 것을 알기 위해 떠난 것이었다.

보다 상세한 것이라고?

엘렌은 생각에 잠긴 채 거울 속의 별을 향해 미소 지었다. 할머니는 확신을 가지려 했다. 두 개의 거울 사이에서. 모든 확신은 얼마나 불확실했던가. 확실한 것은 불확실하다는 것이었는데, 그 불확실한 것이 세상이 창조된 이후로 점점 더 확실해졌다.

위층에서는 소냐 이모가 피아노 강습을 했다. 비밀리에 하는 강습이었다. 왼쪽 방에서는 소년 둘이 싸우고 있었다. 화가 난 그들의 날카로운 음성이 뚜렷하게 들려왔다. 오른쪽 방에는 불도그와 함께 사는 귀머거리 노인이 소리를 질렀다. "페기, 넌 무슨 일이 일어날지 알고 있느냐? 그들은 나에게 아무 말도 해 주지 않아, 아무도 내게 무슨 말을 해 주지 않아!"

엘렌은 찬장에서 양철 뚜껑을 두 개 꺼내어서는 화가 나서 쾅쾅 두들겼다. 마당에서는 여자 수위가 고함을 질렀다. 마치 '짐을 싸고 급히 떠나라' 하는 것처럼 들렸다.

잠시 엘렌은 그녀와 별 뒤에 나타난 거울 속의 텅 빈 회색빛 벽들을 응시했다. 그녀는 혼자 집에 있었다. 왼쪽과 오른쪽 방에는 낯선 사람들이 살고 있었다. 그녀는 혼자 이 방 안에 있었다. 그리고 이 방이 그녀의 집이었다. 그녀는 문의 옷걸이에서 외투를 벗겼다. 할머니는 곧 다시 돌아올 수도 있었다. 그녀는 서둘러야 했다. 거울은 크고 검은 문장과 같았다.

그녀는 옷에서 별을 떼어 냈는데, 손이 떨렸다. 이렇게 어두워지면, 빛을 비추어야 해, 별이 비추지 않으면, 어떻게 빛을 비춘단 말인가? 그건 할머니도 비밀경찰도 막을 수 없었다. 서투르지만, 별을 외투 왼편에 대충 꿰맸다. 그녀는 탁자에 앉아 고개를 아래로 깊이 숙였다. 그러고는 외투를 입고, 밖으로 나와 문을 닫고 계단 아래로 내달렸다.

그녀는 심호흡을 하면서 잠시 대문 아래에 서 있었다. 대기에 안개가 끼어 있었다. 그녀는 늦가을을 향해 돌진했다. 잘 모르긴 해도, 가을이 모든 것에, 기적처럼 생겨난 보다 깊고 보다 어두운 것을 부여하기 때문에, 또 그들에게 포착할 수 없는 것에 대한 예감을 다시 선물하고, 그들의 비밀을 비밀이 없는 자들에게 알려 주기 때문에, 그녀는 가을을 사랑했다. 왜냐하면 가을은 봄처럼 그렇게 공개적으로 눈부시게 '보라, 내가 간다' 하고 과시하지 않고, 더 많이 알고 있는 자처럼 '이리들 와!' 하고 뒤로 물러나기 때문에.

엘렌이 왔다. 그녀는 무관심하고 냉정한 사람들 앞을 지나, 오래된, 안개 낀 골목길을 지나 달렸고, 그리고 가을의 내밀한 품속으로 뛰어들었다. 외투에 달린 별이 그녀를 고무했다. 그녀의 신발 바닥이 딱딱한 포도 위에서 달그락거렸다. 그녀는 섬의 골목길을 지나 달렸다.

제과점의 어슴푸레한 진열창에 놓인 케이크가 비로소 그녀를 멈추게 했다. 케이크는 희고 빛났으며, 위에는 '생일을 축하합니다'라고 쓰여 있었다. 케이크는 게오르크를 위한 것이었는데, 바로 평화로움 그 자체였다. 붉은빛을 띤 주름 커튼이 마치 희미하게 빛나는 손처럼 사방에서 케이크를 에워쌌다. 얼마나 자주 그들은 여기 서서 바라보았던가. 한번은 노란 케이크가 있었고, 또 한번은 초록 케이크가 있었다. 그러나 오늘 케이크가 가장 아름다웠다. 엘렌은 유리문을 밀쳐 열었다. 낯선 정복자의 태도로 제과점에 들어서서 성큼성큼 카운터로 다가갔다. "안녕하세요!" 하고 여점원이 정신 나간 채 말하고는 손톱에서 시선을 들어 올리더니 갑자기 말을 그쳤다.

"이 생일 케이크를 주세요." 엘렌이 말했다. 낡은 외투 위로 젖은 그녀의 머리가 길게 드리워져 있었다. 외투는 너무 짧아서 안에 입은 체크무늬 옷이 두 뼘쯤 아래로 삐져나와 있었다. 그러나 그것만이 원인은 아니었을 것이다. 결정적인 원인은 별이었다. 별은 얇고 짙은 청색 천에서, 마치 하늘에 떠 있는 걸 확신이라도 하는 것처럼 조용히, 밝게 빛나고 있었다.

엘렌은 돈을 자기 앞 카운터에 놓았는데, 몇 주 동안 모은 것이었다. 그녀는 가격을 알고 있었다.

주변의 손님들이 먹기를 멈추었다. 여점원은 굵고 붉은 팔을 은빛 금전출납기 위에 걸쳤다. 그녀의 시선은 빨아들일 듯이 별을 단단히 노려보았다. 그녀는 별만 보았다. 엘렌 뒤에서 누군가 일어섰다. 의자 하나가 벽으로 밀쳐졌.

"케이크를 주세요." 엘렌이 다시 한번 말하고는 손가락 두 개로 돈을 금전출납기 앞으로 더 가까이 밀었다. 그녀는 왜 이렇게 꾸물거리는지 이해할 수가 없었다. "케이크 값이 더 비싸다면…." 엘렌이 불안하게 중얼거렸다. "혹시 값이 더 비싸다면, 모자라는 돈을 가져오겠어요. 집에 돈이 좀 더 있으니까요. 금방 갔다 올 수 있어요." 그녀는 고개를 들어 여점원의 얼굴을 보았다. 그녀가 본 것은 증오였다.

"그때까지 가게 문을 닫지 않으면요!" 엘렌이 더듬거리며 말했다.

"이봐, 꺼져!"

"저기요." 엘렌이 불안하게 말했다. "잘못 생각하시는 것 같아요. 분명 착각하시는 것 같아요. 난 케이크를 그냥 달라고 하는 게 아니에요, 돈을 주고 사려는 거예요! 값이 올랐다면, 더 지불할 용의도 있어요."

"너 같은 손님 필요 없어." 여점원이 쌀쌀하게 말했다. "가! 어서 가, 가지 않으면 잡아가게 할 거야!"

그녀는 금전출납기에서 팔을 떼더니 천천히 카운터를 돌아갔다. 그리고 엘렌에게 다가갔다.

엘렌은 아주 조용히 서서 그녀의 얼굴을 바라보았다. 엘렌은 이게 정말 생시인지도 확실히 알 수 없었다. 그녀는 손으로 눈 위를 쓰다듬었다. 여점원은 그녀 앞에 바싹 가까이 와 섰다.

"가! 안 들려? 그냥 보내는 걸 다행으로 생각해!" 그녀가 소리쳤다.

손님들은 꼼짝하지 않았다. 엘렌은 도움을 청하며 그들 쪽으로 돌아섰다. 이 순간 모두가 그녀의 외투에 달린 별을 보았다. 몇몇 사람이 조롱 섞인 웃음을 터뜨렸다. 다른 사람들은 입가에 연민 어린 미소를 지었다. 아무도 그녀를 돕지 않았다.

"케이크 값이 더 비싸다면…." 엘렌은 세 번째로 말을 시작했다. 그녀의 입술이 떨렸다.

"더 비싸지" 하고 손님 중 한 명이 말했다.

엘렌은 자기 아래를 내려다보았다. 갑자기 그녀는 케이크에 대한 값을 알게 되었다. 그녀는 그걸 잊고 있었다. 별을 단 사람은 가게에 들어올 수 없다는 사실을 잊고 있었다. 제과점은 더더욱. 케이크에 대한 값은 별이었다.

"아니에요." 엘렌이 말했다. "아니에요, 됐어요!"

여점원이 그녀의 옷깃을 움켜쥐었다. 누군가가 유리문을 밀쳐 열었다. 어슴푸레한 진열창 안에는 케이크가 있었다. 케이크는 평화로움 그 자체였다.

별은 불처럼 타올랐다. 별은 푸른 마도로스 외투를 모조리 태워 버렸고 피를 엘렌의 관자놀이로 몰아갔다. 그러니까 이제 선택을 해야 했다. 자신의 별과 모든 다른 것 사이에서 선택을 해야 했다.

엘렌은 별을 단 아이들, 헤르베르트, 쿠르트, 레온 등 그녀의 친구 모두를 부러워했고, 그들의 불안을 이해하지 못했다. 그러나 지금 여점원이 움켜쥔 자국이 오싹하게 하는 한기처럼 그녀의 목에 남아 있었다. 명령이 효력이 있게 된 이후로, 그녀는 별을 얻기 위해 싸웠다. 그러나 이제 별은 이글거리는 금속처럼 옷과 외투를 통과해 피부에 이르기까지 불타올랐다.

그런데 게오르크에겐 뭐라고 말해야 할까?

오늘은 게오르크의 생일이었다. 식탁 상판이 양쪽으로 빼내어졌고 커다란 밝은색 천으로 씌워졌다. 천은 사과 꽃 색깔이었다. 식탁보는 부엌 옆방에 살고 있던 부인이 생일날 게오르크에게 빌려준 것이었다.

게오르크는 생일에 뭔가를 빌릴 수 있었다는 게 신기했다. 식탁보를 빌린 것이. 줄곧 그 생각을 했다. 그는 굳은 자세로 쓸쓸히 상석에 앉아 손님들을 기다렸다. 몹시 추웠다.

자리를 만들기 위해 그와 아버지의 침대가 벽 앞으로 바싹 밀쳐졌다. 그럼에도 비비가 바라는 대로, 춤은 출 수 없을 것이다. 게오르크는 눈살을 찌푸리고는 두 손을 자기 앞 식탁에 올려놓았다. 그는 손님들이 바라는 걸 모두 제공할 수 없다는 게 슬펐다. 커다란 검은 과자가 잔들 한가운데에 놓여 있었는데, 마치 잔들이 그의 뜻에 반해 자기를 왕으로 선포하기라도 한 것처럼 당혹스러운 모습이었다. 잔들은 착각을 했다. 과자는 초콜릿으로 만든 것이 아니었다. 그냥 검은 과자였다. 게오르크는 아주 조용히 앉아 있었다. 그는 이날을 몹시도 기다렸다. 그는 15년 전 당시 밝은 병원 건물에서 그를 품에 안고 어둠이 깃든 골목 아래로 데려갔을 때 그의 부모님이 그랬던 것처럼 더할 나위 없이 기뻤다. 게오르크는 태어난 것이 기뻤다. 그러나 금년처럼 그의 기쁨이 이렇게 컸던 적은 여태 없었다.

수 주 전부터 생일잔치가 화제였다. 수 주 전부터 그들은 계획을 세우고 모든 걸 서로 상의했다.

잔치 분위기를 고조하기 위해 그의 아버지가 그에게 짙은 회색 양복을 한 벌 빌려다 주었다. 좁다란 가죽 멜빵이 바지를 위로 끌어당겼다. 양복저고리는 품이 넓고 단추가 두 줄로 달렸으며, 게오르크의 어깨는 아버지의 어깨처럼 의젓하게 보였다. 별이 없었더라면, 멋진 양복저고리에 크고 노란 별이 없었더라면!

별이 게오르크의 모든 기쁨을 망쳐 버렸다.

별은 태양의 색깔을 지녔다. 태양이 가면을 벗은 것이었다, 숭배의 대상인 태양이, 이 어린 시절의 찬란한 별이! 눈을 가늘게 뜨고 바라보면, 태양은 민첩하게 움츠러들었으며 바깥쪽으로 구부러지는 검은 테두리가 있었고, 가운데 '유대인'이라 적혀 있었다.

게오르크는 절망적으로 그 위에 손을 얹어 다시 그걸 떼어 냈다. 조용한 마당에서 뿌연 안개가 흐릿한 창유리를 통해 들어와서는 별을 싸서 감추고자 했다. 비밀경찰은 별을 감추는 걸 금지했다. 달이 조소 어린 빛을 어두운 도시 위로 비출 때마다 처벌받아야 하는 것처럼, 어스름이 처벌받을 일이었다.

게오르크는 한숨을 쉬었다. 벌써 손님들이 벨을 울렸다. 그는 펄쩍 뛰어 일어나 식탁을 돌아 달렸다.

"모두 다 왔니?"

"엘렌이 빠졌어."

"아마 더 이상 오지 않을 거야!"

"아마 오고 싶어 하지도 않을 거야."

"아마 우리하고 어울리는 게 좋지 않을지도 몰라."

"난 그렇게 생각하지 않아." 게오르크가 생각에 잠겨 말했다. 여전히 안개가 창유리를 통해 내려앉았다. 그리고 여전히 과자는 검은 모습으로 불행하게 식탁 한가운데에 놓여 있었다.

"좀 기다려." 게오르크가 말했다. "곧 너의 신부가 올 거야. 너의 신부는 장밋빛과 흰색의 케이크야, 생일 축하 케이크야! 이봐, 이제 곧 쓸쓸함이 덜해질 거야!"

과자는 침묵했다.

"엘렌이 가지고 올 거야." 게오르크가 절박하게 말했다. "엘렌이 틀림없이 가지고 올 거야. 엘렌은 별을 달지 않아도 되니까, 알겠어! 그녀는 유리문을 열고 들어가 돈을 카운터에 놓고, '케이크 주세요!' 하고 말할 거야, 그리고 케이크를 받는 거야. 가져올 거야, 꼭 가져올 거야. 별을 달고 있지 않으면, 모든 걸 얻을 수 있어!"

비비는 웃었지만, 진짜 웃음소리 같지 않았다. 다른 아이들은 빙 둘러앉아 어른들의 낮고 무관심한 어조로 대화를 나누려 했지만, 잘되지 않았다. 옆방에서 나는 울음소리를 듣지 못한 것처럼, 아무런 두려움이 없는 것처럼. 옆방에서 어떤 사람이 울고 있었는데, 바로 얼마 전에 여기에 머물도록 지시를 받은 젊은이임이 틀림없었다.

게오르크는 일어서서 허리띠를 조이고는 양손을 크게 벌려 불안하게 식탁보 위에 올려놓았다. 그리고 기침을 하더니 물을 한 모금 마셨다. 그는 연설을 하려고 했으며, 축제 분위기를 만들고자 했다. 그는 이렇게 말하려 했다. '이렇게 와 줘서 정말 고마워, 난 기뻐. 비비 그리고 하나 그리고 루트, 비단 손수건 세 장 고마워, 정말 필요했던 거야. 그리고 쿠르트와 레온의 선물, 담배쌈지도 고마워, 그게 없어서 아쉬웠는데. 전쟁이 끝나면, 곧바로 호주머니에서 그걸 꺼내, 우리 함께 평화의 담배[15]를 피우자꾸나. 헤르베르트의 빨간 물놀이 공도 고마워, 그건 이제 우리 모두의 것이야. 다음 여름에는 다시 피구 놀이를 하자꾸나.'

---

15) 아메리칸 인디언들이 의식 때 화친의 표시로 돌려 가며 피우는 담배.

게오르크는 이 모든 걸 얘기하려 했다. 그 때문에 그는 일어나서 두 손을 식탁에 올려놓았던 것이다. 그 때문에 그는 끊임없이 손가락으로 식탁 모서리를 두드렸던 것이다. 그는 모두가 자신의 말에 귀 기울여 주길 바랐다.

아이들은 오래전부터 침묵하고 있었지만, 옆방의 낯선 젊은이는 침묵하지 않았다. 그의 울음이 게오르크의 입안에 든 말들을 지워 버렸다. 마치 바람이 불어 성냥불을 하나씩 둘씩 꺼 버리는 것처럼.

게오르크는 훌륭한 연설을 하려고 했다. 그는 모든 걸 말하려고 했는데, 지금은 단지 이렇게만 말했다. "저기 누군가 울고 있어!" 그리고 다시 앉았다. "그래, 누군가 울고 있어." 쿠르트가 무뚝뚝하게 되풀이했다. 숟가락 하나가 바닥에 떨어졌다. 비비가 식탁 아래로 들어가 숟가락을 집어 올렸. "우습지 않니." 헤르베르트가 말했다. "저렇게 우는 것이? 아무것도 아닌 일로, 정말 아무것도 아닌 일로!"

"아무것도 아니야, 정말 아무것도 아니야." 레온이 절망적으로 말했다. "바로 그거야, 바로 그거란 말이야!"

"과자를 먹어!" 게오르크가 소리쳤다. 그 소리가 고무적으로 들려야 했을 텐데, 위협적으로 울려 퍼졌다. 모두들 과자를 먹었다. 게오르크는 불안한 모습으로 그들을 지켜보았다. 그들은 긴장한 채 빨리 과자를 먹었다. 과자가 너무 말라 그들의 목에 걸렸다. "이제 엘렌이 곧 케이크를 갖고 올 거야." 게오르크가 말했다. "가장 맛있는 걸 맨 나중에 먹는 게 항상 좋은 거야."

"엘렌은 오지 않아." 쿠르트가 그의 말을 중단시켰다. "걔는 더 이상 우리랑 어울리려 하지 않아!"

"별하고는 더 이상."

"걔는 우릴 잊었어."

루트는 일어나서 조용히 그리고 빨리 한 방울도 흘리지 않고, 차를 따랐다. 하얀 찻잔 위로 아이들의 눈이 절망적으로 반짝거렸다. 헤르베르트는 사레가 들린 것처럼 기침을 하기 시작했다.

게오르크는 아이들 앞을 지나면서 한 사람씩 모두의 어깨를 두드리고는 "이보게!" 또는 그와 비슷한 말을 큰 소리로 말하며 웃었다. 다른 아이들도 따라 웃었다. 그들이 잠시 웃음을 멈추자마자, 곧 옆방의 울음소리가 다시 아주 분명하게 들려왔다. 쿠르트는 뭔가 재미있는 말을 하려고 했는데, 그때 그만 팔로 찻잔을 밀쳐 넘어트렸다. "괜찮아." 게오르크가 소리쳤다. "괜찮아!" 비비가 펄쩍 뛰어 일어나 그녀의 냅킨을 젖은 곳에 갖다 놓았다.

창유리를 통해 떨어지던 뿌연 안개가 회백색에서 검은색으로 바뀌었다. 빈 저장용 병들이 까닭도 없이 찬장에서 아래로 반짝반짝 빛나고 있었다.

비비가 쿠르트에게 뭔가 속삭였다.

"내 생일에 비밀은 없어!" 게오르크가 기분이 나빠 투덜댔다.

"모르는 게 약이야!" 비비가 밝고 약간 큰 소리로 식탁 위로 외쳤다. "네 생일과는 아무 상관 없는 일이야, 게오르크!" 비비는 비밀을 가질 수 있다면, 행복했다. 그 밖의 것은 더 이상 생각하지 않았다. 어떤 비밀이 있으면, 그것으로 만족했다.

옆방의 울음소리는 진정되지 않았다. 하나가 펄쩍 뛰어 일어났다. "내가 지금 그에게 물어보겠어." 그녀가 격분해서 소리쳤다. "지금 당장 물어보겠어!"

게오르크가 문을 가로막았다. 그는 두 팔을 벌렸고 머리는 나무 문에 갖다 붙였다. 그는 들으려고 하면 모든 옆방에서 다 들리는 울음소리에 대한 살아 있는 바리케이드였다. 하나는 그의 어깨를 움켜쥐고는 그를 밀어내려고 했다. "난 알고 싶단 말이야, 알겠어?"

"그건 우리와 아무 상관 없어! 우리가 문을 맞대고 낯선 사람들과 살아야 하는 것만으로도 기분 나빠. 그들이 왜 웃고 왜 우는지, 그건 우리와 상관없는 일이야!"

"우리와 상관있어." 하나가 정신이 나간 채 소리쳤다.

"항상 우리와 상관있는 일이었는데, 우린 너무 예의가 발랐어. 그러나 지금은 아주 특별히 상관이 있어!" 그녀는 다른 아이들에게로 돌아섰다. "날 도와줘, 어서 날 좀 도와줘! 우린 확실한 것을 알아야 해!"

"우린 확실한 것을 요구해서는 안 돼." 게오르크가 낮게 말했다. "그런 건 위대한 사람들이나 하는 거야, 그들은 거의 모두가 그래. 하지만 그 때문에 죽지. 확실한 것을 요구하기 때문에 말이야. 너희는 질문을 하면 할수록, 항상 불확실하게 될 거야. 항상, 듣고 있니? 너희가 살아 있는 동안은." 그는 뻣뻣한 손가락으로 문기둥을 움켜쥐고 있었다. 그의 팔은 차츰 느슨해졌고, 곧 아래로 떨어질 것 같았다.

"넌 아파." 하나가 말했다. "넌 아파, 게오르크."

다른 아이들은 말없이 빙 둘러서 있었다.

헤르베르트가 앞으로 밀치고 나왔다.

"비비가 좀 전에 뭐라고 말했는지 알고 싶니? 난 알고 있어! 난 들었어. 말해 줄까? 그래? 내가 말해 줄까?"

"말해 봐!"

"말하지 마!"

"혼내 줄 거야, 헤르베르트!"

"비비가 말했어, 말하기를…."

"난 알고 싶지 않아!" 게오르크가 외쳤다. "오늘은 내 생일이고, 난 그런 건 알고 싶지 않아!" 그의 팔이 마침내 아래로 떨어졌다. "오늘은 내 생일이야." 그는 지친 채 되풀이했다. "그리고 너희들은 내 생일을 축하해 줬어. 너희 모두가."

"애의 말이 맞아." 레온이 말했다. "오늘은 애의 생일이야, 그밖엔 아무것도 없어. 우리 카드놀이라도 해 볼까!"

"그래." 게오르크가 말했다. "어서!" 그의 두 눈이 다시 반짝이기 시작했다. "난 이미 복권을 준비했지."

"뭘 걸고 내기를 하는 거야?"

"명예를 걸고."

"명예를 걸고?" 쿠르트가 화를 내며 비웃었다. "무슨 명예를 걸고? 차라리 별을 걸고 내기를 해라!"

"또 시작이구나." 게오르크가 굳은 표정으로 말했다.

"그러면 이제…." 헤르베르트가 더듬거리며 말했다. "이제 너희에게 비비가 한 말을 얘기해 주겠다! 애가 말하기를…." 그녀가 손으로 그의 입을 막기 전에…. "비비가 말했어. 별은 죽음을 의미한다고!"

"그건 사실이 아니야!" 루트가 말했다.

"난 두려워." 하나가 말했다. "왜냐하면 난 일곱 아이를 갖고 싶고 또 스웨덴 해안에 집도 갖고 싶기 때문이야. 그러나 이따금, 최근에 말이야, 아빠가 종종 내 머리를 쓰다듬으셔, 그래서 내가 돌아서려 하면, 아빠는 벌써 휘파람을 불기 시작하셔."

"어른들은," 헤르베르트가 흥분해서 외쳤다. "우리 어른들은 집에서 낯선 언어로 얘기를 해!"

"그들은 항상 그래." 레온이 말했다. "그들은 이미 항상 그렇게 했어." 그의 음성이 변했다. "이제 모든 게 보다 확실해질 거야."

"보다 불확실해질걸." 루트가 당황해하며 말했다.

"마찬가지 얘기야." 레온이 설명했다. 그러나 그는 침묵했으면 더 좋았을 어떤 비밀을 발설하는 것 같았다. 네가 확실한 것을 알 수 있도록, 불확실한 것에 몰두하라.

다른 아이들이 돌아섰다. "창문 열어도 돼, 게오르크? 공기가 숨 막힐 것 같아." 그들은 창문을 활짝 열고는 몸을 밖으로 내밀었다. 밖은 바다처럼 깊고 어두웠다. 마당이 어딘지 알아볼 수 없었다.

"우리가 지금 뛰어내린다면," 쿠르트가 쉰 목소리로 말했다. "한 사람씩 차례로! 한순간이면 우리는 더 이상 불안하지 않을 거야. 불안하지 않을 거야. 한번 생각들 해 봐!"

아이들은 눈을 감았지만, 서로를 한 사람씩 차례로 분명하게 보았다. 검은 모습으로 빠르게 똑바로, 마치 물속으로 뛰어드는 것 같은 모습을.

"그게 좋지 않을까?" 쿠르트가 말했다. "그들이 우리가 길게 꼼짝 않고 누워 있는 걸 본다면. '죽은 자들은 웃는다'라고 말하는 사람들이 있어. 그렇게 우린 그들을 비웃어 주는 거야!"

"아니야." 헤르베르트가 소리쳤다. "아니야, 그래선 안 돼!"

"엄마가 허락하지 않는단 말이지!" 쿠르트가 조롱했다.

"이건 각자 스스로 알고 있어야 해." 루트가 방의 어스름 사이로 조용히 말했다. "생일에 선물로 받은 건, 그건 버리지 않는 거야."

"그리고 오늘은 내 생일이야." 게오르크가 되풀이해서 말했다. "너희들은 예의가 없어." 어떻게 해서든 그는 다른 아이들을 꾀어 창문에서 떼어 놓으려 했다. "우리가 내년에도 함께 있을지 누가 알아. 어쩌면 이게 우리의 마지막 잔치일 거야!"

"내년에!" 쿠르트가 경멸적으로 외쳤다. 다시 절망감이 아이들을 사로잡았다. "자, 과자를 먹어!" 게오르크가 정신이 나간 채 소리쳤다. 엘렌만 여기 있었더라면. 아마 엘렌은 그를 도와줬을 것이다. 엘렌은 그들을 설득해서 창문에서 떼어 놓았을 것이다. 그러나 그녀는 여기 없었다.

"우리가 지금 그렇게 한다면," 쿠르트가 재촉하듯 반복해서 말했다. "우리가 지금 그렇게 한다면! 우리는 잃어버릴

게 없어."

"별 외에는 아무것도!"

엘렌은 깜짝 놀랐다.

안개가 흩어졌다. 하늘은 높다란 아치형 거울 같았다. 하늘은 더 이상 어떤 형태나 윤곽이나 경계, 질문, 불안은 반사하지 않았다. 하늘은 별만을 반사했다. 조용히 그리고 무정하게 반짝거리는 별을.

별은 엘렌을 게오르크와 그의 친구들, 그녀의 모든 소망들로부터 떼어 내 습기 차고 캄캄한 골목을 통해 이끌어 갔다. 모든 다른 방향을 하나로 합치면서 그 방향들과 상반되는 한 방향으로 이끌어 갔다. 별은 엘렌을 자기 자신 쪽으로 이끌어 갔다. 그녀는 두 팔을 벌린 채 별을 향해 비틀거리며 걸어갔다. 그녀는 펄쩍 뛰어 붙잡으려 했으나, 아무것도 붙잡을 것이 없었다. 밧줄이 내려뜨려져 있지 않았.

할머니의 경고가 모두 옳지 않았던가?

"네가 별을 갖게 되면, 화를 입을 것이다. 그렇게 되지 않은 걸 기뻐해라! 아무도 별의 의미를 모른다. 그리고 별이 어디로 이끌어 갈지도 아무도 모른다."

아니, 그건 알 수 없었고, 알아서도 안 되었다. 그냥 별을 따라가야만 했고, 이 지시는 모두에게 해당되었다.

무엇이 아직도 두렵단 말인가? 별이 있는데, 점쟁이들이 할 일이 뭐가 있겠는가? 별만이 시간을 다른 것으로 해체하고, 불안을 돌파할 힘을 지니지 않았던가?

엘렌은 갑자기 멈춰 섰다. 그녀는 도착한 것 같았다. 그녀의 시선이 천천히 별에서 떨어지더니 하늘 아래 지붕들이 있는 곳으로 옮겨 갔다. 지붕에서 번지와 이름까지는 더 이상 먼 길이 아니었다. 모든 게 똑같았는데, 그들은 별을 피해 숨었던 것이다.

엘렌은 율리아가 살고 있는 집 앞에 섰다. 사람들은 율리아에 관해 말하지 않았고, 그녀가 스스로 문을 걸어 잠근 이후에는 더 이상 그녀를 받아들이지 않았다. 그녀는 얼굴에 불안이 깃들어 있는 그들에게 속할 의향이 전혀 없었다. 그들은 정말 불행할 수밖에 없었다. 율리아는 이미 당시 부두에서도 함께 놀려고 하지 않았다. 그녀는 별을 달고 다녀야 했지만, 그러지 않았다. 별에 관한 법령이 효력을 발생한 이후, 그녀는 더 이상 거리에 나서지 않았다.

율리아는 더 이상 별을 단 아이들과 어울리지 않았다.
"난 오직 미국으로 가기 위해 집을 떠나는 거야!"
"넌 비자를 얻지 못할 거야, 나도 얻지 못했으니까!"
"넌 안 돼, 엘렌. 하지만 난 얻을 거야. 마지막 기차로, 맨 마지막 기차로 떠날 거야!"

그 이후로 엘렌은 율리아를 보지 못했다. 율리아, 그 이름은 영원히 이해할 수 없는 성공의 이름이었고, 엘렌은 영원한 실패의 이름이었다. 아이들 사이에선 그녀를 찾아가는 것이 배신으로 여겨졌다. 얼마 전에 할머니는 뭐라고 말했던가. "율리아는 미국으로 가. 넌 개와 작별해야 해."

"작별이라고요? 또 작별이라니요? 다정하게 즐거운 여행하라고 빌어 줘야겠지요?"

엘렌은 신음 소리를 내며 외투 깃을 세웠다.

몇 초 후에 그녀는 포옹과 빠르고 부드러운 키스를 수없이 받으며 율리아가 불과 몇 시간 전에 미국 비자를 얻었다는 사실을 알게 되었다.

열여섯이었던 율리아는 긴 비단 바지를 입고 있었으며, 손수건을 색깔에 따라 분류하는 일로 시간을 보냈다.

이제 엘렌은 창백하고 굳은 모습으로 연두색 걸상에 앉아서 눈물을 삼키려고 했으며, 사방에 흩어져 있는 옷을 더럽히지 않으려고 두 발을 오므렸다. 창문 앞에는 커다란 여행 가방16)이 서 있었다. "이전에는 나도 자주 짐 싸는 놀이

---

16) 원어 Schiffskoffer는 1900년경 선박으로 해외여행 시 사용했던 가방으로 대형 장롱 식 트렁크다.

를 했는데." 엘렌이 힘들게 말했다.

"놀자!" 율리아가 소리쳤다.

"하지만 지금은 하지 않은 지 이미 오래됐어." 엘렌이 말했다.

"왜 우는 거니?" 율리아가 놀라서 물었다.

엘렌은 대답하지 않았다. 그 대신 "하얀 테의 초록색 선글라스!" 하고 놀라워하며 바닥에서 선글라스를 집어 올렸다. "기도서도 가져갈 거니?"

"기도서라고? 너 이상한 생각을 다 하는구나, 엘렌! 상황이 이러니 그런 생각을 하게 되는구나."

"대부분의 생각은 그때그때의 상황에서 비롯되는 거야." 엘렌이 중얼거렸다.

"그런데 무엇 때문에 기도서가 필요하단 말이니?"

"아마…." 엘렌이 말했다. "말하자면 내 생각은, 배가 침몰하는 경우에 말이야. 그땐 기도서가 아주 좋을 거야."

율리아는 손수건을 떨어뜨리고는 깜짝 놀라 그녀를 노려보았다. "왜 배가 침몰한다는 거야?"

"넌 무섭지 않니?"

"아니." 율리아가 화가 나서 외쳤다. "아니, 난 무섭지 않아! 대체 뭐가 무섭단 말이야?"

"있을 수도 있는 일이지." 엘렌이 침착하게 계속 우겼다.

"배가 침몰할 수도 있는 거지."

"넌 내가 탄 배가 그러길 바라는 거지?"

두 사람은 씩씩거렸다. 그리고 그들 중 한 사람이 진정되기 전에, 둘은 서로를 잡고 바닥에 뒹굴었다. "그 말 취소해!"

그들은 피아노 아래 반쯤 되는 지점까지 굴러갔다. "넌 내가 부러운 거지. 내가 보다 대단한 모험을 하니까!"

"보다 대단한 모험은 내가 할 거야!"

고통은 엘렌에게 힘을 주었다. 율리아가 그녀의 팔을 격렬하게 움켜쥐는 동안, 엘렌은 머리로 그녀의 턱을 받았다. 그러나 율리아가 더 크고 훨씬 민첩했기 때문에 방어를 아주 잘할 수 있었다. 그사이에도 그녀는 무자비하게 속삭였다. "대양은 청록색이야. 부두엔 날 기다리는 사람이 있어. 그리고 서부엔 야자수도 있고."

"그만해!" 엘렌이 헐떡거리며 그녀의 입을 막았다. 그러나 율리아는 계속 엘렌의 손가락 사이로 College와 Golf 등의 말을 잇달아 쏟아 냈다. 그리고 엘렌이 잠시 떨어졌을 때, 그녀는 분명히 말했다. "세 사람이 나를 위해 보증을 섰어."

"그래." 엘렌이 화가 나 소리쳤다. "난 보증해 줄 사람이 아무도 없어!"

"널 보증해 줄 수도 없을 거야!"

"그래 고맙게도 없어." 엘렌이 말했다.

둘은 기진해서 가만히 있었다.

"넌 내가 부러운 거야." 율리아가 말했다. "넌 항상 나를 부러워했지."

"그래." 엘렌이 답했다. "내가 너를 항상 부러워한 건 사실이야. 이미 당시, 너는 걸을 수 있었고 난 아직 걸을 수 없었을 때부터, 그다음엔 넌 자전거가 있었고 난 없었기 때문에. 그리고 지금은? 지금 넌 바다를 건너가지만, 난 가지 못하니까. 이제 넌 자유의 여신상을 보게 될 테지만, 난 그러지 못하니까."

"이제 난 보다 큰 모험을 하는 거야!" 율리아가 다시 의기양양하게 말했다.

"아니야." 엘렌이 낮은 소리로 말하고는 완전히 떨어졌다. "어쩌면 그 모든 게 없는 게 보다 큰 모험일지도 몰라."

다시 한번 율리아가 엘렌을 움켜쥐더니 그녀의 어깨를 벽에 밀어붙이고는 불안에 찬 눈으로 바라보았다. "넌 배가 침몰하기를 바라는 거야? 그래, 안 그래?"

"아니야." 엘렌이 급히 소리쳤다. "아니야, 아니야, 아니야! 그러면 넌 정말 보다 큰 모험을 하게 될 테고 그밖에도…."

"그밖에도?"

"우리 엄마에게 내 안부를 전해 줄 수도 없을 테니까."

그들은 깜짝 놀라 입을 다물었고, 싸움의 마지막 부분은 소리 없이 진행되었다.

아나가 문을 열고 어둠을 등지고 섰다. 그녀는 밝은 스카프를 두르고 웃고 있었다. "술 취한 마도로스들 같아!" 그녀가 태연하게 말했다. 그녀는 같은 집에 살았는데, 이따금 올라오곤 했다. 그녀는 율리아보다도 나이가 많았다.

엘렌이 펄쩍 뛰어 일어나 이마를 한쪽 모서리에 찧고는 소리쳤다. "언니의 별이 빛나는 것 같아요."

"어제 깨끗하게 씻었지." 아나가 대답했다. "내가 별을 달면, 반짝반짝 빛나야 하거든." 그녀는 문기둥에 머리를 기댔다. "모든 사람이 별을 달아야 할 거야!"

"난 아니야." 엘렌이 화가 나서 외쳤다. "난 달아선 안 돼! 잘못된 조부모 두 명으로는 부족해. 난 해당되지 않는다고 해!"

"아," 아나가 말하고는 다시 웃었다. "별을 외투에 달든, 얼굴에 달든, 아무 상관 없을 거야."

율리아가 끙끙거리며 천천히 일어섰다. "넌 어쨌든 이중으로 달고 있구나, 외투에도 그리고 얼굴에도. 넌 항상 즐거운데, 이유라도 있니?"

"그래." 아나가 대답했다. "넌 아니니?"

"아니야." 율리아가 주저하며 말했다. "다음 주에 미국으로 가긴 하지만. 엘렌은 나를 부러워해."

"뭘?" 아나가 말했다.

"잘 모르면…." 엘렌이 중얼거렸다.

"잘 알아." 아나가 말했다. "미국 말이지. 좀 더 정확히 알고 싶었을 뿐이야."

"바다와…." 엘렌이 당황해하며 더듬거렸다. "자유!"

"그건 더 부정확해." 아나가 침착하게 대답했다.

"언닌 어떻게 그럴 수 있어요." 엘렌이 말했다. "내 말은, 그렇게 하는 특별한 이유라도 있는 거예요?"

"무슨 이유? 무슨 말이니?"

"율리아가 좀 전에 말했던 것, 반짝반짝 빛나는 것 말이에요!"

"특별한 이유는 없어." 아나가 천천히 말했다.

"아니야, 있어!" 율리아가 고집스레 말했다. "그런데 무슨 일로 온 거니?"

"너와 작별 인사를 하려고 왔어."

"난 오늘에서야 비자를 받았고, 넌 아직 전혀 몰랐을 텐데…."

"그래." 아나가 힘들게 말했다. "나도 몰랐어. 그럼에도 너와 작별하러 왔어."

"무슨 말인지 모르겠어!"

"나도 떠나."

"어디로?"

아나는 대답하지 않았다.

엘렌이 다시 펄쩍 뛰어 일어났다. "어디로 가는 거예요?"

율리아는 기뻐서 얼굴이 빨개졌다. "우리 함께 가는구나!"

"어디로 가는 거야?" 엘렌이 다시 물었다. 아나는 두 눈을 그녀에게로 향한 채 조용히 그녀의 고통스럽고 아주 창백한 얼굴을 보았다.

"내가 부럽니, 엘렌?"

엘렌은 고개를 옆으로 돌렸지만, 다시 그쪽을 바라보지 않을 수 없었다.

"그래, 안 그래?"

"부러워요." 엘렌이 낮은 소리로 말했다. 그녀 생각에 자기가 한 말이 절망감으로 방 안에 조용히 머물러 있는 것 같았다. "그래요, 언니가 부러워요."

"조심해!" 율리아가 비웃으며 말했다. "곧 너에게 덤벼들 테니!"

"그냥 내버려 둬!" 아나가 말했다.

"율리아 말이 맞아요." 엘렌은 지친 듯 중얼거렸다. "그러나 우리 어머니는 저 건너편에 있어요. 그리고 자유도."

"자유는, 엘렌. 자유는 너의 별이 있는 그곳에 있단다."

그녀는 엘렌을 끌어안았다. "정말 내가 부럽니?"

엘렌은 벗어나려고 했고, 입술을 깨물었으나 벗어나지는 못했다. 그녀는 다시 외면했으나, 다시 또 한 번 이 얼굴에 눈길을 주지 않을 수 없었다. 그때 그녀는 일순간 반짝이던 빛이 부서지는 걸 보았다. 그리고 아나의 얼굴에서 불안을, 치명적인 불안과 일그러진 입을 보았다.

"아니에요." 엘렌이 깜짝 놀라 더듬거렸다. "아니에요, 난 언니가 부럽지 않아요. 어디로 가는 거예요?

"대체 무슨 일들이야?" 율리아가 참지 못하고 말했다.

아나가 일어서서 엘렌을 밀어냈다. "난 작별을 하러 왔어."

"우리 함께 가지 않는 거야?"

"그래." 아나가 말했다. "방향이 달라." 그녀는 몸을 약간 벽에 기대고는 할 말을 찾았다.

"난, 난 폴란드[17]에 초청을 받았어."

그건 그들이 감히 발설할 수 없는 말이었다. 할머니도, 소냐 이모도, 모두들, 모두들. 그건 그들이 덜덜 떨었던 말이었다. 엘렌은 지금 처음으로 그 말을 큰 소리로 들었다.

---

[17] 아우슈비츠 집단수용소를 의미한다.

세상의 모든 불안이 그 말 속에 들어 있었다.

"어떻게 할 거야?" 율리아가 경직된 채 물었다.

"가는 거야." 아나가 말했다.

"아니, 그 말이 아니라, 내 말은, 희망하는 게 뭐냐고?"

"모든 것." 아나가 말했다. 그리고 보다 큰 희망의 빛이 그녀의 얼굴에 깃들었던 불안 위로 다시 넘쳐흘렀다.

"모든 것?" 엘렌이 낮게 말했다. "모든 것이라고, 말했어요?"

"모든 것이야." 아나가 침착하게 반복했다. "난 항상 모든 걸 희망했지. 그런데 지금 와서 그걸 포기할 이유는 없잖아?"

"그거예요…." 엘렌이 더듬거리며 말했다. "내 말이 그 말이었어요. 별은 모든 것을 의미하니까요!"

율리아는 당황해하며 두 사람을 번갈아 바라보았다.

"기다려요!" 엘렌이 외쳤다. "오래 걸리지 않아요, 다른 아이들을 데려오겠어요."

누가 제지하기 전에 벌써 그녀는 밖으로 나가 문을 닫아 버렸다.

깜짝 놀라 그들은 창문에서 뒤로 물러났다.

"나를 따라와!"

"어디로?"

"별이 무엇을 의미하는지, 알고 싶다면…."

그들은 불안한 나머지 너무나도 맥이 빠져 더 이상 묻지 않았다. 그들은 저 빨아들이는 듯한 깊은 곳에서 건져 올려진 것이 기뻤다. 말없이 그들은 엘렌의 뒤를 따라 달렸다. 그들은 더 이상 어둠 속 찻길 가의 짐을 가득 실은, 작은 건초마차들을, 울어서 부은 얼굴들과 무관심한 자들의 웃는 모습을 보지 않았다. 그들은 엘렌처럼 별만을 보았다.

낯선 집 대문 앞에서 그들이 놀라 뒤로 물러섰다.

"율리아에겐 가지 않을 거야!"

"그래." 엘렌이 말하고 문을 열어젖혔다.

율리아는 흩어져 있던 손수건을 치웠다. 그녀는 아이들에게 인사를 하면서도, 자신의 비자에 대해선 말하지 않았고 그들의 얼굴도 보지 않았다.

"우린 결코 다시는 너에게 오려 하지 않았는데." 비비가 목청을 높여 말했다. "엘렌 탓이야!"

"결코 오지 않았을 거야!" 다른 아이들이 되풀이해 말했다.

"우린 그냥 오지 않을 수도 있었는데." 쿠르트가 말했다.

그들의 무거운 신발이 밝은 바닥에 흔적을 남겼다.

"아나가 여기 있어." 엘렌이 말했다.

아나, 마치 한숨처럼 들렸다. 한 번에 들이쉬고 내쉬는.

아나는 여행가방 위에 앉아서 그들을 향해 웃었다. 그들은 이제 아무 거리낌이 없었다. "너희 안 앉을 거야?"

그들은 마룻바닥에 빙 둘러앉았다. 3등 선실 같았다. 그들은 갑자기 오래전에 길을 떠난 것 같은 생각이 들었다.

"그런데 뭘 알고 싶은데?"

"우린, 별의 의미를 알고 싶어요!"

아나는 조용히 한 사람씩 차례로 바라보았다. "뭣 때문에 그걸 알려고 하는 거지?"

"두렵기 때문에요." 그들의 얼굴이 씰룩거렸다.

"뭐가 두려운데?" 아나가 말했다.

"비밀경찰요!" 그들은 소란스럽게 외쳤다.

아나는 고개를 들어 갑자기 모두를 바라보았다. "그런데 어째서? 어째서 비밀경찰이 두려운 거야?" 아이들은 깜짝 놀라 말문이 막혔다.

"그들은 우리가 숨 쉬는 것도 금하고 있어요." 쿠르트는 말하고는 분노로 얼굴이 빨개졌다. "그들은 우리에게 침을 뱉고, 우리 뒤를 쫓고 있어요!"

"이상하군." 아나가 말했다. "무엇 때문에 그런 짓을 하지?"

"그들은 우리를 증오해요."

"너희가 그들에게 무슨 일을 저질렀니?"

"아무 일도." 헤르베르트가 말했다.

"너희는 소수야. 너희는 상대적으로 그들보다 키도 작고 약해. 너희는 무기도 없어. 그런데도 그들은 안심을 못 해."

"우린, 별이 뭘 의미하는지 알고 싶어요!" 쿠르트가 외쳤다. "우린 어떻게 되는 거죠?"

"날이 캄캄해지면…." 아나가 말했다. "날이 아주 캄캄해지면, 그럼 어떻게 되지?"

"불안해요."

"그럼 어떻게 하지?"

"저항해요."

"자기 주변을 두 팔로 마구 휘두르지, 그렇지?" 아나가 말했다. "사람들은 그게 아무 소용없다는 걸 알게 되지. 그런데 날은 더욱 캄캄해져. 이제 어떻게 하지?"

"빛을 찾아요." 엘렌이 외쳤다.

"별을 찾지." 아나가 말했다. "비밀경찰 주위는 아주 캄캄해."

"정말… 그렇게 믿어요?" 아이들 사이에 불안감이 생겨났다. 그들의 얼굴이 하얗고 거칠게 빛을 발했다.

"알았어!" 게오르크가 펄쩍 뛰어 일어났다. "이제 알았어, 알았단 말이야!"

"뭘 안다는 거야?"

"비밀경찰은 불안한 거야."

"맞아." 아냐가 말했다. "비밀경찰은 불안이야, 살아 있는 불안 그 자체야. 그 이상 아무것도 아니야." 그들의 얼굴에 깃든 광채가 짙어졌다.

"비밀경찰은 불안한 거야!"

"그리고 우리는 그들 때문에 불안하고!"

"불안에 대한 불안, 서로 비긴 셈이야!"

"불안에 대한 불안, 불안에 대한 불안!" 비비가 소리치고 웃었다. 그들은 서로의 손을 붙들고는 커다란 가방 주위를 뛰어다녔다.

"비밀경찰은 그들의 별을 잃어버렸어."

"비밀경찰은 낯선 사람의 뒤를 쫓고 있어."

"그러나 그들이 잃어버린 것과 우리가 지니고 있는 것, 그건 모두가 동일한 것이야!"

"그런데 우리가 너무 일찍 기뻐하는 건 아닐까." 비비가 말하고는 가만히 멈춰 섰다. "그런데 내가 들은 것이 사실이라면?"

"무슨 얘길 들었는데?"

"별은 죽음을 의미한다고."

"어디서 그런 소리를, 비비야?"

"우리 부모님이 내가 이미 잠들었다고 생각하고."

"아마 네가 잘못 들었을 거야." 엘렌이 중얼거렸다. "아마 부모님은 죽음이 별을 의미한다고 말하지 않았을까?"

"속지 않도록 해라." 아나가 조용히 말했다. "이게 내가 너희에게 해 줄 수 있는 유일한 충고다. '별을 따라가라! 어른들에게 묻지 마라, 그들은 너희를 속인다, 헤로데스[18]가 동방박사 세 사람을 속이려 했던 것처럼. 너희 자신에게 물어라, 너희의 천사들에게 물어라.'"

"별." 엘렌이 소리쳤고 그녀의 뺨이 이글이글 타올랐다. "현인들의 별이야, 난 그걸 알고 있었어!"

"비밀경찰을 불쌍하고 가련하게 여겨라." 아나가 말했다. "그들은 또 벌써 유대 왕을 불안해한다."

율리아는 일어나서 오싹 한기를 느끼며 커튼을 닫았다. "아주 캄캄해졌구나!"

"더욱 좋지." 아나가 말했다.

---

[18] 유대의 왕 헤로데스는 잔인한 사람으로 알려져 있는데, 그는 하스몬 왕가의 혈통을 근절하려고 자신의 아내와 아들을 죽이고, 그리스도의 탄생을 두려워하여 베들레헴의 많은 유아들을 살해했다.

위대한 연극

마리아는 보퉁이를 떨어트렸고 요셉은 천사의 옆구리를 가볍게 쳤다. 천사는 고개를 돌려 어쩔 바를 몰라 하며 3 성왕(聖王)을 향해 미소를 지었다. 이들은 유랑자로 변장하여 나란히 커다란 궤짝 위에 앉아 있었다. 3 성왕은 다리를 약간 들어 올리고는 창백하고 무서운 얼굴로 문 쪽을 노려보았다. 종소리가 났었다.

천사는 모든 당당함을 잃어버렸다. 그들에게 불안정한 소년의 음성으로 약간 환성을 지르며 명령했던 바로 그 천사가. "너희의 외투를 벗어 던져라!" 그건 그들이 자신들이 찾는 자들이며, 멀리서 왔으며, 선물을 가져왔고, 그들의 더리운 넝마 아래의 몸에 크리스마스트리의 은실을 둘렀다는 것 등등을 증명코자 한 것이었다.

그러나 더 이상 시간이 없었다. 종이 이미 울렸다.

그들은 어스름 속에서 두 손으로 무릎을 감싸고, 화가 난 모습으로 꼼짝 않고, 우리가 아무것도 아닌 존재인지 또는 왕인지 하는 오랜 불확실성을 계속 참고 견뎌야 했다. 그리고 그들은 불안했기 때문에, 여전히 불안했기 때문에, 외투를 벗어 던져서는 안 되었다. 조금만 움직여도 그들의 정체가 드러날 수가 있었다. 그들의 죄는 태어난 것이었고, 그들의 불안은 살해되는 것이었으며, 그들의 희망은 사랑받는 것, 그들이 왕이라는 것이었다. 이 희망 때문에 아마 그들은 박해를 당하고 있을 것이다.

요셉은 자신의 불안을 두려워했고 시선을 다른 곳으로 돌렸다. 마리아는 몸을 숙여 소리 없이 움직이며 보통이를 다시 집어 올렸다. 그 어떤 것도 어머니를 방해해서는 안 된다. 그녀는 요셉에게 바싹 몸을 기댔다. 그는 왕이 그녀의 품 안에서 그가 매어져 있었던 십자가에 바싹 매달리는 모습을 외면했다. 아이들은 두려워하면서도, 매어져 있는 것에 자신을 매달게 된다는 그의 교훈을 예감하고 있었다. 그들은 이러한 예감을 문밖의 날카롭고 빠른 종소리보다도 더 두려워했다.

이러한 예감이 직접 경종을 울리기 시작한 것은 가능한 일이었다.

아무 말 없이 그들은 캄캄한 어둠 속에 그대로 머물러 있었다. 천사는 녹슨 안전핀으로 어깨에 두른 아마포를 보다 단단히 고정했다. "아무것도 아닐 거야." 그는 더듬거리며 말했다. "종소리가 울리긴 하지만, 그건 그냥…." 그는 말을 중단했다.

"조용히 해." 가장 큰 유랑자가 경멸적으로 말했다. "네 역할이나 해!"

그리고 종이 울렸다. 짧게 네 번 길게 세 번. 그러나 약속한 신호는 달랐다.

"누군가가 잘못 누른 것 같아." 그들 중 가장 작은, 한쪽 발이 뻣뻣한 유랑자가 속삭였다. "누군가가 자기가 우리에게 속하는지, 아니면 비밀경찰에 속하는지 모르고 있어. 자기가 친구인지 아니면 살인자인지 모르고 있어."

그걸 아는 사람이 누가 있겠는가?

식탁 아래에서 작고 검은 개가 짖기 시작했다. "저 개 주둥이 좀 막아." 요셉이 화가 나서 말했다. "우리에게 아무 소용 없는 녀석이야."

"난 처음부터 저 개를 데리고 있는 걸 반대했어." 마리아가 말했다. "개 먹이도 없고, 저 개 때문에 우리가 발각될 수도 있어. 이 녀석 대신 당나귀 같은 게 필요해. 뭘 나를 수 있는 그런 것이." 그녀는 한숨을 쉬었다. "뭘 운반할 수 있는 조용한 그런 녀석이."

"유대인은 가축을 소유해서는 안 돼." 천사가 속삭였다. "운반하는 건 압류된 차량도 해. 문제는 어디로 운반하느냐 하는 거지."

"이집트 앞에서 지금 싸우고들 있어!"

"그리고 폴란드로."

"그런데 유대 왕은?"

"함께 가는 거야."

현관의 종소리가 다시 울리기 시작했는데, 이젠 애원하듯 들렸다.

"우린 연극을 시작하는 거야, 문을 열지 않겠어!"

"그러면 빨리, 서둘러! 자, 준비!"

"시작!"

세 명의 유랑자가 펄쩍 뛰어 일어났다. 그들은 등불로 낡은 장롱의 유리를 비추고 있었다.

"너희는 평화를 보았느냐?" 가장 작은 유랑자가 외쳤다.

"그런데 넌 등을 아주 뻬딱하게 쥐고 있어!" 천사가 그의 말을 중단시켰다. "헤르베르트, 주먹이 떨리는 것 같아. 무서운 거야? 그건 너의 역에 어울리지 않아. '너희는 평화를 보았나?' 그들의 어깨를 잡고 남자답게 물어, 애야, 그래서 그들이 탄약 주머니 속에서 그리고 베개 밑에서 찾기 시작하도록…."

"너희는 평화를 보았나?"

종소리는 그쳤지만 대답을 기다리는 것 같았다. 아이들은 추워서 서로 가까이 다가섰다. 그들 앞에 빈 공간이 입을 크게 벌리며 심연처럼 벌어지더니 그들에게 명령했다. '나를 채워라!' 그때 그들은 두 번째 유랑자에게 말하도록 했다.

"여기는 아무도 없어."

"아무도 없다고, 듣고 있는 거니, 게오르크? 아무도 없다고, 이건 무서운 말이야, 모두가 있는데 아무도 없다고, 수백만이 있는데 아무도 없다고. 아무도 없다니, 모두들 증오하고, 모두들 외면하는데, 너희들 듣고 있는 거야. 아무도 우릴 증오하지 않고, 아무도 우릴 박해하지 않는단 말이냐, 아무도! 왜 너희는 두려워하는 거야? 아무도 없다고, 다시 한번 말해 봐, 게오르크! 너의 슬픔이 다시 노래 부르기 시작해야 해, 많은 사람들이 모인 군중집회에서 그들은 이 소리를 들어야 해. '아무도, 아무도, 여기에 아무도 없다!'는 소리를."

세 유랑자의 등불이 깜박거리며 어두운 방 안을 꺼질 듯 말 듯 비추었다.

"우린 너무 오랫동안 찾았어!"

"빌어먹을, 우리의 불도 꺼지고 있다."

"이제 우리는 그를 더 이상 찾지 못한다."

"우리의 힘은 소진되고 있다."

"그래, 사람들이 안다면…."

"평화가 무엇인지를!"

"그러나 사람들은 그걸 알지 못한다."

낙담해서 그들은 더러운 양탄자 위에 쓰러졌다.

"이 지상에는 없어."
"우린 사방에서 찾았고."
"소리쳤고."
"위협했다!"
"애원했다!"
"저주했다!"

다시 종소리가 났다. 아이들의 목소리가 마구 뒤섞여 쏟아져 나왔다. 잠시 동안 그들은 종소리를 눌러 지울 수 있었다.

"우린 모든 집을 비추었다."
"사람들은 사방에서 우릴 쫓아냈다."
"너희들의 불빛은 너무 약하게 타고 있다!"

이렇게 천사는 사람들이 숨 돌리는 사이에 말했다.

"너희들은 거기서 무슨 말을 하고 있는 거냐?"
"난 한 마디도 하지 않았어."

"그 소리는 저기서!"
"그곳에서 났어!"

단호한 태도로 유랑자들은 계속 다투었고, 천사의 목소리를 쥐어뜯어 불안한 소리가 나게 했다.

"너희가 말했어!"
"아니야, 너희야!"
"너희야!"
"아, 너희는 거짓말을…."
"그 소리는 여기서 났어!"
"이보시오, 뭘 찬 거요?"
"우연히."
"'우연히'라고?"
"아, 좋아요,
그럼 내가 조심하지!"
"너희는 비겁해,
난 용기 있는 사람이야!"

"너희는 평화를 찾고 있다!" 천사가 외치고는 장롱 위로 뛰어올랐다. "평화를!" 그는 한숨을 쉬었지만, 종소리는 쇠로 만든 액자처럼, 어두운 그림처럼 남아 있었다.

"우린 사방에서 찾았다."
"길 위에서도, 길 아래에서도."
"그리고 모든 걸 시도했다."
"강탈하고, 죽이고 불태웠어."
"우린 지옥까지 내려갔어!"
"그런데 아무것도 찾지 못했어."

저주하며, 서로 뒤엉킨 채 유랑자들은 바닥에 누워 있었다. 싸우고 있는 그들 위에서 천사의 음성이 더 빠르게, 더 강렬하게 타올랐다. 후드들이 펄럭펄럭했고 현관의 종소리가 천사의 음성 너머로 날카롭게 울렸다. 이 종소리는 고개를 돌린 아이들의 가면을 쓴 얼굴에 얼음비처럼 쏟아졌다. 문 열어, 문 열어!

이 어두운 방은 제대로 덮이지 않아 펄럭이는 후드와 다름없었다.

또 종소리가 났다. 짧게 네 번 길게 세 번. 고통스러운 저 끈질긴 틀린 암호.

세 명의 유랑자는 숨어 엿보며 무릎과 주먹을 낡은 양탄자 속에 집어넣었다. 가장 어린 유랑자가 집게손가락을 들어 올렸다.

"그때 우린 보았지
작은 불빛이 문 사이로 빛나는 것을."
"여긴 아무도 없어."
"우린 지금 아주 혼란스러워."

맨 막내의 음성이 떨렸다. 다른 아이들이 그를 옆으로 밀었다. 세 유랑자가 저마다 먼저 말하려 했다.

"평화가 어디 있는지, 우리에게 말해 줄 사람은?"
"평화를 발견하는 사람은?"
"그리고 평화가 없어 아쉬워하는 사람은?"
"그래, 사람들이 안다면…."
"평화가 무엇인지를…."

그들은 기진해서 고개를 떨어뜨렸다.

"우리 옷은 찢어졌고."
"우리 구두도 찢어졌다!"
"우린 영원히

평온을 찾을 수 없네."

막내가 다시 집게손가락을 치켜들었다.

"지금 어떤 생각이 떠오르는데,
너희들 아주 조용히 해야겠어."
"지금은 크리스마스 시즌이야."

천사가 흐릿한 창문 쪽에서 한숨을 쉬었다.

"크리스마스 시즌이라고?"

세 유랑자는 잽싸게 일어섰다. 선물 때문이기도 했고, 케이크와 겨우살이 가지[19] 그리고 어른들의 이해심이 없는, 흥분한 얼굴과도 연관이 있었다. 그런데 지금 계속 울리고 있는 날카로운 종소리와는 어떤 연관이 있었을까?

"어서 서둘러!" 훔친 거대한 방공철모를 얼굴 한가운데까지 끌어당긴 채, 곁방 문 앞에 기대서 있던 전쟁이 경고했다. "그들이 문을 박차고 들어온다. 그들은 이 연극이 끝나

---

19) 겨우살이(기생목) 가지는 크리스마스에 방을 장식하는 데 쓰인다.

기 전에, 우리를 차량에 실을 것이다."

"그럼 더욱 좋지." 요셉이 투덜대며 말했다. "1월은 너무 암울해. 그땐 이미 은실이 모두 끊어지고, 배도 아파."

"5월이 오기 전에, 우린 이미 벚나무가 되어 있을 거야." 전쟁이 비웃으며 말했다.

"조용히 해." 보퉁이를 단단히 끌어안고 있던 마리아가 외쳤다. "그런 소리 그만해, 난 벚나무가 되고 싶지 않아! 그 밖의 어떤 나무도!"

"자, 계속해!" 천사가 외쳤다.

"지금 이게 뭐야,
우린 어떻게 해야 하지?"
"이리들 와, 크리스마스캐럴을 부르자!"

세 유랑자는 입술을 움직였으나 노래를 부를 수 없었다. 그들은 마지막 15분 동안의 영원 같은 시간 속에서 가사를 잊어버렸다. 즐거움에 대한 흥미도 잃어버렸고, 어떤 이상한 것이 그들의 입술을 봉해 버렸다.

"난 너무 피곤해,
너무너무 피곤해!"

"그리고 너의 피리 소리는 공허하게 들려,
넌 맑은 소리를 내지 못하고 있어!"
"그래도 들어 봐."
"평화가 달아나고 있어!"
"내가 데려올게!"
"아니야, 내가."
"오 아니야!"
"불빛이 어디에 있어?"
"찾지 못하겠어."

아이들이 펄쩍 뛰어 일어났다. 밖의 종소리가 갑자기 그쳤다. 갑자기 그리고, 드디어 — 모두에게 그렇게 여겨졌다 — 그쳤다.

더 이상 아무것도 움직이지 않았다.

"문 열어." 천사가 낮은 소리로 말했다. "차라리 문 열어!"

아마포가 드리워져 있어서 천사가 장롱에서 뛰는 걸 방해했다. 전쟁이 곁방 문을 열어젖혔다. 세 유랑자가 밖으로 뛰어나갔다.

열어라, 너희에게 열어 달라고 요구하는 모두에게 열어 주어라! 열지 않는 자는 태만한 자다.

아이들은 결연한 태도로 현관문을 열어젖히고는 실망한

듯 뒤로 물러났다.

"너야? 다른 사람은 없어?"

눈물을 흘리며 기진한 채 엘렌은 차가운 회흑색 계단 난간에 기대서 있었다.

"왜 문을 안 열어 주었어?"

"넌 신호를 몰랐어!"

"나에게 말해 주지 않았잖아."

"넌 우리와 같지 않으니까!"

"나도 끼워 줘!"

"넌 우리와 같지 않아!"

"왜 같지 않은 거야?"

"넌 데려가지 않을 테니까."

"약속할게." 엘렌이 말했다. "나도 데려간다는 걸."

"그런 걸 어떻게 약속할 수 있니?" 게오르크가 화가 나서 말했다.

"그건 많은 사람들이 알고 있지만," 엘렌이 낮은 소리로 말했다. "또 많은 사람들이 모르기도 해. 그런데 모두들 다 데려갈 거야."

그녀는 다른 아이들을 옆으로 밀치고 앞장서서 어둠 속으로 달려갔다. 그리고 장롱에서 천사의 하얀 아마포를 끌어당기며 간청했다. "나도 함께하게 해 줘, 제발 나도 좀 끼워 줘!"

"너희 할머니는 네게 우리와 함께 놀지 못하게 했어." 장롱 위의 천사, 레온이 말했다.

"우리 할머니는 여전히, 살아남는 것이 행운이라고 믿기 때문이지."

"그런데 넌?"

"이미 그런 생각을 안 한 지 오래됐어." 엘렌이 말하고는 유리문을 닫았다. 다시 아이들 주위의 공간이 검은 후드처럼 막혀 버렸다.

"너에게 줄 역할이 없어."

"나에게 '세상'의 역할을 맡겨 줘!"

"위험한 연극이야." 레온이 말했다.

"알아." 엘렌이 초조하게 소리쳤다.

"하나가 '세상'을 맡았어." 쿠르트가 투덜거렸다.

"아니야." 엘렌이 낮은 소리로 말했다. "아니야! 오늘 밤 붙들려 갔어."

아이들이 물러서더니 그녀를 빙 둘러쌌다.

"계속해!" 레온이 흥분해서 외쳤다. "우린 계속해야 해!"

"레온, 누가 우리에게 그렇게 나쁜 역할을 준 거야?"

"어려운 역할이지, 가장 어려운 역할이 가장 훌륭한 것 아닌가?"

"그런데 관객들이 왜 이렇게 무섭지, 우리를 삼키는 시커먼 아가리, 얼굴 없는 인간들!"

"네가 좀 더 경험이 있다면, 루트, 네가 모든 무대 앞에는 위로받고자 하는, 한숨짓는 어둠이 있다는 걸 안다면."

"우리가 위로해야 한다고? 우린 누가 위로해 주는데?"

"트럭이 너무 높다면, 오르는 걸 누가 도와주지?

"두려워하지 마라!" 레온이 외쳤고, 하얀 천 사이로 그의 머리가 마치 가느다랗고 어두운 화염처럼 솟아올랐다. "왜냐하면 보라, 난 너희에게 커다란 기쁨을 전하고 있으니까!"

"너희들은 뒈질 것이야, 그게 다야!" 쿠르트가 그의 말을 중단시켰다.

천사는 밤의 들판에서 이 같은 불신과, 속수무책으로 내던져진 자들의 창백한 얼굴을 보고서는 입을 다물었다. 그는 더 이상 무슨 말을 해야 할지 알지 못했다.

"아직 한참 멀었어." 아이들 중 한 명이 어둠 속에서 그를 도와주었다. "왜냐하면 너희에게 오늘은…."

아래쪽 좁은 골목길을 통해 육중한 트럭이 한 대 지나갔다. 창문이 떨렸고, 창문 앞 하늘도 떨기 시작했다. 아이들은 깜짝 놀라 몸을 움츠렸고, 창문 쪽으로 달려가려 했지만, 행동으로 옮기지는 않았다. 트럭은 큰 소리로 진동하더니 곧 소리가 낮아졌고 집 앞을 지나 멀어져 갔다. 모든 진동 소리는 언젠가는 정적 앞에서 멈추게 된다. 정적으로 채워지지 않는 소리는 아무 소용이 없다.

"계속해, 연극을 계속해!"

연극을 하는 것. 그것이 그들이 할 수 있는 유일한 것이었다. 그건 불가해한 것 바로 앞에서의 행위, 비밀 앞에서의 우아한 행위였다. 이 가장 비밀스러운 계명은 다음과 같다.

'내가 보는 앞에서 연극을 해야 한다!'

고통의 격류 속에서 그들은 그것을 알아차렸다. 조개 속 진주처럼 연극 속에는 사랑이 들어 있었다.

"이리들 와, 싸우지들 마!"
"봐, 우리의 등불이 꺼지고 있어,
폭풍이 불어 불을 끄려고 해.
그리고 우리의 힘도 소진되고."
"우린 잠자러 가겠어."

정적이 시작되었다. 그건 시작하라는 천사들에게 보내는 신호였다. 레온이 단숨에 장롱에서 등불의 흐릿한 원 속으로 뛰었다. 그는 불빛 위에 머무르기 위해 그 속으로 뛰었다. 그리고 그는 그들의 질문들을 되던졌다.

"너희는 평화를 보았느냐?"

"우린 보지 못했어."

유랑자들은 쓰러져 후드를 깊숙이, 마침내 그들의 당황한 얼굴 위로까지 끌어내렸다.

"내가 너희를 보는 것처럼, 너희가 볼 수 있다면!" 천사는 자신의 역할과 다르게 더듬더듬 말했다. "거기 조용히 누워있는 너희, 이 칠흑 같은 방에서 정말 비인간적일 정도로 용감하구나!"

그는 팔을 내려뜨렸다. 지켜보겠다는 욕망, 그 모습을 그대로 유지하라는 외침이 여기서도 그를 압도했다. 내가 너희를 보는 것처럼, 너희가 볼 수 있다면. 그러나 불빛이 점짐 사그라졌다.

"레온, 네가 무대감독이 되지 못하는 게 참으로 유감이구나!"

"아니야, 난 될 거야, 트럭 위에서 기차의 화물차량에서, 이건 좋은 작품이 될 거야, 내 말을 믿어도 돼! 해피엔드도 없고 박수갈채도 없이, 그들은 그냥 조용히 집으로 돌아가야 해, 어둠 속에서 빛나는 창백한 얼굴들을 하고서."

"조용히 해, 레온! 넌 그들의 얼굴이 상기되고 눈빛이 변하는 걸 보지 못하느냐? 넌 사람들이 우리를 다리 위로 데려갈 때, 그들이 웃으면서 내게 될 웃음소리를 지금 이미 듣고 있지 않느냐?"

"넌 어느 나라 돈으로 보수를 지급받고, 어느 회사와 계약을 맺을 거니?"

"인간적인 회사, 불과 눈물로 보수를 지급하는."

"그냥 천사로 있어라, 레온!"

레온은 주저했다. 그는 잠자고 있는 유랑자들 위로 두 팔을 벌렸다. "깊이 잠들었군." 그는 한숨을 돌리고 잠시 침묵한 다음 계속 말했다.

"아마 꿈속에서
하느님은 너희에게 선물하실 거다,
너희가 잘못된 길에서
찾으러 나섰던 것을.
너희의 등불을 꺼라,
왜냐하면 그 어느 불도 집으로 데려다주지 않을 테니까,
오로지 사랑의 불빛만이
작고 약한 다리 위로 빛나고 있다!"

천사는 몸을 굽혀 등불을 껐다. 어두운 창문 안의 마지막

쓸쓸한 촛불처럼 그는 암흑 속에 머물러 있었다.

"너희의 자만심을 던져 버려라,
그건 너희를 전혀 보호해 주지 않는다,
사랑은 다른 옷을 지니고 있다.
너희에게 묻노니, 너희는 어디로
평화를 찾으러 가려 하느냐?
싸움은 여기서 아무 의미 없는 것,
평화는 바로 너희 마음속에 있는 것,
너희는 그걸 알지 못했어."

천사는 잠든 세 유랑자 위로 두 팔을 아주 크게 벌렸다, 마치 모든 잠든 이들과, 가장 확실하게 지키고 있다고 생각하면서 가장 깊이 잠든 비밀경찰까지도 껴안으려는 것처럼.

"깊이 잠들어라,
어쩌면 꿈속에서
하느님이 너희에게 선물하실지도 모른다,
너희가 살인과 방화를 통해
찾으러 나섰던 것을.
너희가 등불을 꺼라,

왜냐하면 그 어느 불도 집으로 데려다주지 않으니까,
오직 사랑의 불빛만이 비출 뿐
이 땅에서 저 땅으로."

천사가 뒤로 물러섰다. 유랑자들이 잠을 자면서 불안하게 뒤척였다. 어둠 속에서 요셉이 흥분해서 마리아에게 하는 말이 들려왔다. "자, 나와, 우리 차례야!" 그러나 그녀는 꼼짝하지 않았다.

"나와!" 천사가 외쳤다.

마리아가 보퉁이를 더 단단히 움켜쥐었다. "난 베일이 없어." 그녀가 말했다. "베일 없이는 하지 않겠어."

"그게 무슨 말이니?" 레온이 물었다. "이제 와서?"

세 유랑자가 펄쩍 뛰어 일어나 요란스럽게 그녀에게 달려들었다. "어서 해, 맡은 역할을 하란 말이야!" 그리고 전쟁조차 철모를 손에 들고 간청했다. "계속해, 어서 계속해!" 그들이 외치는 소리가 복도까지 들렸다.

"넌 마리아 역을 하려고 했지, 그래, 안 그래?"

"그래." 비비가 대답했다. "하지만 베일 없이는 하지 않겠어. 너희가 베일을 주겠다고 약속했잖아, 그래서 베일 없이는 함께하지 않겠어!" 그녀는 보퉁이를 무섭게 바싹 끌어안았다.

"다른 게 아무것도 없다면…." 엘렌이 천천히 말하고는 그녀의 가방을 열어젖혔다. 하얀 천이 어두운 방 안에서 반짝였다. 비비가 보퉁이를 옆에다 놓았다. 다른 아이들이 재빨리 상자와 의자에서 내려와서는, 보다 가까이 다가와 차가운 손가락으로 천을 만져 보았다. 비비가 이미 그것을 움켜잡고는 몸에 휘감았다.

"정말 아름답구나!" 아이들이 소리쳤다. 그들은 박수를 치고는, 천을 주름지게 쥐었다가 다시 매끈하게 폈으며 눈이 부신 상태로 쳐다보았다. 그 모습은 마치 천국과 지옥이 마지막 반도(半島)들과 함께 경계를 이루는, 연옥의 가장자리에 선 불쌍한 영혼들 같았다. 그리고 그들은 행복한 웃음을 지었다. 내가 너희를 보는 것처럼, 너희가 볼 수 있다면, 하고 레온이 생각했다. 그러나 그가 그 모습을 놓쳐 버릴지 모르겠다고 생각하는 동안, 그것은 옆에 제쳐 두었던 하느님의 깨어 있는 눈길 속에 남아 있었다.

"다른 게 아무것도 없다면…." 엘렌이 화가 나서 반복했다. 그녀는 숨어 엿보다가 비비 뒤에서 모습을 드러냈다. 비비가 거울에 비친 놀란 모습에서 떨어져 나오기 전에, 엘렌은 그녀의 머리에서 베일을 낚아채어, 높이 흔들고 빙글빙글 돌렸다. 광채가 흘러나오던 그녀의 두 눈이 무섭게 번쩍였다.

"너," 비비가 소리쳤다. "꼭 아랍인 같아!"

"그 말 마음에 드는데."

"베일을 이리 줘!" 비비가 불분명하게 말했다. 말없이 싸울 채비를 하고 그들은 마주 섰다. 기적이 세상으로 나왔지만, 세상은 자신이 기적이기를 바랐다. 마리아는 조건을 내걸었고, 천사는 세 왕에게 경고하는 것을 잊어버렸고, 하느님은 헤로데스의 수중에 떨어졌다. "베일을 이리 줘!" 비비가 다시 한번 말했다. 그녀는 분노로 몸을 떨었다. 그녀의 손이 부드럽고, 낯선 무기처럼 앞으로 날아가 베일을 움켜쥐었다. 엘렌이 뒤로 물러났다. 둘은 서로 엉클어져, 끌어당겼고 또 단단히 붙들었다. 오로지 비단이 조용히 바스락거리는 소리와 찢어지지 않을까 하는 모든 베일의 두려움만이 남아 있었다. 그러나 그렇게 되기 전에, 베일은 밝게, 점점 더 밝게 펼쳐져 현실과 환상 사이의 뭔가 아주 유화적인 존재처럼, 정적 속에서 뭔가를 알리려는 것처럼, 둥실둥실 움직이다가 갑자기 더 이상 아무것도 붙들지를 못해 바다로 떨어졌다. 불꽃이 이리저리 튀었고, 그들은 무엇 때문에 싸우는지를 이해했다.

"커튼이야." 레온이 더듬더듬 말하고는 접근을 막으며 두 팔을 높이 쳐들었다.

"하나가 마지막으로 바느질해 만들었던 커튼이야."

"스웨덴 해안의 집에 달리려고 했던."

"그녀의 일곱 아이들이 잠을 자는, 높다란 창문이 있는 하얀 방에 달리려고 했던."

아무도 깨울 수 없을 정도로 깊이 잠든, 그녀의 일곱 아이들, 하느님도 방해하지 않을 정도로, 달콤한 꿈을 꾸는 일곱 아이들. 태어나 낙인찍히고 살해될 저주를 받지 않은 그녀의 일곱 아이들.

"엘렌, 언제 걔를 보았어?"

"어제, 저녁 늦게."

"걔는 이미 뭘 알고 있었던 거야?"

"그래."

"걔가 마지막으로 한 일은?"

"외투 단추를 더 단단히 꿰맸어."

"단추 일곱 개를." 레온이 말했다. 다시 어두운 연못 위의 얼음이 갈라졌는데, 계속 달리겠다는 모험심은 점점 더 커졌다.

"걔는 너희에게 또 편지를 쓰려고 했는데," 엘렌이 말했다. "완성을 하지 못하고 그것만 내게 주었어. 우리가 그걸 연극에 사용할 수 있으면 좋겠다고 했어."

"넌 그걸 받지 않았어야 했는데, 엘렌, 그게 파리와 과한 햇볕을 막아 줄 텐데."

"과한 햇볕이라고!"

"왜냐하면 하나는 태양을 싫어했으니까. 걔가 마지막으로 되뇐 말은, 태양은 사람들을 속이고 잔인하게 만드는 사기꾼이라는 거였어."

"그래서 커튼도 바닷바람에 나부껴야 했어. 아주 가볍게 창에서 나부껴야 했어!"

"나부낄 거야." 엘렌이 말했다.

"관을 덮는 천처럼." 게오르크가 나지막하게 말했다. "아이들이 죽으면."

"누구 말이니?" 헤르베르트가 불안한 미소를 지었다.

"넌 아니야, 꼬마야!"

"아니야, 넌 나를 두고 말했어!"

"어쩌면 우리 모두를 두고 한 말일지도 몰라." 게오르크가 중얼거렸다.

"하나는 베일을 지니고 있어야 했는데, 그게 하나를 보호해 주었을 텐데."

"주는 게 바로 지니는 거야."

아이들이 깜짝 놀라 고개를 들었다. 누가 그 말을 했는지는 분명하지가 않았다. 캄캄한 꿈속에서 들리는 천사의 밝은 목소리 같았다. 주는 것이 바로 지니는 것이야.

그러니 그들이 너희에게서 빼앗는 것을 내주어라, 왜냐

하면 그들은 그로 인해 점점 더 가련해질 테니까. 너희의 장난감, 너희의 외투, 너희의 모자와 너희의 목숨을 내주어라. 모든 걸 줘 버려라, 그러면 지니는 것이다. 빼앗는 자는 잃어버린다. 그들이 너희의 몸에서 옷을, 머리에서 모자를 잡아채면, 웃어라, 왜냐하면 주는 것이 바로 지니는 것이니까. 인간에게 주어진 가장 귀중한 것인 굶주림과 불안을 잃어버린, 배부른 자들과 안도하는 자들을 비웃어라. 너희의 마지막 빵조각을 내주고, 계속 굶주리도록 하라. 마지막 땅뙈기를 내주고, 계속 불안해하라. 너희 얼굴의 광채를 어둠 속으로 내던져라, 빛이 더욱 강해질 것이다.

"연극을 계속하라!" 레온이 말했다.

요셉이 자신의 마디가 많은 지팡이에 몸을 의지했다. 마리아가 그녀의 팔을 가볍게 그의 팔에 올려놓았고, 각본 어디에도 언급되지 않았지만, 왼쪽 눈에 흰 반점이 있는 작은 개가 옆에서 뛰어다니고 있었다. 개는 물어보지도 않고, 연극을 했다. 언급되지 않은, 새끼를 밴 이 조용한 개가.

"우리가 온 길은 멀었다,
우리는 이 세상에서
낯선 이름들을 지니고 있다."
"그러나 우리는 품에

하느님의 자비를 안고 있다,
하느님이 우리를 안듯이."
"그리고 이 아이를 통해
인간들을 안으라는
그의 열망을 전한다."
"그리고 어둠과 바람을 통해
하느님으로부터 버림받은 인간들의
모든 고통을 전한다."

    요셉과 마리아는 지쳐 멈춰 서서, 서로의 얼굴을 보려고 했으나, 이제 잘 볼 수가 없었다. 다른 사람들의 얼굴도 밝은 색깔이 그림자의 검은색으로 스며들듯이 어두워졌다. 이렇게 점점 더 불분명한 상태에서 분명한 점은, 한 존재가 다른 존재에게 이르지 못한다는 것, 그리고 자기 자신과 나머지 추적자 모두에게도 이르지 못한다는 것이었다.
    마리아는 깜짝 놀랐다.

"그러나 우리는 홀로 있는 것이 아니야,
여기 이 세 친구들을 보라!"

    그녀는 요셉의 소매를 붙들고는 장롱 앞에서 잠자고 있

는 유랑자들을 가리켰다. 그들 중 한 명이 다른 쪽으로 굴러가더니 잠든 채 입술을 움직였다.

"구두는 찢어지고,
휴식도 평안도 없네!"
"그가 꿈속에서 말하고 있어."
"불쌍한 사람,
난 그대에게 말해 줄 수 있어,
하느님의 사랑이 뜨겁게 타오르고 있다고!"
"나를 부른 자가 누구냐?
난 너무 피곤해, 너무너무 피곤해."
"그는 깊이 잠들었어."

천사가 말했다. 미리아는 실망해서 일어섰다.

"옷은 찢어지고
그리고 길은 너무나도 멀고."

두 번째 유랑자가 속삭였다.
다시 마리아가 그에게로 몸을 굽혔다.

"불쌍한 사람,

난 그대에게 말해 줄 수 있는데…."

"그는 깊이 잠들었어."

 요셉은 피곤해서 그녀의 말을 중단시켰다. 사람들은 그가 그 옆에 눕고 싶은 마음이 있음을 알아차렸다. 그가 요셉이 아니었더라면, 선민이 되리라는 불안과 함께 불려온 사람, 요셉이 아니었더라면.

"아이 추워,

누가 나를 꿈에서 깨우는가."

 세 번째로 마리아가 깜짝 놀랐다. 누군가 곁방에서 불을 켰다. 불빛이 유리문을 통해 떨어졌다. 유리문이, 이 차가운 밝음 앞에서 어두운 모습으로 있던 아이들의 윤곽을 포착하지 못한 채, 떨고 있었다.

 노크 소리가 나고, 곧 이어 누군가 문을 열었다. 문에는 옆집 부인이 서 있었다. 그녀는 오른손에는 작은 가죽 끈으로 묶은 트렁크를, 왼손에는 접은 우산을 들고 있었으며, 머리에는 깃털이 달린 화려한 모자를 쓰고 있었다.

 "모든 천사들의 이름으로…." 전쟁이 불완전한 문장으로 말하고는 철모를 벗었다. 그건 연극이 아니었다.

"너희들 여기 어둠 속에서 뭘 하는 거야?" 그녀는 손을 더듬어 스위치를 찾았다. 요셉이 마리아의 몸에 팔을 둘러 그녀를 보호하려 했다. 마치 사악한 불빛으로부터 그녀를 지키려는 것처럼. 다른 아이들은 꼼짝하지 않았다. 옆집 부인은 되풀이해서 물었지만, 대답을 듣지 못했다.

"너희들 아프구나." 그녀가 깜짝 놀라 말했다. 그녀는 낡은 양탄자 위에서 누더기를 입은 채 꼼짝하지 않는 세 형체를 보았고, 그 뒤로 나란히 궤짝 위에 앉아 속삭이고 있던 전쟁과 천사를, 그리고 요셉과 마리아 사이의 검은 개를 보았다.

"어디로 가시는 거예요?" 게오르크가 물었다.

"떠나는 거야!" 그녀가 대답했다.

"떠난다고요." 레온이 생각에 잠겨 말했다. "많은 사람들이 떠나는군요. 그러나 방향이 잘못되었을 거예요."

"너희 역시 무슨 일이 있어도 떠나야 해! 이 지역은 위험해."

"시간이 가면 거의 모든 지역이 위험해질 거예요." 레온이 말했다.

"우린 더 이상 떠나지 않겠어요."

"너희들은 후회할 거야!"

"후회란 고상한 감정이지요." 전쟁이 말하고는 다시 철모를 썼다. 헤르베르트는 웃지 않을 수 없었고 잔기침을 했다.

옆집 부인은 어찌할 바를 모른 채 고개를 흔들었다. 그녀는 이런 류의 반항에 당할 재간이 없었다. "난 어쨌든 지금 갈 거야, 너희만 집 안에 남겠구나!"

"안녕히 가세요." 레온이 말했다.

요셉과 마리아는 그녀의 뒤를 따라가 문을 잠갔다. 작은 개가 흥분해서 뒤따라 달렸다. 그들은 불을 다 껐고, 팔에는 단지 등불과 보퉁이만을 들고 있었다.

"난 이걸 지키도록,
너희 손에 쥐여 주겠다."

그러나 마리아가 보퉁이를 잠자는 자들 사이에 놓기 전에, 엘렌의 그림자가 그들 위로 떨어졌다.

"난 세상이고
탈출하는 중이야,
아, 평화를 찾을 수 있다면!"

세상은 맨발이었고 낡은 이불을 머리와 어깨에 둘렀는

데, 머리가 아래로 길게 내려뜨려져 있었다.

"전쟁이 나를 이 집에서 저 집으로 몰아 대고,
나를 붙들고는 조소하며,
나 자신으로부터 내쫓아 버리네
불안과 불덩이 속으로."
"누구를 찾는 거야?"
"평안을 찾아요."
"너의 두 손은 피로 가득하구나!"

깜짝 놀라 마리아는 요셉의 여윈 몸에 기대었다. 그녀는 후베르트 외투[20] 아래에서 그의 심장이 뛰는 소리를 들었는데, 그게 그녀에게 용기를 불어넣어 주었다.

"하느님을 데리고 가는 우리는,
도피 중에 있다.
세상은 우리를 이 집에서 저 집으로 내몰며,
받아 주질 않았다,
그 때문에 우리는 여기서 숙소를 찾는다,

---

20) 후베르트 외투: 초록 모직으로 만든 목까지 가리는 외투.

우리는 너를 피해 달아났다."

"너를 피해!"

"그렇지만 넌 지금 따라왔다."

작은 검둥이가 귀를 쫑긋이 세우고 코를 킁킁거렸다. 성스러운 가족의 놀라움이 그에게로 옮겨 간 것이었다. 놀라움은 잊힌 공간의 냉기를 뚫고 그들을 압도했다. 너희는 계속 우리를 따라오고 있는 거냐? 너희는 단지 너희가 당하지 않기 위해 십자가에 못을 박느냐, 그래서 결국은 자신의 십자가들 아래에서 도피처를 찾아야 하느냐? 우리를 채찍질하라, 우리를 죽여라, 우리를 짓밟아라, 너희는 너희가 사랑하거나 사랑받고 싶은 그곳에서, 비로소 우리를 따라잡을 수 있을 것이다. 너희가 달아나는 자들에게서 도피처를 찾기 위해, 그들의 뒤를 밟고 있는 그곳에서. 너희의 무기를 내던져라, 너희는 그들에게 이르렀다.

"너희의 밝은 베일 속에
나를 숨겨 주지 않겠니?"

전쟁은 자신의 도착을 알리기 위해 낡은 뒷굽으로 궤짝의 가장자리를 찼다. 세상은 공포에 사로잡혀 주변을 응시했다.

"저기에 그가 있다,
들어 보아라!"

전쟁이 궤짝에서 뛰어내렸다. 어둠이 비단처럼 바스락거렸다.

"오 나를 들여보내 줘,
어서 그렇게 해 줘!"
우리 자신도 여기선 이방인들이고,
도피 중에 있어."

마리아는 꼼짝 않고 그대로 있었다. 붙잡을 준비를 했던 전쟁이 스스로 뒤로 물러났다. 왜냐하면 그때 종소리가 울렸고, 계속 이어졌기 때문이다.
두 번째로 종소리가 울렸다.
하지만 이 연극에는 프롬프터가 없었다. 진지함을 누그러뜨리고, 오만불손한 모든 연극적 행위를 귓속말로 눌러 버리는 프롬프터가, 스스로 나서지 않으면서 등장 시점을 알려 주는 프롬프터가 없었다. 결국엔 두 가지 것이 맞아떨어졌다. 뛰어들어야 할 때를 놓치는 자는 등장을 포기해야 하고, 뛰어나가야 할 때를 놓치는 자는 등장과 퇴장을 포기해야 한다. 아침과 저녁처럼 제때에 오고 가는 것이 얼마나 힘든 일이었던가. 모든 것이 거기에 달려 있었다. 그러나 아이들은 더 이상 어쩔 바를 몰랐다. 왜냐하면 경종이 울렸기 때문이다.

"아기예수야." 헤르베르트가 속삭였다. 그러나 아무도 웃지 않았다.

"우체부야." 루트가 믿지도 않으면서 재빨리 말했다.

"옆집 부인이야, 아마 뭔가 잊은 모양이야."

"자기 자신을 잊었어."

"조용히들 해!"

"그녀는 열쇠가 있어!"

"연극을 계속해!"

"어떤 연극을 말하는 거야?"

"우리가 하는 연극인가? 아니면 우리와 함께 행해지는 연극인가?"

아이들은 주저했다. 종소리가 그쳤다가 다시 울렸는데, 마치 맹금의 피투성이 머리가 닫혀 있는 문에 부딪는 것 같았다.

"연극을 계속하란 말이야!" 그러나 우리와 함께 진행되는 연극은 고통스러운 가운데서만 우리가 하는 연극으로 변화된다. 그들은 변화의 한가운데에 있었고, 그들의 몸에 두른 누더기의 악취를 더욱 분명하게 느끼면서, 동시에 허리와 목에 두른 크리스마스트리 고리들의 숨겨진 광채를 더 강하게 예감했다. 이미 두 개의 연극은 합류하기 시작했고 분리될 수 없게끔 하나의 새로운 연극으로 엮어졌다. 무대 배경은 옆으로 밀쳐졌고, 포착할 수 있는 좁은 네 벽은 완전히 부서졌으며, 포착할 수 없는 것이 떨어지는 폭포처럼 의기양양하게 나타났다. 넌 내가 보는 앞에서 연극을 해야 한다!

"연극을 계속해!"

마리아는 보퉁이를 더 단단히 움켜쥐었다. 어두운 곳에서 전쟁이 비웃으며 나타났다. 그는 한쪽 구석에서, 그러면서 동시에 모든 구석에서 껑충 뛰어 나타났는데, 요란한 종소리와 함께 천장과 마루의 수많은 뚜껑을 뚫고 나오는 것 같았다. 그의 외투는 너무 길고 엄청나게 컸으며, 그는 외투 자락을 질질 끌고 있었다. 요셉은 그를 떠밀어 밀치고자 했다. 밖에서는 끊임없이 종소리가 울렸다.

세상은 이리저리 쫓겨 다녔다. 횃불과 아크등이 소리 없이 심연으로 떨어지더니 꺼져 버렸다. 보퉁이가 빛나는 것 같았다.

전쟁이 이 사이로 휘파람을 불었다. 그는 세상을 잡아채고서는 쓰러뜨리고, 높이 던지고, 다시 밀어제쳤다.

"여기서 떠나라,
와서, 내 곁에 머물러라,
난 너와 함께 무서운 연극을 하겠다!"

천사가 어둠 속에서 왼쪽 팔꿈치로 몸을 지탱한 채 마치 둥근 지붕의 가장자리에 매달린 것처럼 대롱거리는 동안, 유랑자들은 손가락 사이로 눈을 깜박거렸다. 세상은 주저했다.

"여기 머물러라!"
"이 어린아이를 홀로 두고,
여기서 떠나
내 곁에 머물러라,
나의 것이 되어라!"

현관의 종소리가 요란하게 울렸고 결정을 요구했다.
유랑자들은 잠을 자면서 불안하게 몸을 움직였다. 마리아는 서투른 동작으로 보퉁이를 차가운 어스름 속으로 내밀고 있었다.

"결정하라,
 나를 붙들어라!"
"나를 붙들어라!"

 세상은 주저했다. 그녀는 추워서 몸에 이불을 둘렀다. 전쟁이 앞으로 몸을 숙여 그녀의 얼굴을 보고자 했다. 그녀의 두 눈은 암흑 속으로 불꽃을 튀겼고, 보다 큰 모험을 찾고 있었다. 다시 한번 천사가 목소리를 높여 경고했다. 현관의 종소리가 숨이 끊어지는 것처럼 신음 소리를 냈다. 종은 뭔가를 간청하고 있었다. 보다 큰 모험은 어떤 것인가?
 세상은 베일 사이로 아이를 향해 팔을 뻗었다.

"난 결정했어,
 널 붙들기로."

 전쟁이 머리에서 철모를 홱 벗어 젖혔다.

"참으로 기쁘구나,
 내가 평화다!"

 환호하며 그는 군인 외투를 암흑 속으로 다시 던져 버렸다. 고단한 듯 쌓여 있는 장작더미 속에 불이 떨어졌다. 종소리가 요란하게 울렸다.

"문 열어, 그건 소용없는 짓이야!"

"조용히!"

"연극을 계속해!"

변화의 바람이 아이들에게 불어왔다. 어둠 속 깊숙이 그들은 마주하고 서 있었다. 요셉은 마리아를 뿌리쳤고, 마디가 있는 지팡이는 바닥을 시끄럽게 두드렸다. 천사는 마치 묶이기라도 한 것처럼 자신의 두 손을 내려다보았다.

게오르크가 더듬더듬 벽을 따라 걸으며 문을 찾으려 했다.

"어딜 가는 거니?"

"문을 열어 줄 거야."

깜짝 놀라 세 유랑자는 펄쩍 뛰어 일어나 그를 제지하려 했다. 문이 기름을 치지 않아 이상한 노래를 부르고 있었다.

"누구에게 문을 열어 주려는 거야, 게오르크?"

건너편에 사는 남자였다. 아이들은 안도의 한숨을 내쉬었다. 그들을 도우려 했던 남자였다. 레온은 이전부터 그를 좀 알고 있었다. 그는 레온을 자주 찾아왔고, 문에 붙인 별에 별 신경을 쓰지 않는 것 같았다. 그는 레온의 친구들도 알고 있었다. 그는, 아이들에게 거듭 확신시켜 준 것처럼, 어느 정도 세상을 보는 눈도 있었다. 그리고 그는 뭔가 알게 되는 대로, 곧바로 경고해 주겠다고 약속했다.

그들은 불을 켰고, 안락의자를 하나 가져왔다. 낯선 남자는 물을 한 잔 달라고 했다. 그가 피아노 아래에서 철모를 보고는 어디서 났는지 물었다.

"빌렸어요." 쿠르트가 중얼거렸다.

"무슨 일이에요?" 레온이 초조하게 물었다.

남자는 바로 대답하지 않았다. 아이들은 말없이 그를 둘러싸고 서 있었다. 루트가 물 한 잔을 갖고 왔다. 그는 천천히 마셨고, 아이들은 그를 경외심에 차서 바라보았다. 어느 누구도 감히 더 질문을 하지 못했다. 그는 다리를 쭉 뻗었고, 아이들은 약간 뒤로 물러났다. 그가 다리를 끌어당겼을 때, 아이들은 다시 더 가까이 오지 않았다. 그가 말했다. "두려워하지 마라!"

"전 두렵지 않아요." 엠렌이 보충해서 말했다. 남자는 그녀를 성난 눈길로 바라보았다. 그는 입 언저리의 물을 닦고는 기침을 했다. 게오르크는 그의 어깨를 두드리고는 깜짝 놀라 말했다. "죄송해요!"

남자는 미소를 지으며 고개를 끄덕였고, 생각에 잠겨 그들의 작고 뻣뻣한 발을 차례로 바라보았다. 발 외에 다른 것이 없다고 생각한다면, 그건 마치 닭을 준비가 된, 일렬로 늘어선 신발 같았다. 루트가 한숨을 쉬었다. 그는 고개를 들어 그녀를 유심히 바라보았다. 그러고는 갑자기 말했다. "모든 게 다 끝났어. 폴란드로의 추방이 끝났단 말이야."

아이들은 꼼짝하지 않았다. 멀리서 소방차의 경적 소리가 들려왔다. 마지막은 언제나 반음 정도가 더 높은 경적 소리가.

"그러니까 우린 구원받았다는 거죠?" 레온이 말했다. "구원받았다고." 헤르베르트가 되풀이해 말했다. "다 끝장났어" 하고 말하는 것처럼 들렸다.

"난 안 믿어!" 엘렌이 소리쳤다. "확실히 알고 하는 얘기예요?"

"어디서 들었어요?"

낯선 남자는 웃기 시작했다. 발작적으로, 크게 그리고 오랫동안, 마침내 아이들은 그에게 덤벼들었다. "정말이에요, 그게 정말이에요?" 그리고 작은 검둥이도 으르렁대며 그의 목 앞으로 뛰어들었다.

"맹세코!"

"하지만 어떻게 맹세할 수 있는 거예요?" 엘렌이 중얼거렸다.

그는 펄쩍 뛰어 일어나, 화가 나서 그녀를 뿌리쳤다. "너희는 뻔뻔스럽구나. 도대체 뭘 원하는 거야?"

"연극요." 게오르크가 말했다. "우린 지금 한창 연극하는 중이었어요!"

너덜너덜한 후드 아래 그의 얼굴이 무섭게 위협하고 있었다. 우리를 방해하지 말아요, 우릴 속이지 말아요, 우릴 그냥 내버려 둬요! 구원받았다는 건, 낯선 말이에요. 내용이 없는 말, 집이 없는 문과 같아요. 이 세상에 구원받은 인간이 있나요?

낯선 남자는 화가 나서 혼잣말을 하더니 자기 모자를 찾았다.

"가지 마세요." 아이들이 간청했다. "확실한 건 모르시나요?"

"확실한 건, 너희가 미쳤다는 거야!" 그는 의자에 털썩 주저앉더니 다시 웃기 시작했다. "왜 그런지 설명 좀 해 봐." 그가 다시 진정이 되었을 때 말했다.

"그건 그렇게 중요하지 않아요." 게오르크가 대답했다.

"어느 날," 레온이 말했다. "모든 게 끝나면, 우린 서로의 앞을 지나치면서도 서로를 다시 알아보지 못할 거예요."

"커다란 우산들을 쓰고서!" 엘렌이 외쳤다.

"정말이에요." 레온이 생각에 잠겨 말했다. "우린 더 이상 돌아오지 않으려고 해요."

"난 돌아올 거야." 비비가 그의 말을 중단시켰다. "난 꼭 돌아와 여기 머무르며 춤추러 다닐 거야. 누가 내 손에 키스

해 주면 좋겠어!"

낯선 남자는 아주 조용히 서 있었다. 그런 후 그는 갑자기 그녀 위로 몸을 숙여 손에 키스했다. "고마워요." 비비가 당황해서 말했다. 밝고 가볍게 그녀의 숨결이 공중에 드리워져 있었다. 주택 단지 주위로 폭풍이 불었고, 날씨는 더욱 추워졌다.

"입김이 보여!" 헤르베르트가 말했다.

게오르크가 시계를 보았다. 작은바늘이 어디에 부딪친 것처럼 움직이고 있었다. 곧 그는 시침이 계속 같은 자리로 돌아와 멈춘다는 사실을 알아차린 것 같았다. 그는 속임을 당한 것이었다. 아이들이 연극을 중단한 이후, 무거운 휴식 시간이 재깍재깍 지나고 있었고, 초와 초의 시간 간격이 점점 벌어졌다.

"지금 무슨 연극을 한 거니?" 낯선 남자가 물었다.

"평화를 찾는 연극이에요." 헤르베르트가 대답했다.

"연극을 계속해!"

"먼저 우리가 어떻게 될지 좀 더 정확하게 얘기해 주세요!"

"더 정확한 건 몰라. 상부의 명령인데, 추방은 중지되었어. 전혀 뜻밖에."

"맞아요." 게오르크가 외쳤다. "전혀 뜻밖이에요, 그런데 왜 그걸 기다리는 사람이 아무도 없지요? 왜 좋은 일은 항상 뜻밖에 일어나나요?"

"이제 연극을 계속해." 낯선 남자가 말했다. "내가 보는 앞에서 한번 해 봐!" 명령처럼 들렸다.

"우린 연극을 해요." 레온이 말했다. "하지만 누구 앞에서 보여 주는 연극은 아니에요."

"아저씨도 함께해요!"

"그래요, 아저씨도 함께해요!"

"아니야!" 낯선 남자가 화가 나서 소리치고는 고개를 흔들었고, 얼굴이 약간 더 창백해지더니 아이들을 밀어냈다. "웃기는 아이들이야!"

"왜 그렇게 화를 내요?" 헤르베르트가 놀라서 물었다.

"화난 게 아니야. 난 흥미 없어."

"차라리 화를 내세요." 게오르크가 친밀감을 담아 말했다.

"우린 다시 한번 연극을 하겠어요, 아저씨를 위해서요. 하지만 아저씨도 함께해야 해요!"

"이건 시연이니 아니면 공연이니?"

"그건 우리도 몰라요."

"내가 맡을 역할이 있는 거야?"

"유랑자를 맡을 수 있어요."

"좀 더 좋은 건 없니?"
"마지막에 누더기를 벗어 던지고 성왕이 되는 거예요!"
"내가 그렇게 돼? 3 성왕만 있는 것 아니니?"

낯선 남자는 함께 연극을 했다. 그는 모든 성스럽지 못한 왕의 이름으로 함께했는데, 커다란 무언의 역할을 맡은 것이다. 그는 아이들의 뒤를 따르며 그들의 애타는 동경심을 엿들었다. 그는 그들의 절망적인 "여기 아무도 없어!"라는 말을 듣고 깜짝 놀랐다.

그들 머리 너머로 그는 문 쪽을 응시했다.
"왜 너희들은 연극을 어둠 속에서 하는 거야?"
"우린 어둠 속에서 더 잘 보아요!"

그는 더 이상 질문을 하지 않았다. 헤르베르트는 따뜻한 손가락을 그의 크고 축축한 손에 얹고서 그에게 조심스럽게 길을 안내했다. 낯선 남자는 무겁고 서툰 걸음걸이로 세 유랑자 뒤를 바싹 따라갔다.

"여기 누가 있다!"
"그 사람이 누구일까?"
"우린 모든 걸 다 상상해 볼 거야."
"우린 우리들뿐

그리고 이미 너무 피곤해!"
"그렇기 때문에 문이 닫히고
빛은 꺼져 간다,
곧 추워지고 캄캄해질 거야
그리고 모든 희망은 달아나 버리고."

낯선 남자는 주저하다가 유랑자들과 함께 바닥에 쓰러져 잠자는 척했다. 큰 몸집으로 말없이 그는 그들 사이에 누워 있었다. 윗집에서 발걸음 소리가 났다. 누군가가 불안하게 왔다 갔다 하고 있었다.

낯선 남자는 팔에 머리를 묻었다.

"불쌍한 남자
하느님의 사랑이 뜨겁게 타오르고 있음을,
그대에게 말해 줄 수 있다면."
"나를 부르는 사람이 누구요?
난 너무 피곤해요, 너무너무 피곤해요!"
"그는 깊이 잠들었어!"

요셉은 마리아를, 그들이 착한 존재인지 악한 존재인지 여전히 모르고 있던 이들 변장을 한 자들로부터, 그리고 이 네 번째의 말없는 유랑자로부터도 떨어지도록 유도했지만, 그녀는 머뭇거렸다.

"그가 웃고 있어!" 그녀가 갑자기 외쳤다. "여길 좀 봐! 그가 우릴 보고 웃고 있어!"

"거의 숨이 막힐 지경이야!"

"대체 웃을 일이 뭐가 있어요?"

"왜 웃어요?"

게오르크가 화가 나서 그의 어깨를 흔들었다. 그들은 그의 목에서 숄을 잡아채고는 그의 머리를 쳐들려고 했는데, 뜻대로 되지 않았다.

낯선 남자는 있는 힘을 다해서 자신의 얼굴을 숨기려 했다. 그는 진동하는 산처럼 그들 한가운데에 누워, 그들의 딱딱하고 모난 주먹이 그의 외투 위를 두드려 대는 걸 그냥 내버려 두었다. 그래도 그는 기분이 좋은 것 같았다. 그의 관자놀이가 빨갛게 부어올랐다. 헤르베르트가 그의 옷깃을 끌어당겼다.

"대체 웃을 일이 뭐가 있어요? 뭣 때문에 웃는 거예요?"

"놓아줘." 레온이 화가 나서 소리쳤다. "당장 놓아줘!" 그러나 헤르베르트는 듣지 않았다. 그는 낯선 남자의 손을 붙들고 있었는데, 그를 신뢰하는 것 같았다. 그는 흥분해서 외투를 세게 잡아당겼다.

"내 옷깃 찢어지겠어." 남자가 말하고는 고개를 들었다.

"그가 울고 있어." 엘렌이 말했다.

"모자를 돌려줘!"

"아니야." 낯선 남자가 말했다. "아니야, 그 때문이 아니야."

잠시 동안 그는 다른 일로 자신이 속한 관청의 지시를 잊고 있었다. 그는 자신이 추적자라는 사실뿐 아니라, 비밀경찰이 존재한다는 것을 잊고 있었으며, 아이들을 데리러 올 때까지 붙들어 두라는 명령도 잊고 있었다. 이들 중 누구도 집을 떠나서는 안 되었다.

건물 안에서 승강기가 올라갔다. 부드럽게 멈추지 않고 벽을 통해 올라갔다. 남자는 뛰어 일어나 아이들에게 경고하려 했다. "가, 달아나, 너희의 집회가 발각되었어!" 그는 몸이 마비되는 것 같았고, 이해할 수 없는 방식으로 아이들에게 옭아매어진 느낌이었다. 승강기가 지나갔다.

"5층에 목발을 짚고 다니는 노인이 살고 있어요." 루트가 말했다.

"아니야." 남자가 말했다.

"계속해!" 레온이 남자의 말을 중단시켰다.

"난 너희에게 묻는다. 어디로

너희는 평화를 찾으러 가려 하느냐."

꿈들이 뜨겁게 타오르기 시작했다.

낯선 남자는 달아나는 세상의 발걸음 아래에서 바닥이 떨기 시작하는 걸 느꼈다. 그는 창문이 쨍그랑거리는 소리를 들었고, 여기 그냥 계속 누워 있는 것 외에는 어떤 것도 바라지 않았다. 그는 등불의 빛 속에서 마리아가 아기를 세상에게 넘겨주는 모습을 보았다.

그는 천사의 경고를 들었고, 세 번째로 종이 울렸을 때 마지막으로 뛰어 일어났다. 마치 꿈에서처럼 그는 외투의 먼지를 털어냈으며 외투 깃을 뒤로 젖혔다. 그는 성스럽지 못한 왕의 역할을 끝까지 연기해야만 했다. 왜냐하면 성왕은 셋밖에 없으니까.

"너희의 외투를 벗어 던져라!"

은실들이 환희에 차서 번쩍였다. 아이들은 그를 무시하고는 문을 향해 돌진했다.

그들의 연극이 훨훨 춤추는 화염처럼 그들을 덮쳤다.

할머니의 죽음

밤이 하늘에서 뛰어내렸다. 계속 숨어 기다리고 있던 적의 대대처럼 빨리 그리고 호기심에 차서. 까만 낙하산들이 소리 없이 열렸다. 밤이 하늘에서 뛰어내렸다.

밤이 우리를 엄호한다, 하고 사람들이 중얼거리고는 한숨을 쉬며 옷을 벗어 버렸다. 그러나 그들의 한숨은 위선이었다. 밤이 우리를 엄호한다. 밤은 너무 우스워 몸을 떨었다. 그러나 그녀[21]는 말없이 웃었고 조심스럽게 양손을 눈과 입에 갖다 대었다. 왜냐하면 그녀가 받은 명령은 다른 것, "뛰어내려 발견하라!"였기 때문이다. 그리고 그녀는 외투 아래에 자기 주인의 가장 강력한 램프인 암흑을 지니고 있었다. 그녀는 벽을 통과했고, 콘크리트를 꿰뚫었으며, 뒤엉킨 자들과 버림받은 자들, 멍청한 자들과 현명한 자들, 우직한 자들과 갈등을 겪는 자들을 놀라게 했다. 그녀는 연극의 끝에 철의 장막처럼 떨어졌으며, 무대를 관객으로부터 떼어 놓았다. 그녀는 칼처럼 사람을 가로질러 떨어졌으며 연기자를 관객과 분리했고 자기 자신으로부터도 떼어 놓았다. 그

---

[21] 밤의 의인화. 독일어로 '밤(die Nacht)'은 여성명사다.

녀는 지금까지 아무도 심각하게 생각하지 않았던 산이 불을 뿜으며 쏟아내는 낙진처럼 떨어졌고, 모두에게 지금 자세대로 머무르면서 판결을 기다리라고 명령했다. 그래서 고개를 숙인 자들은 그대로 숙이고 있었으며 비명을 지르는 자들은 더 이상 입을 다물지 못했다.

밤은 하늘에서 뛰어내려 자비가 중요한 바로 그 시점에 세상의 무자비를 발견했다. 그녀는 새로 태어난 이들의 작고 주름진 얼굴에서 절망을, 형체를 지니는 것에 대한 불안을, 잃어버린 광채로 인한 고통을 발견했다. 그리고 그녀는 죽어 가는 이들이 다가오는 광채에 대해 불안해하는 것을 발견했다.

때때로 이 3월의 밤은 울고 싶은 생각이 들었으나, 그녀는 이에 부응해 눈물을 준비해 두지는 않았다. 그렇기 때문에 그녀는 스스로 기분을 전환하려고 잠자고 있는 사람들의 머리에 나이트캡을 씌웠다. 곱슬머리를 말아 넣고 헐렁한 양말을 신은 너희의 모습은 어떤지, 안심하기 위해선 얼마나 많은 클립과 밴드가 필요한지 그녀는 생각했다. 그녀는 떼를 지어 그들의 의식에서 달아난, 꿈꾸는 자들을 억류하고서는, 교활한 세관원처럼 이들을 모든 국경선의 하천에 떨어뜨려 버렸다. 그곳에서 그들은 아침까지 절망적으로 팔과 다리로 노를 저어, 기진한 채, 퉁퉁 부은 몸으로 다시 그들의 의식 속으로 되돌아와서, 그들이 갖지 못했던 꿈들을 해석하고자 했다.

이 밤은 큰 사람들에겐 낮음의 필요를, 작은 사람들에겐 큼의 필요를 강제로 느끼게 했고, 그들로 하여금 떨리는 손가락과 부러진 펜으로 싫지만 그들의 일기장에, 모든 것이 되기 위해선 먼저 아무것도 아닌 것이 되어야 한다고 적게 했다. 그녀는 옛것에서 새로운 것을 새로운 것에서 옛것을 발견했고, 떨어지는 자를 서 있게 하고 서 있는 자를 떨어지게 했다. 그러나 그 모든 것은 충분하지 못했다. 그 어느 것도 충분하지 못했다.

떨면서 밤은 잊어버린 낱말을 떠올렸고, 그녀의 특별한 임무를 수행하기 위해 고심했다. 나를 도와줘, 하고 그녀는 바람에게 부탁했고, 그는[22] 그녀를 사랑했기에 문과 창문을 휙찍 열어젖혔고, 집들의 기와를 내던졌으며, 어린 나무들의 뿌리를 뽑고 그들의 자라나는 영혼을 빼앗았다. 그들은 불안한 가운데 유리창을 부수고 지붕들을 벗겨 버렸다. 그러나 그들은 아무것도 발견하지 못했다. 하느님이 나를 벌하실 거야, 난 결코 낮이 되지 못할 거야, 하고 밤이 신음했다. 그녀는 연인인 바람을 떠나 침묵하고 있는 다리들 위로

---

22) 바람의 의인화. 독일어로 '바람(der Wind)'은 남성명사다.

달아나서는, 그를 멈추게 한 다음 돌기둥에 부딪쳐 가라앉게 만들었다.

다리 위에선 연기 냄새가 났다. 밤은 흥분한 나머지 많은 창문을 통해 무작정 자신의 어둠을 붙잡는 등 열에 들뜬 행동을 했다. 난 낮이 되어야 해, 하고 그녀가 신음했고, 넌 낮이 될 거야, 하고 그녀 옆에서 누군가가 속삭였다. 그러나 어떠한 밤도 자기가 낮이 되리라고는 생각하지 않는다. 밤은 쫓기면서 뒤를 돌아보았다. 넌 누구냐? 그녀는 아무도 보지 못했고 아무도 그녀에게 대답하지 않았다. 마지막으로 그녀는 어둠을 내던져 낯선 여인을 붙들었다. 그녀는 꼼짝 않고 그곳 오래된 교회 담벼락에 기대서 있었다.

넌 누구냐?

난 추적23)이다.

밤은 깜짝 놀랐다. 여기 그녀24)는 자기보다 우월했고, 더 위대한 발견자였다. 그녀의 어둠은 더 검었고, 누구보다 더 잘 꿰뚫을 수 있지만, 그녀를 꿰뚫기는 더 어려웠다. 그녀의 침묵은 바람과 달을 연인으로 두지 않았기에, 더욱 컸다. 여기 그녀는 물러날 줄을 알고, 병 속의 요정처럼 자신을 작

---

23) '추적(die Verfolgung)'의 의인화. 여성명사다.
24) 추적을 말함.

게 만들 수 있었기에, 찾는 것을 더 빨리 발견했다. 그녀가 해야 할 일은 자기 자신을 잃어버리는 일이었으며, 그녀는 그 임무를, 그녀가 끌어들인, 모든 밤보다 더 검었던 심연 속으로 끌어들인, 모든 이들에게 전해야 했다.

지금 뭘 하고 있는 거요, 하고 밤이 호기심에 차서 물었다. 뭘 찾고 있는 거요, 무슨 새로운 것이라도 있는 거요?

한꺼번에 너무 많은 질문을 하는군, 하고 추적이 거부감을 가진 태도로 말했다. 아주 어린 밤이군, 하고 추적은 생각했다. 다음과 같은 끊임없는 질문들을 해 대는 미숙한 인간들과 비슷하군. "우린 살아남을까요? 왜 우린 죽어야 하나요? 우린 굶주려 죽을까요, 전염병으로 죽을까요, 아니면 총에 맞아 죽을까요? 그리고 언제 어떻게 어째서?"

그들은 모든 우상을 하나의 신으로, 모든 질문을 하나의 낱말로 요약할 줄도, 이를 비밀로 할 줄도 몰랐다.

밤은 낯선 사람들의 비난을 알아차렸기 때문에, 감정을 자제하고 있었다. 잘 들어 봐요! 추적이 말했다. 그들은 침묵했고, 긴장해서 정적 속으로 귀를 기울였다. 반쯤 열린 창문 안에서 그들은 잠자기를 거부하는 한 아이의 울음소리를 들었다. 그들은 출발했다.

몰래 바람이 그 뒤를 따랐으며, 그들의 외투 속에 들어가 긴 옷자락을 조심스럽게 먼지에 닿지 않게 했다. 울음소리에 가까이 다가갈수록 그들은 속도를 더 빨리 했고, 바람은 나지막하게 노래를 불러 우는 소리와 함께하기 시작했다. 좁고 쓸쓸한 골목길에서 그들은 갑자기 멈춰 섰다. 우는 소리가 그쳤다. 바람은 풀썩 주저앉더니 작은 개처럼 다른 둘의 발치에 누워 버렸다.

조용히 해요, 여기서 소리가 났음이 틀림없어요!

제대로 어둡지가 않군, 밤이 속삭이더니 의기양양하게 저 위 높은 곳의 창문을 가리켰다. 그녀는 뒤를 돌아보았다. 추적이 사라지고 없었다. 밤은 바람에게 도둑들이 이용하는 사다리를 놓으라고 명령하고는, 정면의 벽 위로 사다리를 타고 올라갔다. 그녀는 창문에서 새어 나오는 약한 빛에게 건성으로 인사했다. '좋은 아침.' 그녀는 창문이 반쯤 열려 있고, 검은 종이가 불룩해져서 찢어지려 하는 것을 보았다. 너를 도와줄 수 있지! 그녀는 바람에게 계속해서 좀 더 찢으라고 명령했다.

뭐가 보여요? 그가 호기심에 차서 속삭였다.

그러나 밤은 대답하지 않았다. 그녀는 팔을 창문턱에 놓았다. 옷자락은 지붕 위로 훨훨 날아갔으며, 두 눈은 작고 궁색한 방으로 흘러들어갔다. 가라, 넌 또 다른 밤들이 있지 않느냐! 그녀는 바람을 향해 소리쳤다. 그래서 바람은 길을 떠나, 신의(信義) 없이 태양을 향해 날아갔다. 밤은 아이, 할머니, 여행 가방, 지도, 묵주와 함께 남게 되었다. 묵주의 십자가는 바로 그때 서남아프리카 위로 움직이고 있었다.

엘렌은 머리를 팔에 묻고 잠자는 척하면서 긴장해서 할머니를 지켜보았다. 한편 할머니는 침대 모서리에 앉아 역시 긴장해서 엘렌 쪽을 건너다보았다.

"자는 거냐?"

"예." 엘렌이 낮은 소리로 말했지만 노파는 못 들은 척했다. 그녀는 침대 옆 탁자의 서랍을 열어 마구 뒤지기 시작했다. 세안약(洗眼藥) 한 병이 나왔고, 옛 시집 한 권, 묶는 끈, 깨어진 온도계도 나왔지만, 그녀가 찾는 것은 분명 세안약도 온도계도 옛 시집도 아니었다. 묶는 끈도 너무 짧았다. 그녀는 침대를 분리하기도 하고, 베개를 털기도 했으며, 시트 아래와 매트리스도 뒤졌지만 아무것도 발견하지 못했다. 그녀는 장롱 쪽으로 가서 장롱 문을 열고 떨리는 손으로 옷 주머니와 속옷을 뒤졌다.

찾고, 찾고, 또 찾고, 밤은 측은하게 생각했다. 사람은 정말 찾기 위해 만들어진 존재인가, 찾지 않은 것 외에는 아무것도 발견하지 못하면서? 그리고 엘렌은 생각했다. '할머니는 참으로 추하구나, 저 하얗고 슬픈 모습, 난 마흔 살에 죽고 싶어!'

곧이어 그녀는 이 같은 생각을 하는 자신을 경멸했다.

"이에 대한 예방책을 강구해야 해. 그러나 내뱉은 과일 씨, 죽은 쥐들, 눈 밑의 주름에 무슨 예방책이 있단 말인가? 하느님, 부패를 막기 위해선 어떻게 해야 하나요?" 그녀는 신음 소리를 내면서 이리저리 뒹굴었고, 팔과 다리를, 이미 그녀에게 너무 작아져 버린 침대의 격자막대 사이로 내뻗었다. 다시 할머니가 물었다. "자니, 엘렌?" 그러고는 엘렌에게로 다가가 몹시 불안해하며 그녀를 흔들었다. 그러나 아이는 슬픈 꼭두각시처럼, 익어 가는 과일이 든 포대처럼, 아무 말이 없었다. "하느님, 부패를 막기 위해선 어떻게 해야 하나요? 그리고 왜 여우는 고양이를, 그리고 고양이는 쥐를 잡아먹나요?"

할머니는 이제 휴지통을 움켜잡고 뒤졌으며, 난로의 문을 열어젖히고는 난로 속에 손을 집어넣었고, 그런 다음 두 손으로 창문 사이를 더듬어 만졌다. 그녀의 동작은 점점 더 빨라지고 더 탐욕스러워졌다. 엘렌은 깜짝 놀라 외면을 하고는 다시 말없이 울기 시작했다.

뭘 찾고 있을까, 맙소사, 뭘 찾고 있을까, 밤이 생각에 잠겼다. 나의 명령은 어떻게 된 걸까? 빗자루가 시끄러운 소리를 내며 쓰러졌고, 속옷이 장롱에서 우르르 쏟아져 내렸다.

밤이 긴장해서 창문턱 너머로 몸을 숙였다. 그녀는 오래전부터 엘렌이 잠자지 않고, 엿보면서 때때로 몰래 베개 밑으로 손을 집어넣는 걸 보고 있었다. 인간들이 저렇게 서로를 모르다니, 하고 그녀는 생각했다. 그리고 엘렌도 생각했다. '난 잠들어선 안 돼, 잠들면 할머니가 찾아낼 거야, 그걸 찾아내면 안 돼, 난 깨어 있어야 해!'

엘렌은 이 순간 자신의 고통을 잊고 있었다. 그녀는 자기가 자신의 뜻에 반해 자유의 몸이 되었다는 사실을, 수용소에서 석방되어 이 저주받은 자들의 자유로 되돌아왔다는 사실을, 그리고 친구들의 슬픈 비웃음을 잊고 있었다. "우리가 네게 말했지, 넌 우리에게 속하지 않는다고!" 그녀는 자신이 할머니를 부러워했던 그 질투심을 잊고 있었다. "할머니는 함께 갈 거예요. 할머니는 석방되지 않을 거고, 모두를 다시 보게 될 거예요. 헤르베르트도, 하나와 루트도!" 그리고 그녀는 추적자들의 밀침과 놀란 웃음소리를 잊고 있었다. "나도 함께 기게 헤 줘요. 제발 나도 함께 가게 해 줘요!"

이러한 간청에도 엘렌은 석방이 되어 자기 양심의 감옥 속으로 되돌아왔고, 죽음에서 한 발짝 멀어져 마지막 무언의 상태에서 괴로움을 안겨 주는 작은 질문들로 되돌아왔다. 그러나 그 모든 것을 그녀는 지금 잊고 있었다. 왜냐하면 할머니가 벌써 또 그녀에게로 고개를 숙여 어깨를 흔들었기 때문이다. "자니, 엘렌?"

밤은 마침내 하얀 창문턱을 넘어 방 안으로 들어왔다. 빛은 이유 없이 꺼졌고, 밖에선 부슬부슬 비가 내리기 시작했다. 바람이 지나면서 한 떼의 소녀가 장난치는 듯 구름을 앞으로 내몰았다. 빗방울이 더 굵어지면서 마음 내키는 대로 빛나는, 그러나 쓸쓸함이 내비치는 웅덩이들을 그려 놓았다. 모든 시작의 쓸쓸함, 따뜻한 손에서 차갑고 축축한 땅으로 떨어지는 씨앗들의 쓸쓸함.

"자는 거야?"

"아뇨." 엘렌이 대답했다. 그녀는 일어나 앉아 두 손으로 차가운 침대 가장자리를 움켜쥐었다. 내동댕이쳐진 속옷들이 하얗게 그리고 깜짝 놀란 듯 마룻바닥에서 빛을 발하고 있었으며, 서남아프리카 위의 십자가도 반짝이기 시작했다.

"뭘 찾고 있어요, 할머니?"

"내가 뭘 찾는지, 넌 알잖아."

"그런데 할머니는 뭘 찾고 있는지 아세요?"

"넌 내게서 뭘 원하는 거냐?" 노파는 절망적으로 말했다.

"묶은 머리를 좀 틀어 올리세요, 할머니." 엘렌이 말했다. "그리고 잠옷도 입고요!" 암흑 사이로 그녀는 매트리스의 3분의 1밖에 안 되는 곳에 웅크리고 앉아, 이[蝨]와 불안에 시달리며, 의기소침해 있는, 그러나 조용히 팔짱을 끼고 있는 게오르크, 헤르베르트, 루트를 보았고, 비의 속삭임 속에서 인솔자[25]의 질문과 비비의 대답을 들었다. "마지막으로 한 일은?" "연극요!" 그리고 그녀는 마지막으로 게오르크의 악수를 느꼈다. "안녕!" 그는 내일 다시 순회도서관 앞에서나 낯선 문 앞에서 만나기라도 하는 것처럼, 그밖에 아무 말도 하지 않았다.

"넌 내게서 뭘 바라는 거냐?" 할머니는 머리를 틀어 올리면서 다시 말했다.

"단정한 태도요." 엘렌이 나지막하게 대답했다. "아니, 그보다, 할머니가 내게서 그런 태도를 바랐으면 해요."

"난 네게서 다른 걸 원해." 할머니가 말했다. "네가 그걸 숨겼음이 틀림없어."

절망한 채 엘렌은 지금 그녀를 도울 수 있었을 테지만 이미 떠나 버린 모든 이들을 생각했고, 그들을 불러낼 말을 찾았다. 그건 어떻게든 힘을 얻고자 하는 시도였다. 들판 끝에 있는 마지막 뮈지의 할아버지뿐만 아니라, 다른 나라 낯선 식탁의 어머니를, 조금 전에 모자를 고치러 집을 나섰던 소냐 이모까지도 불러낼 수 있는 말을. 그러나 그녀는 다시 오지 않았다. "사라졌어." 사람들이 말했다. 실제로 소냐 이모는 녹슨 하수구 덮개 격자 안의 반짝이는 동전처럼 사라져 버렸다. 모자는 수선되지 않은 상태로 있었다. 그녀를 아는

---

25) 나치스 돌격대 및 친위대의 하급 직위.

많은 사람들은 여러 가지 설명을 시도했다. 그녀가 숨었거나, 아니면 친구 집에서 체포되었다는 것이다. 그러나 엘렌은 더 잘 알고 있었다. 그녀는 변장을 하고 사람들을 흉내 내는 소냐 이모의 놀라운 능력을 알고 있었고, 또 동서남북 중 오로지 동쪽에 대해 지닌 그녀의 동경심, 수평선에 대한 사랑, 타격을 행운처럼 받아들이고 행운을 타격처럼 받아들이는 그녀의 태도 등을 알고 있었다. 그녀는 소냐 이모가 죽음을 마치 낯선 나라처럼 즐길 수 있었다는 것도 알고 있었다.

엘렌은 그들을 불러내기 위한 말을 찾을 수가 없었다. 그러나 그녀는 소냐 이모가 할아버지와 어머니와 똑같이 지금 여기에 있다고 느꼈다. 그리고 그들이 그녀를 돕기 위해 모든 방향에서 급히 달려와 그녀 곁 하얀 이불 위에 앉아 있다고 느꼈다. 그녀는 이미 오랫동안, 살아 있는 자들이 아니라 죽은 자들만이 죽는다는 것을 알고 있었다. 붙들 수 없는 것을 채 붙들기도 전에 죽일 수 있다고 믿는 그들이 우스꽝스러웠다. 엘렌은 소냐 이모를 낮에도 종종 눈앞에서 보았다. 그녀는 수평선으로 나아가서는 이따금 돌아서서 말했다. "넌 내가 그리로 가는 걸 보게 될 거야!"

그녀는 맹인처럼 두 손을 앞으로 뻗으며 나아갔다. 목에는 회색빛 여우를 두르고 있었다. 세상의 가장자리에 왔을 때, 그녀는 다시 한번 뒤돌아 눈짓을 하고는 가라앉아 버렸다.

"할머니," 엘렌이 부드럽게 말했다. "내 옆에 앉아서 얘기 좀 해 주세요. 내가 지금껏 들어 보지 못한 아주 새로운 얘기 말이에요. 동화도 좋아요."

"오늘 밤에 날 데려갈지도 몰라!" 할머니가 말했다.

"그건 새로운 얘기가 아니에요." 엘렌이 답했다. "하지만 그들은 나도 함께 가도록 해 줄 거예요. 그러면 난 할머니 뒤에서 트렁크를 들고 따라가지요. 어디로든지요!"

"그래?" 할머니가 애절하게 말하고는 엘렌 침대의 격자 막대를 끌어 쥐었다. "그런데 트렁크는 몇 개나?"

"두 개 정도요." 엘렌이 말했다. "두 개가 운반하기 좋아요."

"두 개라." 할머니가 멍한 모습으로 다시 말하고는 엘렌의 고개 너머를 바라보았다.

"이제 이야기를 해 주세요, 할머니!"

"그들이 오늘 밤 오지 않을 수도 있을 거야."

"할머니, 이야기를 해 줘요, 새 이야기를!"

"트럭 위에 포장이 쳐진 걸, 넌 아니? 최근에 누가 나에게 얘기했는데, 자기가 보았노라고."

"그건 이야기가 아니잖아요."

"난 이야기를 몰라."

"그건 사실이 아니에요, 할머니!"

노파는 흥분해서 엘렌을 분노의 눈으로 바라보더니, 바로 다음 순간 다시 그녀를 꿰뚫어보는 듯했다. 그녀는 화가 나서 입술을 실룩거렸지만, 대답은 하지 않았다.

"옛날에, 할머니, 옛날 옛적에 있잖아요! 언젠가 있었던 일, 할머니 말고는 아무도 모르는 어떤 이야기 말이에요. 할머니는 언제나, 날이 캄캄해지면 터키의 모카커피 잔들이 하는 이야기, 그리고 뚱뚱한 개가 마당에서 비둘기들에게 들려주는 이야기를 알고 있었잖아요?"

"그건 내가 지어낸 얘기야."

"왜요?"

"네가 아직 어렸으니까."

"아니에요, 그땐 할머니가 컸기 때문이죠, 할머니!"

"당시엔 우린 위험하지도 않았고, 아무도 우릴 데려갈 수 없었어!"

"할머니는 언제나, 어두워지면 도둑이 든다고 말했어요."

"유감스럽지만 그 말은 옳았어."

"계속 옳은 얘기를 해 주세요, 할머니!" 엘렌이 말했다.

노파는 대답을 하지 않고, 불안하게 두 손으로 침대시트를 만졌다. "네가 그걸 갖고 있음이 틀림없어, 네가 갖고 있어. 네가 갖고 있음이 틀림없어!"

"아무것도 갖고 있지 않아요." 엘렌은 화가 나 속삭이고는 다시 벌렁 드러누워 머리로 베개를 꼭 눌렀다. 그러면서 그녀는 시트와 격자를 만지는, 임종하는 자의 손처럼 앙상하고 가엾은 두 손을 바라보았다. 뭘 찾고 있는 걸까, 밤은 생각했다, 대체 뭘 찾고 있는 걸까? 밤은 거칠고 더러운 바닥에 옷자락을 펼치고는 몸을 숙인 채 방 한가운데에 웅크리고 있었다. 그러나 밤 역시 우선 당장은 대답을 듣지 못했고, 모든 질문은 한숨과 더불어 해결되지 못하고 있었다. 그리고 비는 아무도 알아듣지 못하는 기도의 선도자처럼 쏴쏴 소리를 내고 있었다.

  "내게 동화를 들려줘요." 엘렌이 절망적으로 더듬더듬 말했다. 왜냐하면 할머니가 베개에 이르러 자기를 아래로 밀어내려고 했기 때문이다. 엘렌은 무릎을 끌어당기고는 온몸으로 베개를 감쌌다. 그러나 그녀는 불안한 나머지 어지러워졌고 힘도 약해졌다. 할머니를 저지하기 위해 주먹을 쥐었지만, 더 이상 막을 수 없었다. 베개가 밀어 옮겨졌고, 엘렌은 침대 발치로 밀려났으며, 가장자리 너머로 작은 유리 플라스크 병이 떨어져 바닥 위로 떼굴떼굴 구르더니 뚜껑이 열리고도 계속 굴러갔다. 밤은 꼼짝하지 않고 그대로 있었는데, 흰 알약 몇 개가 그녀의 검은 옷자락 위로 흩어졌다. 엘렌은 침대에서 뛰어내렸다. 그녀는 할머니를 옆으로 밀쳤고, 맨발로 플라스크의 유리를 밟아 깨뜨려 피가 나기 시작했는데, 그래도 뻣뻣한 손가락으로 흩어진 것을 집어 올리려 했다. 다시 할머니가 그녀를 덮쳤지만, 엘렌이 밀어냈다. 그녀의 긴 청색 잠옷이 오래된 검은 제단 앞에 있는 나무 천사의 옷처럼 구겨지고 주름이 갔다. 둘의 머리가 부딪쳤지만, 싸움은 오래가지 않았다. 엘렌은 독약의 일부를 다시 주워 모을 수 있었고, 할머니는 나머지를 주먹 안에 꼭 쥐고 있었다. 알약 두 주먹이라야 죽음에 이르게 할 수 있었다. 저주받을 때는 싼 값을 부르고, 갖고 싶을 때는 지불할 수 없을 정도로 비싼 값을 부르는, 이 오만방자한 암거래상 같은 죽음 말이다.

"넌 아직 어려서 나를 저지할 권리가 없어!" 할머니가 말했다.

"아뇨, 있어요." 엘렌이 대답했다. 그러나 그 순간 멈칫하더니 뒤로 물러섰다. 할머니가 비틀거리며 허공 속으로 공격해 오더니 길게 어둠 속에 쓰러져 버렸다.

엘렌은 깜짝 놀라 똑바로 멈춰 서서는 독하고 오래된 와인을 마신 듯 흥분된 상태로 승리를 느꼈고, 소매를 아래로 내리고 더듬거리며 한 걸음을 내딛었다. 그녀의 내면에 어떤 환호성과 함께, 모든 승리가 있고 난 다음의 위험한 순서인, 잠에 대한 동경이 일었다. 낯선 혹성에서 신음 소리가 들려왔지만, 그녀에게는 거의 이르지 못했다. 어찌할 바를 모른 채 그녀는 팔을 떨어뜨리고 할머니 곁에 무릎을 꿇고 앉아 별로 힘들이지 않고 축축하고 낯선 손을 펴 독약을 빼냈다. 그녀는 자신의 팔을 앙상한 몸 아래로 밀어 넣어 몸을 일으켜 세우고자 했다. 그러나 이 몸은 권태와 적의(敵意)로 무거웠다.

"할머니, 일어나세요! 듣고 있어요, 할머니?" 엘렌은 할머니의 어깨를 움켜잡고서는 침대 쪽으로 끌고 가서 일단 내려놓았다가, 다시 들어 올려 계속 끌고 갔다. 신음 소리가 견디기 어려웠다. "조용히 해요, 할머니!" 그녀는 할머니 옆의 딱딱한 바닥에 몸을 던졌다. 할머니는 말이 없었다. "말 좀 해 봐요." 엘렌이 간청했다. "어서 말 좀 해 봐요!" 그녀는 할머니를 품에 안으려고 했다. "할머니는 살아 있어요, 난 할머니가 살아 있다는 걸 정확히 알고 있단 말이에요. 할머니는 그저 숲 속의 딱정벌레처럼 죽은 척할 뿐이에요! 난 더 이상 할머니를 붙들고 있을 수 없어요, 일어나요!"

"네가 내 것을 내놓기 전에는 일어나지 못해." 할머니가 조용히 말하고는 엘렌을 바라보았다. "넌 내 것을 훔쳤어. 난 모피를 저당 잡혔고, 약을 구입하는 데 많은 돈이 들었어." 그녀의 말은 갑자기 바뀌어, 잃어버린 권위의 마지막 남은 쓰디쓴 앙금으로 표현되었다.

"난 그걸 할머니에게 주지 않겠어요." 엘렌이 대답했다.

"혹시 네가 필요할지도 모르니까 그러는 거지?"

엘렌은 꼼짝하지 않았다. 그런 후 그녀는 할머니를 내려놓고는, 일어서 천천히 독약을 탁자 위에 올려놓았다. "드리겠어요, 할머니. 그러나 이야기를 들려주기 전에는 안 돼요."

"내게 모두 다 주겠다고 약속하겠니?"

"약속해요." 엘렌이 말했다.

낡은 침대가 화가 나 삐걱거렸다. 엘렌은 베개를 흔들어 바로 했으며, 할머니에게 아이처럼 이불을 덮어 주고는 자신도 이불을 두른 채 가장자리로 가 앉았다. 환호성은 멈췄고 그녀는 추웠다. 침묵이, 긴장되고 신중한 침묵이, 마지막 동화의 진실을 기다리며, 프롬프터의 속삭임을 기다리며 방안 구석구석으로 퍼져 나갔다. 회녹색 난로, 낡은 여행가방과 하얗고 텅 빈 침대, 이들 모든 것이 빨아들이는 듯한 이 정적 속에서 무대 배경으로 움츠러들었고, 다시 부풀어 올라 뽐낼 수 있기를 기다리고 있었다. 남서아프리카 위의 십자가가 절망한 채 반짝이면서, 절망한 자들의 헐떡이는 숨결에 끝까지 저항하고 있었다. 할머니는 엘렌에게서 고개를 돌리고는 곰곰이 생각했다. 이야기라, 새로운 이야기라…. 그걸 찾는 건 그렇게 어려운 일이 아닐 수도 있었다. 이불을 두르고 두 팔을 침대 모서리에 괸 채 엘렌은 기다렸다. 모든 침묵이 항상 채워 주는 말을 기다리는 것처럼, 그녀는 말없이 그리고 냉엄하게 가운데서 심장이 껑충껑충 뛰는 소리를 기다렸다. 불쌍한 영혼처럼 그녀는 가장자리에 웅크리고 앉았다. "이야기해 줘요, 할머니, 이야기해 줘요! 모든 얘기는 손만 뻗으면 항상 붙잡을 수 있다고, 할머니 스스로 말하지 않았어요?"

"아무것도 생각나지 않는구나, 지금은!" 두려움에 사로잡혀 할머니는 고개를 돌렸다.

"하필이면 지금." 엘렌이 중얼거렸다.

"앞으로 너를 위한 동화는 충분히 있을 거야, 너는 어리니까!"

"그래서요?" 엘렌이 말했다.

"이번 내 얘기는 하지 않았으면 해."

"그럴 수 없어요."

"넌 어린데," 할머니가 다시 말했다. "무섭구나."

엘렌은 고개를 숙이고 자신의 이마를 할머니의 이마에 갖다 댔다. 그녀는 뭐라 답해야 할지 몰랐다. 노파는 불안하게 몸을 뒤척였다. 마치 햄스터가 숨겨 둔 여러 곳에서 맛있는 먹이를 꺼내듯, 그녀가 외투 주머니에서, 모자 아래에서 그리고 급할 땐 비단 안감에서 꺼냈던 수백 가지 이야기, 이 모든 이야기가 어디로 갔단 말인가? 위대한 경찰이 그녀를 덮쳐, 암흑이 모든 걸 삼켜 버렸단 말인가. 이 암흑, 입에 손을 갖다 대지 않고, 언제나 입을 크게 벌리고 있는 이 암흑이.

할머니는 신음했다. 그녀는 너덜너덜한 기억의 앨범을 넘겨 보았다. 거기서 그녀는 엘렌이 세 살 때 하얗고 빛나는 걸상에 서서, 질문을 하느라 입을 벌리고 있는 모습을 찾았다.

"할머니, 참새가 뭐예요?"

"작고 빠른 놀라운 새지."

"비둘기는요?"

"살찐 놀라운 새고."

"군밤 장수는요?"

"군밤 장수는 사람이란다."

그리고 다시 처음부터 시작하기 전에, 엘렌은 대개 몇 초 동안 침묵했다.

하얀 걸상은 오래전에 불타 버렸고 사진은 누렇게 변색되었다. 그러나 질문은 멈추지 않았다.

"이야기요, 할머니!"

그런데 새로운 얘기들이 있기나 한가? 모든 이야기는 오래된, 아주 오래된 것이 아닌가, 세상의 숨결이기도 한, 포옹

하는 인간의 환호성만이 계속 이야기를 만들어 내는 것이 아닐까? 엘렌은 이야기를 요구하면서, 또한 할머니에게서 캄캄하고 위험한 한밤중에 살아가겠다는 마음의 준비를 요구했다.

이야기를 찾아낸다면, 그녀는 나중에 더 이상 죽고 싶지 않을 것이다. 그러나 이야기를 찾지 못한다면, 할머니는 내기에서 지고 독약은 내 것이 된다. 그런데 내가 독약을 갖고 뭘 한다지? 난 그걸 암흑 속으로 던져 버릴 것이다. 암흑은 독약으로 죽지 않으니까.

"할머니!"

그러나 할머니는 여전히 어떻게 시작해야 할지 몰랐다. 계속 시작할 말을 찾았지만 실패했고, 한 장의 종이에 지나지 않는 지도는 구겨진 채 십자가 아래에 걸려 있었다. 난로는 불을 요구했고, 침대는 온기를, 밤은 명령에 따를 것을 요구했다. 이제 밤은 초조해졌다. 왜냐하면 이미 아침이 오려 하면서, 희망으로 가득 채워진 자들을 축복하고 그렇지 못한 자들을 뿌리쳤기 때문이다. 그리고 아무 일도 일어나지 않았고, 계속 아무 일도 없었다. 사물은 정적 속에서 익어 갔고, 기다릴 수 없었던 자는 성숙해지지 못했다. 그렇게 밤이 기다리고 엘렌도 기다리는 동안 할머니는 졸음이 왔다. 그들이 오기 전에 어떤 충격, 제발, 가벼운 뇌졸중이라도, 하고 그녀는 생각했다. 그러나 하느님은 소원을 들어주지 않는다. 엘렌은 긴장해서 빵 조각을 씹었고, 희망을 포기하지 않았다. "옛날에," 할머니가 더듬거렸다. "옛날 옛적에…."

"좋아요." 엘렌이 흥분해서 외쳤고, 빵을 던지고는 멀리서 오는 소리를 듣기 위해 더 깊숙이 몸을 숙였다. "계속해요, 할머니, 계속해요!" 그러나 더듬거림은 더 이상 이어지지 않았다. 이야기를 하는 것은 그렇게 간단하지가 않았다. 이야기들은 통과해서 흘러나오기 위해 펼쳐진 손과 손가락 사이의 좁은 틈을 요구했다. 그리고 뜬 눈을 요구했다.

노파는 "옛날 옛적에"를 더 자주 반복했지만, 더 이상 늘어나지는 않았다. 이야기들은 나올 듯했지만 그만 잠들어 버렸다. 그리고 깨어나자마자 비웃기 시작했고, 거의 입술 앞까지 나오다가 다시 달아나 버렸다. "독약," 하고 그녀는 얼마 후에 분명히 말했다. 엘렌은 고개를 흔들었다. 할머니는 간청하며 두 손을 들어 올렸고, 마지막으로 "옛날 옛적에…"를 속삭이더니, 모든 고통을 안겨 주는 세력들로부터 떠나 잠들어 버렸다.

"안 돼요." 엘렌은 어쩔 줄 몰라 하며 말했다. 그녀는 침실 등을 켜고는 깜짝 놀랐다. 거기 누워 있는 것은 너무 낯설고 너무 멀리 떨어져 있고 꼬불꼬불 뒤엉켜 있어, 할머니의 모습은 결코 찾아볼 수 없었다. 거기 누워 있는 것은, 평화로운 시민의 편안한 즐거움을 한 번도 맛본 적이 없었던 것처럼, 아주 거칠게 숨을 헐떡거리고 있었다.

"할머니!" 엘렌이 불안하게 말하고는 자신의 따뜻한 얼굴을 베개 사이에 있는 차가운 얼굴에 갖다 댔다. 헐떡임은 차츰 진정되었고, 호흡은 보다 가벼워졌다. 그러나 다른 모든 것은 여전히 아주 멀리 떨어져 있었다.

"그렇다면," 엘렌이 결연히 말했다. "그렇다면 내가 이야기를 하겠다!" 그녀는 왜 자신이 빨간 모자 소녀의 이야기를 시작했는지 알지 못했다. 그리고 그녀는 이 동화가 누구에게 하는 이야기인지, 밤에게인지, 3월에게인지, 아니면 창틈으로 들어오는 축축한 냉기를 향해 하는 이야기인지 알지 못했다. 왜냐하면 할머니는 잠들었고, 그녀의 눈꺼풀만이 이따금 약한 불빛 속에서 실룩거리고 있었기 때문이다.

"옛날에 이미니기 있었어요." 엘렌은 이야기를 시작했고, 생각에 잠겨 이마를 치켜 올렸다. "그곳은 미국이었어요. 어머니는 그곳에서 한 클럽의 여급으로 일했어요. 이 어머니는 커다란 동경심이 있었답니다. 그런데 그 동경심은 빨간 색깔이었어요." 엘렌은 말을 멈추고 도전적으로 주위를 둘러보았으나, 자신을 격려해 주는 사람도, 자신에게 항의하는 사람도 아무도 없었다. 낮은 음성으로 그녀는 이야기를 계속했다. "밤에 일을 마치고 돌아오면 어머니는 매우 피곤

했고, 기다리는 사람은 아무도 없었어요. 그때 그녀는 뜨개질을 시작했어요. 자신의 동경심을 풀어, 바람에 흔들리는 긴 술을 달아 둥글고 빨간 모자를 짰어요. 매일 밤 뜨개질을 했지만 동경의 실타래는 줄지 않았고, 모자는 성상(聖像)의 후광처럼 커다랗게 되었어요. 그러나 빨갰어요. 그리고 술은 수구용 볼처럼, 폭풍을 위한 장난감처럼 아주 크고 불룩해졌어요." 밤은 귀를 기울이며 창문에 기대서 있었다. 창문이 딸그락거렸다. "밖이 조용할 때나," 엘렌은 말하고는 침대 너머 캄캄한 창유리 쪽을 바라보았다. "바닷바람이 창유리를 때릴 때나, 그녀는 계속 뜨개질을 했어요. 모자가 완성되었을 때, 어머니는 가슴에 달린 끈을 끊고는, 상자에 담아 대양 너머로 보냈어요. 그래요, 내가 잊지 못하는 것은, 어머니가 할머니를 위해 케이크와 와인 그리고 광주리를 보낸 것이었어요." 엘렌은 혹시 누가 이야기의 신빙성을 의심하지 않나 하고 다시 주위를 둘러보았다. 그러나 밤은 단지 창가에서 나지막하게 웃다가, 또 소리 없이 눈물도 흘리곤 했다. "그 모든 게 어째서 검열을 거쳐야 했는지는 아무도 몰라요." 엘렌이 말했다. "그러나 어쨌든 그건 도착했어요." 그녀는 이제 좀 더 빨리 말했다. "단지 종이만이 약간 탔고, 케이크는 탄내가 났어요. 왜냐하면 모자가 이글거리며 뜨겁게 타올랐기 때문이죠. 아이는 모자를 집어 빨리 머리에 썼어요. 그러나 아이가 저녁에 벗으려 했을 때 모자는 벗겨지지가 않았고, 빨간 후광처럼 남아 불타올랐어요. 그 후광이 정말 부러울 지경이었어요."

창문 앞에서는 여전히 비가 내리고 있었고, 노파는 보다 고르게 숨을 쉬었으며, 마룻바닥은 엘렌의 음성이 지금 막 깨우기라도 한 것처럼 삐걱거렸다. 그러나 엘렌은 개의치 않았고, 마치 수많은 대중 앞에서 당황하기라도 한 것처럼 잠시 말을 멈췄다가 곧 다시 시작했다. "병에 금이 갔지만, 빨간 모자 소녀는 그래도 병을, 탄내가 나는 케이크와 함께 광주리에 넣고 할머니에게로 길을 떠났어요. 할머니는 원래 살던 방에 살았는데, 어두운 숲을 통한 먼 길이었어요. 한번은 광주리가 나무에 부딪쳐 병에서 술이 새어 나왔어요. 다음에는 케이크가 바닥에 떨어졌는데 전쟁이 그걸 집어 먹었어요. 그는 마치 늑대처럼 길고 텁수룩하며 더러운 털을 지니고 있었어요. '너 어디 가는 길이니?' '할머니에게 가요.' '뭘 갖고 가는 거니?' 그가 비웃으며 물었어요. '너의 광주리는 비었잖아!' '난 할머니에게 그리움을 갖다 드리는 거에요.' 그때 늑대는 화가 났어요, 왜냐하면 그리움은 먹을 수가 없으니까요. 또 그리움은 그의 혀를 불태웠으니까요. 화가 나서 늑대는 그곳을 떠나, 항상 한 걸음 앞서 달렸지요. 그리고 빨간 모자 소녀는 두려워하며 그의 뒤를 따랐고요. 늑대가 더 빨리 목적지에 도착했어요. 할머니가 침대에 누워 있었어요. 그러나 할머니의 모습이 아주 다르게 보였어요."

엘렌은 말이 막혔다. 그녀는 할머니의 어깨를 붙들고는 얼굴을 뚫어지게 바라보았다. 그녀는 침실 등을 들고 낡은 침대를 비추었다. 그리고 펄쩍 뛰어 오르더니 다음 말을 찾았다.

"그때 빨간 모자 소녀가 말했어요. '할머니, 귀가 왜 그렇게 커요?' '네 말을 더 잘 듣기 위해서지!' '할머니, 이가 왜 그렇게 커요?' '너를 더 잘 물어뜯을 수 있기 위해서지!' '할머니, 입술은 왜 그렇게 두꺼워요?' '내가 그걸 더 잘 삼킬 수 있기 위해서지!' '독약? 독약 말인가요, 할머니?'"

엘렌은 침대에서 뛰어내려 맨발로 방 한가운데 서서는 추위와 불안으로 몸을 떨었다. 노파는 잠들었고 움직이지 않았다. 탁자 위의 독약은 반짝반짝 빛나고 있었는데, 엘렌은 그냥 그대로 두었다. 다시 펄쩍 뛰어 침대로 갔다. 이불을 끌어당겨 덮었고, 머리를 팔에 얹고는 마지막 질문을 찾았다. "'할머니, 손이 왜 그렇게 차요?'" 그러나 대답을 얻지 못했다. 그녀는 뺨에서 눈물을 닦아 내고 한숨을 쉬었다. 얼마 후 그녀는 기진한 채 잠이 들었다.

그때 그녀는 한 창백한 군인이 북부 역의 높고 낡은 건물에서 비틀거리며 나오는 것을 보았다. 그는 여윈 등에 배낭을 메고 있었는데, 낮은 소리로 혼자 욕을 하고 있었다. 소리가 너무 나지막하고 간절한 듯해 전능한 하느님은 그걸 기도로 생각할 정도였다. 발은 얼어서 그는 계속 비틀거렸다. 군복은 찢어졌고, 신분증은 위조된 것이었다. 이따금 그는 주위를 둘러보다가 자신을 기다리는 누군가를 기다리기라도 하는 것처럼 그늘에 멈춰 섰다. 그러나 아무도 기다리는 사람은 없었다. 그러자 그는 다시 좀 더 걸어갔다. 그는 작은 육교 아래를 지나 목초지 쪽으로 걸어갔다. 그는 이 이른 봄밤의 웅덩이란 웅덩이는 모두 밟고 지나가면서, 막 목초지 순찰에서 돌아오던 늙은 상사에게 물을 튀겼다. 그는 눈에 띄지 않으려 애를 썼는데, 오히려 그 때문에 더 눈에 띄었다. 그는 비틀거리며 강 쪽으로 걸어가다가 중간에서 다시 되돌아왔다. 느슨하게 닫혀 있는 카페 문을 흔들기도 했고, 마치 어린 시절로 되돌아가서 군화를 벗어 던지고 싶은 생각이 들기라도 한 것처럼 얼마 동안 어린이 기차 역 앞을 배회하기도 했다. 그러나 기차는 오지 않았다. 마침내 그는 시내 쪽으로 다시 내달렸다. 그때 그는 모자를 잃어버려, 고개를 숙여 찾았으나 발견하지를 못했다.

그의 머리털은 담갈색에 짧고 솜털처럼 부드러웠으며, 쓰다듬어 주기를 바라고 있었다. 손가락의 손톱은 물어뜯어져 있었고 목도리는 바둑판 무늬였다. 그러나 아무도 그를 기다리지 않았다. 그는 북부 역으로 되돌아가 얼마 동안 길 잃은 짐승처럼 노란 담벼락 주위를 어슬렁거렸다. 마침내 그는, 아직 위험하긴 했지만, 집으로 가기로 결정했다. 옛 시장을 가로질러 갔을 때, 그는 추적당하고 있다는 확실한 느낌이 들어, 숨을 헐떡이며 노점 사이에 멈춰 섰다. 양파 상자 창고 뒤에 있는 두 개의 감자 포대 사이에 숨었으나, 아무도 오지 않았다. 그는 내려놓았던 배낭을 다시 메고서는 비틀거리며 계속 갔다. 때때로 위조 신분증을 주머니에서 꺼내어, 마치 진짜이기라도 한 것처럼 유심히 들여다보았다. 그래, 모든 위조 신분증이 진짜이고, 모든 진짜가 가짜이기라도 한 것처럼. 그리고 그것을 다시 집어넣었다. 교회 앞 광장에 도달했을 때, 그는 누군가 그를 뒤쫓고 있다는 걸 확실히 알았다. 그래서 석조 성인상 아래의 그늘에 몸을 숨겼다. "도와주세요." 그가 기도를 했다. "나를 도와주세요!" 그는 성인의 이름을 알지는 못했다. 그가 그곳을 다시 떠났을 때, 달빛 속에서 성인이 움직이며 그에게 늙은이의 수수께끼 같은 몸짓으로 축복을 해 주는 것 같았다.

젊은이는 두 손으로 머리를 긁었다. 그는 이가 있었다. 다시 뒤에서 발걸음 소리가 들렸지만, 그는 더 이상 뒤돌아보지 않았다. 그는 토끼처럼 여기저기를 내달리다가 마침내 창문이 불빛을 제대로 가리지 못하는 높고 조용한 집 앞에 도달했다. 누군가 내 뒤에 있어. 아니야, 내 뒤에 아무도 없어. 아무도 없어, 가장 위험한 추적자는, 아무도 없어. 아무도 없어. 아무도 없어. 세상은 텅 비었어. 작은 병사는 크고 흉한 문을 흔들었지만, 문은 꼼짝도 하지 않았다. 그는 노크를 하고 문을 탕탕 두드리고 주먹에서 피가 날 때까지 내려쳤다. 찢어진 군화로 문을 찼지만, 군화만 더 찢어질 뿐이었다.

엘렌은 잠에서 깨어났다. 그녀는 일어나 앉아 어찌할 바를 모르며 어둠 속을 응시했으며 꿈은 잊어버렸다. 꿈을 즉시 그리고 완전히 잊어버려, 꿈이 그녀의 가슴을 결코 관통한 적이 없는 것 같았고, 감긴 두 눈에서는 결코 눈물을 자아낸 적이 없는 것 같았다. 그녀는 침대에서 조용히 내려와 창밖으로 몸을 숙였다. 내려다보는 사람은 아무도 없었다. 복도 어디선가 질질 끄는 발자국 소리가 났고, 대문이 열렸다. 대문은 삐걱거렸고 신음 소리를 냈다. "아니야." 엘렌은 쉰 목소리로 말했다. 그녀는 할머니의 침대로 한 걸음 다가가 멈춰 섰다. 세 걸음 뒤로 물러났다가 다시 두 걸음 앞으로 다가갔다. 마치 구식 춤과도 같아 보였다. 그러나 춤출 시간은 없었다. 그들이 계단을 올라오고 있다, 한꺼번에 세 계단을, 네 계단을, 다섯 계단을…. "그들이 할머니를 데리러 와요, 할머니!" 엘렌이 비명을 질렀다. 그녀는 주먹을 입속에 집어넣어 손가락을 깨물었다. 그녀는 한꺼번에 모든 생각을 하려 했지만, 아무 생각도 하지 못했다. 탁자 위의 독약이 끈질기게 이상한 빛을 발하고 있었다. 노파는 깨어나 몸을 일으켜 독약을 향해 두 손을 뻗었다. 그녀는 침착했고 전혀 놀란 것 같지 않았다. "이리 다오." 그녀가 말했다. 엘렌은 할머니의 발치에 쪼그리고 앉아, 깜짝 놀라 그녀의 조용한 두 눈을 응시했다. "할머니군요! 엄청 크네요, 할머니, 늑대가 삼킬 수가 없겠네요!"

"이리 다오!" 할머니가 날카롭게 다시 말했다.

"안 돼요." 엘렌이 더듬거렸다. "안 돼요, 난 할머니를 침대에서 끌어내어 숨기겠어요. 다락방으로 가요, 빨리, 아니면 여기 장롱 속으로. 내가 할머니를 지켜 드리겠어요. 그래요, 난 그들을 물리칠 거예요. 할머니는 내가 얼마나 강한지 보게 될 거예요!"

"조용히 해." 할머니가 정신이 나간 채 말했다. "그렇게 큰 소리로 말하지 마. 어서 시키는 대로 해!"

"내 말 들어 봐요." 엘렌이 애원했다.

"그래, 나중에." 할머니가 말했다.

"아니에요, 나중엔 시간이 없어요!" 엘렌이 소리쳤다.

"어서!" 노파가 재촉했다.

엘렌이 일어섰다. 그녀는 불을 켜고 탁자로 가서는 독약을 왼쪽 손에, 물 한 잔을 오른손에 들고 할머니에게 다가갔다.

"물을 더!"

"예." 엘렌이 대답했다. 그녀의 동작은 뻣뻣하고 조심스러웠다.

그녀는 컵에 새로 물을 채웠다.

"한 방울도 쏟지 마!" 할머니가 말했다. 엘렌은 컵을 할머니의 입술에 갖다 댔다. 그러고는 마치 참새가 새끼에게 먹이를 먹이듯 할머니에게 독약을 먹이고는 곧바로 침대 옆에 쓰러졌다.

"일어나!" 할머니가 말했다. 엘렌이 일어섰다. 목석처럼, 두 팔을 내려뜨린 채 그녀는 침대 옆에 섰다. 주위에 있던 모든 것에서 분리되어 떨어져 나온, 더 이상 자신의 소리가 아닌, 이상한 목소리가 베개에서 터져 나왔다. "그들이 지금 오면, 문을 열어 줘. 공손하게, 아무 말도 하지 말고. 모든 걸 그냥 내버려 둬."

"그들은 할머니를 침대에서 끌어낼 거예요, 할머니." 엘렌이 말했는데, 그녀의 말에도 무언의 뭔가가 무겁게 고개를 숙인 채 깃들어 있었다.

"내가 아니라, 내 뼈를 끌어낼 거야!"

"할머니가 독약을 먹은 걸 발견하면 그들은 발로 할머니를 걷어찰 거예요!"

"그들의 발이 내 몸에 다다를 수 없어."

"그들은 할머니를 욕할 거예요."

"잘못 연결되었어. 모든 게 잘못 접속되었어. 난 번호를 바꾸었거든."

"그래요." 엘렌이 근심에 차서 말했다. "할머닌 지금 비밀번호를 갖고 있는 거죠!"

"가서 복도 밖에 귀를 기울여 봐!" 엘렌은 가서 귀를 기울였다. 그녀는 현관문에 기대어 숨을 죽이고 있었다. 처음엔 아무 소리도 들을 수 없었지만, 조금 후 발걸음 소리가 들렸다. 그들이 천천히 발자국 소리를 내며 올라오고 있었다. 발자국 소리가 끊겼다가 다시 들렸다. "술 취했어." 엘렌이 속삭이듯 말했다. "여유를 부리는군. 우릴 확실히 붙들었다고 생각하는 거지!" 그때 승리감이 그녀의 온몸에 퍼져 나갔다. "내가 한 것은 잘한 일이야. 잘했어, 잘했어!" 그리고 사방 구석에서 깜짝 놀란 추적자들의 성난 얼굴이 떠올랐다. 엘렌은 다시 방으로 달아났다. "잘했어, 잘한 일이야." 그녀는 가라앉는 할머니의 어깨에 자신의 머리를 숨겼다.

"그들은 할머니를 향해 덤벼들 거예요. 그때 할머니는 조금만 움직여요. 그러면 그들은 허공으로 날아갈 거예요. 조금만, 아주 조금만, 그래, 그렇게요!"

할머니는 일어나 팔꿈치에 몸을 받쳤다. 그녀의 얼굴이

달아올랐다. 그녀는 엘렌의 손을 붙들었다. 그들은 크리스마스이브 날의 아이들처럼 앉아 있었다. 열쇠 구멍으로 바라보고서는 의기양양해하는 아이들처럼. "우리는 계략으로 그들을 이겼어. 계략으로 이겼단 말이야! 보라, 그들의 떨고 있는 턱, 후들후들 떨리는 무릎, 부어오른 뺨을!" 다시 모든 구석에서 추적자들의 실망이 나타났다. "그들이 보여요, 그들이 보여요? 이제 마지막 계단을 올랐어요. 이제 멈춰 섰어요. 비틀거리며 서로 붙들고 있어요. 현관문의 이름을 대조하고 있어요. 별을 보고 비웃네요. 하지만 그들은 잘못 온 거예요. 그들은 죄 없는 아이들 수천을 죽이는데, 모두가 유대 아이예요. 이제 그들이 종을 찾아요. 종은 울리지 않아요. 그들은 주먹을 들어 올려, 이제…." 모든 것이 정적에 잠겼다. 노파가 뒤로 쓰러졌다.

"안 돼요." 엠렌이 두 번째로 말했다. 입을 벌려 소리치고자 했으나, 공기가 덩어리로 뭉쳐져 그녀를 질식시키려 했다. 그녀는 밖으로 달려 나갔다. 복도의 창으로 더듬더듬 다가가 조심스럽게 창문을 열었다. 어두워. 칠흑같이 어두워, 아무 소리도 없고. 숨소리도 들리지 않아. 아무것도 없어. 떨리는 손가락으로 엘렌은 열쇠를 찾기 시작했다. 그녀는 불을 켰고 문을 활짝 열었다. 그리고 밖으로 걸어 나와 말했다. "와요, 어서들 와요. 안심하고 와요!" 그녀는 문턱에 서서 어찌할 바를 모른 채 두 팔을 벌렸다. "우릴 데리러 와요, 하느님이 허락하세요. 할머니가 독약을 드셨어요. 나도 함께 가겠어요. 게오르크에게로 가겠어요!" 그러나 아무도 오지 않았다.

"아니야." 엘렌이 다시 한번 말했다. "그들은 뭔가를 잊었어. 다시 돌아올 거야!" 그녀는 웅크리고 앉아 기다렸다.

시간은 흘러갔다. 그러나 아무도 돌아오지 않았다. 나방 한 마리가 그녀의 얼굴 앞에서 붕붕거리다가 손에 앉았다. 엘렌은 손을 흔들어 쫓아 버렸다. 그녀는 일어서서 다시 문을 닫았다. 셔츠의 주름을 펴고 버클을 더 단단히 죄었다. 그런 다음 열쇠를 다시 서랍에 넣고, 외투를, 그녀의 것이 아닌 검은 외투를 둘렀다. 그녀는 서랍을 닫고 문에 사슬을 걸고는 살금살금 다시 방으로 들어왔다. 그녀의 맨 발바닥이 약간 둔탁한 소리를 냈다. 침실 등 아래에 반쯤 빈 잔이 놓여 있었다. "너무 가장자리에 있어." 할머니가 중얼거렸다. 엘렌이 잔을 가운데로 밀었다. "서서히 효과가 나는군." 할머니가 속삭였다.

"잠이 올 거예요." 엘렌이 말했다. "그리고 깨어나면…."

노파가 물러가라고 손짓했다.

"할머니!"

"왜?"

"다음 주가 할머니 생신이에요. 그때 내가, 할머니께 말씀드리고 싶었던 것은….”

"이번 주야." 할머니가 분명히 말했다. "이번 주가 훨씬 더 좋아."

"내 말 좀 들어 봐요." 엘렌이 말했다. "할머니는 약속했어요. 나중에 듣겠다고 말씀하셨어요. 그래서 지금…." 그녀의 입이 실룩거렸다.

"종소리가 나는데." 노파가 미소를 지었다. 엘렌은 듣지 못했다. 그건 다른 소리였다.

"그들이 오고 있어." 할머니가 들리지 않을 정도의 한숨을 쉬고는 눈을 감았다. 그녀의 머리가 갑자기 옆으로 떨어졌다.

엘렌은 죽어 가는 할머니를 붙들고, 그녀의 얼굴을 찾았다.

"할머니, 토해 내요, 죽지 말아요. 죽지 말아요, 할머니!" 축 늘어진 입술이 어스름 속에서 뒤틀어졌고, 머리는 들어 올렸다가 다시 떨어뜨렸다. 이런 시도가 계속되었다.

엘렌은 어린 고양이처럼 침대 위로 뛰어올랐다. 그녀는 할머니의 두 팔을 붙들고 일으켜 세우려 했다. 그녀는 절망적으로 흔들고 또 흔들었다. 노파는 언짢은 신음 소리를 냈다.

"하느님, 죽는 걸 막으려면 어떻게 해야 하나요?" 낡은 침대는 이은 곳마다 삐걱거렸다. "할머니, 일어나세요, 정신 차려요. 죽고 싶지 않으면, 죽지 않아요!"

밤은 두 눈을 뜨고 죽음에 대한 기이한 설교를 들었다. 밤이 위임받은 핵심적 일이 보다 가까이 다가오는 것 같았다.

엘렌은 뭔가 예감하면서 둥글고 검은 머리를 어둠 속으로 들어 올렸고, 그리고 생각에 잠겼다. 죽어 가는 노파는 이제 색색거리기 시작했다. 엘렌은 무릎을 꿇고 귀를 기울였다. 그녀의 감각기관이 모두 열려 있었다. 할머니는 아직 뭔가를 원하고 있었다. 그녀는 뭔가를 요구했고, 요구는 끝이 없는 것 같았다. 그녀의 두 손은 움켜쥔 상태에서 풀려나, 다시 불안하게 이불 위로 춤추기 시작했다.

"뭘 찾고 있어요? 뭘 찾고 있는지 아세요, 할머니?" 엘렌이 물었다. "한번은 손수건이었고, 그다음은 오페라글라스였으며, 마지막엔 독약이었어요. 하지만 뭔가 전혀 다른 걸 찾았던 건 아니었나요? 할머니, 왜 좀 잘 생각하지 않으셨어요?" 엘렌은 두려움에 몸을 떨었다. 그녀는 안절부절못하는 두 손을 붙들었지만, 제어할 수가 없었다. 그녀는 가늘고 하얀 묶은 머리를 쥐고 잡아 당겼지만, 할머니는 대답을 하지 않았다.

"뭘 찾고 있어요? 뭘 찾고 있는지 말해 봐요. 뭐든지 드리겠어요! 할머니, 말 좀 해 봐요. 하다못해 '그렇게 큰 소리로 말하지 마라' 이런 말이라도 해 봐요. 할머니, 왜 대답하지 않는 거예요, 할머니, 살고 싶으세요?"

죽어 가는 노파의 반쯤 열린 입술에서 숨결이 쫓기듯 달아나 버렸다. 엘렌은 귀를 기울이며 고개를 떨어트렸고, 손가락을 매트리스에 받치고 있었다.

"살고 싶으세요?"

"그래." 밤이 대신해서 한숨을 쉬고는 노파의 어깨에 손을 얹었다.

"그렇다면 살려 드리겠어요." 엘렌이 단호하게 말했다. 지도 위의 십자가가 여전히 반짝이고 있었다. 약해지는 의지가 그녀를 휘몰아치더니, 그녀의 가슴을 열어젖히고 그녀의 두 귀를 열어 놓았다. 그러나 이 커다란 폭풍 속에선 어떤 목소리도 알아들을 수 없었다. 엘렌은 마룻바닥으로 뛰어내려 낡은 장롱에서, 마지막 쪽에 임종기도문이 적혀 있는, 검고 두꺼운 기도서를 꺼냈다. 그녀는 읽기 시작했으나, 자신의 목소리에 깜짝 놀라 책을 다시 떨어뜨렸다. 색색거리는 소리는 잦아들었다. "가만." 엘렌이 속삭였다. "가만있어, 한번 잘 생각해 보자. 내가 할머니에게 독약을 주지 않았던가? 그러니 내가 할머니를 다시 깨워 일으켜야 하지 않나?"

이 순간 의사에게 달려가야겠다는 생각이 갑자기 머리에

떠올랐다. 그러나 의사는 멀리 떨어진 곳에 살았고 다른 의사는 데려올 수 없었다. 그리고 할머니가 아직 살아 있는 경우, 그가 할 수 있는 일은 무엇일까? 튜브를, 긴 튜브를 위 속에 넣는 일일 것이다. 엘렌은 그걸 알고 있었다. 그러나 이 춤추는, 진정시킬 수 없는 손들이 튜브를 받아들였을까? 엘렌은 고개를 흔들었다. 그녀는 무릎을 침대 가장자리에 갖다 대고는 침묵했다.

"그들은 바벨론의 여러 강가에 앉아서 울었도다."[26] 밤이 갑자기 말했다. 그 소리를 엘렌이 들었고, 그녀는 그들이 강가에 앉아 있는 모습을 보았으며, 강물이 그들의 눈물로 점점 더 불어나는 걸 보았다. 그러나 그들은 강물에 뛰어들지 않았다. 그들은 기다리고 또 기다리면서 낯설고 슬픈 노래를 불렀고, 노래하면서 계속 말했다. 그들 중 네 명이 일어나서 낡은 침대 쪽으로 다가왔다. 곧 그들은 할머니를 움켜잡고, 두려움에 떨며 밝은 여명 속에 잠들어 있던 마지막 묘지로 데려갈 것이다. 그리고 그들은 기도하고, 노래하고, 울 것이다. 그러나 그들의 기도는 속이 빈 가죽부대처럼 말없이 슬픈 모습으로 바닥에 놓여 있을 것이다. 포도주가 흘

---

[26] 《성경》, <시편> 137:1 참조. "우리가 바벨론의 여러 강변 거기에 앉아서 시온을 기억하며 울었도다."

러나왔다. 이 묘지는 가장 오래된 비밀번호를 지니고 있었지만, 묘지기들은 그 번호를 잊어버렸다. 그곳에 누워 있는 모두는 그 때문에 고통을 겪었다. 그들은 죽어 가는 엘렌의 할머니처럼 평생 동안, 사실은 전혀 원치 않으면서, 가능한 모든 것들을 요구했다. 그들은 가능한 모든 전화번호로 전화를 했지만, 근본적으로 언제나 잘못 접속되었다. 왜냐하면 그 어느 것도 비밀번호가 아니었기 때문이다. "기다려요." 엘렌이 흥분해서 소리쳤다. "어쩌면 내가 그걸 알고 있을지도 몰라요, 어쩌면 당신들을 위해 알고 있을지도 몰라요. 살고 싶으세요?"

"그래." 밤이 두 번째로 말했다. "그래." 밤은 초조하게 말했다. 왜냐하면 아침이 당당하게 지붕 위로 떠올랐기 때문이다. 할머니의 코가 뾰족하게 앞으로 튀어나왔고, 뺨은 움푹 들어갔다. 명인이 직접 마지막 손질을 하면서 희미한 부분은 닦아 내 버렸다. 엘렌은 눈을 크게 떴고, 어스름으로부터 할머니를 깨우는 말을 낚아챌 수 있기라도 한 것처럼, 모양을 만들며 두 손을 움직였다. 도약을 위해 몸을 숙인 자세로 그녀는 침대 발치에 누웠고, 정적 속에, 각오를 다지는 침묵 속에 계속 머물러 있었다.

할머니의 셔츠는 찢겨져 있었고, 이불은 내동댕이쳐져 있었다. 그녀는 마지막 그늘을 드리우며 밤을 대신했다.

"할머니, 뭘 찾으세요? 할머니, 살고 싶으세요?"

침실 등의 연결선이 약간 흔들흔들하더니 느슨해졌다. 불이 나갔다. 다시 한번 죽어 가는 자의 머리가 접근해 오는 어둠 때문에 움찔하며 뒤로 젖혀졌고, 몸이 우뚝 일어섰다. 엘렌은 뛰어 일어나 반쯤 빈 잔을 움켜잡았다. 세 모금이 필요했다. 그녀는 남은 물을 하얗고 모난 이마에, 목과 가슴 너머 뻣뻣한 베개 속으로 뿌렸고, 마지막으로 쓸쓸히 색색거리는 할머니에게 말했다. "할머니, 성부와 성자와 성령의 이름으로 세례를 베풀어요, 아멘."

밤이 낮의 품에 떨어졌다.

이날 밤 한 작고 절망한 탈영병이 2시경 집으로 돌아와서는 아침에 체포되었다.

날개의 꿈

열차가 출발하기 3분 전에 기관사는 운행의 목적지를 잊어버렸다. 그는 상의를 열어젖히고, 얼굴에서 모자를 밀어 올리고서는 이마의 땀을 닦았다. 그리고 뛰어내려 얼마큼 앞으로 내달렸다. 멈춰 서서, 팔을 벌리고 다시 천천히 되돌아갔다. 그때 그는 혼자 큰 소리로 말했다. 그는 그것을 찾아야 했다. 당연히 찾아내야만 했다. 탐조등이 있는 선로 뒤의 어둠 속에서. 그곳에 그것이 숨겨진 채 놓여 있었고, 인간들의 기차가 밤을 통해 질주하고, 아무도 탐조등을 끄고 얼마큼 혼자 걸어간다는 생각을 하지 못하는 동안, 그곳에 계속 놓여 있을 것이다. 그들의 광란의 질주에 앞서, 그것은 조용히, 움직이지 않고 그곳에 놓여 있을 것이다. 그들이 슬프고 어둠이 깔린 정거장들을 크고 밝은 목적지로 간주하는 동안, 지혜로움 대신에 이름을 열거하는 동안, 한가운데에 놓여 있는 교차점을 피하기 위해 우회를 하는 동안, 출발과 도착을 혼동하는 동안, 그러는 동안, 그러는 동안, 그러는 동안…, 그것은 그곳에 놓여 있을 것이다. 그러나 시간이 너무 늦어 버렸다. 시간이 없어, 맙소사, 시간이 없어! 출발 3분 전이라니.

너희들은 왜 그렇게 급한가? 이리들 와, 내려, 내가 찾는 걸 도와줘! 목적지, 목적지.

그러나 이 열차는 화물 열차, 무기를 전선으로 운반해야 했던 화물 수송 열차였으니까, 무기들은 내리지 않았다. 절망해서 기관사는 기차를 따라 달렸다. 오지 않는 거야? 왜? 내리고 싶지 않단 말이지. 차라리 전선으로 가겠단 말이지. 전선이 어디 있지? 너희의 저주받을 목적지인 그곳에 있지, 전선은 언제나 어디에나 있어, 전선은 여기에도 있어. 남자는 헐떡였다. 화부 한 명이 그를 놀란 눈길로 바라보았다.

"가지 마, 가지 마." 기관사가 속삭이듯 말하고는 다시 돌아왔다. "너희는 그걸 바퀴 아래로 가져오지 못해, 언제나 그건 곧바로 멀리 물러나지. 이건 속임수야. 너희는 차량을 온 나라를 가로질러 밀어 보내며, 다시 되밀어 오게 하지, 지구 둘레를 돌아 다시 돌아오는 거야. 차량들은 밀어 옮겨질 뿐, 그 이상은 아무것도 아니야. 갔다가 돌아오고, 갔다가 돌아오고, 이름들, 이름들, 그밖엔 아무것도 없어. 새 차량이 연결되고, 낡은 차량은 떼어 내고, 그리고 날이 어두워지면 너희는 발사하기 시작한다. 그리고 모든 국경선은 전선이란 이름으로 불린다. 이름들, 그밖엔 아무것도 없어, 아무도 과녁의 한복판을 맞히지 못한다. 내가 너희를 도와야 한다고? 아니야, 난 더 이상 돕지 않겠어. 난 이 노선을 지겹도록 달렸어, 갔다가 돌아오고, 갔다가 돌아오고, 어지러워 모든 게 퍼즐 놀이야, 지루한 사람들에겐 오락일지 모르겠지만, 난 아니야. 난 목적지를 찾겠어. 3분의 지체, 그건 만회할 수 있어. 평생을 지체하는 것, 이봐, 그게 더 나빠."

"이봐요." 역장이 깜짝 놀라 소리쳤다. "어디를 가고 있는 거요?" 그는 손에 신호기를 들고, 큰 걸음으로 기관사를 뒤쫓아 달렸다.

"우린 어디로 가지요?" 그가 뒤돌아보며 소리쳤고, 자신의 속도를 두 배로 높였다. "우리가 대체 어디로 가는지 알고 있소?"

다시 그는 목적지가 숨겨진 채 놓여 있는, 탐조등이 있는 선로 뒤에 이르고자 했다.

"정지!" 역장이 소리쳤다. "멈춰 서요, 즉시! 어디로 달려가고 있는 거요?"

"우리 기차는 어디로 가지요?"

"이거 야단났군." 역장이 깜짝 놀라 헐떡였다.

"그래요." 기관사가 웃었고, 행복한 모습으로 멈춰 섰다. "나도 그렇게 생각했어요. 그래서 내렸어요. 걸어서 가는 게 더 빠를 것 같아요. 우린 새 구간을 찾아야 하고, 새 구간을 건설해야 해요. 아직 아무도 달려 본 적 없는 낯선 구간 말이에요. 종착역이 없는 구간, 목적지에 이르는 구간 말이에요."

"오." 역장이 경악해서 비명을 지르더니, 그의 소매를 잡고 이리저리 흔들며, 진정시키려는 듯 신호기로 그의 여윈 등을 두드렸다. "정신 차려요!"

당신이나 정신 차려요." 기관사는 역장이 제정신이거나, 아니면 제정신 가까이에 있거나, 그건 전혀 문제가 아니라는 듯, 공격적으로 되풀이해 말했다. "우린 어디로 가요?"

"북동쪽요." 역장이 기진한 채 말했다. "그곳 전선으로." 그리고 그는 한 작은 고장의 이름을 댔다. 길고 엄숙한 이름이었는데, 그는 발음을 잘못했다.

기관사는 머리를 흔들었다. 그는 절대적으로 기억을 하지 못했다. 그는 자신의 기억을 모두 그릇된 교리처럼 내팽개쳤다. 이름과 신호에 대한 이 낡은 기억을 모두, 빛의 안에 있는 것들, 탐조등이 던진 둥근 원 안에 있는 것들에 대한 기억들을. 그리고 그는 커다란 망각을 아주 새로운 기억처럼 넘겨받았다.

"이건 중요한 일이오." 역장이 격분해서 외쳤다. "이건 너무나도 중요한 일이오, 알겠소? 무기, 무기, 무기 말이오! 전선으로 무기를 나르는 일이오, 이건 당신 목이 걸린 일이오!"

그러나 상대방은 꼼짝하지 않고, 머리가 제자리에 단단히 붙어 있지 않기라도 한 것처럼, 심장이 아니라면 머리쯤은 그냥 내줄 수 있기라도 한 것처럼, 고개를 흔들었다. 이런 맥락에서 20개의 대포와 3분이 얼마나 중요한가 하는 것을, 현재 그가 처한 슬픈 상황에서 그에게 설명하기란 전혀 불가능한 일이었다. 왜냐하면 그는 더 이상 이런 맥락을 믿지 않았기 때문이다.

"출발." 역장이 정신없이 소리쳤고, 신호기를 들어 올려 기관사의 이마를 쳤다. "출발! 사람 살려, 사람 살려요!"

그는 미쳐 날뛰었고 발을 쾅쾅 굴렀다. "사람 살려요!" 마치 왜소한 기관사가 적어도 대포 하나쯤 마음대로 처리하면서, 그를 바로 다음 순간, 아주 쓸쓸하고, 이름도 신호도 없는, 그러나 깊이 생각할 시간은 있는, 달나라로 쏘아 보낼 확고한 의도를 지니기라도 한 것처럼, 너무 심하게 소리를 질렀다. 그건 직무와 관련해서 생각할 수 있는 모든 것 중 최악의 짓이었다. 시간표도 없고, 왼쪽 윗주머니에 호가도 없고, 직무 규정도 없다. 달나라로는 쏘지 마라, 제발 하늘로는 쏘지 마라! 역장은 미친 듯이 소리쳤다. 기관사는 꼼짝하지 않았다.

정거장에서 사람들이 달려왔다. 그들도 마찬가지로 고함을 질렀고, 흥분해서 양팔을 흔들었다.

"어서 와요!" 역장이 재촉했다. "지금 온다면, 난 아무 말 하지 않겠소."

"아무것도 모르면서, 무슨 말을 할 수 있단 말이오?" 상대방은 동요하지 않고 대답했다.

"아무 일도 없었던 것처럼 하겠소." 역장이 지친 듯 말했다.

"당신은 이미 언제나 그렇게 했어요." 기관사가 말했다. 그가 좀 더 말을 하려고 했는데, 그들이 벌써 그를 움켜잡고는 화를 내며 기관차 쪽으로 끌고 갔다. 그들은 그에게 질문을 해 대며, 그의 머리에서 모자를 잡아채 벗겨 버렸다.

"미쳤지, 그렇지?"

"그래요." 그가 대답했다. "어딘가 다른 곳으로." 그리고 그는 모자를 다시 집어 올릴 수 있었다. 그는 멈춰 서서 모자를 털었다. 그들은 그를 위협했고, 그의 등을 밀쳤다. 그들은 어찌할 바를 모르고 기관차 주위를 반쯤 둘러싸고 서 있었다.

화부가 철로 위로 고개를 쑥 내밀었다. 그는 아주 큰 소리로 웃었다.

"경찰!" 역장이 미쳐 날뛰었다. "경찰에 알려요, 즉시!"

"대단한 통보군." 기관사가 말했다. 화부가 더 크게 웃었다.

"역 경비원! 당직 경찰은 어디 있어?" 역장이 헐떡이며 말했다.

"찾을 수가 없는데요."

화부가 넘어가는 소리를 냈다. 기관사도 재미있어하며 맞장구를 쳤다.

"총살이야, 공개된 선로에서 당신을 총살할 거야!"

다시 그들은 그를 향해 주먹을 들어 올렸다.

"당신들의 선로는 모두가 공개되어 있소." 그가 말했다. "우린 공개된 선로 위를 달려왔고, 또 공개된 선로 위를 다시 가야 하지 않겠소?" 화부는 입을 다물었다.

"당신들의 선로는 모두 공개되어 있소." 기관사가 말을 더듬거렸고, 눈을 크게 뜨고 팔을 내려뜨리더니 그들 너머를 응시했다.

역장은 상의를 더 바짝 잡아당겼다. "다행히 수갑이 있군. 격자 창문이 있는 초록 경찰차와 철조망을 친 벽도 있고." 그의 음성이 엄숙하게 떨렸다. "교수대도 있고, 단두대도 있고, 직무 규정도 있고, 그리고…."

"지옥이 있어요." 엘렌이 세 번째 차량의 지붕 너머로 위협적으로 외쳤다. "그리고 이 기차가 어디로 가는지 모르는 기관사들도 있어요! 봉인된 봉투 한 장, 그게 다예요. 만족하지 마세요! 당신이 그걸 알지 못하는 한, 출발하지 마세요, 출발하지 마세요!"

그녀는 뛰어내렸다. 당직 경찰들이 마치 자신들이 쫓기

기라도 하는 것처럼, 그녀 뒤에서 내달렸다. 기차는 말없이 서 있었다.

"출발하지 말아요, 출발하지 말아요, 그걸 알지 못하는 한, 출발하지 말아요! 잘 생각해요, 출발하지 말아요!" 목소리가 더 약해졌다. 경찰들의 외침도 안개 속에서 사라졌다.

어리둥절해하며 기관사는 실눈으로 탐조등을 바라보았다. 잘 생각하라니, 무엇을? 내가 뭘 모르지? 방향을? "북동쪽이지." 그는 마지못해 더듬거리며 말했다. 술래야, 돌아서, 그쪽이 너희들이 가야 할 방향이야, 흰 수건으로 눈을 가리고.

얼굴이 창백해졌다. 선로가 얼음처럼 번쩍였다.

직무 규정, 아, 직무 규정. 당신의 양심, 아, 당신의 양심. 당신은 새 구간을 건설해야 해. 당신 자신의 규정을 발견해야 해. 보다 훌륭한 선로를 부설해야 해. 목적지로, 목적지로, 잘 생각해, 출발하지 마. 목적지!

목소리가 멈췄다.

"미안해요." 기관사는 말하고는 자기 주변을 빙 둘러보았다. "미안해요, 유감이군요. 내가 어떻게 되었나요? 많이 지체되었나요?" 그리고 그는 잘못된 발음으로 한 작은 마을의 길고 엄숙한 이름을 댔다.

"내 말이 바로 그 말이야." 역장이 화를 냈다. "당신 술을 마신 모양이야. 이제 기차에 올라 출발하도록 해요. 그리고 더 이상 목적지에 대해선 생각 말아요. 그건 그렇고, 이 문제는 그냥 넘어가지 않을 거요."

기관사는 말없이 자기 자리로 다시 올라갔다.

"연애하는 거요?" 화부가 웃었다. "그 소녀는 누구였소?"

"처음 보는데."

역장이 신호기를 들어 올렸다.

다시 한번 검고 빠른 그림자가 탐조등 불빛 속으로 사라졌다.

목적지, 목적지!

단 한 번 펄쩍 뛰어 엘렌은 선로를 횡단했다. 그녀는 바로 출발하는 기차 앞에서 선로를 뛰어넘은 것이다.

경찰들이 비틀거리며 멈춰 섰다. 엘렌은 출발하는 이 기차 주위에서 먼저 뛰어나갔다.

역장은 이마의 땀을 닦았다. 경찰들은 피가 나올 때까지 입술을 깨물었고, 차량 수를 세었으나 잘못 세고는, 이제 그들의 고무 곤봉을 손에 쥐었다.

포신이 주제넘게 마지막 차량의 가장자리 너머로 돌출해 있던 대포 하나가 그들의 눈에 깃든 분노를 보고는 깜짝 놀랐다. 대포는 경찰들의 시선을 피하기 위해 멍청하고 어린 포신을 자기 쪽으로 구부려 당기고 싶었다. 그러나 그건 그의 권한 밖의 일이었다.

안개가 그들을 에워쌌다. 기관사가 모자를 얼굴 아래로 깊숙이 끌어 내렸다. 기차가 밤 속으로 질주했다.

신호기가 아래로 내려갔다. 신호기는 '기차가 지나갔어'라고 말하려 했다. 그뿐 아니라 훨씬 더 많은 말을 하고자 했다. 달려라, 달려라, 달려라! 모두들 달려라. 어떤 바퀴도, 어떤 프로펠러도, 어떤 기차도, 또한 어떤 비행기도 저 비밀을 따라잡지 못한다. 상처가 난, 화끈거리는 발들이 제격이다, 너희의 발, 너희 자신의 발, 너희의 못마땅해하는 발이. 달려라, 달려라, 달려라, 숨이 끊어지도록 달려라, 이건 명령이다. 너희 자신들에게서 떨어져라, 너희 자신들 속으로 들어가라. 기차는 지나갔다. 달려라, 엘렌, 달려라, 달려라, 그들이 너를 쫓고 있다.

저탄장에서 한 부랑아가 놀고 있었다.

너희 부랑아들도 달려라, 너희 경찰들도 달려라. 선로는 마음대로 뛰어넘을 수 있도록 비어 있어. 저 노랫소리 좀 들어 봐. '나를 뛰어넘어, 나를 뛰어넘어!' 선로는 뛰어넘을 것을 요구하고 있어. 너희 경찰들도 달려, 비밀을 따라잡아! 모자를 벗어서 조용히 떨어트려. 아무도 새들처럼 그걸 붙잡지 못할 거야. 비밀을 따라잡아! 눈을 감고 달려, 두 팔을 벌리고 달려, 아이들이 엄마의 꽁무니를 쫓는 것처럼, 달려. 비밀을 따라잡아.

왼쪽이야 오른쪽이야, 왼쪽이야 오른쪽이야? 떨어져, 껴안으려면, 떨어져, 포옹하려면! 무엇 때문에 떨어졌는지, 그것만 잊지 마. 서로를 잃지 마.

신호가 가볍게 떨더니 소리를 멈췄다. 철둑이 끝없이 뻗어 있었다.

엘렌은 달렸다. 엘렌 뒤로 경찰 두 명이 달렸다. 두 경찰 뒤로, 무슨 일인지 정확히 알지 못하는 부랑아가 달렸다. 목재 더미를 빙 둘러, 헛간을 가로질러, 작은 다리를 건너.

그는 자신이 그걸 정확히 알지 못한다는 사실을 정확히 알고 있었다. 그는 이미 언제나, 숨을 쉰다는 게 어렵고, 목재 더미가 목재 더미 이상의 의미가 있으며, 역이 역 이상의 의미가 있다는 걸 알고 있었다. 밤이 오기 전에 피곤해지는 것, 그것이 중요하다는 것도 알고 있었다.

이제 달려, 달려, 그들이 널 쫓고 있어! 계속 앞서 달려, 앞서 달리는 게 뭐지? 저주받을 자비, 무의미한 자비. 왼쪽이야 오른쪽이야? 양쪽 다 아니야, 아무런 결과도 없는 자비.

엘렌은 달렸다. 낙오하고 패배한 왕처럼 달렸다, 등 뒤엔 뒤를 쫓는 눈먼 자들. 모든 추적자들처럼 쫓기는 자들을 뒤쫓는 이 불쌍한 자들.

연기, 연기 냄새가 났고, 끝없는 초원 위에서 감자 줄기를 태우는 냄새와 잃어버렸던 이글거리는 불꽃 냄새가 났다. 화물차와 영구차가 따라잡을 수 없게끔 마지막 모퉁이를 돌아 꺾어졌다. 게오르크도 할머니도 손을 흔들어 답하지 않았다.

엘렌이 달렸고, 두 남자와 부랑아도 달렸다. 그들 모두가 서로 비밀을 뒤쫓아 달렸다. 물러났던 이 밀물을 뒤쫓아.

나를 따르라, 나를 따르라. 왜냐하면 목재 더미도 목재 더미 이상의 의미가 있으니까.

어스름이 소리 없이 엿보고 있다가, 낯선 기병처럼 그들의 어깨 위에 앉아 그들을 고무했다. 달려라, 달려라, 달려라, 이 위대한 막간을 이용하라! 이 빠른 일생을 이용하라, 오고가는 사이의 과도기를. 그 사이에 성채를 짓지 마라!

달려라, 엘렌, 달려라, 한 사람이 이끌고 있다. 오래전에 셈은 끝났다. 쫓기는 자가 이끌고 있다. 하나, 둘, 셋, 넷, 다섯, 여섯, 일곱, 너도 희생자가 될 수 있다. 추적자의 사슬을 함께 끊어 버려라, 끊어 버려라! 진입이 금지된 곳, 그 위를 가로질러, 너희 자신들 위를 가로질러.

파수막, 계단 위로, 닭장. 뛰어, 뛰어, 그림자가 내려앉는다. 길엔 가로등. 뛰어넘어, 아무것도 아니야. 어두운 가로

등, 보다 밝은 어둠, 하느님은 자신의 모습을 가린다. 너희는 하느님을 참지 못한다. 너희는 너희 자신을 참을 수 있느냐?

계속 달려, 자 계속 달려! 울타리 위로, 울타리 아래로, 큰 통들, 연료로 가득 채워진 큰 통들. 통을 쳐 봐, 얼마나 큰 소리가 나는지! 연료가 없어졌어, 흘러나오고, 다 써 버렸어. 사기, 속임수, 모든 빈 것은 소리가 크지, 큰 통들이 멀리 네 뒤에서 굴러가고 있어.

시끄러운 소리가 들리니? 뒤쪽과 간격이 줄어들고 있어. 빈 차량, 지나가는, 지나가는. 그들이 호각 부는 소리가 들리니? 불쌍한 추적자들. 그들을 함께 끌어 가, 그 뒤로, 목적지로. 뒤쪽과 거리가 더 벌어지고 있어.

소리치고, 더듬더듬 걷고, 소리치고. 그들은 쳇바퀴 속을 달린다. 그들은 비틀거리고, 떨어지고, 뒤처져 있다. 그들은 멈춰 서 있다.

엘렌은 주저하더니 돌아섰다. 길을 잃어버린 추적자들에 대한 연민이 그녀를 엄습했다. 신호기가 내려졌다. 누구를 위해서? 더 이상 인솔자도 없고, 추적자도 없고, 길도 없고, 목적지도 없다. 아니야, 아니야, 그건 아닐 거야, 사슬이 끊어져서는 안 돼. 그녀는 깊이 숨을 들이쉬었다.

그건 길게 이어지는, 날카롭고 거친 휘파람, 다섯 손가락으로 부는 휘파람이었다. 은하보다도 더 길고 마지막 숨결보다도 더 짧은. 철도지기의 닭들이 깜짝 놀랐다. 목재 더미에서 판자가 몇 장 떨어졌다. 대피선 위의 분리된 차량들이 훨씬 더 조용히 서 있었다. 엘렌은 추적자들에게 휘파람을 불었다. 멈춰 서요, 귀를 기울여요, 숨을 죽이고.

앙상한 포플러나무 아래의 경찰이 안개 속으로 고개를 들어 올렸다. 저기, 그곳, 파수막, 계단 위로, 그곳에서 넌 끝이야. 연장으로 가득 찬 헛간, 넌 연장이 아니야, 망치와 펜치, 드릴 사이의 낯선 연장, 그곳에서도 넌 끝이야.

경찰은 이마에서 땀이 흘러내렸고 추위에 몸이 떨렸다. 손가락은 흥분으로 굳어 있었다. 그는 방법이 미숙하고 전혀 자의식이 없는 아주 젊은 경찰이었다. 그는 단 한 번으로 던져 넘어뜨리고 무릎을 꿇리는 걸 배웠지만, 넘어지고 무릎을 꿇는 건 배우지 못했다. 그리고 총을 쏘는 것과, 다른 사람들이 쏠 때 몸을 숙이는 건 배웠지만, 총격을 당하거나 잠시라도 혼자 있는 건 배우지 못했다. 그는 달렸으나, 장화가 너무 꽉 끼었다. 그는 몹시 불안하게 움직였다.

두 번 더 어스름을 뚫고 휘파람이 솟아 나왔다. 우두머리의 명령보다도 더 위협적이고, 연인의 부탁보다도 더 유혹적이고, 동네 부랑아들의 조롱보다도 더 경멸적인. 달리는 동안 젊은 경찰의 피가 머리로 솟구쳤다. 목표에 이르는 마지막 수단은 멈춰 서서, 숨을 죽이고, 귀를 기울이는 것이다!

움직이는 건 아무것도 없었다. 선로들이 신호기의 그림자 속에 숨어 있었다. 의혹이 털 셔츠처럼 그의 몸에 떨어졌다. 아무것도 아닌 것을 공격하는 것은 우스꽝스러운 일이 아니었는가?

너희들은 아무것도 아닌 것 말고 그밖에 뭘 공격한단 말이냐? 철둑의 포플러들이 노래했다.

경찰은 화가 나서, 쓸쓸히 앞으로 움직였다. 그의 흥분이 고조되었다. 그러고 나서, 그는 생각했다, 그러고 나서, 내가 그걸 갖게 된다면, 뭔가를, 누군가를, 빛 속의 그림자를 갖게 된다면, 그러면 난 표창을 받을 것이고, 이 세상에서 없어서는 안 될 존재가 될 것이고, 전선으로 가지 않아도 될 것이고, 그러면 전사하지 않아도 될 것이다. 그러면 빛 속에 내 그림자 말고는 더 이상 어떤 그림자도 존재하지 않을 것이다.

빌어먹을 안개가, 잊어버리고 있던 무대 배경처럼 앞으로 밀고 나가더니, 묽은 우유처럼 아직 승부를 내지 못한 존재들 사이에 가로 놓여 있었다. 달이 불안하게 구름 사이에 뒹굴고 있었다. 젊은 경찰은 혀를 빼물고 달렸다, 머리는 삐딱하게 앞으로 내밀고 코는 냄새 맡는 개처럼 바닥을 향한 채. 흔적, 흔적을 찾아, 철로를 따라서. 철로보다 흔적이 많지 않은 듯, 서로 교차하는 흔적, 서로 얽혀 있는 흔적, 철로보다 흔적이 더 많고 전철수(轉轍手)가 없는 것, 그것이 중요했다.

그러나 내가 그림자들의 흔적을 갖게 된다면, 만사 오케이다. "정지하지 않으면, 쏜다. 정지하라. 정지하지 않으면 쏜다! 정지하라, 그렇지 않으면 쏠 수밖에 없다!" 그의 목소리가 쇳소리로 바뀌었다. 엘렌은 바로 그의 앞에 있었다. 그는 팔을 뻗었지만, 팔은 너무 짧았다. 그는 춤추는 곰처럼 그림자 뒤에 머물러 있었다. "정지하라, 아니면 쏜다!" 그러나 그는 쏘지 않았다. 그는 동료를 부르려는 것처럼, 다시 한번 고개를 뒤로 돌렸다.

한 여자가 동쪽의 작은 다리 위를 천천히 지나가고 있었다. 침목 세 개 정도 떨어진 곳에서 새 한 마리가 날아올랐다. 경찰이 도약을 위해 도움닫기를 하고 뛰었으나, 허공을 붙들었을 뿐이다. 현기증이 그를 엄습했다. 멀리서 정거장의 불빛들이 흐릿하고 푸른 미광을 발하고 있었다. 그는 분노로 몸을 떨었다. 그는 바닥으로 몸을 던졌다가 다시 뛰어 일어나, 절망적으로 그의 어머니인 양, 지구인 양 주위를 빙글빙글 돌았다. 그는 발을 쾅쾅 구르고 두 팔을 휘두르더니, 마침내 조용히 멈춰 섰다. 그는 발끝을 딛고 섰는데 장화가 맨 바닥 위에서 삐걱거리는 소리를 냈다. 새 장화, 반짝반짝 빛나는 새 장화, 그는 정말 아주 젊은 경찰이었다. "여기 누구 있어요?" 그의 음성이 말했다. 소년의 음성이었다. 그는 손으로 더듬어 담배를 찾았다. 빨간 불이 타올랐다. 거기 누구요? 누구얏? 케케묵은 질문, 우스꽝스러운 질문. 그런데 너 자신은, 너는 아무도 아닌 자인가?

엘렌은 움직이지 않았다. 그녀의 두 눈은 화물 차량 아래에서 초록빛으로 반짝였다. 빨강과 초록, 빨강과 초록, 마지막 기차를 위한 신호. 그녀는 무릎을 턱까지 끌어당겼다. 경찰은 아주 가까이에 있었다. 손을 바퀴살에 집어넣고 싶을 만큼, 그의 발에서 장화를 벗기고 싶을 만큼 유혹적이다.

"여기 누구 있소?"

그의 물음을 뒤로 던져 버리고 그를 위로하고 싶을 만큼 유혹적이다. 그래, 그래, 그래요, 조용히 해요, 당신.

갑자기 비가 오기 시작했다. 경찰은 추웠다. "여기 누가 있다면," 그가 큰 소리로 말했다. "명령한다, 명령한다." 그는 말을 멈췄다. "부탁한다." 그는 갑자기 말을 끊어 버렸다.

멀리서 그는 동료들의 고함 소리를 들었다. 여기저기서, 여기저기서, 명령을 찾아내고, 아니, 찾는다, 그래. 황제는 병사들을 파견하는데, 그때… 나를, 제발 나를 보내지 않기를!

"거기 누구요?" 젊은이가 화가 나서 마지막으로 속삭이고는 이렇게 말했다. "난 기다릴 수 있어, 물론, 난 오래 기다릴 수 있어. 우린 최근에 충분히 훈련을 했고, 난 피곤해. 사흘 후에 난 전선으로 가. 지평선에 보루를 쌓은 그곳으로. 사흘은 기다릴 수 있어, 사흘은⋯." 그의 어깨가 올라갔다. 근처에 그의 동료들이 없는 것은 다행이었다. 아무도 널 보지도 않았고, 듣지도 않았어, 아무도, 아무도. 달려, 영웅이 되어, 빛 속의 그림자를 잡아 위병소로 데려가. 네 앞에 저 멀리, 무슨 일로 넌 시간을 허비하느냐? 기다려, 너를 붙들면, 빛 속의 그림자, 정적 속의 휘파람, 한밤중의 웃음거리!

경찰은 숨을 헐떡이며 대피선 위로 비틀비틀 걸어갔다. 분노가 그를 마구 흔들었다, 사랑스러운 분노, 강한 분노가. 담배가 땅에 떨어졌다. 그는 밟아서 꺼 버렸다. 마치 개들이 냄새를 맡은 것처럼 그는 앞으로 돌진했다.

엘렌은 차량 아래에서 고개를 내밀어 그의 뒷모습을 바라보았다. 그는 보지도 않고 내달렸고, 두 팔은 흔들흔들 흔들렸고, 천을 씌운 철모는 벗겨질 것 같았다. 등의 문장(紋章)이 방어하듯 반짝였다. 엘렌은 길 위로 기어갔다. 뛰기 위해 몸을 숙인 채 그녀는 축축한 바닥에 머물러 있었다. 달려, 그들은 너를 발견하지 못했어, 다른 방향으로 달려, 빨리, 집으로 달려. 작은 다리 아래를 지나, 거리 쪽으로, 너는 알지, 둑이 한 군데 부서져 있는 것을. 그들이 널 발견하기 전에, 모습을 감춰라! 그러나 그 옆에, 알아들을 수도 없고 그냥 들어 넘길 수도 없는 또 다른 목소리가 있었다. 그리고 다시 첫 번째 목소리. '멈춰, 돌아서, 멈춰, 넌 잘못된 방향으로 달리고 있어!'

엘렌은 경찰의 뒤를 따라가고 있었다. 잠시 그녀의 발이 나무 침목을 건드렸다. 그녀는 마치 경작지의 흙덩이 위를 넘듯 침목을 뛰어넘었다. 그리고 뛸 때마다 저려 오는 사지의 고통스러운 뻣뻣함을 극복했고, 뛸 때마다 자기 자신을 뛰어넘었다. 그녀의 머리가 반도(叛徒)들의 검은 깃발처럼 몰려오는 안개 속에서 휘날렸다.

젊은 경찰이 그녀의 앞에서 달렸다. 그는 머리의 철모를 벗고는 빨리 달렸다. 어떤 일이 있더라도, 제발, 꼭. 빛 속의 그림자, 널 혼내 주겠다! 소리 없이 엘렌은 바로 그의 뒤에 붙어 있었다.

경찰은 보폭을 넓혔고, 불타는 시선으로 쉼 없이 캄캄한 찬 기운 속을 바라보았다. 저기, 저곳이야, 다른 아무 곳도 아닌. 그의 시선은 붙잡힌 작은 새들을 닮았는데, 어둠 사이를 뛰어다니며 유리에 부딪치는 것 같더니 적의에 차서 그 자신을 바라보았다. 그의 머리가 불안하게 사방을 향해 격하게 움직였다. 위협들이 거품 방울처럼 그의 입술 위로 뛰어오르더니 축축한 공기 속에서 터져 버렸다. 그의 분노가 커졌다. 발이 아팠다. 손은 끈적거렸고 옷깃은 삐딱했다. 하늘에서 바늘이 쏟아져 내려 자신의 등이 공격당하는 것 같았다. 아직 몇 걸음 남았는데, 그는 게임에서 패배했다. 명령에 따랐을 뿐, 아무것도 아니야, 전혀, 결코 아무것도 아니야. 비가 내리고, 안개가 깔리고, 밤이 온다.

저기서 누가 부르지 않았나? 아니면 결국 꿈을 꾸었단 말인가? 아무것도 없어, 꿈꿀 게 뭐가 있어. 건너편엔 플랫폼, 동료들, 위병소. 그의 머리가 맥없이 앞으로 숙여졌다. 아직 세 걸음, 아직 두 걸음, 아직 반걸음. 출구 앞, 양철 지붕 아래에 다른 동료들이 기대서 있었다.

"체포했어?"

"붙잡았어?"

"아무것도." 경찰이 화가 나서 소리쳤다. "아무것도, 아무것도, 아무것도."

낯선 손이 그의 입을 가렸다. 낯선 손이 그의 옷깃을 붙잡았다. "아무것도." 그는 어리둥절해하며 더듬거렸다.

"나 외에는" 엘렌이 말하고는 아무런 저항 없이 위병소로 끌려갔다.

둔감한 자들의 엄한 얼굴 앞을 지나서, 회색 벽의 젖은 얼룩 같은 눈들 앞을 지나서, 더미들, 뒤로 되튀는 무딘 화살들 앞을 지나서. 통로들을 통과해, 마지못해 검은 불빛 아래 꼬불꼬불 휘감긴 부풀어 오른 뱀들의 몸통을 통과해, 독이 있는 이[齒]들 같은 낯선 침목들을 지나.

열에 들뜬 경찰들은 저항과 저주와 애걸을 요구했으나, 엘렌은 순순히 굴복했고, 새로운 춤에서 옛 스텝을 시도하는 것만이 문제이기라도 한 것처럼, 수상쩍은 것에 대한 의심 없이 끌려갔다. 이렇게 가는 길에서 경찰들도 처음으로 춤을 추는 것 같다는 생각이 들었다.

위병소는 1층에 있었고, 모든 위병소처럼 심한 비몽사몽 속에 있었는데, 악몽을 꾸고 있어 깨울 수 없을 정도였다. 위병소는 그들 자신의 잠을 파수 보고 있었고, 그들의 무거운 꿈들을 열심히 지키고 있었으며, 악의 환영이 기꺼이 깃들게 했다.

폐쇄된 창문들 사이에 지도가 핀에 꽂혀 붙어 있었다. 푸른 대양의 심해가, 반짝반짝 빛나는 평야가, 어둡고 혼잡한 주택단지들이 꽂혀 있었고, 그들 세계의 모습이 꽂혀 있었다. 도시의 이름이 전투의 이름이 되었으니, 해안과 전선, 도시와 전투, 장화와 날개, 누가 그걸 구별하려 할 것인가?

모든 덧문이 폐쇄되었고, 어떤 빛도 밖으로 새어 나가서는 안 되었다. 권한이 없는 자는 위로가 되지 않은 것에서 위로를 찾을 수 있을 것이다. 전쟁, 그것은 전쟁이었다.

불쌍한 위병소. 푸른 연기가 램프의 노란빛과 섞여 제복의 청록색이 된다. 엘렌은 놀라워하며 눈을 가늘게 떴다. 회의가 진행 중이었다. 남자들은 입을 다물었다. 닫힌 덧문들 뒤에서, 마치 돌이킬 수 없는 걸음이기라도 한 것처럼, 지나가는 사람들의 빠른 발걸음 소리가 났다.

"뭘 가지고 왔소?" 가운데 남자가 일어섰다.

경찰은 아주 똑바로 서 있었다. 그는 머리를 뒤로 젖히고, 입을 열었지만 한 마디도 하지 않았다.

"보고하시오." 대령이 초조하게 반복했다. "우린 허비할 시간이 없소."

"예, 알았습니다." 젊은 경찰이 말했다. "우린 허비하는 시간이 훨씬 많습니다." 그는 높고 아주 불안한 음성으로 말했다. 그의 눈 아래에 다크서클이 깊게 드리워졌다.

두 번째 사람이 그 사이로 뛰어들었다. "예, 그건 무기 사이에 있던 한 아이였습니다."

"예." 젊은 경찰이 그의 말을 중단시켰다. "무기 사이엔 어디에나 아이들이 있습니다."

"하마터면 탄약 열차가 출발하지 못할 뻔했습니다." 두 번째 사람이 화가 나서 외쳤다. "기관사가 목적지를 잊어버린 것입니다."

"예." 젊은이가 말했다. "우리들 중 아무도 목적지를 모릅니다."

대령은 눈에서 안경을 벗어 만지작거리더니 다시 썼다.

엘렌은 초록 제복들 사이에 조용히 서 있었다. 작은 물방울들이 그녀의 머리에서 어깨를 타고 먼지투성이의 바닥으로 흘러내렸다.

"비가 와요." 그녀가 정적을 뚫고 말했다.

"차례로 보고해요." 대령이 날카롭게 말하고는 그의 입술을 축였다.

"예." 두 번째 경찰이 외쳤다. "불빛 속에 그림자가 있었습니다."

"예." 젊은이가 나지막하게 말했다. "그건 항상 자신의 그림자입니다."

"우린 그 그림자를 붙들었습니다." 두 번째가 숨이 넘어갈 듯 외쳤다.

"**자신이나** 붙들어요." 대령이 소리쳤다. 그는 탁자 모서리에 손바닥을 받치고 있었다.

남자들은 불안하게 발로 바닥을 문지르고 있었다. 그들 중 한 명이 큰 소리로 웃었다. 폭풍이 대각선의 빗방울을 낯선 군대처럼 닫힌 창의 덧문으로 몰아붙였다.

열어 다오, 열어 다오, 우릴 열어 다오!

"문을 닫아요." 대령이 두 명의 경찰에게 말했다. "얼음처럼 차가운 비가 들어와."

"예." 젊은이가 뻣뻣하게 말했다. "전 오히려 문을 열어

두었으면 합니다. 더 이상 저 자신을 속이고 싶지 않습니다. 전 사흘 후에 전선으로 갑니다."

"그를 데려가요, 즉시." 대령이 말했다.

"얼음처럼 차가운 비가 들어와요." 엘렌이 반복해서 말했다.

"입 다물어." 대령이 소리쳤다. "여긴 네 집이 아니야."

"예." 젊은이가 기진한 채 속삭였다. "여긴 우리들 중 누구의 집도 아닙니다." 그들이 그를 움켜잡았다.

"그가 말을 끝내게 해요!"

"깊이 생각하고서 한 말이라면." 젊은이가 조용히 말했다.

"그밖에 보고할 사항은 없소?"

"없습니다." 그는 팔을 느슨하게 내려뜨렸다. "없습니다." 그는 힘없이 되풀이했다.

"모두예요." 엘렌이 말했다. 그녀의 목소리가 검은 통로 너머 그의 앞으로 날아갔다. 그러나 그녀는 떠나가는 그의 모습을 보지 않았다.

램프가 흔들흔들했다. 엘렌은 몸을 숙여 바닥에 떨어졌던 목수건을 집어 올렸다.

"개를 가운데로 데려와."

바닥이 떨었다.

"이름이 뭐냐?"

엘렌은 대답하지 않았다.

"너의 이름은?"

그녀는 어깨를 으쓱했다.

"어디 사니?"

엘렌은 꼼짝하지 않았다.

"종교는…, 나이는…, 가족 관계는?"

그녀는 버클을 더 단단히 죄었다. 경찰들의 숨소리만 들렸을 뿐, 조용했다.

"태어난 곳은?"

"예." 엘렌이 말했다.

남자들 중 한 명이 그녀의 따귀를 때렸다. 엘렌은 놀라서 그를 올려다보았다. 그는 검은 코밑수염에 겁먹은 얼굴을 하고 있었다.

"부모 이름은?"

엘렌은 입술을 더 단단히 깨물었다.

"조서를 함께 작성해요!" 대령이 어쩔 바를 모르며 말했다.

남자들 중 한 명이 웃었다. 앞서 웃었던 바로 그 사람이었다.

"조용히 해요." 대령이 소리쳤다. "방해하지 말아요!" 그의 손가락들이 이상한 박자로 북 치듯 나무 차단기를 두드렸다.

"이름이 뭐야, 어디 살지, 나이는, 왜 대답을 하지 않는 거야?"

"당신은 잘못 묻고 있어요." 엘렌이 말했다.

"넌," 대령이 말하면서 헐떡였다. "넌, 무엇이 널 기다리고 있는지 아니?" 그의 안경에 김이 서렸다. 그의 이마가 반짝였다. 그는 차단기를 밀어 열었다.

"천국 아니면 지옥이겠지요." 엘렌이 말했다. "그리고 새 이름이겠지요."

"적을까요?" 서기가 물었다.

"적어요." 대령이 소리쳤다. "모두 적어 올려요."

"그는 모두 적어 내려가고 있어요." 엘렌이 빨리 말했다. "적지 말아요, 적지 말아요, 모두 자라게 내버려 둬야 해요."

"종이는 돌투성이 바닥이야." 서기가 깜짝 놀라 말하고는, 눈을 깜박거리며 주위를 응시했다. "정말, 난 너무 많이 기록했어, 평생 동안 너무 많이 기록했어." 그의 이마에 주름이 패었다. "난 내가 기입한 것을 확인했지. 그런데 내가 확인한 것이, 넘어져 쓰러졌어. 난 아무것도 자라게 내버려 두지 않았고, 아무것도 비밀로 하지 않았어. 저지하는 것 외에는 어떤 생각도 떠오르지 않았어. 처음에 난 나비를 잡아다가 단단히 못 박아 고정시켰지. 나중엔 다른 모든 것을 그렇게 했어." 그는 펜을 움켜쥐더니 내던져 버렸다. 잉크가 튀어 마룻바닥으로 흩어졌고, 암청색 눈물이 말라 까맣게 되었다. "미안하오, 난 아무것도 적어 올리고 싶지 않소, 아니, 더 이상 아무것도 적어 내려가지 않겠소!" 서기의 얼굴이 상기되었다. 현기증이 그의 관자놀이로 올라갔다. "물을." 그는 눈물을 흘리며 웃었다. "물 좀 줘요!"

"마실 것을 갖다 줘요." 대령이 말했다. "마실 것을 갖다 주란 말이야." 그가 소리쳤다.

"물." 서기가 안도의 미소를 지었다. "물은 눈에 보이지 않는 잉크처럼 투명하지. 때가 되면 모든 것이 드러나게 될 거야."

"그래요." 엘렌이 말했다.

"네 이름이 뭐야?" 대령이 소리쳤다. "어디 살아?"

"누구나 자기 자신을 찾으러 나서야 해." 서기가 속삭였다.

"네 집이 어디야?" 뚱뚱한 경찰이 말하고는 그녀 쪽으로 몸을 수였다.

"내가 살았던 곳은 결코 내 집이 아니었어요." 엘렌이 말했다.

"네 집이 대체 어디야?" 경찰이 반복했다.

"당신이 집처럼 편안히 여기는 곳." 엘렌이 말했다.

"그런데 우리가 집처럼 편안히 여기는 곳이 어디에 있어?" 대령이 정신없이 소리쳤다.

"이제 제대로 질문을 하시는군요." 엘렌이 낮은 소리로 말했다.

대령은 눈을 감았다. 그가 눈꺼풀에서 손을 뗐을 때, 위병소의 불빛은 보다 흐려져 있었다. 차단기가 그의 눈앞에서 춤추고 있었다. 이제 이 차단기가 사라지도록 명령할 수 있을까, 그는 절망에 잠겨 생각했다.

들어온 자들과 내쫓긴 자들 사이의 이 춤추는 차단기, 침입자들과 쫓는 자들 사이의, 강도와 경찰 사이의 이 흔들흔들하는 차단기.

"우리들 집이 어디야?" 뚱뚱한 경찰이 다시 말했다.

"입 다물어요!" 대령이 소리쳤다. "누가 당신에게 물으면, 그때 말해요."

비가 여전히 닫힌 덧문들을 때렸다.

"질문을 하려는 자는 이미 요구가 있었던 거예요." 서기가 겁 없이 말하고는 잉크를 넘어뜨렸다.

엘렌은 아주 조용히 서 있었다.

"네 이름을 말해!" 대령이 말하고는 위협적으로 그녀를 향해 다가갔다.

"이름은 마름쇠[27] 같은 거야." 서기가 속삭였다. "젖은 풀밭에 있는 덫과 같은 것이지. 넌 캄캄한 정원에서 뭘 찾고

---

27) 마름쇠: 도적이나 침입자를 막기 위해 땅에 꽂은 쇠못.

있니? 난 나 자신을 찾고 있어. 멈춰 서, 찾아봐야 소용없어. 네 이름이 뭐야? 어떻든⋯."

"그만해, 됐어." 대령이 소리치더니 두 손으로 귀를 가렸다. "됐어, 됐단 말이야!"

"아뇨." 서기가 말했다. "아직 멀었어요, 대령님. 사람들은 나를 프란츠라고 불렀죠. 내 이름이 뭐야? 프란츠. 그런데 난 무슨 존재이고, 난 누구며, 난 어떤 의미인가? 백 가지도 넘는 질문. 왜 당신들은 계속 질문하지 않는 거요? 당신들은 마름쇠에 매달려 있소. 들려요, 당신들 뒤에서 웃고 있는 소리가! 모든 당신들의 이름들이 '사람 살려!' 하고 말하고 있소. 피가 흐르는 두 발을 빼고, 빠져나와요. 달려요, 계속 찾아요!" 서기가 미쳐 날뛰었다. 그는 탁자 위로 뛰어올라 두 팔을 벌렸다. 경찰들은 보다 명백한 명령을 기다리기라도 하는 것처럼 그대로 서 있었다.

"됐어." 대령이 경직된 웃음을 지었다. 그는 엘렌에게서 세 걸음 떨어져 있었다. "네 이름이 뭐야, 마지막으로, 넌 누구니?"

문이 활짝 열어젖혀졌다.

"나의 목도리는 하늘색이에요." 엘렌이 말했다. "난 여기서 떠나고 싶어요."

냉기가 이국의 무용수처럼 뜨거운 위병소 안으로 밀려

들어왔다. 저항하라! 질질 끌리는 두 발의 저항, 오 그대들 어울리지 않는 짝들, 주먹들이 떨어져 부딪치는 소리, 악마의 갈채.

"비비." 엘렌이 외쳤다. 그녀의 입술이 떨렸다. 그녀가 정신을 차리기 전에, 젖은 피 뭉치가 그녀의 발 앞으로 날아들었다.

"마지막으로, 네 이름이 뭐야?"

"엘렌." 비비가 외쳤다. "엘렌, 날 도와줘!"

"이름이 엘렌이로군." 서기가 말했다.

"조용히 해." 엘렌이 말했다. "그냥 가만히 있어, 비비." 그녀는 비비가 일어나는 걸 도와주었고, 자신의 목도리를 빼내어 보다 어린 소녀의 얼굴에서 피를 닦아 주었다. 문간의 남자가 분노로 비틀거렸다. 그는 그들에게로 덤벼들려고 했으나, 그 순간 대령을 보고는 조용히 멈춰 서 있었다. 대령은 꼼짝하지 않았다.

"엘렌." 비비가 말했다. "난 다른 아이들과 함께 가지 않았어. 그들이 우릴 총살할 거라고, 그리고 다음 여름엔 그 위에 벚나무가 자랄 거라고 쿠르트가 말했어. 쿠르트가 그렇게 말했어. 그리고 우리가 수용소에 있는 동안, 그는 더 이상 다른 얘기를 하지 않았어. 결국 난 견디기가 어려워졌어."

"그래." 엘렌이 말했다.

경찰들이 벽 쪽으로 조금 물러났다. 두 사람 주위에 마룻바닥이 거칠고 먼지투성이인 판자들과 함께 드러났다. "계속 말해 봐." 엘렌이 말했다.

"내가 견디기 힘들어지는걸." 문 앞의 남자가 으르렁거렸다.

"더 힘들어질 거예요." 엘렌이 말했다.

"게오르크가 그들의 주의를 딴 곳으로 돌렸어." 비비가 속삭였다. "그가 나를 도와주었어. 우리가 이미 차에 실려 끌려가야 했던 마지막 날에…."

"문을 닫아요." 대령이 그들 머리 너머로 소리쳤다.

"그래서 성공했구나!" 엘렌이 말했다.

"그래, 어떻게 된 건지 나 자신도 몰라. 그러나 그들이 우리를 총살하고, 그 위에서 벚나무가 자란다고 쿠르트가 말했어. 엘렌, 너도 알다시피, 난 춤추러 가고 싶었단 말이야. 난 벚나무가 되고 싶지 않아."

"비비, 춤추는 벚나무도 있어, 정말이야." 엘렌이 말했다.

보다 어린 소녀가 흔들흔들하는 흐릿한 등불 쪽으로 얼굴을 들어 올렸다. "6주 동안 숨어 있다가 지금…."

"비비, 하나, 둘, 셋, 이제 간다! 너 기억나니, 그때 부두에서 놀던 일이?" 엘렌이 말했다.

"그래." 비비가 잠깐 미소를 보였다.

문 앞의 남자가 그들에게 뛰어들 것 같은 동작을 해 보였다. 비비는 움찔하며 비명을 질렀고, 다시 울기 시작했다.

대령은 눈에 띄지 않게 고개를 흔들었다. 문 앞의 남자는 조용히 서 있었다.

"그런데 사람들이 나를 고발했어, 엘렌. 그래서 그들이 날 찾아냈던 거야. 그들은 나를 침대 밑에서 끌어내어 계단 아래로 데려갔어. 저기, 저 사람이었어, 그 경찰이…."

"그 경찰은 자고 있어." 엘렌이 경멸적으로 말했다. "그는 행방불명이고, 실종되었는데, 그 사실을 몰라. 불쌍한 경찰, 그는 다른 모든 사람들은 찾지만, 자기 자신은 찾지 못해. 행방불명자들, 오직 행방불명자들뿐이야!"

비비는 눈을 감았고, 두려움으로 떨며 머리를 엘렌의 어깨에 갖다 댔다. 경찰 사이에서 위협적인 중얼거림이 들려왔다.

"포로들." 엘렌이 말했다. "불쌍한 포로들. 그들은 서로를 발견할 수가 없어. 불구대천의 원수가 그들을 꽉 붙들고 있어. 그들은 스스로에 의해 사로잡힌 자들이야. 그들은 악마와 결탁하고 있지만, 그 사실을 알지 못해. 그들의 날개는 부러졌어." 그녀는 숨을 들이쉬었다. "비밀무기를 만드는 공장들, 그러나 그들은 그곳에 들어갈 수가 없어. 그들은 문에 매달려 문을 흔들고 있어. 그들의 날개는 부러졌어!"

비비는 아주 조용히 서 있었다.

"우린 그들을 도와줘야 해." 엘렌이 말했다. "우린 그들을 해방시키는 거야."

"해방시킨다고." 비비가 되풀이해 말하고는 고개를 들었다. "엘렌, 어떻게 해방시키려는 거야, 엘렌?" 그녀는 놀란 눈으로 주위를 둘러보았다. "엘렌, 넌 무슨 일로 여기 있는 거니?"

"내가 그걸 계속 묻고 있는 중이야." 대령이 투덜댔다. "나도 곧 참을 수 없게 될 거야."

"설명해 줄 수 없니?" 비비가 말했다.

"설명하라고?" 엘렌이 언짢은 듯 소리치고는, 이마에서 머리를 쓸어 올렸다. "모든 것 가운데서 얼마를 설명할 수 있겠니?" 보다 어린 소녀가 불안해하며 그녀의 손을 움켜쥐었다. 엘렌은 뿌리쳤다. 그녀의 얼굴에서 이글거리던 열기가 나지막한 위병소로 떨어졌다. "왜 당신들은 날개를 부러뜨리고 군화와 바꾼 겁니까? 사람들은 맨발로 국경을 넘어가야 하며, 누구도 이 땅을 점령할 수 없어요. 지는 자가 이기는 겁니다. 지금 하늘이 오고 있는 중이에요." 그녀가 말했다. "그러나 당신들이 하늘을 막고 있어요. 공중에 깃발이 너무 많이 있어요. 당신들의 날개는 부러졌는데."

"날개라니." 대령이 말했다. "지금 무슨 날개를 말하는 거냐?"

"언제나 같은 날개들이에요." 엘렌이 말했다. "모든 부대가 국경선에 있어요. 가장자리의 부대들을 철수시켜야 해요. 한가운데엔 아무도 없어요."

"너 지금 군사비밀에 관해 말하는 거니?" 대령이 조롱하듯 말했다.

"군사비밀이라고요." 엘렌이 웃었다. "아니에요, 비밀도 있고 군사도 있지만. 군사비밀, 그런 건 없어요."

"네 말을 반박할 수 있는 증거가 있을 거야." 대령이 설명했다.

"불이 배고픈가 봐요." 엘렌이 조용히 대꾸했다. 작은 쇠난로 속에서 숯덩이가 타다타닥 소리를 내며 가라앉고 있었다.

"차가 넘쳐." 뚱뚱한 경찰이 깜짝 놀라 소리쳤다.

"모든 것이 넘치는데, 당신들 눈만 그렇지 않아요. 깨어 있으라, 우린 마지막 순간에, 그렇게 배웠어요, 왜냐하면 악마는 울부짖는 사자와 같으니까요."

"차례대로 말해." 대령이 위협적으로 말했다.

"한가운데에서는 차례대로라는 게 없어요." 엘렌이 대답했다. "한가운데에서는 모든 게 동시에 일어나요."

"이제 너에게 마지막으로 묻는다. 부모가 있느냐, 형제자

매가 있느냐, 누구와 함께 살고 있느냐? 어떻게 탄약 열차에 오를 수 있었느냐? 맨 먼저 무슨 일이 있었느냐?"

"날개와 물 위의 목소리,[28] 나는 많은 형제자매들과 모두 함께 살아요." 엘렌이 말했다.

"그래요." 비비가 정신이 나간 듯 말했다. "그건 정말이에요, 이전에도 우리는 함께 이집트로 탈출했지요."

"이집트로?" 대령이 되풀이해 말했다. "그러나 네가 타려고 했던 기차는 이집트로 가지 않았어."

"이름일 뿐이에요." 엘렌이 경멸적으로 말했다. "이집트나 폴란드나. 난 그 너머로 가고자 했어요, 국경을 넘어, 게오르크, 헤르베르트, 하나와 루트가 있는 그곳으로. 나의 할머니를 따라가고 싶었어요."

"너의 할머니는 어디 있니?"

"흰 기운데로." 엘렌은 상대방의 말에 개의치 않고 계속 말했다.

"그 때문에 난 기차에 올랐어요."

"죽은 자들을 따라서?" 대령이 말했다.

"죽은 자들을 떠나서, 잿빛 물소들을 떠나서, 잠에 취한

---

28) ≪성경≫, <시편> 29:3 참조. "여호와의 소리가 물 위에 있도다 영광의 하나님이 우렛소리를 내시니 여호와는 많은 물 위에 계시도다."

자들을 떠나서요. 이름과 주소, 그게 뭐가 중요해요!" 엘렌이 화가 나서 외쳤다.

"나를 데려가 줘!" 비비가 말하고는 그녀에게 달라붙었다. "나를 데려가 줘!" 그녀의 얼굴 위로 눈물이 줄줄 흘러내렸다.

경찰들 사이에서 속삭임이, 점점 커지는, 간청하는 듯한 중얼거림이 일었는데, 그건 마치 바람이 산을 넘어오는 것과 같았고, 밀물이 잿빛 모래 위로 밀어닥치는 것과 같았다. 청록색 제복들이 가볍게 흔들거렸다.

"난 너를 데려갈 수 없어." 엘렌이 말하고는 생각에 잠겨 비비를 바라보았다. "그러나 난 어떤 게 널 위해 더 좋은 건지 알아, 날 놓아줘."

다시 바람이 눈에 보이지 않는 나무 꼭대기 위로 불었고, 다시 밀물이 모래에서 금을 씻어 냈다.

"너를 위해 날 놓아줘!" 엘렌이 초조하게 되풀이해서 말했다.

"아니야." 비비가 말하고는 주먹으로 뺨의 눈물을 닦고, 지금 막 깨어난 것처럼 두 팔을 벌렸다. "아니야, 난 갈 거야, 난 혼자 갈 거야. 쿠르트가 있고 물소들이 제대로의 모습을 갖춘 그곳으로." 그녀는 외투의 주름을 펴고 초조하게 이마를 들어 올렸다. "가고 싶으면, 날 따라와!"

빛들이 원을 그리며 껑충껑충 뛰었다.

"날 데려가 줘." 문 앞의 경찰이 비웃었다.

"그를 데려가." 엘렌이 말했다. "조금만 그를 데려가, 너의 기차가 있는 곳으로!"

"오세요." 비비가 경찰에게 말했다.

"가 봐요." 대령이 외쳤다. "가 봐요!"

담벼락에서 바스락거리는 소리가 났다. 회칠을 한 벽돌이 서로 부딪치는 소리였다. 열린 문 쪽을 향해, 붙잡힌 아이 쪽으로 경찰들의 움직임이 두드러지게 커졌다. 누군가 이들을 그들의 의사에 반해 비밀스러운 국경 너머로 떠미는 것 같았다.

엘렌은 말없이 깜짝 놀란 표정으로 흐릿한 등불 아래에 서 있었다. 대령은 그의 등으로 문을 가리고 있었다. "당신들은 모두 전선으로 갈 가능성이 있어요." 그는 이마의 땀을 닦았다. "죽음은 우리 모두에게 열려 있어요."

"아니에요." 엘렌이 외쳤다. "삶이 열려 있어요. 당신들은 삶이 열리기 전에 죽어선 안 돼요!" 그녀는 바로 옆 의자로 뛰어 올랐다. "한가운데가 어디예요? 한가운데가 어디 있어요? 무기 열차를 타고 가는 거예요, 아니면 비행기를 타고 가는 거예요, 1년을 타고 가는 거예요, 아니면 100년을 타고 가는 거예요?" 그녀는 이마에서 머리를 쓸어 올리고는 생각에 잠겼다. "각자가 다르게 가는 것이고, 마지막으로 당신들이 가야 해요. 부르는 곳에 귀를 기울여 봐요, 그곳으로 당신들은 소집된 것이에요. 당신들 내면 한가운데서 부르고 있어요. 당신들을 해방시켜요!" 그녀는 의자에서 뛰어내렸다. "당신들을 해방시켜요, 당신들을 해방시켜요!"

"너무 지나친데." 대령이 말했다.

그는 어떻게 해서 이렇게 되었는지 이해할 수 없었다. 신속하고 특별한 협의가 모든 관례에 반해서 신속하고 특별하게 진행되었다. 그녀는 빠른 동작으로 몇 번 뛰어 지도 위의 핀들 위로 넘어왔다. 알록달록한 치마의 찢어진 솔기가 보다 밝은 실을 원하고 있었다. 열에 들뜬 경찰이 한 낯선 아이를 문으로 떠밀었고, 지금까지 확인된 모든 것이 거짓 진술로 드러났다. 위병소가 잠에서 깨어나려 했다.

그가 해야 할 일은? 그는 이제 빨리 침착하고 사려 깊게 행동해야 했다. 다시 남자들 사이에서 낯선 목소리들이 들려왔다.

"조용히 해." 대령이 침착하게 말했다. "이제 조용히 하고, 모든 생각을 집중해. 왼쪽도 오른쪽도 보지 말고, 위도, 아래도 보지 마. 당신들이 어디서 오는지 묻지 말고, 어디로 가는지도 묻지 마. 지나친 상황으로 이끌어 가지 않도록 해." 남자들은 침묵했다. "그냥 듣고 봐." 대령이 말했다. "그러나 귀 기울여 듣거나 주시하지는 마. 그럴 시간이 없어. 이름과 주소로 만족해, 듣고 있어, 그걸로 족해. 당신들은 순서에 따른 정연한 보고가 얼마나 중요한지 더 이상 알지 못하는가? 줄지어 대오를 짜서 가는 것이 얼마나 기분 좋은지 모두들 알지 못하는가? 꿈들 꾸지 마, 꿈속에서 말하게 되니까. 체포하고 붙들고 그리고 사이사이에 노래를 하고, 날이 어두워지면 더 큰 소리로 노래해. 한 사람이 한 사람이라는 생각을 하지 말고, 많은 사람들이 많은 사람들이란 걸 깊이 생각해. 그게 마음 편해. 밤들이 밝으면 사보타주하는 사람들을 붙잡아. 달 속을 너무 들여다보지 마! 달 속의 남자는 혼자야. 달 속의 남자는 등에 폭약을 지고 있어. 유감스럽지만, 우린 그를 인도해 올 힘이 없어. 그러나 그를 잊어버릴 힘은 있어. 회중 거울이 있는 사람은 하늘 거울이 필요가 없어. 얼굴은 모두 비슷하니까."

"누구와?" 서기가 깜짝 놀라 속삭였다.

"난 당신에게 묻지 않았소." 대령이 말했다. "그리고 나에게 물을 필요도 없소. 질문은 업무를 방해하니까."

"그래요." 엘렌이 말했다.

"이제 네게 말하겠다. 넌 도를 넘었어. 질문에 답하지 않는 것도, 원하지 않는 진술을 하는 것도 죄를 짓는 일이야. 이상한 열정도 수상쩍고, 대부분 침묵으로 일관하는 것도 의심스러워."

"그래요." 엘렌이 말했다.

대령은 못 들은 척했다. 그는 다시 한번 경찰들을 향해 말했다. "당신들에게 책임이 있소. 중요한 일을 다룰 때 난 당신들이 나를 신뢰하도록 만들었어야 했소. 그런데 당신들은 그 대신에 내가 당신들을 신뢰하도록 만들었소. 그래서 일을 망쳐 놓았소. 곳곳에 흩어져 있는, 이 모든 지상의 위병소들에 대한 약간의 의혹 때문에, 나는 잠시 검열을 하러 이곳에 왔소. 그런데 난 지금 여기서 무슨 일을 겪고 있는 거요?" 그는 의자를 뒤로 밀치고 차단기를 내렸으며, 소매를 올리고 시계를 보았다. 늦은 시각이었다.

예, 대령님, 비가 오고, 안개가 끼고, 밤이 옵니다.

경찰들은 마치 오래된 비밀스러운 명령을 기다리기라도 하는 것처럼 말없이 서 있었다. 이마 아래에 천진난만함의 위험이 내비치는, 가장 신뢰할 만한 두 명이 밤사이 보초를 서게 되었다. 아침 무렵 엘렌은 비밀경찰로 인도되어야 했다. 다시 그녀를 쳐다보지 않은 채, 대령은 나머지 남자들과 함께 위병소를 떠났다. 그는 지나가면서 화가 난 듯 달력을 한 장 잡아 뜯었다. 다음 장의 숫자 아래에 '니콜라우스'라고 적혀 있었다.

그러니까 이날 저녁도 축일 전야(前夜)임이 분명해졌다.

문이 닫혔다. 엘렌과 경찰 두 명만 남게 되었다.

왼쪽에 한 명, 오른쪽에 한 명. 그녀는 두 손을 무릎에 얹고 둘 사이에 앉아 그저 이따금 그들을 흘낏 올려다보면서, 자신도 심각하고 어찌할 바를 모르는 표정을 지으려 했으나, 완전히 뜻대로 되는 것 같지는 않았다. 차이점은, 엘렌은 이날 밤중으로 눈이 내리리란 걸 알았지만, 경찰들은 그걸 알지 못한 점이었다.

전야. 전야가 무엇인가? 그건 당신들 창문 사이에 꼬아 만든 과자처럼 놓여 있지 않는가? 제발 그걸 그대로 두지 말아요. 기대하지 않았던 것을 기대해 봐요. 당신들의 시계가 정확하게 가고 당신들의 옷깃이 똑바로 세워져 있기를 기대하지 말아요. 폭풍이 잦아들면, 덧문 뒤 바깥이 조용해지리란 걸 기대하지 말아요. 자, 이제 노래가 시작되는 걸 기대해요. 들어 뵈요! 기쁜 노래를 부르도록 명령받은 군인들이 부르는 것처럼 빠르지 않고, 슬픔에 내몰린 소녀들이 부르는 것처럼 크지 않고, 아니, 안개가 끼면 어린아이들이 부르는 것처럼 아주 낮고 약간 쉰 목소리의 노래를. 듣고 있나요? 저 멀리서 들려와요. 당신들이 떠나온 그곳에서 들려와요. 너무 멀다고, 대령이 말하는군요. 대령은 잘못 생각했어요.

엘렌은 말없이 경찰들 사이에 앉아 있었다. 경찰들은 똑바로 앞을 응시하고 있었다.

너무 늦기 전에, 어서 귀를 막아요! 당신들은 그냥 들을 수는 있지만, 귀 기울여 들어서는 안 돼요. 대령이 금지했어요. 들어요, 그러나 귀 기울여 듣지는 말아요. 국경이 어디 있나요? 당신들은 건너가지 못해요. 맨발로 걸어가야 해요. 장화는 창문에 두세요, 왜냐하면 내일은 니콜라우스 축일이니까요.29) 기뻐해요, 기뻐해요! 어떤 이름은 목적한 바를 이루었고, 어떤 이름은 잊혔고, 어떤 이름은 당신들의 노래가 되었어요. 닫힌 덧문 뒤, 노래 부르는 곳에 귀 기울여요. 당신 자신들에게로 들어가 봐요. 당신들 내면 한가운데서 노래 부르고 있어요. 먼 곳이 가까워지고 있어요. 장화를 창문에 두어요. 사과, 호두와 아몬드 씨 그리고 낯선 노래, 대령은 잘못 생각했어요.

엘렌은 똑바로 앉아 있었다. 경찰들이 발작적으로 두 손을 무릎으로 가져갔다. 대령은 잘못 생각했어요. 날이 어두워지면, 낮은 소리로 노래를 불러야 해요, 더 낮게, 훨씬 더 낮게, 아이들이 닫힌 문 뒤에서 노래 부르는 것처럼. 그들은 무슨 노래를 부르고 있어요, 무슨 노래를? 엘렌은 조용히 긴

---

29) 니콜라우스 축일(12월 6일) 전날 저녁에 독일과 오스트리아에서는 아이들이, 성인 니콜라우스가 호두나 과일·사탕 등을 선물해 주길 바라면서, 구두나 장화를 창문 앞에 두는 풍습이 있다.

다리를 움직였다. 경찰들은 아무 소리도 듣지 않은 체했다. 시계가 사방에 알리려는 듯 재깍재깍 소리를 냈지만, 소용이 없었다. 벽을 빙 둘러 알리는 일이 시간이 흐를수록 더 알려지지 않게 되었다. 알리는 일이 그저 속삭이는 소리 정도로 되다가 마침내 낯선 노래 때문에 침묵해 버렸다. 무슨 노래를 부르는가, 무슨 노래를? 덧문을 밀어 열어 봐요!

경찰들은 장화를 더 단단히 딱딱한 나무 바닥에 갖다 붙였다. 그들 중 한 명이 일어났다가 깜짝 놀라 다시 주저앉았다. 다른 사람은 손으로 이마를 더 높이 쓸어 올렸다. 그들은 말하기 시작했고, 큰 소리로 기침을 했으나, 더 이상 아무 도움이 되지 못했다. 덧문을 밀어 열어요, 왜 아직도 주저하는 거예요? 어둠을 찢어 버리고 창문을 열어요. 몸을 멀리 밖으로 내밀어 봐요.

그들은 창문턱 위로 몸을 내밀었다. 그들은 눈이 부셔서, 처음에는 아무것도 알아볼 수 없었다. 사슬들이 딸그락거렸고, 아이들이 당황해하며 웃음을 터뜨렸으며, 주교의 지팡이가 축축한 포장도로를 두드리고 있었다. 하늘엔 구름이 끼었다. 달 속의 남자는 사라졌다. 달 속의 남자는 지구로 내려왔다. 거울 속을 너무 많이 들여다보지 말아요. 당신들은 자신들이 변장했다는 걸 알고 있나요? 하얀 외투들, 검은 뿔들, 그리고 그 사이에 노래.

곧 눈이 올 거예요, 내일이 니콜라우스 축일이니까요,
우린 아주 기뻐요, 곧 눈이 올 테니까요
그리고 내일은 니콜라우스 축일,
장화를 창문에 갖다 놓아요, 악마가 가져갈 거예요,[30]
내일은 니콜라우스 축일이니까요,
그는 그 대신 당신들에게 날개를 갖다 줄 거예요,
날개를, 아름다운 날개를,
날개를, 아름다운 날개를,
폭풍을 위한 날개,
날개를 팔아요!

마지막 구절은 무슨 말이지? 날개를 팔다니!
경찰들은 한껏 큰 소리로 웃었다. 강한 외풍이 화가 나서 그들의 목덜미를 때려 넘어뜨려 버렸다. 위병소는 어둠 속에 묻혀 있었고, 고독이 흔들흔들하는 차단기 주위에서 춤

---

[30] 이 아이힝거의 창작 노래에서는 니콜라우스 축일 전야에 아이들에게 선물을 가져다주는 성인 니콜라우스의 선한 모습이, 인간의 영혼을 앗아 가는 끔찍스러운 악마의 모습으로 변화되어 나타나고 있다.

추고 있었다. 문이 열려 있었다. 엘렌은 사라졌다. 경찰들이 깜짝 놀라 그들의 짧은 호각을 불었고, 복도를 따라, 문을 통과해 내달렸으며, 모퉁이의 초병을 흔들어 깨우고, 많은 골목을 횡단한 후 다시 돌아왔다.

그들 중 한 명이 계단 위로 내달리는 동안, 다른 한 명은 창밖으로 몸을 내밀고는 다시 한번, 아주 멀리에서, 이 낭랑하고 반항적인 소리를 들었다. '날개를 팔아요!'

놀라지 마라

사과가 가장자리 너머로 굴러갔다. 승강기용 수직통로가 음험하고 기대에 찬 미소를 지었다. 그는 많은 것을 소중히 여길 줄 알았다. 기꺼이 그는 선과 악 사이의 결정을 숨겨 주었다. 불쌍한 사과. 맛만 보고 썩어 버린. 맛만 보고 끝까지 먹지 않은. 부패가 증가하는 것은 아담과 이브의 책임이다. 그리고 음식 쓰레기가 전체 연회 음식보다 더 많은 무게가 나간다.

엘렌은 깜짝 놀라 비명을 지르고는 아래를 내려다보았다. 사과는 사라졌다. 한 알의 썩은 사과, 그 외에는 아무것도 아닌? 그녀의 손에 들린 양동이들이 흔들렸고, 이은 자리에서 신음 소리가 났다. 그들은 부패의 짐 때문에 신음했고, 비밀의 짐 때문에 신음했다. 그리고 그들의 신음은 반란의 시작과 같았다.

우린 너무 많은 짐을 지지 않았는가? 봉사하기 위해 만들어졌지만, 그들은 우리를 노예로 만들었다. 누가 당신들에게 우리를 억누를 권리를 주나요? 누가 당신들에게 중성을 양성의 폭력하에 두는 권리를 주나요?

양동이들은 차갑고 공포에 질린 엘렌의 양손에서 위협적

으로 흔들거렸다. 그들은 누군가가 자신들을 엿듣고 있다는 걸 예감했던가? 그들 폭군들 중 한 명이, 중성에서 지위가 높아져 지배권을 남용한 그들 중 한 명이, 심한 건망증으로 그들의 언어조차 이해할 수 없다는 걸, 예감했던가? 그들은 그걸 예감했던 것 같았다. 그들의 분노는 커졌고, 그들은 작업장으로 끌려가는 낯선 어린 포로들처럼 큰 소리로 비명을 질렀고, 춤추고 저항하고 그리고 그들의 짐을 내던져 버렸다. 하늘에서 떨어진 태양 같은 오렌지 껍질을, 열어젖혀지고 내용물을 빼앗겨도 번쩍번쩍 빛나는 보다 큰 힘을 지닌 깡통들을. 그리고 그들은 모든 조심성을 멀리 가장자리 너머로 던져 버렸다.

맹목적으로 주어라, 연인들이여! 계명이 그렇게 명하고 있다.

쫓기듯 엘렌은 계단 아래로 내려갔지만, 아무 소용이 없었다. 양동이들은 그녀의 손에서 미쳐 날뛰었고 모든 닫힌 상자들을 대신해서, 모든 억압당한 아름다움을 대신해서, 모든 모욕당한 것들을 대신해서 미쳐 날뛰었다. 엘렌은 보복이 임박했음을 알았다.

우린 비유에 지나지 않는데, 당신들은 뭘 더 원하는가? 당신들이 붙잡을 수 없는 것을 향해 손을 뻗는 것이, 그리고 당신들이 내주고 싶지 않은 것을 숨기는 것이 당신들의 권력인가? 당신들의 장롱 속을 너무 깊숙이 뒤지지 말고, 당신들 집의 용마루를 너무 단단히 붙들지 마라, 부서져 떨어질 테니까. 다시 한번, 잊고 있던 모험처럼 잿빛 벽에서 불쑥 튀어나온 작은 발코니로 가서, 다시 한번 꽃들에 물을 주고, 흘러가는 강물을 바라보며 모든 걸 떨쳐 버려라. 당신들의 마음으로 그 깊이를 측정하라. 모든 다른 일을 하기엔 시간이 너무 늦어 버렸다.

엘렌은 공장 마당을 가로질러 달렸다. 두 손이 떨렸다. 여전히 망치들이 노래하며 돌을 때렸고, 그들의 노래는 몹시 슬펐다. 그건 믿음이 없는 노래, 아무도 듣지 않는 노래였다.

직공장이 지나가며 웃었다.

"그러다 모든 걸 잃어버리겠다!"

엘렌은 멈춰 서서 말했다.

"난 더 많이 잃어버리고 싶어요!"

그러나 직공장은 그냥 지나가 버렸다.

멀리서 날아오르는 전투기의 굉음이 들려왔다.

오, 당신들은 자신들을 앞질렀지만, 아직 멀리 뒤처졌어, 양동이들이 조롱했다. 모든 것이 정확히 계산되었지만, 지금 당신들을 더 많이 구원할 수 있는 것은, 당신들이 계산하지 않았던 것이야! 당신들은 모든 것을 그 마지막 남은 것까지 이용할 대로 다 이용했어. 어디에 있지, 이 마지막 남은 것이? 그건 돌려줘야 해.

태양이 그림자들로 마구 파헤쳐진 채 모래 위에 놓여 있었다. 엘렌은 양동이를 떨어뜨렸고, 손은 불타듯 화끈거렸다. 그녀는 커다란 빗자루로 지푸라기와 토사를 마당 구석으로 쓸었다. 넌 마지막 남은 것을 어디에 두었지, 그건 돌려줘야 해.

"더 빨리, 엘렌, 더 빨리, 우린 시간을 놓치고 있어!"

엘렌은 머리를 뒤로 젖히고 두 손을 나팔처럼 입으로 가져갔다.

"당신들 뭐라고 말했소?"

그녀의 질문이 밝고 쓸쓸히 찢어진 하늘 속으로 솟아올랐다.

평평한 지붕 위에서 알록달록하고, 바람에 니부끼는 옷을 입은 사람들이 검은 난간 너머로 멀찍이 몸을 숙였다.

"올라와, 즉시 올라와, 저기 건너편에 대포들이 서 있어! 우린 일을 끝내야 해, 그래야 여길 떠날 수 있어. 너의 꿈들은 나중에 끝까지 꾸어! 우린 집으로 가고 싶어. 곧 비상경보가 울릴 거야!" 그들의 목소리가 눈먼 하얀 조약돌처럼 숨어서 기다리고 있는 구덩이 속으로 떨어졌다.

엘렌은 빗자루를 다시 벽에 기대어 놓았다. "당신들 집은 어디지요? 당신들의 모든 꿈속에도 비상경보는 울려요, 그런데 집이 어디지요?"

다시 그녀는 저 위 높은 곳에서 다른 사람들이 화가 나서 부르는 소리를 들었다. 그러나 누가 그녀를 불렀는가, 정말 누가 그녀를 불렀는가? 그녀는 긴장해서 귀를 기울였다. 왼쪽과 오른쪽에 작은 양동이 두 개가 찌그러지고 고집스러운 모습으로, 모든 것을 대신해서, 마지막 남은 것으로부터 해방되어, 밝은 먼지와 숨겨진 지혜로 채워져, 구멍 투성이의 무섭도록 태연한 모습으로 서 있었다.

당신들의 지평선에서 피어오르는 연기 구름에 놀라지 말아요, 당신들 자신의 무질서한 상태가 돌아오는 거예요. 붙잡으려고 하는 당신들의 욕망이 이제 당신들을 향해 손을 뻗고 있어요. 당신들은 대체할 수 없는 것을 대체할 무엇을 찾지 않았던가요?

"더 빨리, 엘렌, 더 빨리!"

그녀가 들고 있는 양동이들이 다시 신음 소리를 내며 저항했다. 녹이 슨 쇠가 그녀의 손을 할퀴어 피가 나게 했다. 현기증이 그녀를 엄습했다. 굴뚝이 높고 무자비하게 솟아 있었다. 돌을 두드리는 소리는 그쳤다. 하늘은 더 창백한 빛을 띠고 있었다. 마당에서 지하실로 나 있는 작은 초록색 나무 문은 기쁨에 넘쳐 흔들거렸고, 봄바람에 반쯤 열려 있었다.

"당신들은 내게서 뭘 원하는 거예요?" 엘렌이 깜짝 놀라 말했다.

간절히 애원하는 듯한 침묵이 밟아 으깨어진 넓은 마당 위로 떨어졌다. 창고가 벽의 그림자 속에 불안하게 서 있었다. 맞은편 지붕 위의 사이렌이 기대감으로 침묵하고 있었다.

"어쩌면 난 알고 있을지도 몰라." 엘렌이 중얼거렸다. 그녀는 양동이를 움켜쥐고는 지하실 문을 밀쳐 열었고, 비틀거리며 계단 아래로 내려갔다. 습기 찬 어스름이 그녀를 에워쌌다. 마당 위에는 미심쩍어하는 깊은 정적이 남아 있었다. 그리고 사이렌은 여전히 침묵을 지켰다.

이 지하실은 매우 깊었다. 인간들의 조심성은 여기서도 사전에 예견할 수 없는 것 속으로 떨어져, 그것에 에워싸여 있었다. 그들은 깊은 곳을 신뢰했다.

트렁크와 짐 보따리, 트렁크와 짐 보따리. 그녀의 마지막, 오, 그녀의 최후의 짐, 그런데 이 마지막 짐이 가죽 끈으로 묶일 수 있을까? 그리고 짐은 소유하고 계속 지니는 걸 허용할까? 그것이 부정한 유산처럼 감시의 대상이 되고 자물쇠가 채워질 수 있을까? 이 짐은, 그것을 찾는 빈 공간 속으로 분출되고, 솟아오르고, 넘쳐흘러야 하지 않을까?

"거기 누구예요?" 엘렌이 깜짝 놀라 소리쳤고, 머리를 각목에 부딪치고는 가만히 멈춰 섰다. 짐 보따리는 내팽개져 흩어지고 트렁크는 토막이 나 있었다. 안전해야 할 비밀스러운 것들이 어찌할 바를 모르고 벌거벗겨진 채, 자신이 있던 곳에서 떨어져 나와 먼지 속에 놓여 있었다.

"모든 도적들에게 신의 가호가 있기를." 엘렌이 말했다.

"그게 무슨 말이오?" 어둠이 물었다.

어둠은 "손들어"라고 말하려 했는데, 그만 말이 다르게 나왔다. 어둠은 두 개의 음성을 지니고 있었다. 하나의 저음과 또 하나의 더 깊은 저음을. 둘 다 신뢰할 수 없는 음성이었다.

"설명하기 어려워요." 엘렌이 불안하게 말하고는 성냥을 찾았다.

"농담하는군." 어둠이 말했다.

"아니에요." 엘렌이 말했다.

"내가 불을 켜겠소." 어둠이 말했으나, 성냥을 찾지 못했다. 자기 자신을 드러낼 수 있는 것이 아무것도 없었다.

"손들어!" 어둠이 어찌할 바를 모르고 말했다.

"이제 가 보겠어요." 엘렌이 말했다.

남자들은 무기의 안전장치를 풀었다. 벽의 한 조각이 떨어져 나갔다.

이 순간 사이렌이 절망적으로, 숨 가쁘게 도시의 상공에

요란하게 울려 퍼졌다.

"경보예요." 엘렌이 말했다. "그러나 대경보는 아니에요. 대경보는 달라요. 아주 달라요. 포탄이나 총을 맞기 전에는 아무 소리도 듣지 못해요. 정말이에요!"

"매우 고맙소!" 어둠이 말했다.

"유감이지만," 엘렌이 말했다. "이제 가 봐야겠어요."

"여기 있어!"

"아니에요." 엘렌이 대꾸했다. "방공호는 다른 쪽에 있어요, 창고 아래에. 여기는 집밖에 없어요."

"우리도 있어." 어둠이 화를 내며 말했다. 요란한 사이렌 소리가 갑자기 그치자 아주 조용해졌다.

"알아요." 엘렌이 화가 나서 소리치고는 문 쪽으로 돌아섰다. "하지만 난 더 이상 기다릴 수 없어요! 다른 사람들이 나를 찾을 거예요."

"차렷!" 어둠이 위협했다.

"유감이에요." 엘렌이 되풀이해서 말했다. "차라리 내 트렁크를 내가 직접 열었더라면 좋았을 텐데요. 내가 그걸 들고 돌리며, 이렇게 말했더라면. '자, 가져요, 모두 가져요! 원하는 자는!' 그러나 여기서가 아니라, 태양이 비치는 지붕에서요." 그녀는 숨을 들이쉬었다.

"입으로는 무슨 말을 못 할까, 꼬마야." 남자들이 웃었다.

"무엇 때문에 그렇게 하고 싶었니? 네 할머니가 그 말을 믿을까!"

"그래요." 엘렌이 말했다. "할머니는 내 말을 믿어요." 그녀는 열려 있는 피스톨의 총신을 들여다보며 허물없이 말했다. 남쪽에서 포탄이 떨어지는 소리가 들렸다. 아주 빨리. 계속해서.

"날 가게 해 줘요." 엘렌이 외쳤다. "아무 말 하지 않을게요!"

"넌 더 이상 마당을 지나갈 수 없어!"

"내 잘못이에요." 그녀가 중얼거렸다. "내가 돌아오지 않았으니까요. 남들이 열기 전에, 왜 내가 직접 트렁크를 열지 않았을까요? 왜 나는 보다 일찍 나의 물건을 모두 나누어 주지 않았을까요? 난 내 트렁크를 직접 열고 싶었어요, 알겠어요!"

"제발 입 좀 다물어." 어둠이 말했다. "점점 더 가까워지고 있어!" 총에 맞은 늑대처럼 고사포들이 으르렁거렸다. 그 사이로 떨어지는 포탄이 조용히, 끔찍스럽게, 끊임없이 굴러가는 소리. 엘렌은 벽 앞에 웅크리고 앉아 무릎에 머리를 묻었다.

저게 뭐였지? 올라가는 것과 떨어지는 것을 구별해야 해. 그러나 그들은 그걸 구별하지 않았어. 자신을 햇볕을 받고 있는 열매로 생각한, 어두운 빛깔의 작은 가지 속의 낟알들.

그 소리는 더 가까워졌다.

"조용히 해!" 어둠이 쉿 소리를 냈다.

"난 아무 말 하지 않았어요!" 엘렌이 투덜거렸다.

"자기 자신이 한 말도 더 이상 이해하지 못해!"

"당신들이 그랬어요!"

"이젠 대답하지 마, 지금 그럴 시간이 아니야!"

"오." 엘렌이 외쳤다. "이 시간이 지나면, 다시 그럴 시간을 주세요!"

"또 질문이야!" 어둠이 신음했다.

"질문이에요." 엘렌이 속삭이고는 주먹으로 눈을 눌렀다. 주위 사방에서 진동하는 소리가 들렸다. 그 소리는 그들 머리 위에서 끝났다가, 다시 한번 시작했고, 그리고 다시 끝났다.

"아, 아!" 어둠이 외쳤다. "빌어먹을, 왜 넌 우리 일을 방해한 거야? 계속 이런 식으로 하면, 모든 천사들이, 아니 악마가 널 데려갈 거야!"

"당신들은 모순된 말을 하고 있어요." 엘렌은 끊임없는 굉음 속으로 소리 질렀다. "당신들은 계속 모순된 말을 하고 있어요! 왜 그러는 거죠?"

"그들이 우리 위에 있어!" 피스톨 하나가 바닥으로 굴러 떨어졌다. 엘렌은 일어나 풀어진 짐 보따리 위를 뛰어넘었으나, 곧 낯선 힘에 의해 뒤로 내동댕이쳐졌고, 챙 달린 낯선 모자가 그녀의 머리 앞으로 날아왔다. 그러고는 조용해졌다.

"공기의 압력 때문이야." 어둠이 한숨을 쉬었고, 얼마 후에 말했다. "다행이야, 지나갔어!"

"지나갔다고요?" 엘렌이 말했다. "다른 집 위에 있는데, 그걸 지나갔다고 해요?"

"이리 와, 꼬마야." 어둠이 가장 낮은 저음으로 부드럽게 말했다.

"그들은 다시 와요." 엘렌은 어둠의 말에 응하지 않으면서 조용히 말했다.

"넌 그들 편을 드는 거니?" 남자들이 눈치를 살피며 물었다. 엘렌은 대답을 주지 않았다. 누구 편을 든다는 것, 그게 무슨 말이야?

"이리 와!" 그들 중 한 명이 되풀이해서 말했다.

"내버려 둬." 다른 사람이 말하고는 다시 열심히 성냥을 찾기 시작했다. "경보가 끝나기 전에, 우린 떠나야 해!"

"그러면 분배는 언제 하지?"

"우리가 안전한 곳에 있을 때."

"언제 당신들이 안전한 곳에 있나요?" 엘렌이 웃었다. 곧이어 그녀는 누군가가 소리 없이 도움을 청하며 자기에게로 다가오는 듯한 느낌이 희미하게 들었다. 그녀는 깜짝 놀라 더듬더듬 모퉁이를 돌아 큰 걸음으로 지하통로를 달려 올라갔다, 기다란 수직 통로를.

"멈춰 서!" 엘렌은 남자들이 바싹 뒤따라오는 소리를 들었다.

통로 위의 작은 마당이 뭔가 간절히 바라며 창백한 하늘을 응시하고 있었다. 어떤 누군가가 마음의 준비를 하기 전에, 공중에서 울부짖음과 으르렁거림이 일었으며, 집들이 마치 무릎이 꺾이듯 깊이 확실하게 무너져 내렸고, 악마들은 돌림노래를 불렀으며, 벽들은 자유로이 틈새를 들여다볼 수 있게끔 금이 가고 깨졌다.

엘렌과 남자들은 다시 지하통로로 내던져져 서로 엉켜붙어 계속 구르다가 마비된 듯 누운 채로 있었다. 공포와 뚝뚝 떨어지는 먼지가 그들의 얼굴 속으로 스며들었다.

황폐해진 작은 마당이 푸른 하늘을 응시하고 있었다. 까만 종잇조각들이 제멋대로 마당 위로 날아다니고 있었다. 커다란 잿빛 공장이 무너져 내렸는데, 여전히 각목과 파편이 떨어지고 있었다. 그 아래가 피난처인, 창고가 있던 곳에서는 거대한 분화구가 놀란 듯 위로 입을 크게 벌리고 있었다.

화려한 비단 같은 조각들이, 해가 비치면 소녀들이 입는

가벼운 옷 조각들이 훨훨 날아올랐고, 물이 땅에서 솟아나와 암적색으로 물들었다. 조각조각 부서진 관(管) 위에는 모든 욕망을 떨쳐 버린, 펼쳐진 손이 놓여 있었다. 돌들은 정신없이 심연으로 굴렀고, 두 개의 양동이는 덜커덩 소리를 내며 분화구의 가장자리 너머로 떨어졌다. 덜커덩거리는 소리가 나팔 소리처럼 울렸다.

정신이 들었을 때 두 명의 강도는 움직이지 않았다. 그들은 깨어 있는 삶이 공공연한 치욕인 것처럼 서로에게 숨겼다. 쉿! 우린 악몽을 꾸었어, 그렇지만 우릴 깨우지 마. 왜냐하면 낮은 한층 더 무자비하니까.

그때 그들 사이에서 엘렌이 움직이더니, 주변을 휘젓고 머리를 사방에 부딪쳤다. 나지막하고 알아들을 수 없는 신음 소리가 남자들에게로 밀려왔다. 이 신음 속에는 비난과 커다란 요구가 있었다. 그건 뭔가 말을 하려는 것 같았다. 뭘 말하려 했을까?

두 남자가 조심스럽게 몸을 일으켰다. 그들은 기침을 하기 시작했고, 모든 것이 고통스러웠다. 모래와 가래가 그들의 입에서 나왔으나, 공포는 그들의 목구멍에 파편처럼 박혀 있었다. 그들 중 아무도 감히 말을 하지 못했다. 엘렌만이 칠흑 같은 어둠 속으로 신음 소리를 냈다. 여전히 먼지가 그녀에게로 뚝뚝 떨어졌다. 갑자기 남자들에겐 엘렌이 무슨 말을 하려고 했는지가 중요하게 생각되었다, 다른 어떤 것보다 중요하게. 그들은 그녀의 어깨를 움켜쥐고서는 더듬더듬 그녀의 얼굴을 만졌다. 그들 중 한 명이 손수건을 찾다가 성냥을 발견했다. 그는 떨리는 손으로 불을 켰다. 그들은 풀어진 짐 보따리 위에 누워 있었는데 상당히 부드러운 느낌이 들었다. 엘렌은 입을 비죽거렸다. 다른 남자는 성냥을 찾다가 손수건을 발견했다. 손수건에 침을 뱉어 그는 그녀의 얼굴에 묻은 오물을 고르게 문질렀다.

"할머니, 그만해요!" 엘렌이 언짢아하며 말했다.

"저 애가 뭐라고 말해?"

"'그만해요, 할머니!'라고 했어."

"그게 무슨 말이야?"

"내 귀가 막혔어, 이 빌어먹을 모래가!"

"일어나, 이기야!"

"이제 다시 신음 소리를 내는데."

"자기를 그냥 두라고 말하는군."

"할머니한테 하는 말이야."

"모르겠어. 이제 아주 조용한데."

"너 때문이야, 바보!"

"걔가 숨을 쉬는지 잘 들어 봐!"

엘렌의 입술이 반쯤 벌어져 있었고, 약간 떨렸다. 남자가 그녀에게로 몸을 숙이고 귀를 그녀의 입에 바싹 가까이 갖다 댔다. 엘렌은 움직이지 않았다.

"얘가 죽어." 그가 깜짝 놀라 말했다. "아이고, 얘가 죽어!" 다른 남자가 그를 옆으로 밀었다. "이봐, 아기야, 그대로 있어!" 그는 펄쩍 뛰어 일어나 말했다. "이 아이에게 바깥 공기를 쐬어 줘야 해!"

"그런데 다른 물건은?"

"나중에 가져가자."

"나중에? 모두 갖고 가."

"난 지금 온통 뒤죽박죽이야. 다시 성냥 좀 켜 봐!"

"통로는 어디 있어?"

"저기야!"

"아니야, 여기였어."

"성냥 한 개비 더 켜 봐!"

"여기가 통로였어."

"아니야, 저기였어."

"내가 분명히 알아."

"입 다물어, 저기였어." 둘 중 연장자가 더듬더듬 보따리와 돌들을 넘어갔고, 정적이 깃들었다. 그러고 나서 그가 갑자기 설명했다. "네 말이 맞아. 네가 옳았어. 통로가 네 곁에 있어." 안도하는 듯한 목소리였다. 젊은이는 침묵했다.

"이제 어떻게 하지?"

그는 여전히 침묵했고, 성냥불은 꺼졌다. 엘렌은 다시 신음하기 시작했고, 큰 소리로 한숨을 쉬었다. 그가 그녀에게로 뛰어들었다. 그는 다시 귀를 그녀의 입술에 갖다 대고는 귀를 기울였다.

"당신들은 모든 것에 너무 가까이 다가와요." 엘렌이 몽롱한 정신으로 말하고는 그를 밀어냈다. "너무 가까이." 그녀는 나지막하게 다시 말했다.

"애가 살아 있어!" 젊은이가 소리쳤다.

"뭘 원하는 거예요?" 엘렌이 놀라 물었다. "내게서 뭘 원하는 거예요?"

"불빛." 젊은이가 말하고는 세 번째 성냥을 그었다.

"왜 하느님이 우릴 축복해야 하는지 물어봐." 연장자가 비웃으며 그의 말을 중단시켰다. 그는 이제야 통로가 사라진 것을 이해하게 되었다. "왜 하느님이 우릴 축복해야 하지?" 그가 어둠 속에서 으르렁거렸다.

"당신은 공기를 너무 혼탁하게 하고 있어!" 젊은이가 투덜거렸다.

"당신은 누구예요?" 엘렌이 놀라 물었다.

"네 할머니는 아니야." 젊은이가 천천히 대답했다.

"그래요." 엘렌이 말했다.

"할머니는 좋은 분이었어?" 젊은이가 물었다.

"아주 좋은 분이었어요." 그녀가 말했다.

"왜 하느님이 우릴 축복해야 해?" 늙은이가 소리쳤다.

엘렌은 일어서려 시도했으나 다시 넘어졌다. 젊은이가 초를 하나 발견해서 돌 위에 세웠다. 갑자기 그의 내면에서도 절망감이 치솟았다. 그는 엘렌을 보호하고, 천천히 마음의 준비를 시키려 했고, 위험한 노획물을 다루듯 그녀를 조심스럽게 대하려 했으나, 그게 뜻대로 되지 않음을 느꼈다. "놀라지 마" 하고 그가 속삭였다.

"말은 쉽지요." 엘렌이 대답하고는 손을 관자놀이로 가져갔다. 그녀는 눈에서 모래를 닦아 내고, 깜짝 놀라 일어나 앉았다. "왜 저 사람은 저렇게 소리를 질러요?" 그녀는 집게 손가락을 어둠 속으로 내뻗었다.

"뭘 좀 알고 싶어 하거든." 젊은이가 대답했다. "넌 우리에게 한 가지 설명을 좀 해 줘야 해. 네가 지하실로 왔을 때, 왠지는 모르지만, 말했어. 왜 그런 말을 했는지 난 모르겠어. 아마 놀란 나머지, 아니면 겁이 나서, 그도 아니면 보다 나은 어떤 말이 떠오르지 않았기 때문에, 또는 우리의 비위를 맞추려고, 어쨌든 넌 그 말을 했어."

"모든 도둑들에게 하느님의 가호가 있기를!" 엘렌이 다시 말하더니 이제 완전히 깨어났다. 그녀는 무릎을 끌어당기고 긴장해서 더듬더듬 자기가 한 말의 의미를 찾았다. 그래, 그 말을 했어. 나도 모르게 그 말이 먼저 튀어나와 버렸어. 이제 그 말을 따라잡아야 해. 그녀는 작은 보폭의 힘겨운 걸음으로 끝까지 길을 더듬어 가야 했고, 그 말을 설명해야만 했다. 커다란 돌 뒤의 쥐가 주의를 기울이며 뒷발을 딛고 앉았다.

"난 누구의 비위도 맞출 생각이 없어요." 엘렌이 언짢은 표정으로 말했다. "당신들은 모든 걸 돌려줘야 해요. 그건 분명해요."

"더 멋진 말을 하는구나!" 늙은이가 외치고는 보다 가까이 다가왔다.

"훨씬 더 멋진 말이지요." 엘렌이 말했다. "하지만 다른 사람들도 모든 걸 돌려줘야 해요. 도둑이 아닌 사람들도."

"아무것도 지녀서는 안 된단 말인가?" 젊은이가 당황해하며 물었다.

"쥐고 있는 거예요." 엘렌이 말했다. "느슨하게 쥐고 있는 거예요. 당신들은 모든 걸 너무 단단히 쥐고 있어요."

"무엇 때문에 하느님이 우릴 축복해야 한다는 거지?" 늙은이가 위협적으로 속삭였다. "더 이상 쓸데없는 말은 하지 마라!" 그는 다시 피스톨을 집어 들어 갖고 놀았다.

엘렌은 주의 깊게 어둠 속을 응시했고, 그에 대해서는 신경을 쓰지 않았다. 왜냐하면 그녀가 태양이 비치는 벤치에 앉아 있든 아니면 토사로 메워진 지하실의 넝마 보따리에 앉아 있든 상관없이, 어쨌든 설명하라는 외침이 생사가 걸린 이 깊은 곳에서 나왔기 때문이다. 촛불이 깜박거리면서 풀어 헤쳐진 보따리를, 이 작고, 안전장치가 풀린 안전을 그림자의 조롱 속에 내맡겼다.

"도둑이 아닌 사람들에겐," 엘렌이 머뭇거리며 말했다. "모든 걸 돌려준다는 게 당신들보다 더 어려운 일이겠지요. 왜냐하면 그들은 누구에게 돌려줘야 할지 모르니까요. 결코 경찰이 그들을 쫓은 적도 없고, 그들은 자신들의 생명을 구하기 위해 모든 걸 포기할 필요도 없어요. 그런데 그들은 항상 잘못된 것을 구하고 있어요. 사람들은 그들을, 우리 모두를 도와야 해요! 우리를 쫓고, 우리를 습격하고, 우리를 약탈하는 자들을, 우리가 올바른 것을 구하기 위해 말이에요. 그래서 그 때문에…." 촛불이 불안하게 탁탁 하는 소리를 냈다. "그 때문에 하느님이 당신들을 축복해야 하는 거예요, 당신들이 우리를 쫓고 있으니까!"

자기도 같은 생각이라는 듯 돌 뒤의 쥐가 조심스럽게 머리를 앞으로 내밀었다. 엘렌의 숨소리가 무거웠다. 그녀는 펄쩍 뛰어 일어났다. "가야 할 시간이에요!" 그녀가 말했다. 갑자기 답답해지면서, 모든 게 옥죄이는 것 같았다. "숨을 쉴 수가 없어요!" 엘렌이 말했다. 아무도 그녀의 말에 대답하지 않았다. 그녀는 두 손으로 가슴을 눌렀다. 젊은이가 가만히 서 있었다.

"무슨 일이에요?" 엘렌이 외쳤다.

"숨이 끊어지겠어." 젊은이가 말했다. "좀 더 낮은 소리로 말해." 늙은이는 격분해서 피스톨 총대로 벽을 두드렸다. 엘렌은 깜짝 놀라 통로 쪽으로 뛰었는데, 딱딱한 물체에 머리를 부딪쳤다. 젊은이가 그녀를 붙잡았다. 촛불이 넘어졌다. 말없이 떨리는 손으로 그들은 땅을 파기 시작했다. 토사가 무정하게 떨어져 새로이 흙더미를 만들었다. 손톱 밑에서 피가 흘러나왔다. 그들의 맥박이 망치질하듯 뛰었다. "그런데 당신들이 내게 말을 시키고 있어요." 엘렌이 지친 듯 속삭였다. "말을 시키고 또 시키고, 그게 무슨 중요한 문제이기라도 한 것처럼."

"뭐가 중요한 것인지, 지금 누가 알아?" 젊은이가 대꾸했다. 그들은 아이들처럼 속삭였는데, 마치 혼탁한 공기가 아니라 그들에 관한 비밀 이야기를 하는 것 같았다. 그리고 늙은이는 계속 두드렸고, 또 천장을 향해 벽돌을 던졌다.

"쓸데없는 짓이오." 젊은이가 냉담하게 말했다. "우린 너무 깊이 내려와 있어."

"다른 쪽은?"

"아니에요." 엘렌이 말했다. "난 지하실을 잘 알아요, 여긴 짐만 두는 곳이에요. 비상구가 없어요."

"기원을, 우린 기원을 드려야 해, 성모 마리아!" 늙은이는 피스톨을 떨어뜨리고는 기도에 몰두했다.

"입 다물어요." 엘렌이 말했다. "진심으로 그럴 생각이라면 조용히 해요. 그렇지 않으면 악마에게 서약하는 거예요!"

"아니야." 늙은이가 속삭였다. "난 조용히 있지 않을 거야. 난 여기서 약속해. 모든 것을 돌려주겠다고, 엄숙하게 약속해. 난 강가의 벽돌 굽는 가마에서 다시 일을 시작할 거야, 당시처럼!"

"술 마시는 것도 다시 시작하겠지." 젊은이가 말했다. "당시처럼!"

"아니야." 늙은이가 정신없이 외쳤다. "내 말을 믿어야 해. 듣고 있어, 내 말을 믿으란 말이야! 난 모든 걸 돌려줄 거야. 그런데 너희는 내 말을 믿지 않는군!" 그의 목소리가 흔들렸다.

젊은이가 그사이에 삽을 발견했다. "돌려준다고? 누구에게? 창고 아래에 있는 다른 사람들에게, 그들이 그걸 가치 있는 일로 여길까? 넌 어떻게 생각해?"

"난 기분이 좋지 않아요." 엘렌이 말했다.

늙은이는 바닥에 누워 끈질기게 벽의 벽돌을 깨부수고자

했다. 젊은이는 삽으로 보다 큰 돌덩이를 때렸다. 이제 그는 계속 반복해서 그 위를 내리쳤다. 돌이 쪼개지는 밝은 소리가 났다.

"우린 신호를 보내야 해!"

"그래요." 엘렌이 몽롱한 정신으로 속삭였다.

"현명한 판단을 해야지." 젊은이가 말했다. "현명한 사람이라면 지금 어떻게 하겠어?"

"울부짖는 거예요." 엘렌이 말했다.

"우린 돌을 굴려뜨려야 해!"

"그 뒤에 또 돌이 있는데…." 늙은이가 킥킥거렸다.

"무덤의 돌," 엘렌이 중얼거렸다. "아침에 그 돌이 사라졌어요 천사들이 그렇게 했어요."

"그렇다면 넌 오래 기다릴 수 있겠다." 젊은이가 대꾸했다.

"우린 좀 더 일찍 시작해야 했어요." 엘렌이 말했다.

"우리 몸이 마비되었는데!" 젊은이가 소리쳤다.

엘렌은 대답하지 않았다.

"날 도와줘!" 그가 재촉했다. 그녀의 얼굴이 그에게 갑자기, 그 뒤로 땅거미 지는 창문처럼 보였다. 그의 불안감이 커졌다.

"난 추워요." 엘렌이 말했다. "난 여기가 몹시 추워요!"

"넌 공기를 너무 혼탁하게 만들고 있어!" 늙은이가 뒤쪽에서 그녀에게로 달려들어 목을 움켜쥐었다. "너의 목을 막아 둬야겠어!" 엘렌은 저항했지만, 그의 힘이 훨씬 더 강했다. 젊은이가 그를 떼어 놓으려 시도했으나 여의치 않자 삽으로 그의 머리를 때렸다. 그때 그는 엘렌을 맞혔다. 세 사람 중 누구도 새로운 소리를 듣지 못했다. 늙은이는 짐 보따리를 아래로 굴리고는 다시 그녀에게로 다가갔다. 그의 두 눈이 번득였다.

"당신." 젊은이가 화가 나서 헐떡거렸다. "당신은 전혀 미치지 않았어! 그냥 미친 척할 뿐이야. 그게 편하니까. 그러나 한 번 더 그러면, 당신을 때려누이겠어!

"난 모든 걸 돌려주겠어." 늙은이가 신음하면서 풀어진 짐 보따리를 파헤쳤다.

"당신 자신이나 돌려줘!" 젊은이가 외쳤다. 엘렌은 한 번 펄쩍 뛰어 그들 사이로 갔다. "그만해요! 싸우지 말아요."

"조용히 해, 이 바보야!"

이제 아주 분명했다. 그들은 한 층 더 높은 곳에서 나는 발걸음 소리 같은 것을 듣고는, 감히 고개를 들지 못했다. 굳은 자세로 그들은 흔들리는 자신들의 그림자 속에 서 있었다.

"흰 쥐야." 젊은이가 중얼거렸다. "사막엔 흰 쥐와 야자

수가 많아."

"거기 있어!" 엘렌이 절망적으로 외쳤다. "가 버리는군. 다시 가 버렸어! 우리는 그게 다시 가지 않도록 뭔가 해야 해요! 나를 들어 올려요. 나를 위로 들어 올려요. 머리를 천장에 부딪치겠어요. 나를 들어 올려 줘요!"

"가만히 있어." 젊은이가 말했다. 늙은이는 자신의 일에 몰두하고 있었다.

"가 버렸어. 다시 가 버렸어!"

"다시 와, 저기!" 젊은이가 삽을 집어 미친 듯이 돌을 때렸다. 그가 지치자, 엘렌이 그를 대신했다. 늙은이는 기관차가 밤이 되면 기적을 울리는 것처럼 크고 길게 이어지는 비명을 질렀다. 그들이 지쳐서 침묵했을 때, 그들 위에서 더듬더듬 걷는 소리가 거의 잡힐 듯했고, 그들에게로 돌진해 곧 들이닥칠 것 같았다. 갑자기 구원자들에 대한 두려움이 그들을 엄습했다.

"그들은 절단된 트렁크들을 발견할 거야." 젊은이가 말했다. "그들이 미리 뚫고 들어와, 제발 우리를 때려죽이지 않았으면!"

이젠 사방에서 들려오는 것 같았다. 동시에 일정한 연속성과 리듬을 분명히 구분할 수 있었다. 그건 신호를 보내고자 하는 의도였다. 먼지와 미세한 토사가 빠르게 스스로를 잊은 채 벽을 따라 미끄러졌다. 우리의 예를 보고, 당신들을 그렇게 중요한 존재로 생각하지 마라. 스스로를 잊어버려라!

우린 잊어버려야 할 게 너무 많아!

지나치게 많다는 것은 여전히 너무 적다는 것, 그러니까 항상 침착하도록.

저 위에서 잘못 손을 뻗치면, 모든 것이 우리 위로 떨어진다!

당신들이 그걸 알고 있다면, 한 층 더 높은 곳에 있는 동안 왜 당신들은 무턱대고 모든 것을 향해 손을 뻗쳤느냐?

각목 하나를 부당하게 뽑아 버리면 모든 것이 붕괴한다!

그러나 당신들은 구조하려 파견된 동안 얼마나 많은 각목을 부당하게 뽑아서 탈취했던가? 저 위에서 잘못된 걸음을 걸으면, 모든 것은 끝장이다! 당신들은 얼마나 많은 잘못된 걸음을 걸으면서, 이익을 본다고 믿었던가? 그런데도 어떻게 당신들이 아직도 살아 있단 말인가?

이건 우리 자신에게 하는 질문이다.

당신들이 스스로에게 질문한다면, 당신들이 스스로에게 질문하기만 한다면….

모래가 헌신적으로 저 아래 깊은 곳으로 내달렸다, 기쁨에 넘쳐, 가루가 되어, 붙잡을 수가 없게 되어.

당신들은 당신들이 붙잡지 않은 것만을 소유하게 될 것

이고, 당신들이 내놓는 것을 품에 안게 될 것이다. 당신들이 입김으로 어딘가에 영혼을 불어넣을 때, 그만큼 많은 것을 지니게 되고, 당신들이 포기할 때 당신들은 그만큼 많은 영혼을 불어넣는다. 당신들의 환율이 떨어지는 소리에 귀 기울여라, 낯선 가격에, 생소한 가격에! 당신들의 통화는 무엇인가? 살인의 원인이 되는 금, 당신들을 몰아내는 기름, 당신들을 마비시키는 노동? 당신들의 통화는 배고픔과 목마름이 아니었으며, 당신들의 환율은 죽음이 아니었던가? 그러나 가치 있는 것은 사랑이고, 신의 주가이며, 그게 모든 것이다.

"그들은 절단된 트렁크를 발견할 것이고, 약탈은 사형에 처해진다. 그들은 우리를 총살할 것이다!"

"나도 말이에요?" 엘렌이 깜짝 놀라 말했다.

"그래." 젊은이가 징신없이 미웃어 댔다. "니도! 넌 우리를 여기로 데려왔고, 이 장소를 보여 주었고, 우리의 길을 비추어 주었다!" 엘렌은 움직이지 않았다. "아니면 넌 그들에게 혹시, 네가 온 것은 사이렌과 쓰레기통, 도시 앞의 대포를 달래기 위해서였다고 이야기하려 하느냐? 또 네가 온 것은 자신의 짐 보따리를 열어 태양이 비치는 지붕 위에서 너의 마지막 남은 것들을 나누어 주기 위해서였다고? 누가 네 말을 믿겠니?" 젊은이가 미친 듯 소리쳤다. "모든 도둑들에게

신의 가호가 있기를, 하지만 넌 어떻게 네가 우리 팀이 아니란 걸 증명하려 하느냐?"

두드리는 소리가 이제 통로 쪽에서 들려왔는데 아주 가까운 거리였다. "그건 증명할 수 없어요." 엘렌이 굳은 자세로 말했다. "그건 아무도 증명할 수 없어요."

"우리와 함께 있어!" 젊은이가 신음 소리를 내고는 쓰러졌다.

늙은이가 너무 우스워서 몸을 흔들었다. 그는 미친 듯이 사방을 향해 몸을 구부렸고 펼친 두 손으로, 웃음을 강요하고 서투른 익살을 부리며 그를 자신의 그림자로 묶어 두려고 위협한, 보이지 않는 것에 저항했다. 놀란 시선들이 검은 나비처럼 엘렌과 젊은이 사이에서 이리저리 날아다니고 있었다. 이미 통로 쪽에서 들리는 멀고 높은 목소리를 구분할 수 있었다. 답변을 기다리지 않고 묻는 그런 소리, 질문을 받지 않았는데 대답하는 그런 소리들을…. 모든 어둠이 아무리 가깝고 깊어도 중단되지 않는 멀리서 들리는 고음의 목소리들을, 그들 구원자의 목소리들을.

"빨리요." 엘렌이 소리쳤다. "그들이 오기 전에 어서요!" 초의 밑동이 돌 위에 하얗고 뭉툭한 팔의 모습을 만들어 보였다. "삽을 줘요! 트렁크에 돌을 채우고, 모든 것을 부어 채워요! 어서요, 왜 움직이지 않는 거예요?"

"우릴 돌로 채워 줘." 젊은이가 속삭였다. "우리를 꿰매서 우물 속에 던져 줘. 늑대의 밥통은 만족할 줄을 몰라, 넌 그걸 몰랐니?"

늙은이가 말없이 엘렌을 옆으로 밀쳤다. 구두와 밝은 비단 셔츠가 몹시 불안하게 공중으로 날았다. 그는 보따리에서 나머지 물건을 끄집어내어 두 팔로 가능한 한 많이 끌어안았다. 엘렌은 절망적으로 그를 향해 몸을 던졌다.

"그건 그냥 둬요. 듣고 있어요? 그냥 두란 말이에요! 약탈은 사형이에요. 그들은 우리 모두를 총살할 거예요!" 그러나 늙은이는 그녀를 뿌리쳤다. 그의 입은 탐욕으로 일그러졌고, 그는 점점 더 많이 끄집어내어 죽은 맹수를 박제하듯 자신의 몸에 쑤셔 넣었다. 젊은이는 꼼짝 않고 그대로 있었다.

"그를 붙들어 묶어요. 그를 때려눕혀요!" 엘렌이 소리쳤다. "당신, 무슨 일이에요, 날이 밝으면, 뭐라고 밀할 거에요?" 모든 것이 빙글빙글 돌기 시작했다.

"기압이 모든 걸 갈기갈기 찢어 놓았어." 젊은이가 대답했다.

"노인의 자루가 채워진 것은요?" 엘렌은 그의 팔에 매달렸다. "당신들이 계속 책임을 미루는 한, 그러는 한….."

"늙은이에 대해선 아무도 책임이 없어!"

"당신," 엘렌이 소리쳤다. "당신과 나 그리고 저기 위에 있는 우리를 구조하려는 사람들, 또 훨씬 더 위 비행기 안에 있는 사람들, 우리 모두가 노인에 대해 책임이 있어요. 이해하지 못하겠어요, 우린 답변을 해야 해요. 저기, 그들이 벌써 우리 소리를 듣고 있어요. 이리 와요. 일어나요. 날 도와줘요. 각오를 단단히 해요!"

그러나 이 빛은 그들이 예상했던 것보다 더 밝았다. 빛은 그들의 눈을 태웠고, 시선을 분열시켰으며, 그들의 머리칼에 낯선 빗처럼 엉켜들었다. 그건 그들의 피부를 따끔하게 찔렀고, 목이 타게 했으며, 혀를 바싹 마르게 했다. 그건 그들에게 올가미를 씌웠으며, 비틀거리게 했고, 목덜미에 총상을 입고 커다란 분화구 속에 누워 있던 늙은이처럼 그들 뒤에서 웃고 있는 것 같았다. 그리고 그것은 그들의 그림자를 마치 전사자처럼 앞으로 내던졌다. 젊은이가 엘렌을 앞으로 잡아끌었다. 그들 구원자들의 총성이 차츰 그들 뒤에 남아 있었다. 스스로도 깜짝 놀란, 맹목적인 재빠른 총성들.
"그들은 천사를 겨냥하고 있어!" 젊은이가 비웃었다. 하늘은 어떻게 된 영문인지 알지 못하는 뒤늦게 온 구경꾼처럼 창백해졌다. 엘렌과 젊은이는 낯선 정원을 뚫고 지나가면서 감자로 가득 찬 유모차를 넘어뜨리고는 군중 사이로 사라졌다. 그들은 더 이상 목표물이 되지 않았다. 짐을 실은 그림자들이 미끄러져 지나갔다. 도시가 검은 연기 속에 몽롱한 모습으로 그들 앞에 놓여 있었다. 동쪽에서 돌풍이 불어왔다.

언덕 아래로 나 있는 길에서 그들은 아래쪽으로 달렸고, 마지막 저장품을 구입하기 위해 커다란 장바구니를 들고 작은 상점 앞에 뱀처럼 줄지어 서 있던 사람들을 어리둥절하게 했다.

거기 당신들, 가져올 수 있는 또 다른 물건은 없는가? 포위가 시작되기 전 가져올 새 저장품이, 보다 많은 예비품이? 그 뱀 줄에서 뛰어나오라. 넌 네 자신을 가져와야 해. 넌 가장 마지막 단계에 오도록 호명되었고, 새로운 계산에 포함되었어. 뱀 줄에서 뛰어나와, 스스로 허물을 벗어야 해! 달려. 널 가져와. 포장에서 널 뜯어내! 사람들은 깜짝 놀라 이들을 응시했다. 그러나 젊은이와 엘렌은 이미 멀리 사라지고 없었다.

늙은이의 웃음이 그들 뒤에서 들려왔다. 그 웃음은 그들 앞에서 높이 뛰어올라 그들의 숨을 가쁘게 했고 그들의 피를 관자놀이로 몰아갔다. 그리고 그들을 조롱했다. 너희들은 거짓된 것을 구하지 않았느냐? 그러고선 벌써 다시 그것들을 경멸하고 있지 않느냐, 너희의 죽음에 대한 불안과 어둠 속에서의 기이한 말들을? 너희는 아무것도 가져오지 않은 것을 후회하지 않느냐? 잊지 마라. 늙은이의 웃음소리가 신음한다. "나를 잊지 마라, 나를 살려 줘, 무덤의 돌을 치워 줘!"

텅 빈 건물의 현관에서 그들은 피난처를 찾았다.

"운이 좋았어요!" 엘렌은 젊은이의 잿빛 얼굴을 보고는 깜짝 놀랐다.

"오랜 세월이 지난 것 같아!"

"누구에게 물어야 하나요, 우리예요, 다른 사람들이에요?"

"기운을 아껴!"

"난 아무것도 아끼지 않겠어요. 그들이 다시 기운을 소모시킬 거예요."

"이제 조용히 해, 좀 쉬어. 우린 지하실에서 나왔어. 더 이상 나에게 설교하려 들지 마!"

"다음번에 또 파묻히게 되면 그때 하지요!"

먼지가 마당에서 날아왔다. 여자 수위가 통풍창 뒤에서 모습을 드러내더니 주먹으로 무섭게 위협했다.

"통풍창이라." 엘렌이 경멸적으로 말했다. "문에 통풍창이라니. 밖에 누구요? 도둑이로구나! 당신들은 스스로가 두렵지 않은가?" 여자 수위는 문을 한 틈만큼 열고서는 빗자루로 위협했다. 그들은 뛰어 달아났다.

피난민을 실은 수레들이 도로를 봉쇄하고 있었다. 보따리를 든 사람들인지 사람들 보따리인지 이제 더 이상 분명히 구분할 수 없었다.

"보따리들이 화가 났어요." 엘렌이 젊은이에게 말했다. "너무 단단히 묶여서, 모든 게 터질 것 같아요."

"저절로?" 그가 빈정대며 물었다.

"폭약처럼." 엘렌이 말했다. "건드리지 말아요!"

작고 둥근 연기 구름이 도시 가장자리에서 솟아올랐다. 가죽 끈이 수레를 끄는 짐승들의 딱지 앉은 등을 때렸다. 젊은이와 엘렌은 수레에 올라앉을 수 있어서, 한동안 포장 아래에 몸을 숨겼다. 한 아이가 소리를 질렀지만, 조금 떨어져 앞쪽에 있는 사람들은 알아차리지 못했다. 어슴푸레한 수레 속에서 보따리들이 이 피난에서 무엇이 중요한지 알기라도 하는 것처럼 계속해서 부딪쳤다. 중요한 것은 알지 못하는 방향으로 얼마큼 함께 타고 가는 것이었다. 즉 누굴 대동하지 않고, 더도 덜도 아니고, 그냥 함께 묻어가는 것이 중요한 일이었다.

엘렌과 젊은이는 지쳐서 입을 다물었다. 굶주림과 갈증으로 고통스러운 나머지 그들은 세관 부근에서 뛰어내렸다.

너희들은 그 사실을 알고 있니? 세상이 피를 토하고 있어. 샘이 터졌어, 달려가 마셔! 피를 양동이에 담아. 왜냐하면 하느님은 기적을 행했으니까, 하느님은 피를 포도주로 변화시켰으니까. 포위에 직면해서 도시의 포도주 저장소는 모두 개방되었어. 남자 셋이 술통을 지평선 위로 굴렸다. 술통이 그들에게서 미끄러져 나갔다. 젊은이가 그걸 붙들었다. 세 남자가 헐떡이며 뒤따라왔다.

"어디서 갖고 온 거예요?" 엘렌이 물었다. 그러나 그때 그들은 통을 들고 다시 사라졌다. 그녀는 대답을 듣지 못했다.

나지막하게 깔린 잿빛 어둠에서 노란 구조물이 튀어나와 있었다. 겨우 그 일부가 세관이었다. 그들은 다른 사람들과 함께 달렸는데, 그들의 갈증은 엄청났다. 마셔야지. 너무 늦지 않았나 하는 불안감이 그들의 땀구멍에서 새어 나왔다. 그들 모두가 그들이 다 마시기 전에 세상이 또 피를 흘릴 수 있다고 믿는다.

젊은이는 사다리 위로 올라갔다. 엘렌은 그의 뒤에서, 구멍이 뻥뻥 뚫린 지붕 아래에까지, 평평하고 바싹 마른 세관의 널빤지 위로 따라 올랐다. "저기요!" 엘렌이 말했다. 모퉁이에 항아리와 양동이들이 놓여 있었다. 그것들은 말없이 빈정거리며, 관세를 물고 결코 발견된 적이 없는 나라로 갈 준비를 하고서, 그리고 채워지고 깨어질 각오를 하고서 자리하고 있었다.

술통에서 빠른 속도로 빨간 술이 흘러나와, 사람들은 뒤따를 수 없을 정도였다. 그들의 사지가 젖어 축축해졌고, 빨간 액체가 그들 옷의 가장자리로 뛰어올랐다. 태양이 아래를 더 잘 보기 위해 일어섰다. 달이 흰 모습으로 비웃으며 가장자리에 머물러 있었다. 그들은 벌써 다시 저 아래 그들의 지붕에 점화했다. 달빛은 그들의 밤에는 너무 부드러운 것이었다. 정원들 뒤에선 그들 병기고들이 폭파되기를 기다리고 있었다.

쏟아진 것 위에 하늘이 있었고, 어른어른하는 빛이 깜짝 놀란 채 공중에 매달려 있다가 어두워졌다. 검은 나비들이 성체등(聖體燈)을 스쳤다. 낯선 비행사들.

통들 주위에 목마른 자들이 미쳐 날뛰었고, 취기가 나지막한 세관 위로 도도하게 넘실거렸다. 사물이 놀라서 그들 관계에서 떨어져 나왔고, 하늘은 베일에 휩싸였다.

어떤 사람이 술통 꼭지에서 엘렌을 밀쳤다. "조심해." 짊은이가 외쳤다. "도둑이야, 강도야!" 그러나 이미 너무 늦었다. 엘렌은 채워진 양동이 쪽으로 손을 뻗었으나, 비틀거리다가 허공을 붙들었다. 그녀의 귀에서는 잃어버린 조개들의 고요함이, 빨간 바다의 부서지는 파도 소리가 울려 퍼졌다.

"안 돼!" 엘렌이 외쳤다.

거세게 출렁이는 소리가 하늘과 땅 사이의 공간을 가득 채웠다. 모두가 그 소리를 들어야 했다. 빨간 바다는 물러갔다. 저공 비행기의 탄환들이 지붕을 꿰뚫었다. 달아나는 자들이 정면으로 쓰러졌다. 술통 하나가 넘어졌다.

놀라지 마라!

젊은이가 몸을 숙이고는 엘렌을 끌어 쓰러뜨렸다. 포도주와 피가 온통 얼굴 위로 넘쳐흘렀다. 파란 입술들이 떠올랐다가 가라앉고 다시 떠올랐다. 그리고 죽은 자들의 조용하고 놀란 모습이 세관을 밀물처럼 흘러 지나갔다.

움직이지 마라, 비밀을 지켜라, 듣고 있느냐. 비밀을 지켜라! 강도들이 황금다리를 통과해 행진하도록 하라.

널빤지가 부족해서 낯선 빛이 새어들었다.

그리고 이제, 천국이냐 지옥이냐? 넌 울고 있느냐, 웃고 있느냐?

그러나 웃음소리는 더 이상 진정되지가 않았다. 이 살아남은 자들의 미친 웃음소리가. 광란의 웃음은 술통들 앞에서 높이 뛰어올라 그것들을 굴렸으며, 또 그 사이로 뛰어들어 날카로운 소리를 내기도 했다. 그것은 직접 부딪치면서, 침묵하는 자들을 밀치기도 했다.

우린 살아 있는가? 우린 벌써 다시 살아났단 말인가? 천국과 지옥 사이에서 흔들리며, 발바닥은 불타고 이마는 빛나는, 강물 사이의 소용돌이 같은 존재! 왜 당신들은 그렇게 조용히 누워 있는 거요? 우리에게 먹을 것을 줘요, 우린 배가 고파요! 천국인지 지옥인지, 대답 좀 해 봐요. 당신들은 더 이상 배가 고프지 않소? 당신들의 식품 저장실엔 빵이 곰팡이 슬고, 당신들의 침실에선 전화벨이 울리고 있소. 왜 당신들은 그렇게 조용히 누워 있는 거요? 당신들의 친구들을 도와줘요, 살아남은 자들을 도와줘요! 왜냐하면 그들은 지금 바로 그들의 침대를 지하실로 가져가고 있으니까요. 그들은 벌써 계속 머무를 것처럼 다시 살림을 차리고 있소. 그리고 그들은 안심을 하고 있소. 포위가 시작되는데, 그들은 그걸 인정하려 하지 않소. 그들은 태어난 이후로 죽 포위되어 그 규모를 알지 못하고 있소.

당신들, 포위된 자들이여, 당신들의 침대를, 식품 저장실을 그냥 내버려 두시오! 컵이 부서지고, 우유가 하수구로 흐르고, 밝은색 과일들이 달아나는 자들 위로 춤추고 있소.

우리에게 먹는 것을 주지 말아요, 구역질이 나요. 우리에게 어떤 대답도 주지 말아요. 우리를 달랠 수 있는 것은, 갈기갈기 찢어 버려요. 그래서 우리를 찢어 버리지 않는 것, 그것을 갈망하게 해요.

"집으로 가겠어요, 다시 지하실로!"

"우린 너무 오래 집을 떠나 있지 않았니?"

다시 공중에서 윙윙거리는 소리가 났다.

"윙윙, 꿀을 모으나?"

"피야." 젊은이가 더듬거리며 말했다. 거리로 내려가는 사다리가 부러져 그들은 뛰어내려야 했다.

"배가 고파요." 엘렌이 말했다.

"당신들은 아직 모르고 있느냐, 도살장이 문을 열어 문전성시를 이루고 있다는 걸. 그들은 벌써 다시 행복한 한스[31] 놀이를 하고 있어!"

"우리도 함께 놀자!" 젊은이가 말했다.

그들이 도살장으로 왔을 때, 머리 위의 하늘은 어두워져 있었다. 젊은이는 심하게 피를 흘렸다. 그들은 서로 손을 잡았다. 멀리서 대포 소리가 진동했고, 사이렌이 비웃듯 그 사이로 울려 퍼졌다. 경보. 평화. 평화. 경보.

사람들이 덩어리로 뭉쳐, 고함을 지르며, 주먹을 치켜들고 검은 도살장 안으로 우르르 몰려들었다.

넘쳐나는 당신들의 무상(無常)함을 파 뒤집어라. 결코 그 일에 싫증이 나지 않을 것이다. 당신들 귀먹은 자들, 벙어리들, 비틀거리는 자들이여, 당신들이 싫증이 나기를 원

---

31) 특히 유럽에서 많이 구전된 인간의 단순함과 어리석음에 관한 동화다. 어떤 물건을 그보다 나쁜 것과 교환하는 것이 손해를 보는 것 같지만, 결국에는 물욕에서 벗어나는 것이 행복하다는 내용을 담고 있다.

한다면, 그것도 언제나 나쁘지만은 않을 것이다. 당신들 잘 잊어버리는 자들이여, 그렇지 않은가?

그러나 어느 누구도 대포의 굉음 속에서 다른 것들의 울림을 듣지 못했다. 수많은 무리가 스스로 희생되기를 원했다. 우리를 늑대에게 줘요!

도살장 문 앞에 한 낯선 젊은 목동이 기대서서 가벼운 손가락으로 피리를 불고 있었다.

돌려줘, 돌려줘,
너희들이 꼭 가져야 한다는 것,
그건 너희 것이 아니니까.

무장을 하지 않았다는 신호로, 늑대를 향해 부르는 노래. 주의를 기울이지 않은 채 그들은 그의 잎을 지나갔다.

돌려줘, 돌려줘!

엘렌이 그를 향해 돌아섰으나, 곧 무리에 휩쓸렸다. 계단이 아래로 나 있었다. 저 아래 깊은 곳에 군인들이 사슬처럼 줄지어 서 있었다. 땀과 분노의 사슬, 이 세상의 마지막 장식, 마지막 사슬. 그들 젊은 얼굴들이 돌처럼 굳은 표정으로 달려 들어오는 사람들을 응시하고 있었다.

명령은, '마지막 저장품을 나누어 주어라!'였다. 그러나 마지막 것은 나눌 수가 없다.

명령이 뭐였지?

발사!

그때 어떤 이가 웃지 않는가? 총성이 탕 하고 울렸다. 그때 어떤 이가 울지 않는가?

엘렌이 비명을 질렀다. 젊은이의 손이 살짝 그녀의 손에서 떨어져 나왔고, 그가 넘어졌다.

사슬이 끊어졌다. 미쳐 날뛰는 자들이 도살장으로 밀어닥쳤다. 심한 냉기가 미친 듯 그들을 향해 몰려왔다. 성냥들이 타올랐다가 어쩔 바를 모르고 꺼졌다. 선두의 사람들이 넘어지자, 다른 사람들이 미친 듯이 그들을 넘어갔다. 엘렌이 미끄러져 비틀거리다가 다시 일어났다. 도살된 가축이 산처럼 쌓였고, 살코기는 약탈자들 위에서 하얗게, 그리고 차갑게 반짝거렸다. 덫 속의 미끼가.

엘렌은 돼지우리 속으로 내동댕이쳐졌다. 기름이 그녀의 옷에 스며들었다. 얼음이 그녀를 굳게 만들었고, 소금이 그녀의 피부에 상처를 냈다. 조금 멀리 떨어진 곳에서 그녀는 길을 잃고, 미끄러지고, 떨어지고, 짓밟힌 나머지 사람들의 고함 소리를 들었다. 그들 자신의 노획물인 살코기를 그들은 강탈하고 있었다.

저 위 오래된 성문 앞에서 젊은 목동이 동요 없이 피리를 불고 있었다.

돌려줘, 돌려줘,
너희가 내놓지 않으면,
더 이상 자유롭지 못하리.

그러나 엘렌은 그의 연주를 듣지 않았다.
너, 네가 지옥에서 나오면, 뭘 그들에게 갖다 줄 것인가? 그녀는 토실토실한, 하얗고 저항할 힘이 없는 살코기를 향해 손을 뻗어 정신없이 잡아챘다. 뒤따라 뛰어든 사람들이 그녀에게서 그걸 빼앗으려 했지만, 그녀는 단단히 붙들고 있었다. 고기는 계속해서 그녀의 손에서 빠져나가려 했지만, 그녀는 꽉 쥐고 있었다. 그녀는 살코기를 피투성이 계단 위로 끌고 갔다.

"어디 있어요?" 그녀는 젊은이를 향해 소리쳤지만, 아무도 답하지 않았다. 창백하고 깜짝 놀란 모습으로 그녀는 커다랗고 소란스러운 도살장 위에 서 있었다. 태양은 사라졌다.

"그 대가로 뭘 원하니?" 한 여자가 말하고는 탐욕스럽게 고기를 바라보았다.

"당신!" 엘렌이 무섭게 말하고는 더 단단히 고기를 쥐었다. 그때 그녀는 끊임없는 굉음 위로 낯선 목동의 노래를 들었다.

그냥 줘요, 사랑하는 사람이여,
그 어느 것도 너무 단단히 붙잡지 말아요.
돌려줘요, 돌려줘요,
당신들이 가지는 것,
결코 더 이상 당신들에게 주어지지 않아요.

어둠이 시작되었다. 두 남자가 고함을 지르며 앞에 가는 암소를 채찍질하고 있었다. 엘렌은 울기 시작했다.
"이봐, 왜 우는 거야?"
"당신들 때문에." 엘렌이 소리쳤다. "그리고 나 때문에요!"
대포 굴러가는 소리가 이제 아주 가까이서 들렸다. 초조하게 남자들은 그녀의 앞을 지나 성문을 향해 소를 몰아갔다. 살코기가 그녀의 손에서 미끄러져 떨어졌다. 그녀는 그냥 내버려 두었다.

더 큰 희망

지하실에서 기어 나왔을 때 엘렌은 왼쪽에 말이 한 마리 있는 것을 보았다. 말이 누워서 색색거리며 무한한 신뢰감을 가지고 그녀를 바라보았다. 그의 상처에서는 이미 썩어 가는, 달짝지근한 냄새가 새어 나오고 있었다.

"네가 옳아." 엘렌이 절박하게 말했다. "넌 그걸 포기해선 안 돼. 포기하지 마." 그녀는 돌아서서 구토를 했다. "왜…" 그녀는 말에게 말했다. "왜 이 모든 것이 그렇게 역겹고, 그렇게 품위를 떨어트리는 걸까? 왜 사람들은 뭔가 구하려 나서기도 전에, 그렇게 비굴해지고, 경멸의 대상이 되는 걸까?" 바람의 방향이 바뀌더니 그녀의 얼굴에 따뜻한 기운과 얼굴을 마비시키는 듯한 썩은 냄새가 불어왔다. 세상의 온갖 썩은 냄새가.

말은 이빨을 드러냈으나, 더 이상 고개를 들 힘은 없었다. "넌 포기해선 안 돼." 엘렌은 어찌할 바를 모른 채 되풀이해 말했다. 그녀는 비틀거리더니, 쪼그리고 앉아 피딱지가 앉은 말의 갈기를 붙잡았다. 하늘에는 화약 연기로 둘러싸인 밝은 얼룩 같은 것이 떠 있었다. "태양이 자신을 숨기고 있어." 엘렌이 말을 위로했다. "넌 보게 될 거야, 하늘이 푸른 걸. 불안해하지 마, 알겠니?"

하늘은 잘 보였다. 맞은편 집은 철거되었다. 분화구 가장자리의 파헤쳐진 땅에서 앵초가 아무것도 모른 채 새 꽃을 내밀고 있었다. "하느님이 놀리시는군." 엘렌이 말에게 말했다. "왜 하느님이 놀리실까? 왜?"

그러나 말은 대답을 하지 않았을 뿐 아니라, 이제 달라진, 치명적일 정도로 불안한 눈길로 그녀를 다시 한번 바라보았다. 그러고는 더 이상 불손한 태도를 보이지 않기 위해 곧바로 두 다리를 쭉 뻗어 버렸다.

"왜!" 엘렌은 수류탄이 터지는 소리를 압도할 정도로 비명을 질렀다. "왜 넌 불안해했던 거야?"

지하실 깊은 곳에서 그녀는 다시 한번 돌아오라고 부르는 높고, 약간 우스꽝스러운 어른들의 목소리를 들었다. 그녀는 구부린 자세에서 단호히 몸을 일으켜 시내를 향해 내달렸다. 빨리 그리고 유연하게, 가볍고 고른 발걸음으로 달렸으며 다시 한번 뒤돌아보지도 않았다. 그녀는 게오르크를 향해, 하나와 루트를 향해 그리고 춤추는 벚나무들을 향해 달렸다. 그녀는 그곳에 대서양과 태평양 연안이, 성스러운 땅의 강변이 있다고 생각했다. 그녀는 친구들에게 가려고 했다. 집으로 가려고 했다.

폐허들이 울타리처럼 커져 그녀를 붙잡아 두려 했다, 눈먼 병사들처럼. 창틀도 유리도 없는 빈 창문들과 함께 검먹은 태양을 응시하고 있는 폐허들이, 장갑차와 낯선 명령들이.

"무슨 일이 일어날 수 있을까?" 엘렌은 생각했다. 그녀는 대포와 폐허와 시체 사이를, 소음과 무질서와 황량한 들판 사이를 달렸고, 행복한 나머지 낮은 비명을 질렀다. 힘이 소진될 때까지 그녀는 계속 달렸다. 밝은 보라색 라일락 숲 속에 포신이 하나 우뚝 솟아 있었다. 그녀는 지나치려 했다. 낯선 군인이 그녀를 옆으로 잡아끌었다. 재빨리, 거칠게, 아무렇게나, 왼쪽 손으로. 포가 있는 쪽에서 어떤 명령이 하달되었다. 군인이 머리를 돌리더니 엘렌을 놓아주었다.

공원의 격자울타리가 이쪽에선 산산조각이 나 있었다. 빽빽하고 거친 숲이 그녀를 받아들였다가 다시 놓아주었다. 잔디는 높고 푸르렀다. 멀리 어린 너도밤나무에 사람의 몸이 들어 있는지 알아볼 수 없는 제복이 하나 걸려 있었다. 그밖에는 아무도 볼 수 없었다. 다시 한번 바로 엘렌 뒤에서 차가운 땅바닥을 깊숙이 내려치는 소리가 났다. 돌과 흙 조각이 높이 튀어 오르더니 그녀의 어깨를 때렸다. 마치 어린 소년 한 무리가 숲 뒤에서 앞으로 그녀를 향해 던진 것 같았다.

그러나 그녀가 더 멀리 정원의 한가운데로 들어갈수록, 점점 더 조용해졌다.

전투의 소음은 전혀 없었던 일처럼 흘러가 버렸다. 봄날 저녁이 부드러운 화살처럼 떨어지더니 한꺼번에 모두에게 들이닥쳤다.

엘렌은 시냇물을 뛰어넘었다. 나무로 만든 다리는 허물어져 있었다. 하얀 백조들은 사라졌다. 그들의 게을렀던 요구도 완전히 가라앉아 버렸다. 아직 먹이를 받아먹을 수 있는 것도, 더 이상 아이들로부터 빵을 건네받지 않았다. 날씨 표시상자[32]의 유리는 부서졌고, 표시 바늘은 그대로 꽂힌 채 계속 '변할 수 있음'을 가리키고 있었다. 어디서도 자갈길을 돌아서는 흰옷 입은 보모를 볼 수 없었다. 더 이상 아무것도 일찍이 정원지기가 있었다는 사실을 믿지 않는 것 같았다.

놀이터의 모래상자 안에 죽은 자 셋이 누워 있었다. 그들은 가로세로로 누워 있었는데, 마치 너무 오래 놀아서 어머니들이 부르는 소리를 듣지 못한 것 같았다. 이제 그들은 터널의 다른 쪽 불빛을 보지 못한 채 잠이 들었다.

엘렌은 언덕 위를 달려 올라갔다. 갑자기 그녀는 아주 가까이서 강철들이 찰카닥거리는 소리를 들었는데, 무덤을 파

---

[32] 남녀 인형으로 날씨를 표시하는 상자다. 남자는 갠 날씨, 여자는 비 오는 날씨를 나타낸다.

는 소리였다. 엘렌은 바닥에 몸을 던졌다. 그녀는 희미한 빛 속의 그림자 사이에 웅크리고 앉았다.

낯선 군인들이 큰 삽으로 부드럽게 부서진 흙덩이를 파내고 있었다. 이 흙덩이는 검고 축축하고 부드러워 쉽게 파낼 수 있었다. 군인들은 말없이 일을 했다. 그들 중 한 명은 일하면서 울었다.

말없는 숲 사이로 가벼운 바람이 일었다. 이따금 멀리서 커다란 포탄이 떨어지면서 대지가 흔들렸다. 엘렌은 아주 조용히 누워 있었다. 그녀는 대지에 몸을 바싹 붙인 채 그 흔들림과 어둠과 하나가 되어 누워 있었다. 포탄으로 팔이 파괴된 분수의 조각상이 파헤쳐진 무덤 위로 의연하게 미소를 짓고 있었다. 조각상은 머리에 항아리를 이고 있었다. 조각의 인물이 붙들지도 않았는데, 항아리는 그 자리에 잘 얹혀져, 조각상을 크게 부각했다. 분수는 오래진에 밀라 버렸다.

군인들이 모래상자에서 시체를 가져가자 엘렌은 홀로 남게 되었다. 그녀는 팔 위로 고개를 약간 들어 올려 그들의 뒷모습을 바라보았다. 그들은 큰 걸음으로 껑충껑충 뛰며 아래로 내달렸다. 엘렌은 하얀 모래에서 검은 물체를 들어 올리는 것을 볼 수 있었다. 그녀는 꼼짝하지 않았다. 저녁 별이 높이 튀어 오르는 유산탄처럼 솟아오르더니 예상과는 달리 하늘에 멈춰 서 있었다. 죽은 자들은 무겁게, 마지못해 동료들의 품에 매달려 있었다. 그들은 동료들이 운반하는 것을 좀 더 쉽게 해 줄 수 없었다. 그건 그렇게 간단하지가 않았다. 언덕이 고집스럽게 고불고불 휘어져 있었다.

군인들이 다시 꼭대기에 다다르기 바로 직전에, 엘렌은 사지를 길게 뻗어 둘둘 만 양탄자처럼 다른 쪽에서 아래로 굴렀다. 그녀는 눈을 감았고, 유탄으로 움푹 파인 곳에 이르렀다. 그녀는 벌떡 일어나 반쯤 선 자세로 높다란 나무들을 향해 초원 위로 내달렸다. 나무들은 엄호하는 일에 익숙해져 조용히 서 있었다. 가지 몇 개는 꺾어진 것 같았다. 껍질이 찢긴 나무가 하얗게 상처 입은 채 빛나고 있었다.

초원 가운데에 다다랐을 때, 엘렌은 자신을 부르는 소리를 들었다. 그녀의 발이 나아가질 않았다. 그녀는 자기를 부르는 사람이 할머니인지, 어치인지 또는 교수형을 당한 사람인지 구분할 수가 없었다. 그리고 그런 것에 대해 깊이 생각하지도 않았다. 그녀는 집으로, 다리 쪽으로 가고자 했다. 그래서 이제 더 이상 지체해서는 안 되었다. 그녀는 고개를 숙인 채 계속 달렸다.

날은 거의 캄캄해졌다. 멀리 낮은 담벼락 뒤에서는 육중한 자동차의 모터 소리가 진동하고 있었다. 자동차들은 운하 쪽으로 보급품을 실어 나르고 있었다. 회전목마가 전선(戰線) 사이에서 마지막 불빛을 받으며 물가에 서 있던 바로 그 운하 쪽으로. 너희 날아 볼래? 음악을 들으며? 이 회전목마!

나무들이 그녀를 꼭대기의 보다 깊은 그늘 속으로 받아들이기 몇 걸음 전에, 다시 부르는 소리가 들렸다. 그 소리는 이제 훨씬 더 가까이서 들렸는데, 이따금씩 들리는 장갑차의 진동을 포함해서, 정적이 깨뜨려지는 소리와는 확연히 구분되었다. 날카롭고 아주 요란한 소리였다. 엘렌은 그늘로 뛰어들어 나무를 안았고, 그리고 계속해서 달렸다.

지하실에 있던 사람들은 지금 막 카드놀이를 끝마친 상태였다. "엘렌." 그들은 화가 나서 소리쳤다. "엘렌!" "아이들은 어디 있어요?" 아이들은 포탄이 넓게 뚫어 놓은 지하실 통풍창 앞에 웅크리고 앉아 서로 내다보겠다고 시끄럽게 다투고 있었다.

통풍창을 통해서 사람들은 토시의 첫 별이 뜬 하늘을 바라보았다. 그러나 엘렌은 더 이상 아이들 곁에 있지 않았다. 그녀는 별을 향해 달렸다. 불타는 열정과 아이들이 그녀에게 불어넣어 준 마지막 숨결과 함께 빠른 속도로 달렸다.

"경찰에 알려야 하는데, 어떤 경찰인지, 물어봐요!"

나무들의 그림자가 물러났다. 엘렌은 현기증을 느꼈고, 주인 잃은 철모에 걸려 비틀거렸으며, 갑자기 자신의 힘이 다했음을, 자신의 기대도 소진되고, 불타 버리고 사라져 버린 걸 알았다. 그녀는 저주했다. 왜 그녀는 지하실에서 달려 나왔던가? 왜 그녀는 추밀고문관의 말을, 이웃 사람들의 말을, 수위의 말을, 그리고 무엇보다 이성과 쾌적함을 줄곧 소중히 여겼던 그들의 말을 듣지 않았던가? 왜 그녀는, 달려서 찾을 수 없는 것을 찾으라고 명령했던, 터무니없는 존재를 따랐더란 말인가?

끝없는 분노가 그녀를 사로잡았다. 그녀를 여기로 이끌어 온, 불가항력의 말 없는 유혹에 대한 분노가.

돌로 만든 작은 벤치들이 말라 버린 강가에 하얗게 그리고 쓸쓸하게 서 있었다. 그림자들이 실을 자아 하나의 철사 줄이 되었다. 아니, 그건 하나의 줄이 아니라, 많은 줄이었다. 그런데 그 많은 줄 가운데 어느 것이 유일한 줄이었던가? 그 많은 줄 가운데 어느 것이 아직 지탱하고 있었던가? 엘렌은 비틀거렸다. 마그네슘 섬광이 어두운 정원에 흘러넘쳤다. 대지가 우뚝 일어서고, 교수형을 당한 자가 춤을 추기 시작하고, 죽은 자들이 지금 막 판 무덤 속에서 불안하게 뒹굴었다. 불이 하늘을 찢어 놓았다. 하나의 불은 모든 불꽃이다. 창에서 나오는 불꽃, 램프 안의 불꽃, 탑에서 빛나는 불꽃. 하나의 불은 모든 불꽃이다. 손을 따뜻하게 하는 불꽃, 심연에서 쏘아 대는 불꽃. 한밤중의 불.

연못가의 군인들이 바닥에 몸을 던졌다. 그곳은 수문으

로 막아져 있었다. 연못은 둑으로 둘러싸여서 그 어느 연못보다도 재빨리 불을 피워 전투 중 휴식을 취하는 데 적격인 것 같았다. 그러나 연못은 검고 음험한 빛을 하늘로 내던진 것 같았고, 그 불은 물을 끓이고 파괴할 힘이 있는 바로 그 불인 것 같았다.

그들은 일어서서 다시 움푹 파인 땅을 채우기 시작했다. 파인 땅은 노래를 불렀고 군인들도 다시 노래를 부르기 시작했다. 그들의 노래는 저음의 비밀스러운 소리가 났다. 어스름 속에서 자동차 한 대가 굴러가는 소리가 들리는 것 같았다. 그들 중 몇 명이 둑 위로 달려 올라가 멀리서 벌어지는 전투의 소음에 귀를 기울였고, 몸을 구부린 채 나무 그림자와 초원, 하늘을 관찰했다. 화염으로 눈이 부셔 처음에는 어둠 속을 꿰뚫어볼 수 없는 듯했다. 그래서 하늘에서 반사되어 비치는 것들에 의지하는 편이 더 나았다.

그래서 언덕에 있는 위병소의 초병들이 이제야 두 명의 형체를 알아보게 되었는데, 이들은 아주 갑자기 그들 앞에 나타난 엘렌과 다른 쪽 물가의 초병이었다. 여기 위쪽의 풀은 축축하고 높이 자라 있었다. 그래서 군인들에겐 검은 줄기가 두 개 그들 앞에 불쑥 솟아올라 그들 자신의 의지와는 달리 밝은 표정을 지어 보이는 것 같았다.

그들은 무기의 공이치기를 살짝 때렸다.

"여기서 뭘 찾는 거야?"

"그녀가 초원 위로 달려왔어." 상대방이 말했다. "마치 일요일이기라도 한 것처럼, 초원 위로 달려왔어." 그가 웃었다. "저 건너편 내리막에서 그녀를 보았어. 내가 소리쳐 불렀지만, 나무들 쪽으로 계속 달려가더라고. 그곳은 괜찮기라도 한 것처럼, 마치 일요일이기라도 한 것처럼!"

그들은 엘렌을 불 앞으로 데려왔다.

초원은 연못 쪽으로 경사가 졌다. 여기선 라일락이 꽃을 피우고 있었다, 하얀, 야생의 꽃을 풍성하게. 맞은편 언덕 위의 음악당에선 아무런 소리가 나지 않았다. 그 어두운 지붕이 다리 쪽에서 오는 불빛을 받아 둥글게 교태를 부리며 우뚝 솟아 있었다. 지금은 아주 밝아서 엘렌은 겁먹은 한 떼의 시민처럼 무도장 구석에 기대서 있는 악보대를 알아볼 수 있었다. 무도장은 절반이 허물어졌고 돌로 덮여 있었다. 짓밟힌 잔디 위로 연기가 타오르고 있었다.

장교들이 불안한 모습으로 상의를 했다. 불이 깜박거려, 엘렌의 그림자들을 만들어 내더니 그녀를 그 가운데로 던져 버렸다.

"너 여기서 뭘 찾는 거니?"

엘렌은 추워서 몸을 떨었다. 그녀는 빵을 한 덩어리 보았을 때, 저항을 멈추고 말했다. "배가 고파요." 낯선 군인들은 낯선 언어를 잘 알지 못했으나, 이 말은 알아들었다. 그들은 그녀에게 앉으라고 명령했다. 그들 중 한 명이 빵을 한 조각 잘랐다. 다른 한 명이 그녀가 알아듣지 못하는 말로 뭐라고 소리쳤다.

"그 아이는 허약한 상태야." 그녀를 발견했던 병사가 말했다. "마실 것을 좀 줘!"

"증명서는 갖고 있나?"

"그 아이에게 마실 것을 좀 줘." 다른 병사가 되풀이해 말했다. "허약한 상태야."

그들은 그녀에게 와인을 주었다. 빈 병들은 연못 위로 던졌다. 물이 은빛으로 솟아오르더니 다시 멈췄다.

"아무것도 지닌 게 없어." 그가 말했다.

얼마 후에 엘렌의 머리로 피가 솟구쳤다. 그녀는 일어나서 소리쳤다. "당신들은 평화를 보았나요?"

다른 병사가 웃고는 통역을 해 주었다. 군인들은 깜짝 놀라 침묵하더니 갑자기 웃음을 터뜨렸다. 장교 중 한 명이 놀라 그녀의 얼굴을 들여다보았다. 그러나 대답하는 사람은 아무도 없었다.

엘렌은 울기 시작했다. 다시 포탄이 떨어지면서 대지가 약간 진동했다. "당신들은 평화를 보았나요?" 그녀가 외쳤다. "우리 자신이 평화여야 해요, 우리 모두가 반드시 그래야만 해요! 연못에서 얼굴을 좀 씻게 해 줘요!" 물이 무섭고 흥분한 모습으로 물가로 밀려왔다. "난 할머니에게 가려고 해요." 엘렌이 말했다. "우리 할머니는 마지막 묘지에 누워 계세요. 당신들 중 한 사람이 나를 따라와 줄 수 없나요." 그녀는 더 격하게 울었다. 북쪽에서 화약 연기 구름이 몰려오더니 달을 에워쌌다.

강 쪽에서 대포 구르는 소리가 들려왔다. "당신들은 적어도 게오르크는 보지 않았나요." 그녀는 희망을 접은 채 중얼거렸다. "헤르베르트, 하나, 루트는?"

다른 군인은 더 이상 통역을 하지 않았다.

"조용히 해!" 그가 말했다.

"얘는 지금 연극을 하고 있어!" 위협적인 자세로 군인들이 일어섰다. "무엇 때문에 애가 여기 있는지, 누가 알겠어?"

장교 중 한 명이 뛰어 일어나더니 불 주위를 돌아서 왔다.

"이들은 네가 연극을 하고 있다고 말해, 알아듣겠어? 널 붙들어 둬야 한다고 말해!" 그는 딱딱하고 탁한 음성으로 말했다.

육중한 전투기들이 정원 위로 낮게 날아갔다.

"난 다리들이 있는 곳으로 가려고 해요!" 엘렌이 말했다.

"너 방금 묘지로 가겠다고 말하지 않았느냐?"

"집으로요." 엘렌이 말했다. "모든 게 가는 길에 있어요."

"너 집이 어디니?"

"섬에 있어요."

"섬 주변엔 지금 전투 중이야. 알겠니?"

"그래요." 엘렌이 말했다. "알아요."

군인들이 의심하는 눈으로 그녀를 바라보았다. 포신이 마치 탄식을 하는 것처럼 차가운 하늘로 우뚝 솟아 있었다.

"이 도시는 포위되었어." 장교가 말했는데, 그 자신도 왜 이 논쟁을 계속 이끌어 가야 하며, 설명될 수 없는 것을 설명하고 있는지 분명히 알지 못하는 것 같았다. 성난 외침들이 불을 가로질러 왔다. "이 도시는 포위되었단 말이야." 그가 되풀이해 말했다. "지금은 밤이야. 전투에 임하지 않는 자는 지하실에 머물러야 해. 넌 얼마나 위험한지 모르는 거야?"

엘렌은 머리를 흔들었다.

그는 다른 사람들에게 몇 마디를 건넸는데, 진정시키는 듯한 얘기로 들렸다.

"뭐라고 말했어요?"

그러나 그는 대답하지 않았다. 세 번째 포탄은 지금까지의 것들보다도 육중한 것이었다. 아주 가까이에 있는, 다리로 향하는 연결도로 중 하나에 떨어진 것임이 틀림없었다. 불이 마침내 꺼지려 했고, 불꽃이 연못 위로 튀었다. 그들은 이번에는 움푹 파인 땅을 더 이상 채우지 않았고, 단지 잠깐

상의를 했다.

장교는 다시 엘렌을 향했다.

"난 다리들이 있는 곳으로 가야 해, 내게 길을 가리켜 줘. 어쩌면 내가 너를 집으로 데려다줄 수 있을 거야. 이리 와." 그가 초조하게 말했다. "자, 어서 와. 너 때문에 시간을 많이 허비했어."

그는 성큼성큼 걸어갔다. 엘렌은 말없이 그의 곁에서 내달렸다. 연못은 아무 일도 없다는 듯이 뒤에 남아 있었다. 멀리 오만한 자세로, 쏟아지는 달빛을 받으며 시내의 탑들이 솟아 있었다. 그는 무덤 곁에 멈춰 서서 생각에 잠긴 듯했다. 그러고 나서 더 이상 그녀에게 묻지 않고, 앞장서 달렸다. 그녀가 뒤처졌을 때, 그는 자기 나라 말로 뭐라고 소리치더니 그녀의 손을 잡았다.

"이제 우리 두 사람이 다리들 있는 곳으로 가야 해요!" 엘렌이 웃었다. 그는 대답하지 않았다. 두 사람이 다리들 있는 곳으로! 담벼락들이 그 소리를 메아리로 울리게 했다. 두 개의 폐허 더미 위로 널빤지가 하나 놓여 있었다. 널빤지가 흔들흔들했다. "너 단단히 붙들어야 해." 그가 말했다. 엘렌은 그의 커다란 허리띠에 꼭 매달렸다.

골목 몇 개를 더 지나니 전투는 끝난 것 같았다. "끝났어." 그가 웃었다. "끝났다고!"

밤은 아주 맑았다.

요술쟁이의 실루엣처럼 폐허들이 솟아 있었다. 낮보다 더 날카롭고 더 냉정해, 육체가 없는 자들이 살고 있는 밤은. 그들은 이해할 수 없는 것에 몰두하고, '왜 하필이면 나지?' 하는 시민의 물음에서 풀려났다. 그리고 불타 버린 구덩이에서 볼 수 있는 검은색은 잠자고 있는 자들의 방에서 볼 수 있는 검은색보다 더 검지 않았다. 늘어선 집엔 작고 둥근 총알 자국들이 있었다. 그것은 달빛을 받아 새로운 장식처럼, 마치 미래의 건축 양식처럼 보였다.

그는 주머니에서 사탕을 한 줌 꺼내 그녀에게 권했다.

"고마워요." 엘렌은 받지도 않고 말했다.

"배가 부른 거야?"

"속이 메스꺼워요. 배가 부른 게 아니라."

"징말?" 그는 무뚝뚝하게 웃있다. "그런 것도 있니?"

"그래요." 엘렌이 대답했다. "배가 부르지 않는 일도 있어요. 항상 어지럽기만 하고. 그 때문에 찾으러 나섰던 거예요!"

"누가 그 말을 믿겠니?"

그들은 집 앞에 바싹 붙어 달렸다, 마치 내리지도 않는 비를 피하려는 것처럼.

"항상 나머지가 남아 있어요." 엘렌이 열심히 설명했다.

"잘못 나누었기 때문이겠지."

"그런 뜻이 아니에요." 엘렌이 말했다. "나눌 수 있는 그런 것이 아니에요."

"넌 뭘 먹어도 물리지 않을 애야!" 그는 의심에 찬 미소를 지었다.

흘러내린 피가 포도 위로 빨갛고 검게 퍼져 나갔다. 그들은 그 위를 뛰어 넘었다. 엘렌은 미끄러져 뒤로 넘어졌다. 그가 부축해 일으켰다. 그는 소리치며 그녀를 흔들었다.

"우린 계속 가야 해, 알겠어? 다리들이 있는 곳으로!"

그녀의 얼굴에 그의 호흡이 닿았고, 그의 훈장들이 불안한 빛을 띠었다. 그녀는 그에 의지해 벌떡 일어섰다. 3미터 떨어진 곳에서 샴페인 병의 코르크 마개가 뻥 하고 튀어 나와서는 바로 그들 머리 위로 윙 하고 날아갔다. 어스름이 깃든 문 안에서 키가 작은 병사 한 명이 돌바닥에 무기를 받쳐놓고 웃고 있었다. 장교는 그를 알고 있는 것 같았다. 그는 병사와 잠시 협의를 한 다음 다시 엘렌 쪽으로 돌아섰다.

"그가 자동차를 빌려주겠대."

그들은 현관에서 차를 밀었다. 어렵게 모터가 돌기 시작하더니 전조등의 반쪽이 교활하게 깜박거렸다. 엘렌이 좌석으로 기어 올라갔다. 앞쪽 흙받기와 문의 일부는 뜯겨 나갔다. 차의 포장 조각이 오물로 굳어진 채 그들의 얼굴에 드리워졌다.

교차로에서 파괴된 신호기가 까만 불빛을 깜박이고 있었다. 다른 신호는 내보내지 않고 있었다. 모두에게 중요한 것은 스스로 조심하는 것이었다. 그들은 장갑차 두 대를 추월했고, 바리케이드가 쳐진 한 블록을 돌아 다른 쪽에서 다리들에 접근했다. 그는 이제 좀 더 빨리 달렸다. 자동차는 춤을 추었고 그들을 서로 부딪치게 했다. 목적지 바로 앞에 도로가 파헤쳐져 있어서, 그들은 되돌아가야만 했다. 그들의 별은 그들을 버린 것 같았다. 잠시 후에 왼쪽 앞바퀴가 유탄 구덩이에 박힌 채 멈춰 서 버렸다.

"도와줘." 그가 말했다. "우린 계속 가야 해!"

자동차가 신음 소리를 내더니 더 이상 움직이지 않을 것 같았다. 마침내 움직였으나 더 깊이 가라앉았다. 장교는 머리에서 모자를 잡아챘다. 머리칼이 젖은 채로 밝게 이마에 드리워져 있었다. 엘렌은 구덩이 속으로 뛰어들어 아무 말 없이 어떻게 해 보려고 애를 썼다. 자동차가 끈질기게 저항을 했지만 갑자기 구원받은 것처럼 일어서더니 뜻밖에도 고분고분해져, 그들은 깜짝 놀랐다. 달이 다시 앞으로 나와 불빛을 뛰어넘어 바퀴들 속으로 파고들었다. 멀리 그들 뒤에서 집이 한 채 폭발을 했다.

우린 어디서 가고 있는가? 우린 황금해안을 따라가고 있다. 그리고 우린 어디로 가는가? 희망봉으로. 엘렌은 눈을 감았다. 그 말은 믿을 수 있었다. 그러나 그녀는 감히 아무 말도 하지 못했고, 그냥 쇠붙이를 더 단단히 붙들고 있을 뿐이었다.

군인들이 그들 앞을 지나갔다. 그들의 발자국 소리가 메아리쳤다. 창유리가 딸그락거리고, 깨어진 조각이 환희에 넘쳐 반짝거렸다. 이제 두려움도 없고, 자신을 보존하는 일에 더 이상 신경 쓰지 않는 상태로. 그리고 뾰족한 모서리의 광채 속에 남아서.

그녀가 다시 눈을 떴을 때, 거리는 마치 축제장에 다다른 것처럼 화재로 환하게 빛나고 있었다. 거리가 끝나는 곳에서 화염이 휘몰아쳤다. 엘렌 옆의 남자는 잠시 동안 생각에 잠겼다. 그의 발은 변속 레버를 더듬고 두 손은 핸들을 쥐고 있었는데, 마치 핸들이 그를 조종하는 힘을 지닌 것 같았다. 그는 똑바로 바라보며 좀 더 속도를 내었다. 탄내 나는 빨간 물체가 그의 이마 위로 날아오더니, 부풀어져 그냥 달라붙어 버리는 것 같았다. 그는 입을 찡그리고는 약간 웃었는데, 아직 자동차를 옆 골목에 세울 힘은 있었다. 피가 그의 상의 사이로 새어 나왔다. 경사진 지붕들이 오래된 골목 쪽으로 조심스럽게 기울어져 있었다. 마지막 작은 골목은 그냥 지나쳤는지 거의 피해를 입지 않고 주변의 모든 소음에 당당히 맞서는 침묵 속에 평정을 유지하고 있었다. 골목은 이 침묵을 마지막 연료통처럼 보존하고 있었다.

"다리들이 있는 곳으로." 엘렌이 더듬거리며 말했다. 그녀는 뛰어내렸다.

"날 도와줘!" 그가 말했다. "아니, 괜찮아. 넌 혼자 다리들이 있는 곳으로 가야 해. 넌 하나의 보고만 전달해 주면 돼."

엘렌은 그의 상의를 젖혀 셔츠 한 조각을 찢었으나 아무것도 볼 수 없었다. "도움을 청해야겠어요." 그녀가 말했다. 그러나 그녀는 말을 알아들을 수 없는 낯선 군인들이 두려웠다.

"그냥 있어!" 그가 힘없이 투덜거렸다. "네 이름이 뭐니?"

"엘렌이에요. 당신은요?"

"얀이야." 그가 말하고는 마치 그게 세상의 수수께끼를 푸는 답이라도 되는 것처럼, 어둠 속을 향해 웃었다.

"기다려요." 엘렌이 소리쳤다. "기디려요!"

그녀는 포도 위로 뛰어올라 비틀거리며 박살이 난 대문을 지나갔다. 현관은 캄캄했다. 쓸쓸함과 곰팡내, 붕괴의 냄새가 났다. 엘렌은 더듬더듬 벽을 따라가서는 문 하나를 붙잡았다. 문을 향해 몸을 던지자 그녀는 안으로 떨어졌다. 문은 열려 있었던 것이다. 그녀는 용기를 얻어 성냥에 불을 붙였다. 불꽃이 훨훨 타올랐고, 침묵 그리고 열려진 문과 함께, 모든 걸 새롭게 만들어 보였다. 밝은 벽과 어두운 바닥, 문의 광채와, 현관의 어둠을 빨아들인, 금이 간 거울을.

이 집은 거주자들이 떠나 버린 빈집이었다. 그들은 영혼이 육체를 떠나듯 이 집을 떠난 것이었다. 그들은 낯선 손님처럼 이 집을 떠났다. 지붕 위로 불꽃이 날아갔을 때, 그들은 시간이 늦었음을 알아차렸다. 그들은 황급히 자동차를 소리쳐 불러, 이별의 인사도 없이 그곳을 떠났다. 마지막까지 주인에 대해서는 물어보지 않았다. 그렇게 급히 그 집을 떠나 버린 것이었다.

얀은 몸을 일으켜 자동차에서 내리려 했다. 그는 소리치려 했으나, 그의 음성은 평소보다 약했다. 부상을 당하면 이렇게 되는 거지, 그가 생각했다. 그는 좌석에 몸을 받친 채 두 다리를 뻗어 잠시 동안 골목 한가운데에 서 있었는데, 등이 냉각기 쪽으로 넘어졌다. 골목이 채를 맞은 팽이처럼 빙글빙글 돌고 있었다. 그는 화가 나서 세 걸음을 포도 쪽으로 내딛었다. 엘렌이 그를 붙들었다. "이리 와요." 그녀가 말했다. "이리 와요, 얀!"

그는 양초를 갖고 있었는데, 그 불빛이 낯선, 쓸쓸한 집을 통해 새어 나왔다. 상자와 식탁, 이불과 침대 등 사방에 정적이 잠들어 있었다, 이 악용되고, 상처 입은 모든 것 중에서 가장 많이 상처를 입은 이 정적이. 나의 창조주이신 당신, 왜 그런 걸 허용하시나요? 왜 당신은 깨달음을 얻기 위해서,

나를 깨뜨려야만 하는 이러한 인간을 창조하시나요? 왜 당신은 계속 이런 인간을 만드시나요?

얀의 장화는 바닥에 검은 얼룩을 남겨 놓았다. 그는 머리로 시커먼 샹들리에를 쳤다. 유리가 쨍그랑거렸다. 그는 기진한 채 의자에 주저앉았다. 셔츠는 땀으로 젖어 있었고, 피가 소리 없이 그 사이로 새어 나오고 있었다. 어스름 속에서 그는 붕대가 매어진 걸 느꼈는데, 멈추지 않는 것을 멈추게 할 각오로 시원하고 어머니 같은 손길로 밝은 천이 상처 위에 얹어져 있었다.

불빛은 푸른빛을, 햇빛을 받은 풀처럼 그렇게 푸른빛을 띠고 있다. 그건 눈에 좋아요, 정말 좋아요, 얀! 그러나 이 불빛은 그의 얼굴을 더욱 창백하게 만들었다.

"얀," 엘렌이 말했다. "이제 곧 더 좋아질 거예요. 모든 게 좋아질 기예요!" 더 좋아질까 아니면 그냥 좋아질*까*? 갑자기 그녀에겐 그걸 구분하는 것이 중요한 것 같았다.

그는 마실 것을 요구했고, 추위에 떨었다. 엘렌은 부엌 의자 밑에서 나무를 발견했다. 오랫동안 뒤진 끝에 구리 주전자를 찾아냈다. 그녀는 수돗물을 틀었으나, 오래전부터 더 이상 아무것도 흘러나오지 않았다. 뚜껑이 벗겨진 채 구석에 있는 통 안에 먹는 물이 들어 있었다. 그녀는 주전자를 가득 채웠다. 화덕이 언짢은 듯 연기를 냈으나, 차츰 낯선 기병이 탄 말처럼 진정이 되었다.

얀은 조용히 누워 있었다. 안락의자는 부드럽고 쿠션이 깊숙했다. 그는 벽을 통해 그녀의 발자국 소리, 나무 빠개는 소리와 그릇이 딸그락거리는 소리를 들었다. 지금까지 언제나 그랬고 앞으로도 계속 그러리라는 것을 상상하는 것은 가능한 일이었다. 그들 이전에도 사람들이 그런 믿음을 가질 수 있었다면, 앞으로도 그렇게 믿을 수 있을 것이다. 엘렌은 말없이 두 손을 화덕 위로 가져갔다. 모든 것이 처음이자 마지막이라고 상상하는 것은 있을 수 있는 일이었다. 그들 이전에 사람들이 그렇게 생각하지 못했다면, 그들은 앞으로는 적어도 그렇게 생각할 수 있을 것이다. 그녀는 차를 끓였고 찻잔을 쟁반에 놓았다. 그가 부르는 소리가 들렸다.

"곧 가요!" 그녀가 말했다.

그는 등받이에서 어깨를 들어 올렸다. 상처 부위에선 더 이상 피가 흐르지 않았다. 그의 모자가 머리에서 미끄러져 내렸고, 머리칼은 이제 달빛을 받아 앞서보다 더 밝아 보였다. 그녀는 그에게 마실 것을 주고는 그를 바라보았다.

모든 찢겨진 것들이 유희를 하듯 함께 모였다. 빨간 꽃들, 사탕 한 줌과 드러낸 상처들이. 모든 것이 하나가 되었다. 갑자기 온 세상이 젊고 낯선 장교의 얼굴을, 뾰족하게 턱 쪽으로 치달은 뺨, 어린아이가 그은 것처럼 커다란 일직

선에서 약간 벗어난 듯한 윤곽과 함께 밝은 삼각형의 얼굴을 하고 있었다. 모든 고통이 숨겨진 눈길 속에 함께 흘러들었다. 눈에 보이지 않는 것이 엘렌의 얼굴을 보고 있었다. 그녀는 그의 손을 잡았다.

"당신이 바로 그런 사람이라고 말해 봐요!"

"내가 어떤 사람인데?"

"집으로 가려 했을 때, 내가 생각했던 바로 그 사람!"

그는 안락의자에 앉아서 그녀를 바라보았다. 그녀는 그의 손을 더욱 단단히 붙잡았다. "내가 언젠가 웃었다면 당신이 웃기 때문에 항상 웃은 것이고, 공놀이를 했다면 난 항상 당신과 함께했지요. 그리고 내가 성장했다면, 내 머리가 당신의 어깨에 다다를 만큼 성장했던 거예요. 멈춰 서고 달리고 말하는 것을 난 당신을 위해 배웠지요!"

그녀는 펄쩍 뛰어 그의 발 앞으로 기서 그의 얼굴을 뚫어지게 바라보았다.

"당신은 그런 사람이에요. 당신이 그런 사람이라고 말해 봐요!"

그녀는 손뼉을 쳤다.

"평화!" 그녀는 외쳤다. "평화는 복숭아 아이스크림, 바람에 날리는 면사포 그리고 당신이에요!"

"바람에 날리는 면사포와 나라고." 그가 놀라서 말했다.

그는 일어서서 팔로 그녀를 감쌌다. 약간 비틀거렸으나 서 있을 수는 있었다. 그는 모자를 집어 그녀의 검게 드리워진 머리에 씌워 주었다. 그는 웃으려고 했으나, 그의 웃음은 반쪽 가면처럼 어정쩡한 웃음이었다. 바람결에 들려오는 노랫소리가 이 대관식을 함께했다.

　엘렌은 시종 진지한 모습이었다. 거울의 금이 그녀의 얼굴을 칼로 자르듯 갈라 놓았다. 그녀의 무릎이 짧은 외투 아래에서 하얗게 빛나고 있었다. 바람이 백파이프를 불었다. 깜박거리는 불이 벽 위로 높이 춤을 추었고, 재빨리 그녀의 뺨에 광채를 던졌다.

　"언제부터 여기 있은 거예요, 얀?"

　"어제부터."

　"그리고 언제까지 있을 거예요?"

　"아마 내일까지."

　"어제부터 내일까지, 얀, 우리 모두가 그렇게 머무는 거예요!"

　엘렌은 추웠고, 슬픔으로 숨을 쉬지 못했다. 그녀는 모자를 벗었다. 오싹한 기운이 마치 서늘한 찬양의 소리처럼 그녀의 머리를 스쳤다.

　"무슨 일이야?" 그가 절망적으로 외쳤다. 그는 그녀의 팔을 움켜쥐고는 끌어당겼다. "뭘 하려는 거야?"

"집으로 가려고요!" 엘렌이 말했다.

그는 손톱으로 그녀의 팔을 눌렀다. 그녀는 움직이지 않았다. 그는 주저했다. 고통스러워하며 그는 자기 얼굴을 그녀의 얼굴에 갖다 댔다.

"얀!" 그녀가 말했다. 그는 그녀의 신뢰에 저항할 힘을 잃었고, 그녀를 밀어냈다. 그녀의 눈에 눈물이 맺혔다.

그는 갑자기 더 약해진 것 같았다. 어깨의 상처가 고통스러웠고, 다시 피를 흘리기 시작했다. 엘렌은 깜짝 놀랐다. 그녀는 붕대를 바꾸려고 했으나 그가 허락하지 않았다.

"도움을 청해야겠어요!" 그녀가 말했다.

그는 도움을 원치 않았고 먹을 것을 원했다. 그녀는 자신이 찾아낸 것을 그에게 갖다 주었다. 식탁에 하얀 보를 펼쳤고, 그를 위해 빵을 자르고 새로 끓인 차를 따라 주었다. 그는 생각에 잠긴 채 그녀를 지켜보았다. 그녀의 동작은 신속했지만 열중한 모습이었고, 진지하면서 유희적이었다. 그들 두 사람은 매우 배가 고팠다. 그들이 차를 마시는 동안에도 그의 시선은 찻잔 너머로 조용히 그녀를 향하고 있었다. 그는 그녀에게 담배를 한 대 권했다. 그녀는 애써 담배를 피워 보려고 시도했다.

그는 등받이에서 어깨를 뗐다가 다시 뒤로 기댔다. "그런데," 그가 쓴웃음을 웃었다. "마치 우리가 계속 여기 머무를 것처럼 보이는데!"

"이따금 그런 것처럼 보여요." 엘렌이 말했다. "기운을 차려야 해요, 얀!

"난 다리들이 있는 곳으로 가야 해!" 그가 소리쳤다.

"집으로요." 엘렌이 말했다.

집으로? 그의 생각이 혼란스러워졌다. "대지가 잠을 자면서 우는, 아이들이 들판 좌우에서 마치 맹금처럼 소리 지르는 그곳을 말하느냐? 소도시들이 눈에 보이지 않는 경계선에 접해 있는, 비스듬히 기울어진 정거장들이 현명하게도 급행열차들 뒤에 머물러 있는 그곳으로 말이냐? 푸른 탑들이 둥근 모습을 하고 있다가, 아무도 더 이상 기대하지 않을 때 비로소 뾰족해지는 그곳으로 말이냐?" 그의 두 손이 거리와 철둑, 터널과 다리를 만들어 보였다. 그는 수확을 끝낸 들판의 어린 까마귀들과, 나무 타는 연기, 그리고 늑대와 양들에 대한 애정을 힘주어 말하다가 갑자기 말을 중단했다.

"내가 여기서 너에게 무슨 얘기를 하고 있지?" 그는 팔을 뻗어 그녀를 끌어안으려 했다. "이리 와." 그가 말했다. 그녀는 꼼짝하지 않았다.

"나 말인가요, 얀?"

"그래, 너 말이야!"

"당신은 잘못 생각하고 있어요. 잘못 생각하고 있다고 말해 봐요!"

그는 일어나서 테이블에 손을 받치고 섰다.

"다리들을 잊지 말아요!"

"걱정하지 마." 그가 말했다. 그는 바싹 그녀 앞에 서서 그녀의 얼굴을 보았다. "너!" 그가 말하고는 웃기 시작했다. 그가 너무 심하게 웃어서, 그녀는 피가 다시 솟아나오지 않을까 두려웠다.

"진정해요." 그녀가 절망적으로 말했다. "진정해요, 얀!"

그는 상의를 달라고 해서 주머니를 뒤졌다.

"무엇 때문에 넌 다리들이 있는 곳으로 가려고 하느냐?" 그가 다시 한번 의심쩍은 듯 물었다.

"집으로요." 엘렌이 단호하게 대답했다. 그녀는 다시 말해도 똑같은 말을 할 수 있었을 것이다. 지금은 이전보다 더 분명했다.

"이건 중요한 일이야." 그가 그녀에게 말했다.

"알아요." 엘렌이 대답했다.

"뭘 안단 말이냐?"

"그게 중요하다는 걸요!"

"뭐가 중요한데?"

그는 주머니에서 구겨진 봉투를 꺼내, 그 위에다 몇 자 적고는 엘렌을 향해 테이블 위로 밀었다. 거기에 그것이 놓여 있었다. 그렇게 조용히, 언제나 거기 있었던 것처럼. 언제나 새로이 발견되고, 언제나 계속 전달된다는 기대 속에서.

동경을 위한 엄호, 다리들을 위한 메시지. 그녀는 그가 많이 설명하지 않아도 알고 있었다. 그러나 이제 그는 그녀에게 일종의 신뢰를 품고 있었다.

"우린 계속 가야 해." 그가 조용히 말했다. "날이 밝기 전에. 그리고 내가 쇠약해져 함께 가지 못하면, 네가 여기 이것을 대신 전해 줘." 엘렌은 고개를 끄덕였다.

"내가 어딘지 보여 줄게!" 그는 테이블에서 손을 떼고는 조심스럽게 문을 향해 다가갔다.

"어디로 가려고 해요?"

"그냥 조금만 더 높은 곳으로!"

"당신은 너무 쇠약해요." 그녀가 말했다. 그는 머리를 흔들었다.

복도는 아주 캄캄했다. 엘렌은 초를 하나 가지러 되돌아갔다. 나머지 초는 낯선 집 안에서 그냥 타게 내버려 두었고 문은 활짝 열어 두었다. 그래서 그들 앞이 밝게 빛났다. 봄바람이 산산조각 난 창문을 통해 피리 소리처럼 들려왔다. 수직갱도 한가운데에 승강기가 박혀 있었고, 문 몇 개는 열린 채로 있었다.

얀은 뛰어가려 했지만 뜻대로 되지 않았다. 두 개 층을 오른 뒤에 그들은 쉬어야 했다. 그들은 마치 놀이터에서 놀다 온 것처럼 캄캄한 계단에 앉아 있었다. 그런데 아빠 엄마는 언제 집으로 오셨지? 그는 헐떡였고, 그들은 아무 말이 없었다. 그들이 마지막 계단을 올랐을 때, 그는 다시 엘렌에게 의지해야 했다. 바람이 불어 촛불을 꺼 버렸다. 더 위로 복도의 창들이 못으로 박은 널빤지로 막아져 있었다. 어둠이 그들을 에워싸, 그들은 얼마나 높은 곳에 있는지 볼 수가 없었다. 그들은 쇠사다리 위로 기어 올라갔다.

그곳에 지붕이 있었다. 그들 초조함의 경계선상에, 그들 기진의 가장자리에, 지붕이 몸을 내던지듯 놓여 있었다. 납작하고 조용히, 밤과 불에 하늘하늘 둘러싸여, 아무런 근심 걱정 없이. 불꽃이 쫓아 버린 한 떼의 개똥벌레처럼 그 위로 흩어졌다. 불이 초조한 청혼자처럼 조용한 지붕에게 구애하고 있었다. '나와 결혼해요! 나와 결혼해요! 당신은 황금 옷을 갖게 될 거예요! 더 이상 자갈이나, 널빤지, 모르타르가 아니라, 더 많은 빛을 갖게 될 거예요! 나와 결혼해요!'

얀은 고통을 잊었고, 엘렌을 높이 끌어 올렸다. 그는 성한 팔로 그녀를 안았고, 웃었다. 그의 얼굴을 침착하게, 그리고 그의 동작을 의연하게 한 것은 바로 상처였다.

굴뚝이 묘석처럼 조용히 서 있었다. 이 지붕 위에 다른 화재감시소는 더 이상 없었다. 난간이 비밀스럽게 모퉁이를 돌아 꺾어졌고, 누가 잊어버린 앞치마가 신의도 없이 불빛 속에서 윙크하고 있었다. 그들은 굴뚝을 빙 둘러 가서는 난간 위로 몸을 숙였다. 여기 위에서는 모든 것이 실제보다 더 멀고 훨씬 더 조용했다. 여기 위에서는 단지 돌멩이 하나가 물속에 떨어진 그런 느낌이 들었다. 여기 위에서는 모든 것이 하나였다.

여전히 얀은 성한 팔로 엘렌을 안고 있었다. 그들은 모든 것이 깊고 불타고 있는 것을 보았고, 달을 보았다. 불이 서서히 사그라졌다. 그리고 그들의 눈은 깊은 곳에 연결되어 있었다. 그들은 서로를 쳐다보며 가볍게 웃었다. 처음에도 그랬고, 마지막에도 그랬고, 언제나 그랬던 것 같았다. 모든 게 하나였고, 그들도 하나였고, 그리고 강 뒤에선 커다란 축제가 벌어졌다.

그곳에서 그들은 불꽃을 쏘아 올렸고, 그곳에서 그들은 죽음의 축제를 벌였다. 그곳에서 그들은 커다란 노점 주인의 모든 상품을 쏘아 떨어뜨렸고, 마치 영원히 그럴 것처럼 빨간 초롱들을 쉴 새 없이 교체했다. 멀리 떨어진 곳에서 비로소 불꽃이 초원의 어둠 속에 가라앉아 사그라졌다.

그들은 굴뚝에 몸을 기댔다. 눈은 다리를 찾고 있었다. 전투는 얼마나 멀리 떨어진 곳에서 있었을까? 달처럼 그렇게 먼 곳에서 아니면 바로 이웃 지붕이 있는 곳에서?

"이봐요, 얀, 지금 포탄이 떨어지는 저기에서 우리가 이전에 살았어요. 그리고 불타고 있는 건너편 저기에서 우리가 마지막으로 살았어요. 그리고 연기가 아주 하얀 저기에 분명 묘지가 있을 거예요!"

"그리고 다리들은?" 그가 초조하게 외쳤다.

"여기에!"

그는 눈 위에 손을 얹고 다시 한번, 엘렌이 이해하지 못하는 전투의 진행 상황을 지켜보았다. 그는 어느 다리인지 그녀에게 가리켜 보였다. 다시 불꽃이 지붕 위로 날아왔다. 그는 그녀에게 자신의 외투를 둘러 주었으나, 그녀는 절망에 잠겨 거부하는 몸짓을 했다. 마치 꿈속에서처럼 그녀는 쇠사다리를 타고 내려갔고, 마치 꿈속에서처럼 캄캄한 계단을 비틀거리며 걸어갔다.

"우리의 불!"

물은 끓어 증발했고, 나무는 젖어 있었다. 절망적으로 엘렌은 다시 불을 일으키려고 애를 썼다. 증기와 연기가 낯선 부엌을 가득 채웠고, 가벼운 졸음과 찌르는 듯한 불안이 몰려왔다. 이제 머물다가 가는 것이다. 엘렌은 기침을 하기 시작했고, 연기가 그녀의 눈에 눈물이 맺히게 했다. 불을, 그녀는 혼란스러운 생각에 잠겼다, 다리에서 불을, 나무가 너무 젖었어!

"우리가 차를 타고 계속 가기 전에, 당신은 몸을 좀 따뜻하게 해야 해요!"

그는 문에 몸을 기댔으나, 문은 그렇게 튼튼하지가 않았다. 문이 휘었다. 우린 지붕 위에 있는 게 아니야, 얀이 생각했다. 우린 더 이상 지붕 위에 있지 않는데도, 현기증이 나는군. 우린 아래에, 아주 아래에 있어, 여기선 떨어질 수가 없어. 그게 장점이지.

엘렌은 일어서서 머리를 뒤로 쓸어 넘겼다. 다시 그녀의 그림자가 무의식적으로 바닥에 드리워졌다. 얀은 열린 문을 통해 이 그림자를 보았다. 잠시 그림자는 침착하게 그녀의 동작을 재현해 보였다. 그림자는 흰 회칠을 한 벽을 타고 자라나더니, 반요식물처럼 그녀를 덩굴로 덮었고, 옆으로 고개를 숙이고 사라졌다가 다시 왔다. 제한된 범위 안에서, 벌써 흘러 지나가면서, 아직 눈에는 띄지만 더 이상 붙잡을 수는 없는 춤을 추며, 아무런 이유도 없이. 얀은 마치 여기에서 전투가 다른 방식으로 전개되기라도 하는 것처럼 이 그림자를 관찰했다.

그녀가 그를 향해 돌아섰을 때, 그의 두 눈은 감겨 있었다.

"얀, 무슨 일이에요? 일어나요, 얀, 잠들지 말아요, 얀! 내 말 듣고 있어요?"

한 걸음, 한 걸음! 항상 다음 발걸음이 중요하지 않았던가? 수백만의 걸음이 가능했는데, 한 걸음이 그렇게 불가능해질 수 있었다니. 수백만의 걸음이 그의 발에 매달려 그를 방해하고 있었다. 한 걸음, 한 걸음, 이 한 걸음을 위한, 7마일을 나는 장화가 있었으면!

"일어나요, 얀! 당신 없이 지금 내가 뭘 하겠어요? 뭘 해야 할까요?" 그녀는 그의 관자놀이를 문질렀고, 그의 입에 물을 흘려 넣었다. "내 말 들려요? 우리 함께 다리들이 있는 곳으로 가려 하지 않았나요?"

"다리들이 있는 곳으로." 그가 되풀이해 말하고는 몸을 일으켰다. 다시 한번 다리들이 훨훨 타오르며 그의 의식 속으로 떠올랐다. 편지가 하얗게 빛나고 있었고, 그림자들이 그 사이로 춤추고 있었다. 무력감이 모든 걸 지배하고 있었다.

"일어나요, 얀! 일어나요, 움직여 봐요." 엘렌은 그에게로 몸을 숙였다. 그의 얼굴은, 그가 깨어 있을 땐 알지 못했던 전혀 다른 일에 몰두해 있는, 진지한 모습이었다. 그의 머리가 빨갛고 무겁게 옆으로 내려뜨려져 있었다. 그녀는 머리를 다시 베개로 들어 올렸다. 그는 언짢은 듯 이마를 찌푸리고는 허리띠를 향해 손을 뻗었다.

바람이 불어 커튼을 안쪽으로 내던졌다. 엘렌은 깜짝 놀랐다. 누가 그녀에게 그를 방해할 권리를 주었더란 말인가?

누가 그녀에게 그녀의 불안을 그와 함께 나눌 권리를 주었더란 말인가. 머무는 거야, 그녀는 생각했다, 머무는 거야.

"태양이 떠오르면, 당신은 날 위로해 주겠지, 얀. 태양이 떠오르면, 난 더 이상 불안해하지 않아도 돼. 우리가 머무를 것처럼 보인다고, 당신 스스로 말하지 않았던가요? 한 번쯤 그게 정말인 것처럼 행동해도 되지 않을까요, 얀?" 엘렌은 팔짱을 끼었다. 마비가 된다면 얼마나 간단할까. 비밀에 대해 무감각해지고, 마치 잔에서 거품을 벗겨 내듯 고통에서 벗어난다면. 나의 뒤에, 나의 앞에, 나의 오른쪽에, 나의 왼쪽에 있는 그 어느 것도 더 이상 중요하지 않아! 찻주전자는 찻주전자이고, 대포는 대포이고 얀은 얀이다.

얼마나 간단한가. 찻주전자는 찻주전자일 뿐이다. 모든 것은 병사의 저주처럼, 얼어 죽는 것처럼 그렇게 간단하다. 더 이상 아프지 않은 곳, 그곳이 위험해질 거라고, 노인이 말했지. 아 무슨 소리야, 그 노인.

위험해지는 곳, 그곳은 더 이상 아프지 않다. 그게 더 좋은 것이다. 전차를 뒤집어 바리케이드를 만들어라, 당신들의 말이 옳아! 당신들의 가슴이 싸움터가 되는 걸 허락하지 마라. 여러 동기(動機)들을 놓고 내면의 소용돌이를 일으키지 마라. 서로 팔짱을 껴라, 그게 더 좋은 일이다. 당신들 스스로 남아 있으려고 애쓰지 마라. 당신들은 아들들 속에 남아 있다고 믿어라. 그게 훨씬 더 간단하다. 혼자 있으려는 그런 모험은 잊어버려라!

 엘렌은 눈에 손을 얹었다. 잊어버려라, 잊어버려라! 넌 어디로 가려느냐? 집으로? 그들이 여기도 집이고 저기도 집이라고 말한다면, 그 말을 믿어라. 뭘 찾느냐? 그건 찾을 수 없어. 찾는 일은 그만둬, 엘렌, 그냥 만족해. 찻주전자는 찻주전자일 뿐, 그걸로 만족해! 엘렌은 고개를 떨어뜨렸다. 잊어버려, 잊어버려!

 그때 그녀는 그가 숨 쉬는 소리를 들었다. 그녀는 무릎을 꿇고 몸을 일으켰다. 갑자기 그녀는 세상의 모든 대포가 인간들의 숨소리를 들리지 않게 하기 위해 만들어졌다는 것을 알았다. 이 베일을 벗은 탄식, 이 드러난 짧은 숨결을. 이제 아주 조용해졌다. 엘렌은 더 이상 다른 소리를 듣지 않았다.

 <u>스스로</u>의 <u>숨소리를</u> 듣는 일은 얼마나 드문 일인가! 그리고 얼마나 듣기 싫은 소리인가. 그런가, 그렇지 않은가, 그런가, 그렇지 않은가!

 "우리 함께 다리들이 있는 곳으로 가지 않을래요, 얀?" 그는 아무런 대답을 하지 않았다.

 "아니면 당신 생각엔…." 엘렌이 말했다. "혼자 다리들이 있는 곳으로 가야 한다는 건가요? 당신 혼자서 그리고 나 혼자서, 각자 혼자서?"

그는 불안하게 몸을 움직였다. 그녀는 그의 머리를 가볍게 건드렸다. 그는 잠결에도 그녀의 손가락을 치웠다. 촛불이 약하게 깜박거리며 타고 있었다.

"얀, 자정이 지났어요!" 그녀는 내려뜨려져 있는 그의 손을 붙들었다. 그는 자신의 언어로 뭐라고 중얼거렸는데, 위협적으로 들렸다.

"얀, 봄이에요. 얀, 달이 차고 있어요!"

그의 입술이 위로 올라갔고, 이마에는 땀방울이 맺혀 있었다. 엘렌이 닦아 주었다.

"얀," 그녀가 불안에 차서 속삭였다. "당신은 날 이해해야 해요. 우리 모두는 국경선에 있는 도시들과 같지 않은가요? 우리 모두는 아무도 더 이상 기대하지 않을 때, 뾰족해지는 푸른 탑과 같지 않은가요? 우리 모두는 현명하게도 급행열차 뒤에 머물러 있는, 바람으로 비틀린 정거장 같지 않은가요?" 그녀는 마지막 힘을 다해 잠자고 있는 자를 향해 자신을 변호했다. "난 그저 당신 앞을 지나 달리는, 많은 열차 중 하나일 뿐이에요. 얀, 깨어나면, 내 손을 찾지 말아요!"

그녀는 자신의 외투를 그의 무릎 위에 펼쳤다.

"당신이 깨어나면, 모든 게 더 좋아질 거예요. 당신이 깨어나면, 태양이 당신의 얼굴을 비출 거예요!"

그는 조용히 숨을 쉬었다.

"당신은 이해해야 해요, 얀, 난 집으로 가기 위해 지하실에서 기어 나오지 않았던가요? 집에서 집으로. 많은 소망들에서 벗어나, 한가운데로, 얀, 다리들이 있는 곳으로!"

그녀는 다시 한번 모든 걸 설명하려 했다.

그러나 말하는 동안, 그녀에겐 자신의 말이 아무런 근거가 없는 것처럼 보였다. 정말, 그녀는 자신이 말한 모든 것이 이 정적 속에 전혀 들리지 않고, 입술은 벙어리처럼 움직인 것 같은 느낌이 들었다. 그녀의 행위는 그 자체가 증거였으니까, 달리 증명될 수 없었다. 다리들이 있는 곳엔 혼자 가야만 한다.

엘렌은 모자를 썼다가 다시 벗었다. 그리고 잠시 동안 아주 조용히 서 있었다.

때는 내일이 오기 전의 시간이었다. 많은 사람들이 죽고 많은 사람들이 두려움을 갖는, 검은색과 푸른색 사이의 시간, 불확실한 것이 잠자는 자들의 어깨 너머를 바라보는 이 시간. 다른 쪽으로 몸을 던지지 말라! 그건 쓸데없는 짓이다.

밤이 깊어 갔다. 모든 불이 사그라졌다. 화덕의 불도 거의 꺼졌다. 엘렌은 그 위에 물을 뿌렸다. 찻잔을 치우고 찻주전자는 찬장 안에 갖다 놓았다. 그녀는 다시 한번 얀을 굽어보았다.

그녀는 편지를 쥐었다. 그러고 나서 문을 열고 나와 조용히 닫은 다음 더 이상 뒤돌아보지 않았다. 그녀는 유리 샹들리에 아래를 지나, 종려나무와 금이 간 거울 앞을 지나 낯선 집을 통과해 갔다. 부엌에서 그녀는 빵을 한 조각 집었다. 그리고 모자걸이를 향해 고개를 끄덕이고는 얀의 외투를 스르르 입었다. 그렇게 아무도 그녀를 붙들지 않을 것이다.

"우린 만날 거예요, 얀!"

그녀는 계단 아래로 뛰어내렸다. 어쩔 바를 모른 채 그녀는 현관에 서 있었다. 더듬더듬 지하실 계단으로 가서는 문을 탕탕 두드렸다. 깜짝 놀란 얼굴들이 그녀를 뚫어지게 바라보았다. "저 위에 부상자가 있어요!" 엘렌이 말했다.

한 남자와 한 여자가 그녀와 함께 갔다.

"불빛이 있는 곳이에요." 엘렌이 말했다. 그녀는 그들의 뒷모습을 바라보았다. 다시 한번 그들과 함께 가 보고 싶은 소망이 전광처럼 떠올랐다. 그러나 그녀의 손안에 편지가 뜨겁게 타고 있었다.

그녀는 골목길 아래로 달려가 광장을 건넜다.

낯선 혼란이 그녀를 향해 몰려왔다. 비명들이 어두운 별들처럼 서로를 향해 날아들었다. 말들은 고삐가 풀렸다. 모든 것이 천 년 전이나 천 년 후와 같았다. 거울에 비친 상은 깨어졌었다. 그 모습은 상징임이 틀림없다. 병사들이 불을 밟아 껐다. 그중 한 명이 그녀를 향해 소리쳤다. 엘렌은 돌아보지 않았다. 그녀는 말 두 필 사이를 미끄러지듯 빠져나가 지나갔다. 건너편 깊은 곳에서 섬이 불타고 있었는데, 아마 다리들도 불탔을 것이다. 그녀는 다시 달리기 시작했다.

크리스마스이브 때처럼 잿빛 창문이 빨강색으로 선명해졌다. 아침은 차가웠다. 소란스러움을 넘어 멀리 산들이 순결한 모습으로 떠올랐다. 이 산들 뒤에는 온통 파란 빛깔이었다.

"무슨 일이 있더라도…." 엘렌은 생각했다. 그녀는 벽에 바싹 붙어 있었다. 얼마나 그렇게 자주 달렸던가. 그리고 언제나 누군가가 멀리 그녀 뒤에서 외치지 않았던가. "멈춰서! 그렇게 빨리 달리지 마, 넘어져! 기다려, 내가 너를 따라잡을 때까지!" 지금은 멀리 그녀의 앞에서 외치고 있었다. "더 빨리 달려, 더 빨리 달려! 더 이상 멈춰 서지 마. 멈추면 넘어져. 더 이상 깊이 생각하지 마. 생각하면 잊어버리게 돼! 기다려 네가 너를 따라잡을 때까지!"

언젠가는 뛰어올라야 했다. 엘렌은 더 이상 시간이 없다는 걸 알았다. 그녀는 자신이 곧 뛰어오를 거라는 걸 알고 있었다. 모든 것이 단 한 번의 도움닫기였다, 아버지와 어머니, 영사와 프란츠 크사버, 부두와 영어 시간, 할머니, 대령과 파묻힌 지하실의 강도들, 죽은 말, 연못가의 불 그리고 이 마지막 밤. 엘렌은 가볍게 환호했다. 그녀는 다시 한번 모두의 얼굴을 향해 외치고 싶었다. '이건 도움닫기예요. 어딘가에는 푸른 세상이 있을 거예요. 뛰어오르는 걸 잊지 말아요!' 그녀는 마치 방패처럼 편지를 쥐고 있었다.

그녀는 마지막으로 낡은 회전목마를 타고 날아가는 기분이었다. 쇠사슬들이 쾅하고 소리를 냈다. 그들은 엘렌을 날아가게 할 준비가 되어 있었다. 그들은 사슬을 끊어 버릴 준비가 되어 있었다. 엘렌은 부두 쪽으로, 전투를 벌이고 있는 다리들 쪽으로 내달렸다. 그녀는 수난의 길을 가고 있는 평화의 왕을 따라 달렸다. 어느 누구도 더 이상 그녀를 붙들지 않았다. 어느 누구도 그녀를 붙들 수 없었다. 한 초병이 그녀로부터 편지를 받았다. 밝은 외투를 입은 한 부인이 소리쳤다. "그곳으로 가지 마!" 그녀의 외투에 피가 튀겼다. 그녀는 엘렌의 손을 잡으려 했지만, 엘렌은 뿌리치면서 찌르는 듯한 연기 구름 속으로 빠져들었고 눈을 비볐다.

그녀는 눈을 깜박거리며 이리저리 내달리는 수많은 형체를, 각목과 대포와 회녹색의 출렁이는 물결을 보았다. 여기서의 혼란은 더 이상 해결할 수 없을 정도였다. 그러나 그 뒤로는 푸른 세상이 펼쳐져 있었다.

다시 한번 엘렌은 낯선 병사들의 날카롭고 놀란 비명 소리를 들었고, 머리 위에 일찍이 그 어느 때보다 더 밝고 더 투명한 게오르크의 얼굴을 보았다.

"게오르크, 더 이상 다리가 없어!"

"우린 새로 만들 거야!"

"다리 이름은?"

"더 큰 희망, 우리의 희망!"

"게오르크, 게오르크, 별이 보여!"

따끔거리는 두 눈으로 산산조각 난 다리의 잔해를 바라보며, 엘렌은 바닥에서 튕겨 나가 위로 벌어져 있는 전차의 레일 너머로 건너뛰었는데, 중력이 그녀를 다시 지상으로 끌어당기기 전에 폭발하는 수류탄에 의해 갈기갈기 찢겨 나갔다.

격전을 벌이고 있는 다리들 위에 샛별이 떠 있었다.

해 설

일제 아이힝거는 1945년 이후 작품 활동을 시작한 하인리히 뵐, 파울 첼란, 잉게보르크 바흐만 등 젊은 세대의 첫 작가군에 속한다. 아직 전후 독일 문학이 기반을 다지기 전에, 그때까지 완전히 무명이었던 27세의 빈 출신인 아이힝거의 첫 작품이자 유일한 장편소설인 ≪더 큰 희망≫이 1948년에 처음으로 출판되었으며, 그 후 12년이 지난 1960년에 작가의 수정을 거쳐 개정판이 나왔다. 이후의 모든 판본은 이 개정판을 따르고 있다.

≪더 큰 희망≫은 외관상으로는 빈에서 전쟁을 체험하고 마지마으로 빈을 둘러싼 전투에서 수류탄에 의해 신화하는 반(半) 유대소녀의 이야기로 전쟁 소설을 연상케 하지만, 자세히 들여다보면 유희를 통해 그들의 세계를 경험하고, 죽음의 불안에서 벗어나는, 그리고 보다 큰 희망의 밝은 빛을 믿으면서 죽음에 뛰어드는 어린이들에 관한 서정적 이야기다. 느슨하게 엮어진 일련의 에피소드로 구성된 이 소설에서는 다큐(기록)적, 역사적, 자전적 현실이 시적 현실로 변화되어 나타나면서 내적 줄거리와 사건의 상징적 의미가

외적 사건들을 압도한다. 이 시적 현실에서 나치의 비밀경찰에 쫓기는, 언제 집단수용소로 끌려갈지 모르는 아이들이 유희와 연극을 통해 현실에 저항하고 거부의 몸짓을 한다. 그러면 '큰 희망'에서 '더 큰 희망'에 이르는 열 개의 장면을 자세히 살펴보기로 하자.

첫 번째 장면인 '큰 희망'에서는 어머니의 이민과 본의 아닌 딸의 고통스러운 잔류를 다루고 있다. 엘렌은 두 명의 "잘못된"(유대인) 조부모가 있다. 유대계 어머니는 이민을 갔고, 비유대인인 아버지는 자신의 장교직을 위태롭게 하지 않기 위해 가족을 버린다. 엘렌은 초라한 집에서 유대인 할머니와 함께 살고 있다. 두 명의 "잘못된" 조부모를 두었기 때문에 특권을 가진 박해하는 자들에게도, 차별과 배척을 당하는 박해받는 자들에게도 속하지 않는다. 엘렌은 어머니를 따라 미국으로 가고자 하는 꿈을 꾼다. 그러기 위해선 비자가 필요하다는 것을 알지만, 아무도 보증을 서 주지 않는다. 엘렌은 근무시간 종료 후에 영사관으로 몰래 들어간다. 그녀는 벽에서 세계지도를 뜯어내어 바닥에 펼치고선, 하얀 종이배를 만들어 함부르크에서 바다로 출항시킨다. 도중에 "잘못된" 조부모를 둔 다른 아이들도 태운다. 영사가 자정께 책상에서 일어나 사무실에서 나오다가 어둠 속에서 뭔가에 걸려 비틀거린다. 불을 켠 그는 지도 위에 누워 잠들어 있는 소녀를 보게 된다. 그는 조심스럽게 엘렌을 소파에 눕히고, 초조하게 깨어나기를 기다린다. 그는 그녀에게 원하는 비자를 발급해 줄 수 없지만, 직접 서명을 하고 만들어 볼 것을 권한다.

개인적 구원에 대한 큰 희망이 좌절된 후 결국 엘렌은 교회로 들어가 제단에 벽화로 새겨져 있는, 모든 이주자들의 수호성인인 프란츠 크사버에게 기도로써 미국 비자를 위한 보증을 부탁하려 한다. 그러나 기도 대신 그녀는 성인을 독백적 대화 속으로 끌어들여, 어딘가 모든 것이 푸르게 되는 세상(평화로운 세상)이 있다는 것을 믿게 해 달라고 간청한다.

두 번째 장면은 부둣가에서 전개된다. 엘렌은 지금까지의 친구들을 상실한 데 대한 절망과 새로운 놀이 친구와 어울리고자 하는, 즉 소속감에 대한 동경이 억압에 대한 두려움보다 강하다. 집 앞마당에서 놀고 있는 비유대인 이이들은 두 명의 유대인 조부모를 둔 그녀와 더 이상 놀려고 하지 않고, 부둣가의 유대인 아이들도 두 명의 유대인이 아닌 조부모를 둔 엘렌을 그들의 그룹에 끼워 주려 하지 않는다. "올바른" 인간과 "잘못된" 인간, 비유대인과 유대인으로 양극화된 환경에서 결국 엘렌은 어디에도 속할 수 없는 경계인이 될 수밖에 없다.

비비, 게오르크, 쿠르트, 레온, 하나, 루트와 헤르베르트는 세 명 또는 네 명의 "잘못된" 조부모를 두고 있는 유대인 아이들이다. 그 때문에 그들에게는 모든 것이 금지되어 있으며, 그들은 항상 비밀경찰에 대한 두려움을 갖고 있다. 그들은 7주 전부터 부둣가에 앉아 어린이가 물에 빠지기를 기다린다. 그런 다음 아이를 구출해서 시장에게 데려가 시장의 칭찬을 듣기를, 이후로는 시립공원에서 놀 수 있고 벤치에도 앉을 수 있기를 기대한다. 기다리는 사이 장터의 사격장 주인이 아이들을 회전목마에 태워 주려고 데려간다. 그는 다른 아이들과 달리 언제든지 회전목마를 탈 수 있는 엘렌은 제외시킨다. 엘렌이 부둣가에서 혼자 기다리는 동안, 한 여자가 두 아이를 데리고 온다. 젖먹이 아이는 유모차에 누워 있다. 갑자기 큰 아이가 아기를 끌어안고 물가로 내려가 낡은 보트에 기어오른다. 그때 거센 물살에 보트가 뒤집어지고, 엘렌이 달려가 아이들을 구한다. 막 장터에서 돌아온 아이들은 그들이 그렇게 오랫동안 기다렸던 일이 그 짧은 시간 엘렌에게 주어진 것을 부당하다고 생각한다. 구원자의 역할을 수행함으로써 유대인이 아닌 인간들과 동등한 대우를 받기를 희망했던 유대인 아이들은 좌절하고 만다. "이건 내 잘못이 아니야." 그녀가 절망적으로 외친다. "이건 내 잘못이 아니야! 난 너희를 부르려 했어. 그러나 너희들은 너무 멀리 떨어져 있었어. 난…."

좌절감과 분노로 아이들은 금지된 공원 벤치에 앉는다. 그러자 곧 군화 소리가 들린다. 군인 세 명이 아이들 앞에 멈춰 선다. 그들 중 한 명은 장교로, 엘렌의 아버지다. 그녀는 그를 향해 손을 뻗지만, 그는 뒤로 물러난다. 엘렌은 다른 아이들이 달아날 수 있도록 자기 아버지를 끌어안는다. 그녀는 아버지를 만난 순간 가족의 품에서 보호받고자 하는 자신의 목표가 이루어졌다고 믿지만 아버지는 딸의 믿음을 저버리고 딸은 다시 버림받은 상태로 돌아간다.

묘지에서의 숨바꼭질을 보여 주는 3장 '성스러운 땅'에서는 가족과 종교의 뿌리와 추방에 대한 논쟁이 벌어진다. 아이들은 공원에 들어갈 수 없기 때문에 묘지에서 놀고, 벤치 대신에 무덤 위에 앉아 있다. 여기서 독자는 어린이 놀이와 나치스의 추적의 연관성을 유추해 볼 수 있다. 즉 어린이들의 숨바꼭질과 술래잡기 놀이에서 '숨다'는 피닌과 탈출을, '찾아내다'는 추적과 체포를 떠올린다. 따라서 놀이는 어린이 세계의 일부일 뿐만 아니라 전체주의 체제의 표현이기도 하다.

한 마부가 아이들을 찌그러지고 덮개가 찢겨 나간 검은 마차에 태워 준다. 아이들은 그가 자신들을 성스러운 땅으로 데려다주길 희망한다. 그러나 국경선은 언제나 똑같이 멀리 떨어져 있다. 결국 마차가 쳇바퀴 돌듯 경계선 안을 돌았다는 사실이 드러난다. 이 장면에서 어린이들의 탈출 시도는 환상과 현실의 경계를 넘나들고 있다. "모든 게 끝났어, 우린 더 이상 국경을 넘을 수 없어!"에서는 현실을, "'우린 이미 국경을 넘었어요.' 아이들이 외쳤다"에서는 스스로 비자를 발급해 넘어가는 꿈의 예루살렘, 성스러운 땅에 관한 환상을 보여 준다. 소설은 어른들의 시각을 포기하고 어린이들의 시각을 견지함으로써 현실과 환상 사이에 균형이 유지되는 기이한 허구 세계를 보여 준다. 소설에서 주요한 모티프 중의 하나인 경계선은 현실과 환상의 경계뿐 아니라 불안과 평안의 경계, 종말과 시작의 경계, 땅과 하늘의 경계, 국가와 국가의 경계, 생과 사의 경계 등 여러 가지 의미를 지닌다. 그리고 신과 세계로부터 버림받은 아이들이 묘지에서 나누는 암울한 대화는 무서운 동화를 연상시킨다.

4장 '낯선 권력을 위한 봉사'에서는 제복을 입은 비유대인 어린이 집단과 제복을 입지 않은 유대인 어린이 집단이 대립하고 있다.

헤르베르트는 가방에 구멍이 났기 때문에 길에서 영어 단어장을 잃어버린다. 단어장은 펼쳐진 채 비를 맞고 있고, 잉크가 흘러내린다. 제복을 입은 한 소년이 멈춰 서서 단어장을 집어 펼쳐 보더니 어디론가 가져간다. 그는 헤르베르트와 같은 건물에 산다. 그러나 헤르베르트가 5층의 다락방으로 가는 반면에, 제복을 입은 소년은 1층에 있는, 그때 막 〈푸른 용기병의 노래〉를 부르고 있는 제복을 입은 다른 소년들과 어울린다. 이들 제복을 입은 제2의 어린이 집단은 한 노인이 다락방에서 버림받은 아이들에게 제공하는 은밀한 영어 수업을 엿듣는다. 그런 후 이들은 다락방을 파괴하고 노인에게 상처를 입힌다. 수정의 밤, 집단수용소 등 앞으로 전개될 복합적인 정치 기상도를 보는 것 같다.

제복을 입지 않은 아이들은 매일같이 겪는 비방과 모욕에서 벗어나기 위해 모국어를 잊어버리려 하고, 다른 세계로 도피하기 위해 영어를 배운다. 그러나 파멸의 운명을 지닌 이들은 이미 오래전에 폐쇄된 국경선을 보면서 낯선 언어를 배우는 것이 의미가 있는 일인지 하는 회의에 빠진다. 또한 추적자들의 비방을 더 이상 이해하지 않기 위해 독일어를 잊어버리는 것 역시 너무 늦은 감이 있다. 살아남을 운명을 지닌 제복의 집단 역시 그들 행위의 의미와 미래에 대한 회의에 잠겨 있다.

5장 '불안에 대한 불안'에서 엘렌은 반 유대인으로서 그럴 필요가 없음에도 노란 유대인 별 배지를 외투에 달고서는 나치스에 의한 추방의 원인과 불안의 근원을 파악하고자 한다. 엘렌은 세 명 또는 네 명의 "잘못된" 조부모가 있고, 옷에 별을 달고 있는 다른 아이들과 함께하지 못하는 것을 괴로워했다. 그녀는 몰래 할머니의 바느질 상자에서 별 배지를 끄집어내어 옷에 꽂고 그 모습을 거울에 비춰 본다. 그리고 생일을 맞은 게오르크를 위해 케이크를 사러 길 아래 제과점으로 달려간다. 유대인의 출입이 엄격히 금지된 이곳에서 별을 단 엘렌은 유대인에 대한 가혹한 차별을 직접 체험한다.

케이크를 구입하지 못한 엘렌은 게오르크의 생일파티에 가는 대신 율리아에게로 간다. 16세의 이 소녀는 네 명의 "잘못된" 조부모가 있음에도 다른 유대인 아이들과 놀지 않고 항상 집에서만 지낸다. 율리아는 몇 시간 전에 미국행 비자를 받았기 때문에 기쁨에 차 있다. 엘렌은 그런 그녀가 부럽다. 그때 아나가 온다. 그녀도 같은 건물에 살고 있고 이들 두 명보다 나이가 조금 더 많다. 그녀는 자기도 떠날 것이라고 말한다. 그러나 아나는 조용히, 자기는 다른 쪽으로, 폴란드(아우슈비츠)로 떠난다고 덧붙인다.

6장 '위대한 연극'에서는 아이들이 강림절 연극을 하면서 구원의 문제를 제기한다. 아이들이 마리아와 요셉, 천사, 세 왕들을 연기한다. 그때 초인종이 울린다. 밖에 엘렌이 서 있다. 엘렌이 들어와 아이들을 졸라 세상의 역할을 맡는다. 이 연극에는 세상 외에도 평화와 전쟁의 역할도 있다. 옆방의 남자도 건너와 아이들과 함께 연극에 참여한다. 그들이 수용소로 추방될 때까지 그가 집 안에서 자신들을 붙들어 둘 임무를 맡았다는 걸 아이들은 알지 못한다. 다시 벨이 울린다. 아이들이 문으로 뛰어나간다. 이번에는 비밀경찰이다. 연극은 아이들의 수용소 추방으로 중단된다. "잘못된" 조부모를 셋 또는 넷이 아닌 둘만 두었기 때문에 엘렌은 이 같은 운명을 면한다. 여기서도 연극은 평화의 놀이를 표방하면서 추방에 대한 논쟁을 벌이고 있다.

7장 '할머니의 죽음'에서는 엘렌의 유대인 할머니가 집단수용소로 추방당하는 것을 면하기 위해 자살하는 것을 보여 준다. 어느 날 밤 엘렌은 잠에서 깨어나 할머니가 뭔가 찾고 있는 것을 본다. 베개 아래에서 할머니는 목이 긴 플라스크 병을 꺼낸다. 병이 바닥에 떨어져서 알약들이 굴러다닌다. 엘렌은 침대에서 뛰어내리다가 잘못해서 유리를 밟고 피를 흘린다. 엘렌이 알약을 주워 감추려 하자 할머니가 달려들어 싸움이 벌어진다. 엘렌은 할머니의 자살을 저지하기 위해 옛날이야기를 해 달라고 간청하지만 거부당한다. 할머니는 엘렌에게, 알약을 사기 위해 외투를 저당 잡혔다고 이야기한다. 그때 바깥 계단에서 나는 소리를 듣고 비밀경찰이 할머니를 데리러 왔다고 생각한 소녀는 결국 할머니에게 알약을 주고 잔에 물을 따라 준다. 할머니가 신음하며 죽는다. 곧이어 엘렌은 잔에 남아 있는 마지막 한 모금의 물로 기괴

한 세례의식을 행한다. 전체 소설에서 가장 강렬한 인상을 주는 장면 중 하나다. 반 유대인으로서 비유대인에도, 유대인에도 속하지 않는 엘렌은 할머니의 죽음으로 마지막 의지할 곳을 잃어버린다.

이 장에서 특이한 점은 엘렌이 할머니와 나누는 대화와 그녀의 고독한 독백, 그리고 의인화된 밤의 생각과 판단이 상호 교차하고 있는 것이다. 허공을 향한 엘렌의 질문에 대한 밤의 답변, 즉 엘렌이 듣지 못하고 독자만이 들을 수 있는 그녀와 밤의 대화는 환상적이다.

8장 '날개의 꿈'에서는 엘렌과 비비의 좌절된 도피의 꿈이 묘사된다. 탄약 수송 열차가 출발하기 3분 전 기관사는 갑자기 목적지를 기억해 낼 수 없다. 그는 뛰어내려 주변을 이리저리 내달린다. 역장이 그에게 경고한다. "이건 너무나도 중요한 일이오, 알겠소? 무기, 무기, 무기 말이오! 전선으로 무기를 나르는 일이오, 이건 당신 목이 걸린 일이오!" 그러나 기관사는 탄약을 전선으로 운반하려 하지 않는다. 그는 이성을 잃어버린다.

기차 앞에서 엘렌은 선로로 뛰어든다. 그녀는 접근이 금지된 탄약 열차 부근에 머무른 탓으로 두 명의 경찰관에게 체포되어 신문을 받는다. 그러나 그녀는 자기 이름을 말하려 하지 않는 등 신문에 제대로 응하지 않으며, 나아가 상호간에 제대로 의사가 소통되지 않는 가운데 신문을 뒤죽박죽으로 만들어 버린다. 갑자기 누군가가 문을 홱 열어젖힌다. 사람들이 피투성이가 된 비비를 끌고 들어온다. 다른 아이들이 연극 도중 수송차에 실렸을 때 게오르크가 경찰의 주의를 다른 곳으로 돌리면서 비비는 탈출을 할 수가 있었다. 그러나 오래지 않아 경찰이 그녀를 체포했다. 소설은 추방된 다른 아이들의 운명을 구체적으로 서술하지 않고, 환상처럼 등장하는 한 소녀의 악몽 같은 운명으로 대체하고 있다.

9장 '놀라지 마라'에서 엘렌은 어느 공장의 청소부로 등장한다. 그녀는 가득 찬 쓰레기통 두 개를 들고 지하실 아래로 내려간다. 어둠 속에서 그녀는 두 명의 약탈자-젊은이와 늙은이-를 만난다. 어둠 속에서 두 사람의 윤곽을 알아볼 수 없기 때문에, 이들의 음성은 저음과 더 낮은 저음의, 어둠의 두 목소리로 대체되고 있다. 그때 공습경보기 울린다. 벙커는 다른 쪽 창고 아래에 있다. 갑자기 엘렌과 두 남자는 폭탄 투하로 인한 압력파로 구석으로 내동댕이쳐져 지하실에 파묻힌다. 거의 숨도 쉴 수가 없다. 파묻힌 상황을 외부에 알리고자 그들은 삽으로 돌을 두드린다. 그러나 그들이 발견되는 경우 사람들은 이들이 약탈을 하려 했다는 사실을 알게 될 것이다. 약탈범은 사형에 처해진다. 이들은 진퇴양난의 상황에 처한다.

마지막 장면인 '더 큰 희망'에서 엘렌은 토사에 파묻힌 지하실에서 기어 나오게 된다. 그녀 앞에는 죽어 가는 말이 누워 썩는 냄새를 풍기고 있으며, 창고가 있던 곳에는 거대한 폭탄 구덩이가 입을 벌리고 있다. 엘렌은 돌아가신 할머니, 추방된 친구들, 평화, 자신의 집을 찾기 위해 격전이 벌어지고 있는 도시로 달려가던 중, 얀이라는 장교를 만나 그의 차에 동승한다. 얀이 어깨에 총을 맞자 그들은 빈집에 들어가 숨는다. 얀은 격전이 벌어지는 다리들 인근의 한 부대에 중요한 보고를 전달해야 하는 임무를 띠고 있다. 생명이 위태로운 상황에 처한 얀은 엘렌에게 자기 대신 보고서를 전해 줄 것을 부탁한다. 다리 부근에서 엘렌은 보고서를 초병에게 전달하고는 폭발하는 수류탄에 의해 갈기갈기 찢긴다. 그때 "격전을 벌이고 있는 다리들 위에 샛별이 떠 있었다." 등장인물 모두가 죽음에 이른다. 소설은 그야말로 인간이 없는 세상으로 끝난다. 엘렌의 죽음은 한편으로는 지상의 존재의 모든 불행으로부터 맞는 해방, 다른 한편으로는 평화와 통합 그리고 인간성이 넘치는 새로운 세계에 대한 동경을 의미한다.

그러면 끝으로 소설에 나타난 몇 가지 특징을 살펴보자. 우선 이 소설에는 여주인공의 의식 표현이 중요하기 때문에 구체적인 시간과 장소의 언급이 없다. 또한 히틀러라는 이름도, 유대인 또는 나치스라는 개념도 언급되지 않는다. 게슈타포는 비밀경찰, 유대인은 잘못된 조부모를 둔 사람으로 에둘러 표현된다. 어른들은 개체로서가 아니라 기능에 따라 등장하므로 이름이 없다. 소설은 이름이 있는 엘렌과 유대인 아이들에 의해 주도된다. 4장에 등장하는 제복을 입은 아이들(히틀러 유겐트) 역시 이름이 없는 기능적 존재로 등장하고 있다.

    소설의 가장 큰 특징은 현실세계와 환상(꿈)의 세계가 교차하는 점이다. 특히 여주인공의 소망과 불안이 낮과 밤의 꿈을 통해 표현된다. 이와 함께 푸름, 달, 별의 모티프가 전 소설을 관통하며, 4장의 구름과 7장의 밤 등 사물에 고유한 의식을 불어넣는 물활론(物活論), 사물의 의인화 현상을 볼 수 있다. 소설의 표현양식 또한 복잡하다. 꿈, 동화, 신화와 역사로 엮어 짠 듯한 소설 속에선 시사적 표현과 시적 표현이, 내적 독백과 대화가, 전지적 서술과 인물 시각적 서술이 교차한다. 그리고 성경의 인용과 비유를 통해 소설의 기독교적 윤리가 강조되고, 소설의 '더 큰 희망' 역시 종말론적 희망으로 나타나고 있다.

    따라서 ≪더 큰 희망≫은 굴욕과 박해, 불안과 절망적인 희망에 관한 구체적이고 사실적인 이야기가 아니라, 연대순으로 배열한 열 개의 장면으로 구성된, 15세 소녀의 시각으로 - 물론 작가의 자전적 요소가 가미된 - 바라본 비유적 이야기다.

지은이에 대해

일제 아이힝거는 쌍둥이 자매 헬가와 함께 1921년 11월 1일 유대인 여의사와 비유대인 교사의 딸로 반(半)유대인의 운명을 지니고 빈에서 태어났다. 어린 시절을 린츠에서 보내다가, 아버지가 자신의 교직 활동을 위태롭게 하지 않기 위해서 이혼을 하고 가족을 떠난 후, 다시 어머니와 함께 빈으로 돌아와 주로 유대인 할머니 집과 수도원 학교의 기숙사에서 생활했다. 1938년 3월 나치스가 오스트리아를 합병하자 가족은 추방과 생명의 위험에 처하게 되었다. 어머니는 의사직을 더 이상 수행할 수 없었고, 헬가는 1939년 7월 4일 영국으로 피난을 갔다. 남은 가족들도 뒤따라가려 했지만 9월 1일 전쟁의 발발로 좌절되고 말았다.

일제는 김나지움을 마치고 대학에서 의학 공부를 하려고 했으나 반유대인이라는 이유로 입학을 거부당했다. 나치 체제가 붕괴되고 난 후에야 비로소 그녀는 의학 공부를 시작할 수 있었다. 그러나 5학기를 마친 후 일제는 자전 요소가 강한, 그녀의 첫 작품이자 유일한 장편 소설인 ≪더 큰 희망≫을 집필하기 위해 학업을 중단했다. ≪더 큰 희망≫은 1948

년 암스테르담에서 처음으로 출판되었다. 이보다 앞서 1945년 9월 1일 자 ≪비너쿠리어≫ 지에 실린 기고문 <네 번째 문>은 빈 중앙 묘지의 마지막 문인, 유대인 묘지로 통하는 네 번째 문에 관한 내용으로 오스트리아 문학에서 처음으로 집단수용소 문제를 주제로 다루었다. 이 텍스트는 ≪더 큰 희망≫의 3장 '성스러운 땅'의 전 단계로 간주된다. 이어 1946년에 발표한 에세이 <불신에 대한 촉구> 역시 나치의 만행을 규탄하면서 처음으로 세간의 커다란 주목을 받았다. 여기서 아이힝거는 "우리 자신을 불신하자. 우리 의도의 선명함을, 우리 사고의 심오함을, 우리 행위의 선함을 불신하자! 우린 우리 자신의 진실성을 불신해야 한다!"고 힘주어 말한다.

1949~1950년에 일제는 프랑크푸르트암마인에 있는 피셔 출판사의 편집위원으로 활동했다. 1951년 그녀는 처음으로 새로운 시대의 문학을 주창한 47그룹의 모임에 참가했으며, 1952년 단편 <거울 이야기>로 47그룹 상을 수상했다. 같은 해에 평단의 많은 주목을 받은 단편집 ≪교수대 아래에서의 연설≫이 출판되었다. 초기 작품은 카프카의 영향을 받은 상징성이 강한 산문들로, 깨어 있음과 꿈, 현실과 비현실 사이의 중간 영역에서 일어나는 과정들을 묘사한다. 1953년 그녀는 시인이며 방송극 작가인 귄터 아이히와 결혼

해서 두 자녀, 클레멘스와 미리암을 두었다. 같은 해(1953)에 첫 방송극 <단추들>이 발표되었다. 1963년에 단편집 ≪내가 사는 곳≫이 발표되었는데, 여기에 수록된 작품들은 전통적인 현실 개념에서 더 벗어나 비현실과 꿈속의 경험을 주로 다룬다. 1976년에 단편과 짧은 산문, 방송극 등을 모아 발표한 작품집 ≪나쁜 낱말들≫에서는 아이힝거의 저술 양식이 진리 탐구에서 획기적인 언어 비판으로 바뀐다. 그리고 1978년의 단편 모음집 ≪나의 언어와 나≫는 언어를 다루는 것의 어려움, 즉 표현 수단으로서 언어의 불충분함, 언어 속에 반영되는 세계에 대해 이야기한다.

1972년 남편 귄터 아이히가 사망한 후 9년이 지나 아이힝거는 프랑크푸르트로 이주했다가 1988년에 다시 빈으로 돌아왔으나 새로운 작품은 발표하지 않았다. 다작이라고 볼 수 없는 그녀의 창작 활동에는 수많은 수상이 따랐다. 그녀가 받은 주요 상으로는 넬리 작스 상(1971), 게오르크 트라클 상(1974) 페트라르카 상(1982), 프란츠 카프카 상(1983), 마리 루이제 카슈니츠 상(1984), 대 오스트리아 국가 문학상(1995) 등이 있다. 1991년 작가의 70회 생일에 맞춰 여덟 권으로 된 아이힝거 전집이 출판되었다. 이후 아이힝거는 1996년 정서법 개혁에 반대하는 프랑크푸르트 선언에 서명했고, 자신의 작품에 새로운 정서법을 적용하지 못하게 했다.

1998년 2월 33세의 아들 클레멘스 아이히가 빈에서 교통사고로 사망했다. 아들의 사망 충격으로 아이힝거는 한때 문학계를 떠나 은둔 생활을 하다가 2001년에 ≪영화와 숙명≫이라는 자서전을 출판했다. 이는 14년 만의 새로운 창작이었다. 현재 빈에 거주하면서 신문에 기고를 하는 한편, 단골 카페와 영화관을 즐겨 찾으며 노년을 보내고 있는 아이힝거는 생존하는 현대의 고전 작가이자 아방가르드 작가로, 시대를 관통하는 글을 쓰면서 동시에 시대를 초월한 작가로 일컬어진다.

옮긴이에 대해

김충남은 한국외국어대학교 독일어과를 졸업하고 동 대학 대학원에서 문학박사 학위를 받았다. 독일 본 대학교에서 독문학을 수학했으며, 뷔르츠부르크 대학 및 마르부르크 대학교 방문교수, 체코 카렐대학교 교환교수를 지냈다. 1981년부터 한국외국어대학교에 재직하면서 외국문학연구소장, 사범대학장, 한국독어독문학회 회장을 역임했다. 저서로는 ≪세계의 시문학≫(공저), ≪민족문학과 민족국가 1≫(공저), ≪추와 문학≫(공저), ≪프란츠 카프카: 인간·도시·작품≫, ≪표현주의 문학≫이, 역서로는 게오르크 카이저의 ≪메두사의 뗏목≫, ≪아침부터 자정까지≫, ≪병사 다나카≫, ≪구원받은 알키비아데스≫, 페터 슈나이더의 ≪짝짓기≫, 하인리히 폰 클라이스트의 ≪헤르만 전쟁≫, 에른스트 톨러의 ≪변화≫, 프란츠 베르펠의 ≪거울인간≫, ≪야코보프스키와 대령≫, 프리드리히 헤벨의 ≪니벨룽겐≫, 슈테판 하임의 ≪6월의 5일간≫ 등이 있다. 주요 논문으로는 <응용미학으로서의 드라마―쉴러의 <빌헬름 텔> 연구>, <신화의 구도 속에 나타난 현재의 정치적 상황―보

토 슈트라우스의 드라마 <균형>과 <이타카>를 중심으로>, <최근 독일 문학의 한 동향: 페터 슈나이더의 경우>, <베스트셀러의 조건 - 쥐스킨트의 소설 ≪향수≫의 경우> 등이 있다. 그밖에 독일 표현주의 문학과 카프카에 관한 다수의 논문을 발표했다. 현재 한국외국어대학교 독일어과 명예 교수다.

더 큰 희망

지은이 일제 아이힝거
옮긴이 김충남
펴낸이 박영률

초판 1쇄 펴낸날 2016년 3월 25일

지식을만드는지식
03991 서울시 마포구 월드컵북로 46 청원빌딩 3층
전화 (02) 7474 001, 팩스 (02) 736 5047
출판등록 2007년 8월 17일 제313-2007-000166호
전자우편 zmanz@eeel.net 홈페이지 www.zmanz.kr

ZMANZ
3F. Chungwon Bldg., 46, World Cup buk-ro,
Mapo-gu, Seoul 03991, Korea
phone 82 2 7474 001, fax 82 2 736 5047
e-mail zmanz@eeel.net homepage www.zmanz.kr

ⓒ 김충남, 2016

DIE GRÖESSERE HOFFNUNG by Ilse Aichinger
© 1948 by Bermann Fischer Verlag NV, Amsterdam
All rights reserved by S. Fischer Verlag, Frankfurt am Main
Korean Translation Copyright ©2016 by Communication Books Inc.
All rights reserved.
The Korean language edition published by arrangement with
S. Fischer Verlag GmbH through MOMO Agency, Seoul.

이 책의 한국어판 저작권은 모모 에이전시를 통해
S. Fischer Verlag GmbH사와의 독점 계약으로
'커뮤니케이션북스'에 있습니다.
저작권법에 의해 한국 내에서 보호를 받는 저작물이므로
무단전재와 무단복제를 금합니다.

ISBN 979-11-304-7364-2
979-11-304-7365-9(큰글씨책)
979-11-304-7366-6(PDF전자책)
책값은 뒤표지에 있습니다.